Los secretos de la cortesana

Estefanía Ruiz

Los secretos de la cortesana

SUMA
de letras

Papel certificado por el Forest Stewardship Council®

Primera edición: noviembre de 2022
Segunda reimpresión: noviembre de 2022

© 2022, Estefanía Ruiz
© 2022, Penguin Random House Grupo Editorial, S. A. U.
Travessera de Gràcia, 47-49. 08021 Barcelona

Printed in Spain – Impreso en España

ISBN: 978-84-9129-815-1
Depósito legal: B-16695-2022

Compuesto en Mirakel Studio, S. L. U.

Impreso en Rodesa
Villatuerta (Navarra)

SL 9 8 1 5 1

Capaz

Prólogo

Privilegios de ser el primer lector

La historia es la degradación del presente. Cuando esta pierde facultades, ya es demasiado tarde para ostentar otro cargo que no sea el de pasado. Pero no todo lo que es historia colinda con la nostalgia. Ni viceversa. Hay futuros que se muerden los labios por lo que pudieron ser. Hay pasados que se relamen por lo que siempre será un caos imperturbable, y cicatrices que no fueron más herida que una autovía de uñas por los daños colaterales de un orgasmo.

La historia es cíclica, pero se vive en sus curvas. La del placer es un juego antiguo que busca constantemente nuevos participantes, y, en lo que respecta al amor, hay que ser muy narcisista para saberse conocedor de qué punto es el final, y cuál, aparte.

Mi historia con Estefanía también tuvo placer, juego, curvas, puntos (seguidos, apartes, finales, lunares y constelaciones). También tuvo amor, química en la dermis, antigravedad en la física, distancia negativa, contenido explícito que no pasaría la censura y adoración apasionada.

Travia y Ennio.

Sorolla y Clotilde.

Oasis extasiado.

En un universo alternativo, el poema de Pausanias versaría sobre la leyenda de la némesis de Caronte. Una barquera encargada de llevar las sombras errantes de los difuntos crónicos a la vida y sus placeres. Estefanía hizo eso y más conmigo.

Esta primera novela de ella no me sorprende. En sus páginas me he excitado al poner cara a las caricias y memoria a las posturas; me ha ardido la sangre cuando he terminado un capítulo y me ha tocado cultivar la paciencia hasta que llegaba el siguiente. He aplaudido su capacidad de cincelar imágenes visuales con la maestría de una escultora virtuosa. Incluso he descubierto detalles del pasado con la sensación de que solo un libro como este puede tender tantos puentes para que los lectores conozcan los secretos de la realeza. No me sorprende esta ópera prima, porque siempre la vi capaz de ello. Estefanía es una de esas autoras elegidas cuya mano no se nota en el escrito, pero sí su aliento.

Es un placer para mí (valga la redundancia) invitaros a entrar en otra época con los mismos secretos y cuartos rojos. A la historia de Julia.

La historia es cíclica, pero se vive en sus curvas, y la protagonista viene para romper todas las ruedas que le han querido imponer desde que nació como la hija del pintor de cámara de la corte de los Monteros.

David Martínez Álvarez, «Rayden»

Preámbulo

La sentencia

Aquel no era un día cualquiera en el Palacio Real; el tiempo parecía haberse detenido. Los pájaros se habían levantado mudos y una neblina cubría el cielo; se adivinaba el devenir de aquella jornada. No se oían las risas de los niños y las niñas ni el ajetreo diario. Era como si todo el mundo esperase la sentencia.

Alfonso, el camarero mayor del rey Carlos, llevaba meses indispuesto después de haber ingerido con un ansia desmedida un pavo a la naranja en mal estado. Él era la única persona que tenía el beneplácito del monarca para ayudarlo a vestirse. Ante la faena de su indisposición, el rey decidió no buscarle un sustituto y ofrecer este puesto temporalmente a su ayudante de cámara, un apuesto joven de ojos oscuros con manos aterciopeladas y largos dedos de pianista. Aquella mañana, cuando este entró en los aposentos reales, deseó con todas sus fuerzas no haber sido el elegido para sustituir al camarero mayor.

—Su Majestad, no tiene buena cara —dijo con un tono de voz que dejaba en evidencia su preocupación.

—¿Me habla a mí? —preguntó el rey con cierto sarcasmo—. No recuerdo haberle dado permiso para hacerlo.

—Lo-lo-lo siento, Su Majestad, no volverá a ocurrir —contestó el joven con un leve tartamudeo, preso de los nervios.

—Claro que no volverá a ocurrir, porque, de ser así, su nuevo puesto de trabajo será limpiar las caballerizas —sentenció el monarca con voz hiriente.

El joven ayudante agachó la cabeza y no musitó palabra alguna después de la reprimenda que acababa de recibir. Aun así, el monarca quiso asegurarse de que aquel sirviente tenía claro quién mandaba en el palacio.

—¿Lo ha entendido? —preguntó con sorna.

—Sí, Su Majestad —alcanzó a decir el muchacho con un apagado hilo de voz.

El ayudante comenzó a vestirlo con las manos temblorosas y un desmesurado miedo a equivocarse. En ese momento, un golpe en la puerta dio aviso de que alguien al otro lado esperaba para ser recibido en los aposentos reales. Cuando el ayudante de cámara, que sintió cierto alivio ante la perspectiva de la presencia de otra persona en aquella estancia, bajó el pomo de la puerta, esperaba detrás impaciente Francisco, el conde-duque de Pastrana. Este adivinó rápidamente, al igual que había hecho el ayudante de cámara, que las ojeras del rey daban buena cuenta de que había pasado la noche sin pegar ojo.

—Buen día tenga usted, Su Majestad —dijo el conde-duque intentando calmar el ambiente que allí se respiraba.

—Buen día será para usted —cortó tajante el rey.

—Créame que yo tampoco he podido cerrar los ojos en toda la noche —dijo con empatía el conde-duque.

—Espero, Francisco, que no esté usted intentando compararse —lo azuzó.

—No era mi intención, Su Majestad —se excusó aquel.

—¿Sabe, Francisco? No es fácil tener el deseo de enviar a todas esas mujeres a la horca —sentenció el rey Carlos.

El ayudante de cámara, que continuaba vistiéndolo, tragó saliva al oír aquellas palabras. Al conde-duque tampoco pareció hacerle mucha gracia el comentario.

—Y bien, Su Majestad, ¿ha tomado alguna decisión? —preguntó el noble con cierto halo de preocupación.

Los dos hombres se miraron a la espera de que el rey abriese la boca. A sabiendas de que quizá su respuesta no sería la que querían escuchar; de que aquel día podría cambiar el futuro de muchas personas. La habitación quedó envuelta en un suspense que prometía delatar pronto los pensamientos del monarca. El destino de muchas mujeres pendía de la decisión que el rey tomara aquella noche. Lo que sus labios pronunciaran podría acabar siendo el principio del fin. Y, con aquella frase de su superior, el conde-duque ya creía saber cuál sería su decisión.

—Todas ellas merecen morir, es lo único que sé —contestó lleno de rabia el monarca—. Julia y Olimpia deben pagar por su traición.

—Pero, Su Majestad, creía que ayer habíamos llegado a un entendimiento. Sé que lo que hicieron no tiene perdón divino, pero, créame, enviarlas a la horca no es la solución —argumentó con ímpetu el conde-duque.

—¡Francisco, no puedo llegar a entenderlo! Primero me presiona para que las castigue y ahora, de la nada, suplica clemencia —exclamó incrédulo.

—La muerte será un castigo que se volverá en nuestra contra. Ruego lo tenga en consideración —suplicó el interesado.

Julia tampoco durmió aquella noche. El calabozo estaba dividido en tres celdas contiguas y se encontraba en los sótanos del palacio. Era un lugar lúgubre con un hedor a humedad que penetraba en sus fosas nasales. El frío no había hecho estragos porque las nereidas se encontraban apelotonadas en esos minúsculos cubículos. Algunas habían conseguido descansar algo; otras rezaban; muchas lloraban, y unas cuantas habían decidido montar guardia para proteger al resto.

Los ojos de Julia estaban hinchados, y no porque no hubiese dejado de llorar, como alguna de sus compañeras, sino porque estaba agotada. Su rostro reflejaba el cansancio por la rapidez de todo lo vivido en los últimos meses. De repente crujió la puerta de la entrada y una corriente de aire les abofeteó la cara. El carcelero venía a por ellas.

—Señoras, Su Majestad las espera. Salgan de forma ordenada —les exigió el carcelero mientras abría las tres celdas.

Las mujeres obedecieron y abandonaron el calabozo una detrás de otra. Un guardia esperaba en la puerta para guiarlas. Olimpia encabezaba el grupo. Era increíble cómo aquella dama mantenía el rostro impasible, sin ningún signo de hastío. Estaba segura. Caminaron sumidas en un profundo silencio que solo interrumpían algunos sollozos casi imperceptibles. Al llegar, el conde-duque las aguardaba en la puerta del salón del trono.

—¿Están todas? —preguntó Francisco al ver la hilera de nereidas desfilando.

—Ahora sí —dijo Olimpia con una sonrisa victoriosa al ver aparecer a la infanta Loreto, para sorpresa de los allí presentes.

El semblante de los rostros delató a todas. La inquietud se adivinaba en el temblor de los cuerpos, que se balanceaban trémulos casi al unísono. Se miraban inquietas, en busca de un atisbo de esperanza en los ojos de sus compañeras, como si creyeran poder encontrar en la mirada ajena su propia salvación. Se aferraban a la creencia, ahora que ya todo estaba perdido, de que quien les sostenía la mano contaba con una carta escondida bajo la manga. Esa era la mentira que se decían a sí mismas para poner a prueba el noble arte del autoengaño. Pero el desasosiego invadía aquel salón del trono y el miedo casi se olía. Resultaba irónico que el destino de su vida pendiera de la voluntad de otros, concretamente de aquel rey terco y engreído.

Y Julia lo sabía. Su sino estaba sujeto al deseo del hombre al que había desafiado. El hombre al que todas habían desafiado. Así que, a diferencia de muchas otras, había decidido no engañarse. Sabía que las posibilidades de salir victoriosas de aquella contienda eran casi nulas. No se podía volver atrás en el tiempo, y ya nada iba a cambiar lo que se avecinaba. La decisión estaba tomada y pronto pagaría muy caro el precio de su libertad.

La cabeza de Julia era un hervidero de pensamientos que se sucedían. Todos los caminos la llevaban a la misma pregunta: ¿merecía la pena pagar con su vida todo lo que había acontecido? Clavada en su sitio, con el terror pisándole los talones, repasó fugazmente cuanto había vivido, experimentado y sentido en aquella corte. Y esbozó una leve sonrisa. Aquel gesto era la respuesta a la pregunta que llevaba días atormentándola. Porque ella no siempre fue así. La Julia que ahora todos conocían en la corte, fuerte, valiente, rebelde, decidida y llena de vida, había luchado mucho, incluso contra sí misma, para poder comportarse de esa manera. Y también para llegar hasta allí.

Había roto todas las cadenas que la ataban a un futuro que otros habían decidido por ella; había alzado la voz en contra de lo que todos esperaban y utilizado el sexo para liberarse de los prejuicios que la atormentaban desde su niñez. Pero no siempre había sido así. Antes de liberarse de juicios y prejuicios, Julia nunca había reparado en su cuerpo. No se conocía a sí misma. Siempre había tenido miedo a sentirse viva, a dejar escapar sus emociones. Había obedecido los designios de su familia, y el sexo por divertimiento era un pecado que en aquella corte nadie estaba dispuesto a cometer. O eso pensaba ella. Lo que nunca hubiera esperado era que formaría parte de muchos de los secretos que escondía la corte de los Monteros. Pero, sobre todo, lo que jamás habría imaginado era que ser libre le costaría la vida.

El silencio reinaba en el salón del trono. Todas aquellas mujeres, cogidas de la mano, esperaban impacientes la sentencia. Ríos de lágrimas resbalaban por las mejillas de muchas de las allí presentes. Mientras, otras apretaban los dientes en un intento de canalizar la ira; algunas sonreían con nerviosismo, y varias cerraban los ojos, pues creían que en la oscuridad se sentirían a salvo.

—¿Su Majestad ha tomado ya una decisión? —preguntó Olimpia al rey Carlos con una seguridad pasmosa, como si no fueran las cabezas de las nereidas las que estuvieran en juego.

Así formuló la misma pregunta que el conde-duque instantes antes le había hecho al rey. Solo que aquella vez la respuesta del monarca dictaría el destino final de todas las mujeres allí presentes.

Un silencio casi aterrador se adueñó de la sala. El miedo y la ira casi cortaban el aire que se respiraba en el recinto. Y eso que algunas en aquel momento apenas se atrevían a cogerlo. Todo el mundo podía ser muy valiente mientras no los enviaran a la horca. Y allí, frente a aquel tribunal inquisidor, Julia sonrió victoriosa, a sabiendas de que ese momento podría ser el último de su vida. Entonces aquella frase volvió a taladrar su interior: «Me llamo Julia Ponce de León y soy la culpable del cambio de rumbo de la dinastía de los Monteros».

1

Una *rara avis* en palacio

Pacheco no se rindió porque creía firmemente en las virtudes de Velázquez. Fue a través de otro buen amigo como consiguió que el conde-duque de Olivares llamara a Velázquez para retratar al monarca. Felipe IV, al ver el retrato que le había pintado, quedó totalmente prendado de sus dotes artísticas e hizo que el pintor fijara su residencia en la corte.

Sobre cómo Velázquez llegó a ser pintor de la corte de Felipe IV*

Madrid, finales del siglo XVIII
Siete meses antes del juicio de las nereidas

Julia Ponce de León tenía veintitrés años recién cumplidos y era una *rara avis* dentro de la corte de los Monteros. La joven cortesana era hija de Rafael, el pintor de cámara del

---

* *(N. de la A.):* El lector puede encontrar al principio de cada capítulo un texto resumido y su anexo extendido correspondiente a partir de la página 429.

rey, y de Mercedes, una reputada costurera de palacio. A Julia le gustaba pintar, al igual que a su padre, y sentía una devoción absoluta por los libros, pero, sobre todo, por su familia, que auguraba para ella un futuro prometedor. Por eso, como era hija única, recaía sobre su espalda el peso de todas las expectativas familiares, y tenía un miedo atroz a no cumplirlas. Esto provocó que su carácter se moldeara, sin maldad alguna por parte de su familia, hacia una obediencia y una sumisión desmesuradas.

Julia tenía la piel clara, herencia de su madre, y los ojos de color avellana. A ella le habría gustado que fueran más rasgados, pero lo compensaba con un mar de pestañas tupidas que los hacía muy llamativos. Su pelo era castaño como la madera de nogal, y, aunque ella habría preferido esas cabelleras largas y onduladas que tanto se veían por palacio, se conformaba con tenerlo lacio y conseguir con mucha maña unas tímidas ondas de vez en cuando. Su cuerpo se alejaba bastante del tipo menudo de su progenitora, porque era de estatura media y no precisamente delgada. Tenía un pecho perfecto digno de admiración y había sido bendecida con unas buenas curvas. La muchacha siempre fantaseaba con que alguien se mareara al recorrerlas con los ojos, como si de una carretera sinuosa se tratase. Pero tan solo eran eso, fantasías. La joven cortesana se hallaba todavía soltera, algo poco habitual en las muchachas de su edad, ya que los mandatos de la época empujaban a las jóvenes casaderas hacia matrimonios concertados para preservar el buen nombre familiar y su honor. Los progenitores de Julia habían postergado esa idea, sobre todo por la mediación de su padre. Este sentía una adoración incondicional hacia su hija, que en numerosas ocasiones le había expresado su desconformidad con el hecho de contraer matrimonio.

—Otra vez ese horrible vestido —refunfuñó Mercedes, la madre de Julia, al verla aparecer en la sala de costura con un traje holgado y arrugado.

—Yo también me alegro de verte, madre —rio Julia mientras se acercaba hasta ella y la besaba en la frente.

—¡Así nunca van a encontrarte tus padres un marido, niña! —voceó doña Luisa, una de las costureras veteranas, desde la otra punta de la sala.

—¡Doña Luisa, no sea usted antigua! Ya buscará ella marido si eso quiere —salió en su defensa Lola Valderrama, una de las pocas jóvenes que trabajaban en la sala de costura.

—Sí, claro, para que luego la gente hable. Que ya sabes que aquí nadie calla —añadió doña Luisa, dejando entrever los dimes y diretes que solían correr por palacio.

—Julia, sé que no te gusta hablar de esto, pero doña Luisa tiene razón… —intervino su madre en voz baja para que el resto no la oyera.

—Madre, no te preocupes que llegará —dijo Julia, como siempre que intentaba tranquilizarla, para librarse así de aquella conversación a la que no se atrevía a enfrentarse de nuevo.

—Eso llevas diciendo casi desde que llegamos al Palacio Real —contestó Mercedes con desazón.

—¡No exageres, madre! Si cuando vinimos yo portaba el tamaño de un renacuajo. —Las dos rieron ante aquel comentario.

Julia llegó al Palacio Real cuando aún se tambaleaba como un cervatillo y a duras penas era capaz de decir dos o tres palabras con sentido. Su familia tenía orígenes nobles y, aunque su vida en la ciudad podría haber sido bastante digna, sus padres pensaron que crecer en palacio sería el mayor regalo que podrían ofrecerle. Consideraron que sería importante para su educación, ya que en la corte estaban los mejores educadores y los medios adecuados. Por todos era sabido que se auguraba un buen futuro para cualquiera que allí creciera. El protocolo de la corte consistía en aprender a leer, escribir y montar a caballo. No obstante, la mayoría de las mujeres de fuera tenían prohibido el acceso a la educación. Pero la enseñanza más relevante, que se cotizaba alto en palacio, eran las clases sobre modales. Aprender a comportarse era la mejor inversión en la vida de cualquier infante de la corte. Los padres de Julia creyeron que, de esta manera, la joven conseguiría convertirse en una mujer casadera codiciada y tendría, por tanto, un buen futuro asegurado. Para ello diseñaron al milímetro su plan de vida: educarla en la corte de los Monteros, casarla con un hombre noble y que diera a luz a unos retoños dignos de continuar el linaje de su familia. Lo que no sabía era que ese hombre noble que sus padres buscaban para ella ya lo habían encontrado, y que su futuro ya estaba escrito, sin que pudiera hacer nada para remediarlo.

Julia siempre había seguido las reglas del juego y caminado por la senda marcada con rectitud desde el principio. Tenía claro que sus padres siempre habían querido lo mejor para ella, al igual que sus abuelos lo quisieron para sus hijos. A ellos les concertaron un matrimonio con el fin de que una mala decisión no les arruinara la vida. Al fin y al cabo, la experiencia es un grado. Por eso Julia se había preocupado de ser lo que sus padres esperaban. Siempre había querido honrar el apellido de su familia, porque no conocía mayor satisfacción que el sentirte validada por el orgullo ajeno. Aunque su familia tan solo buscaba su felicidad, la realidad era que el corazón de Julia condenaba el destino que le habían impuesto.

Llegaron a la corte gracias a los contactos de su abuelo materno, Enrique. Él creía que su yerno, Rafael, había sido bendecido con el don de la pintura. Cuentan que siempre hablaba de él refiriéndose al «artista». Nunca utilizó este sustantivo de modo despectivo, sino como una designación cariñosa que recordara al mundo la magia que el padre de Julia era capaz de crear con un pincel. Fue merced a la amistad de su abuelo con el conde-duque de Pastrana como consiguieron instalarse en la corte de los Monteros y seguir así el plan de vida que habían formulado para Julia.

El conde-duque pertenecía a una familia noble sevillana, y en poco tiempo, gracias a su ingrávida labia, se convirtió en el todopoderoso valido del rey Carlos Serna de los Monteros. Su buen hacer y su más que inmaculada fidelidad hicieron que poco a poco el monarca delegara en él muchas decisiones. Tanto que el conde-duque de Pastrana favoreció la entrada de numerosos andaluces en la corte. Fue entonces cuando el abuelo de Julia vio la oportunidad de presentarle a su yerno. Carta mediante, Enrique y Rafael se dirigieron al Palacio Real de Madrid con la excusa de conocer las colecciones de arte de la Casa Real, y así el abuelo logró que su viejo amigo, el conde-duque de Pastrana, conociera a Rafael. La primera visita fue algo más fría de lo que Enrique hubo esperado, pese a ser conocedor del carácter terco del noble. Después de un viaje de varios días hasta la capital, la atención que su buen amigo le brindó fue prácticamente nula debido a un problema con unas revueltas.

—Disculpen, ¿a quién desean ver? —les preguntó uno de los cortesanos a Rafael y a Enrique.

—Tenemos audiencia con el conde-duque de Pastrana. Puede decirle que su viejo amigo Enrique ha venido a visitarlo —dijo el abuelo de Julia sin titubear.

—Lo siento, el señor se encuentra ocupado. Ha pedido expresamente que todas las visitas a su despacho sean canceladas —se excusó el cortesano.

—Por favor, hemos venido desde muy lejos. Le ruego que le diga que hemos llegado a palacio —insistió Enrique, que no aceptaba un no por respuesta.

Al poco el cortesano reapareció, esta vez con el conde-duque de Pastrana.

—¡Enrique, viejo amigo! —dijo este al tiempo que se lanzaba a sus brazos.

—¿He de llamarte conde-duque o puedo usar Francisco? —dijo Enrique entre risas mientras se fundían en un abrazo—. Te presento a Rafael, el marido de mi hija.

—Para servirlo —dijo este mientras inclinaba la cabeza en señal de respeto; después le apretó con tenacidad la mano.

—Los amigos de mis amigos son mis amigos —dijo el conde-duque—. ¿Y qué os trae por aquí? En tu misiva no adelantabas el motivo de vuestra visita.

—Quería que conocieras a Rafael, ha sido bienaventurado con el don de la pintura. El realismo de su trazo es capaz de dejar boquiabierto hasta al más escéptico —rio Enrique.

—No lo dudo, estimado, pero una modesta rebelión en palacio por parte de unos cortesanos insensatos nos trae de cabeza —reconoció el conde-duque.

—Pero ¿qué ha sucedido? ¿Está todo bien? —preguntó con preocupación su viejo amigo.

—No te angusties, Enrique, es tan solo un grupo de engreídos que han decidido morder la mano de quien les da de comer —acortó el noble sin entrar en detalles.

—Sirva esto como ofrecimiento en caso de que necesites mi ayuda —insistió Enrique.

—No te preocupes, ya he mandado hacer lo que debía haber exigido hace mucho tiempo —contestó escueto.

—Tú siempre tan misterioso, amigo, continuamente con esos tejemanejes que te traes. —Ambos rieron ante el comentario.

—No quisiera yo interrumpir, pero quizá no es buen momento para nuestra visita —intervino Rafael al percatarse de que su propósito no sería satisfecho.

—Pues la realidad es que, para seros sincero, no os voy a poder dedicar el tiempo y el cariño que nuestra amistad merece. Así que os emplazo a volver en otra ocasión, cuando las aguas estén más calmadas —finalizó el conde-duque.

Los tres hombres se despidieron, pero la tenacidad de Enrique lo llevó a no desistir ante el intento fallido de aquella primera visita al Palacio Real. El abuelo de Julia era un hombre serio, de porte elegante y refinados modales. Todo el poder de la familia recaía sobre él y ni siquiera la voz del padre de Julia tenía peso si aquel decidía lo contrario. Sumado a ese carácter de mandamás que lo caracterizaba, Enrique era de esas personas que creía firmemente en seguir su intuición. Tenía claro que el marido de su hija poseía el don de la pintura, y, aunque parecía que retratar al rey sería una tarea imposible, sabía que su yerno podía hacer maravillas con el pincel y que un único cuadro bastaría para enamorar al monarca.

No fue hasta su tercera visita cuando el conde-duque le ofreció esa posibilidad. Esa oportunidad estaba solo al alcance de unos pocos, y Rafael sabía que era la llave de entrada a toda la vida que habían soñado, sobre todo para Julia. Además, quería devolver a Enrique la confianza depositada en él, y no había mejor manera que consiguiéndoles a su hija y a su nieta un lugar en aquella corte.

Rafael tardó varios meses en acabar aquel retrato del monarca, pues sabía que cada pincelada era un pequeño paso hacia su nueva vida. Tras entregárselo al rey, este quedó sumamente prendado del arte que poseía el pintor y de su capacidad para plasmar cualquier ocurrencia con el fino tacto de la más estricta realidad. Al mirar sus pinturas, uno se trasladaba a ese instante plasmado. Sus trazos eran tan reales que el padre de Julia consiguió, con el paso de los años, convertirse en uno de los más reputados pintores de cámara del rey Carlos, el oficio más codiciado entre todos los artistas de la corte.

Rafael era un hombre vivaz y dicharachero. Su piel tostada se asemejaba al color del trigo tras el verano. Esto se debía a las largas horas que pasaba en los jardines de su casa retratando a hombres, mujeres y familias al completo de la alta alcurnia andaluza. Los ojos los tenía de color verde, como el de las aceitunas que crecían en los olivos. El pelo negro azabache, corto pero a la vez ondulado, y un bigote peculiar que le hacía parecer demasiado serio eran su seña de identidad. Su altura no distaba mucho de la de la mayoría de los señores; no obstante, su porte atestiguaba unos orígenes señoriales. Los productos de limpieza que utilizaba para sus óleos hacían que sus manos fueran una muestra inequívoca de su pasión por la pintura. Tenían una porosidad que al tacto se hacía rugosa, algo que a Julia le encantaba.

Tras la petición del rey de contar de nuevo con el arte de Rafael, con tan solo tres maletas —llenas de, en su mayoría, libros, telas, hilos, lienzos y óleos— y acompañados por una niña de corta edad, los padres de Julia fijaron su residencia en el Palacio Real de Madrid. Su madre siempre le contaba lo que sintió al llegar a aquel mágico lugar recién salida de Andalucía.

—¿Sabes, Julia? Ahora que te veo aquí sentada ayudándome con estos trajes, ya casi una mujer… —comenzó Mercedes.

—Casi no, madre, ya soy una mujer —rio Julia.

—Lo sé, hija mía, pero supongo que las madres pensamos que siempre seremos necesarias para nuestros hijos por más que pasen los años —reconoció.

—¡Yo te sigo necesitando! Aunque ahora te supere en altura —dijo Julia burlona, y señaló la línea imaginaria que separaba las estaturas.

—Ten algo de decencia con tu madre, ¡anda! —le recriminó Mercedes—. ¿O acaso ya has olvidado tu llegada a este palacio?

—Pues no es que lo recuerde por mis propios méritos, porque por aquel entonces no sabía ni juntar dos palabras… —Madre e hija rieron a la vez.

—Nos presentamos ante los reyes y tú tan solo lloriqueabas. Tenías la boca llena de chocolate y un arsenal de mocos en la nariz. Entonces, de repente, escupiste a los pies de Sus Majestades nada más plantarnos delante. Yo quise morirme —dijo Mercedes soltando una carcajada.

—¡Qué vergüenza, madre! Estaba claro que ya empecé con mal pie el día que llegué a este lugar. Imagino que de ahí viene la tirria que me tienen los reyes, porque si la primera impresión es la que cuenta… —asumió Julia—. Pero no me recuerdes más eso, por favor, y cuéntame de nuevo lo que sentiste al ver el Palacio Real por primera vez.

Mercedes alzó los ojos como si de esa manera pudiera recordar con más facilidad los sentimientos que la invadieron en ese día inolvidable.

—Aquel lugar era como esos castillos que describe en los cuentos algún que otro trovador fantasioso. Se me erizó la piel nada más poner un pie en aquella plaza. El cielo teñido de azul; la gente sonreía mientras iba de un lugar a otro; el sonido de los instrumentos; un terreno enorme, que no veía su final, y un palacio con 3.418 habitaciones y una fachada majestuosa de estilo barroco…

»Todas estas cosas hicieron que algo dentro de mí se encendiera. Como esa conexión que sientes al cruzarte con alguien en tu camino y saber que te acompañará hasta el final de tus días. Esa mezcolanza entre miedo y ganas por comenzar aquella nueva etapa como familia me removía todo por dentro. No niego que me alegré en ese instante de aquel incendio que había acabado con el Alcázar Real en el pasado para dar paso a este sublime palacio —contó ensimismada Mercedes.

—Pero ¿qué pasó realmente, madre, con aquel incendio? —preguntó Julia curiosa.

—Las malas lenguas cuentan que el rey Carlos veía el alcázar poco digno para él y su familia. Nació en Francia y venía de conocer otros lugares mucho más majestuosos, así que corrió como la pólvora la comidilla de que fue él quien ordenó que lo quemaran.

—¡Conociendo su temperamento no me extrañaría! —sentenció Julia risueña—. Pero ¿qué pensaste al verlo?

—Reconozco que al tener delante aquel imponente palacio imaginé todos los secretos que esconderían aquellas paredes y de cuántos acabaríamos formando parte —se sinceró—. Pero sobre todo en los secretos en los que participarías tú, Julia.

A Mercedes le brillaban los ojos cada vez que contaba aquella historia, aunque se apagaban un poco al pensar en que su inocente hija pudiera coquetear con alguno de los peligros que aquel palacio entrañaba.

—¿Y qué pensó mi padre al verlo? —preguntó la joven curiosa.

—Tu padre, aunque ya lo había visitado antes, quedó boquiabierto al encontrarnos los tres juntos frente a aquella majestuosa fachada —explicó Mercedes mientras cosía el bajo de un vestido.

—¿Y sé quedó mudo? —insistió la muchacha.

—Pero ¿cuándo has visto tú a tu padre mudo? El muy sinvergüenza me dijo que ese era el regalo de bodas que nunca había podido hacerme.

Rafael y Mercedes se habían casado bien jóvenes, no por decisión propia, sino porque fue la mejor opción que sus respectivas familias encontraron para ellos. Un salvoconducto pactado que auguraba el mejor futuro. El enamoramiento nunca había marcado su relación, pero el paso del tiempo instauró entre ellos un afecto desmedido. El dicho tenía razón, y el roce acabó haciendo el cariño, como si se hubiera tratado de un pacto aceptado sin leerlo, esperando que al firmarlo estuviesen escritos en él las mejores condiciones. Siempre se trató de suerte, y ellos la tuvieron; aunque Julia nunca vio entre ambos la más mínima muestra de deseo, sí existía un respeto descomunal y verdadero. A veces, cuando estaban juntos, los observaba desde la distancia y anhelaba en su fuero interno que se besaran, que se desearan, que notaran el ardor en la piel... Sin darse cuenta, quería ver en ellos eso que ansiaba para sí misma, pero que había aceptado que no le correspondía. El amor verdadero era cosa de cuentos. No era algo a lo que ella pudiera optar. Por más que en el silencio de las noches suspirara por alguien, no podía anhelar casarse con el hombre que le robaba el sueño, porque Julia debía aceptar que otros eligieran por ella a quién amar. Ese era el porvenir que le esperaba a cualquier joven casadera si quería preservar su reputación.

Mercedes provenía de una buena familia y había crecido rodeada de bastantes lujos, pero eso no le impidió maravillarse a su llegada a palacio. Aquella mujer poseía una sensibilidad acérrima que la hacía emocionarse y estremecerse con el arte en todas sus vertientes. Su facilidad para conectar con él fue lo que la hizo finalmente sentirse atraída por Rafael. Esa atracción venía impuesta por Enrique y Pepita, que querían lo mejor para su hija y decidieron que debía casarse con un hombre leal y de orígenes nobles. Pero, sobre todo, para asegurarse la felicidad de su hija, se preocuparon de buscarle un marido que compartiera con ella esa sensibilidad por el arte que poseía. Así que Rafael, reputado pintor, fue la mejor opción para la joven.

Mercedes había heredado esta sensibilidad de su madre, Pepita, a la que siempre le había gustado escribir poesía. Al contrario que Enrique, ella era más dicharachera; se pasaba el día tarareando alegres melodías y jamás le importó lo que los demás pensaran de su persona. Era una mujer adelantada para su época; había aprendido a leer a escondidas y, aunque Enrique era una figura autoritaria, en el fondo se derretía cuando su mujer lo reprendía con gran salero. Ella decía lo que el otro no quería oír con tanto arte que acababa hasta dándole las gracias. A Julia le apenaba no haber disfrutado más de su abuela en vida, ya que falleció cuando ella era prácticamente una niña. Sobre todo porque su madre siempre le repetía que tenía un pequeño halo de rebeldía de su abuela Pepita.

—¿A mi padre mudo? ¡Nunca! —Julia soltó una carcajada.

—Bueno, salvo aquella vez que irrumpiste en la recepción de Sus Majestades y recriminaste al conde-duque de Pastrana que hubieran invitado a aquel señor mayor. A tu padre casi le da un síncope cuando te pusiste a regañar a todos los allí presentes —recordó Mercedes, que se llevó las manos a la cabeza.

—Pero, madre, ¿qué querías que hiciese? Aquel hombre era un viejo asqueroso que palmeaba el culo de las sirvientas de palacio —se excusó Julia.

—Igualita que tu abuela Pepita, incapaz de callarte ante las injusticias y en defensa siempre de las causas perdidas —dijo Mercedes al recordar con cariño a su madre, deseando que su hija no hubiera heredado tanto de ella.

—Dichosos son los que a los suyos se parecen —siguió la joven cortesana tentando a la suerte.

—Pues ya podrías haberte parecido un poco más a mí, porque vaya dobladillo me has cosido —le reprochó Mercedes mientras revisaba una de las prendas que Julia acababa de dar por finalizada.

Aunque el peso de la familia recaía en el arte de Rafael, la madre, nada más llegar a palacio, consiguió trabajo como modista en la corte. De ahí que Julia creciera con las manos llenas de pintura y con los pies enredados entre madejas de hilo y lana. Pero Mercedes no solo poseía un don para la costura, sino que tenía también el de encandilar a cualquiera. Le bastó una semana en palacio para conseguir que la reina le confesara hasta el último de sus pecados. Era capaz de empatizar con una piedra, y esto la llevó a ser la confesora de la mitad de la corte, pero también ser conocedora de algunos de los entresijos de esta hizo que quisiera mantener a su hija al margen de muchos de los secretos que allí se ocultaban.

Comenzó a revisar el estropicio que su hija había hecho en el dobladillo de uno de los pantalones que debían acortar mientras se quejaba por tener que repetirlo.

—¡Ay, como si tuviera mucho tiempo hoy! Debo ponerme ahora a coser y descoser, y todavía ni te he tomado las medidas —se quejó en voz alta.

Lola, la joven costurera que había salido con anterioridad en defensa de Julia, se acercó a comprobar qué tan mal había cosido la muchacha aquel encargo.

—¡Anda, Mercedes! No seas exagerada. Si eso con dos puntadas nadie se da cuenta —dijo la joven para quitarle importancia al asunto.

—¡Vosotras las jóvenes con dos puntadas lo solucionáis todo! —recriminó la costurera, y dirigió la mirada hacia su hija, que pareció no inmutarse ante el comentario.

—A mí no me metas en ese saco, que yo ya no soy tan joven —se excusó Lola riendo.

—¿Cómo que no? Si tienes una cara estupenda hoy. ¡Mira qué mofletes más sonrojados! —afirmó la veterana señalando las mejillas de la sastra.

—Ay, Mercedes, ¡si yo te contara! —susurró Lola, acercándose a la mesa de su compañera.

—¡Ay, pillina! ¡Tus mejillas y el brillo de tu piel te delatan! —rio aquella, a sabiendas de que la costurera estaba ansiosa por desahogarse.

—Es que menuda noche, Mercedes. Se me hizo tarde cosiéndole un ribete a la casaca de don Iván, el ruso, y me sorprendió con su presencia a altas horas de la madrugada porque quería ver cómo llevábamos su encargo. El caso es que una cosa condujo a la otra y su pene acabó dentro de mí embistiéndome con tanto ímpetu que todavía me tiemblan las piernas —confesó divertida Lola. Y bajando aún más la voz añadió—: Lo hicimos ahí. —Y señaló, entre risas, un montón de telas que se agolpaban en la esquina de la sala.

—¡Madre mía, Lola Valderrama! ¡Como se entere doña Luisa de que habéis mancillado sus telas, te mata!

—Miedo me da cuando me menta por mi apellido. —Ambas mujeres soltaron una sonora carcajada.

Doña Luisa era una de las costureras que más tiempo llevaba en palacio trabajando para los reyes. En aquella sala de costura, todas le profesaban un respeto absoluto. No solo por su avanzada edad, sino porque era fiel consejera del conde-duque y le reportaba todo lo que ocurría entre aquellas paredes. El noble gustaba de contar con muchos «oídos» en palacio para tener controlado todo lo que allí sucedía.

Mientras que Mercedes era lo contrario a doña Luisa, una mujer conocida por su discreción, de cuerpo menudo y tez blanca como la neblina cuando le roza el sol. Los ojos los tenía de color aguamarina y su pelo cobrizo recordaba al de las calderas de palacio, de ese rojo anaranjado que se tornaba más oscuro con el paso de los años. Una belleza única.

Mercedes despachó rápido el desastre de Julia y sacó la cinta métrica del cajón de su mesa. Se puso en pie y se dirigió a la silla donde se encontraba su hija arreglando el bajo de otro pantalón.

—Venga, al cuartillo a tomarte las medidas. Deprisa, que no tengo todo el día —la apremió Mercedes.

—Ay, madre, sabes que lo odio. Ponme las de siempre, si a mi edad ya el cuerpo no cambia —intentó zafarse la joven.

—¡Julia Ponce de León Campoamor, ponte en pie ahora mismo! —Mercedes era menuda, pero tenía carácter.

Julia obedeció rápidamente y se dirigió hacia allí. El cuartillo era un pequeño habitáculo dentro de la sala de costura que se encontraba algo apartado de la zona de trabajo de las sastras. Estaba rodeado por una cortina de terciopelo de color rojo púrpura como la sotana de los cardenales. Dentro descansaba un espejo para las pruebas de vestuario.

Mercedes corrió la cortina y dejó que entrara Julia en primer lugar. Tras ella fue la costurera, cinta métrica, papel y lápiz en mano, que cerró la cortina a su paso.

—Desvístete —ordenó la madre a la hija mientras se sentaba en un taburete cercano al espejo.

Julia acató la orden de inmediato. La joven nunca había sentido estupor al mirar su reflejo, porque le maravillaba verse desnuda.

—Julia, ¿puedes dejar de mirarte y levantar los brazos para que te mida el contorno del pecho? —le increpó Mercedes.

—Me gusta lo que veo, madre —contestó segura.

Ese pensamiento de la joven era totalmente contradictorio. Esa seguridad en la desnudez de su cuerpo en contraposición a esa Julia inocente, condenada a la sumisión familiar y social a la que se veía expuesta en todos los ámbitos de su vida, dejaba en evidencia que algo en su interior resonaba como un castigo. Algo dentro de ella se empeñaba en permanecer dormido, pero, por mucho que intentara reprimirlo, aquel instinto animal no tardaría en despertarse.

2

La jaula de Julia

Lo primero que quiero que sepa una mujer es que su principal virtud es la castidad.

Enseñanza del libro de Juan Luis Vives,
Instrucción de la mujer cristiana

Julia apresuró el paso para no volver a llegar tarde. Había prometido a su madre que la ayudaría con los encargos que tenía pendientes en la sala de costura. Aunque aquel día los demás cortesanos disfrutarían en breve de un suculento desayuno, que se iba a preparar en el jardín de palacio para conmemorar el día en el que el monarca fue nombrado rey de España, Julia debía hacerse cargo de todos los deberes que Mercedes le había encomendado. Para empezar, descoser los bajos de los vestidos, algo que la joven odiaba con todas sus fuerzas.

—¿Has vuelto a dormirte? —le preguntó su madre cuando la vio aparecer por la puerta con ritmo ligero.

—Lo siento, madre, me han entretenido por el camino —alegó Julia para excusarse mientras le regalaba un cariñoso beso en la frente.

—¡Anda, siéntate ahí y descose los dobladillos! —le ordenó con apremio ante su demora.

Julia obedeció el mandato sin oposición, pero un jolgorio en el jardín hizo que no tardara mucho en desear estar en otro lugar. Las costureras jóvenes se levantaron de un salto de la silla y se dirigieron a uno de los ventanales. Habían preparado una larga mesa con manteles blancos de lino y rebosaba de un festín gastronómico donde las flores y las frutas daban color al paisaje.

—Daría lo que fuese por estar ahí —suspiró una de las costureras.

—Si estuviéramos fuera, a ver quién iba a vestir a toda esa tropa de engreídos —añadió otra, provocando la carcajada de las allí presentes.

—¡Niñas, esa boca! —les reprochó Mercedes.

Pero todas sonrieron, pues la consideraban casi una segunda madre.

—Carmela tiene razón, Mercedes, ¿acaso has olvidado el numerito que montó el otro día el rey Carlos porque el botoncito de la camisa no estaba «en la coordenada exacta» que él quería? —dijo otra de las jóvenes imitando con voz cómica al rey, y a Mercedes no le quedó otro remedio que echarse a reír.

De hecho, esta llevaba días cosiéndole un ribete con hilo de oro a una capa larga para Francisco, el conde-duque de Pastrana, y esa labor la tenía muy ocupada. Se le notaba en el brillo de los ojos el amor y el cariño que le ponía a las prendas que confeccionaba, pero a esta aún más, ya que para ella aquello tenía mucho significado. En la sala de costura llevaban tiempo sin coser una capa. Meses antes, Galvache, uno de los ministros del rey, había ordenado cumplir una vieja disposición para europeizar Madrid: prohibir los juegos de azar. Pero todo esto implicaba algo más. Como, en cuanto a la vestimenta, no permitir que los hombres llevasen capa larga ni sombrero ancho y redondo; debían sustituirse por capa corta y sombrero de tres picos. De esta forma se evitaba que, tras dichas prendas, los hombres escondiesen su identidad para la comisión de delitos y se impedía a la vez que ocultasen las armas. Norma que hasta el propio rey cumplía con el fin de parecerse un poco más a sus vecinos europeos. Pero el decreto emitido incendió los ánimos de los ciudadanos, que no tardaron en rebelarse con un feroz motín que acabó consiguiendo que el rey Carlos destituyera a Galvache y que eliminara la prohibición de usar capa larga, acabando así con lo que se bautizó como «el motín de Galvache». Así que Mercedes tenía todos sus sentidos al servicio de aquella capa de lana merina, porque era como tener entre sus manos la victoria de sus congéneres.

—¡Qué bonita te está quedando, Mercedes! —le aplaudió Lola, que se acercó a tocar el género.

—Ya no me siento ni la yema —se quejó esta mientras se daba golpecitos en los dedos para comprobar que la sangre seguía corriendo—. Si no fuera porque es para quien es..., ya hubiera mandado esta capa al cuerno hace días.

—Pero ¡si te brillan los ojos cuando la miras! —le increpó Lola, que sabía todo lo que significaba aquella capa.

—¡Ay, pícara! A ti sí que te brillan los ojos. Y da gracias de que doña Luisa no se enterase de que mancillaste sus telas. —Rieron ambas al unísono, recordando el momento de la confidencia de Lola.

—Ya me ando yo con cuidado para que no se entere. Pero he de confesarte, Mercedes, que ese hombre es una bestia. No escatima en embistes y tengo todavía el sexo tan hinchado que apenas puedo caminar juntando las piernas. Mi cuerpo experimenta cosas increíbles que no soy capaz de describir con palabras —confesó Lola entre risas, bajando la voz.

—¡Ay, niña, vaya cabecita la tuya! —dijo la otra en un tono de educada reprimenda.

—¡No me seas antigua, Mercedes! Y eso que no te he contado cuando me... —dijo Lola sacando la lengua y lamiendo el aire— ahí abajo...

—¡Anda, tira y no me seas bruta! —la instó Mercedes, arrojándole una madeja de lana.

A pesar de que Julia tenía un semblante como de tener la mirada perdida, había estado con la oreja puesta en toda la conversación de su madre con la joven costurera. Y un mar de dudas la asaltaban. Porque, a pesar de su edad, era el resultado inocente y casto de una rígida educación. Tenía un miedo atroz a fallar a sus padres, a no ser el ejemplo de niña buena y correcta que ellos o su abuelo esperaban. Así que allí estaba, muriéndose de ganas de estar presente, como invitada, en el desayuno del jardín, pero aguantando estoicamente en aquella sala descosiendo dobladillos. Por tanto, aun sabiendo que a su madre no le gustaba tratar esos temas con ella y que se sonrojaba al hacerlo como si le hubieran coloreado las mejillas con dos tomates, Julia sintió la necesidad de averiguar más sobre aquello de lo que nunca hablaban: el sexo.

—¿Qué son los embistes, madre? —preguntó, haciendo alarde de esa candidez que la caracterizaba.

—Pues es cuando alguien se lanza con ímpetu hasta chocar con algo —contestó Mercedes, intentando salir del paso.

—Me refiero a los embistes de los que hablaba Lola —insistió la muchacha.

—Julia, ¿cuántas veces te he dicho que es de mala educación escuchar conversaciones ajenas? —le reprochó su madre.

—No estaba escuchando, pero mis oídos están en su sitio y el tono de Lola no ayuda precisamente a evadirte —confesó Julia.

—Un embiste... Ay, hija, eso son cosas de mayores —alcanzó a decir Mercedes, dejando en evidencia que, efectivamente, no le gustaba hablar de esos temas.

—Madre, tengo veintitrés años, ¿acaso no te parezco lo bastante mayor? —le recriminó mientras su progenitora suspiraba, dándose por vencida.

—Julia, el sexo por placer es algo peligroso. Lola Valderrama es una descerebrada y no le auguro un buen porvenir si sigue por ese camino. La castidad y la virginidad hasta el matrimonio son las principales virtudes de una mujer —alegó Mercedes.

—Lo sé, madre, yo he seguido siempre tus consejos. Sé que he de esperar, la castidad es una gran virtud, pero también lo es la paciencia —dijo de memoria Julia para demostrar que tenía más que interiorizado el discurso familiar.

—No tengas prisa, hija, no te pierdes nada. El sexo está pensado únicamente para dar a luz una vida, es sinónimo de procreación; todo lo demás es pecado. Y eso bien lo sabe el que nos vigila desde arriba —dijo Mercedes, señalando con el dedo índice el cielo para hacer referencia a Dios.

—Lola ha dicho que su cuerpo experimentó cosas indescriptibles con el tal Iván, y que no era capaz de definirlo con palabras —repitió Julia tenaz, como si en el fondo aquel discurso no llegara a convencerla del todo.

—Lola es una charlatana, hazme caso a mí que soy tu madre. Ya sabes las tres palabras mágicas que te convertirán en una mujer de provecho —insistió Mercedes.

—Castidad, obediencia y respeto —dijeron Julia y la madre al unísono.

Sus padres se las habían marcado a fuego para que el día de mañana fuera una buena esposa y madre. Ellos creían en la importancia de la castidad y la virginidad; no podía llegar al matrimonio siendo una cualquiera desposada antes en la cama de alguien que no fuera su marido. La obediencia era otro de los pilares fundamentales para ser una esposa sobresaliente: complacer los deseos del esposo, acceder a sus peticiones, mirar por su bienestar, cuidarlo, alimentarlo y aprender a quererlo. Y por último, el respeto, aunque en realidad este solo servía para disfrazar lo que de verdad seguía a la obediencia: la sumisión. Debía ser sumisa, aceptar que el día que se casara su voluntad estaría a merced de su marido, vivir por y para él. Pero, a pesar de saberse a pies juntillas aquella retahíla de deberes que debía cumplir, un pequeño resquicio de curiosidad le arañaba los adentros.

A Julia y al príncipe Gonzalo los separaban tan solo dos años de diferencia, pero eso no les había impedido hacerse inseparables. Al principio nadie reparó en esta amistad, hasta que él se hizo un hombre y aquella unión entre ambos dejó de estar bien vista por los reyes, ya que, a fin de cuentas, ella era una cortesana más y no pertenecía a la nobleza.

A temprana edad, eran pocos infantes en palacio, por lo que en las clases había una mezcolanza etaria. Motivo por el cual Gonzalo y Julia se convirtieron con el tiempo en buenos amigos, tras haberse descubierto como compañeros de fechorías.

Con seis y ocho años cometían travesuras menores y corrían tras las faldas de Mercedes para escapar de las reprimendas de Eugenia, el ama de llaves, cuando esta veía que, de nuevo, le habían escondido las gafas a Alfonso, el camarero mayor, justo en el momento en el que debía ir a ayudar al rey Carlos con la vestimenta. Otras veces robaban mendrugos de pan de la cocina cuando todos se encontraban en misa y, apostados en los balcones reales, disparaban misiles de migas contra los visitantes de palacio, con especial hincapié en los lampiños que se cruzaban en su camino. Julia no podía evitar recordarlo una y otra vez.

—¡Rezad por que no os pille, insensatos! —decía Eugenia, el ama de llaves, mientras corría tras ellos.

—¡No hemos sido nosotros, doña Eugenia, se lo juro! —gritaba el príncipe Gonzalo sin detenerse en su carrera mientras cruzaba los dedos para no recibir castigo divino por jurar en falso.

—Claro, y por eso vais cubiertos de restos de pan, ¿no? Me da igual quiénes sean tus padres, señorito, y tú, niñata engreída, más te vale correr, porque como te pille... —amenazaba llena de furia; qué pronto tan horrible, los tenía a todos en palacio más rectos que el palo de una escoba.

A todos menos a aquellos dos críos indomables, que seguían corriendo por el palacio esquivando siempre su ira.

Pero entre sus fechorías había una que repitieron durante años cada lunes. Aún era una cita imprescindible que Gonzalo y Julia vivían con inocencia, con la que descubrieron por primera vez lo que sucedía cada semana en la Biblioteca Real. Porque la realidad era que no solo las palabras de Lola habían despertado la curiosidad en Julia, sino también aquello que habían visto cada lunes desde niños escondidos tras una estantería de libros y llevados por un fisgoneo desmedido. Aquella fechoría infantil le había generado siempre demasiadas preguntas. Gracias al encuentro que habían descubierto entre Eugenia y Alfonso, Julia comprobó, con el paso del tiempo y la influencia de su madurez, que el sexo era algo más que una herramienta para procrear. Sonreía cada vez que se le venía a la memoria cualquiera de esos episodios.

—No pares, Alfonso, por Dios, no pares —jadeaba Eugenia mientras se levantaba el vestido con ambas manos y lo sujetaba a la altura de las caderas.

—¿Lo quieres más fuerte? —decía Alfonso, que apretaba con un deseo desmedido su cuerpo contra el de Eugenia.

—Quiero sentirte más dentro —suplicaba el ama de llaves.

—¿Así? —preguntaba pícaro Alfonso mientras hundía su verga en ella.

—¡He dicho que más fuerte! —le recriminaba Eugenia, que tenía el mismo carácter para echar una reprimenda que para suplicar más placer.

La biblioteca ocupaba el ala noreste del palacio y constaba de dos plantas. El acceso se hacía a través de un interminable pasillo copado por librerías de caoba que albergaban más de trescientas mil obras impresas entre fondo antiguo y moderno. Julia y Gonzalo se escondían detrás de la tercera estantería, donde se encontraban los tomos de geografía española. Aunque la única geografía que allí estudiaban era la de la lengua del camarero mayor del rey recorriendo cada centímetro de la piel del ama de llaves. Aquella señora gruñona perdía los vientos por el que fuera uno de los ayudantes más importantes del rey Carlos. Allí cada lunes se reunían en secreto para estudiar, o más bien estudiarse, la anatomía.

El modo de actuar siempre parecía el mismo. Como si de una fantasía se tratase, el ama de llaves aguardaba a su caballero en la sexta columna repleta de libros del pasillo. El tema de dichos ejemplares eran los idiomas extranjeros, aunque estaba visto que el que mejor hablaban dichos amantes era el del sexo. Ella apoyaba los codos en la repisa y, sin enaguas, esperaba la entrada del falo de Alfonso. Él siempre aparecía en escena ataviado con sus mejores galas y, sin mediar palabra, le levantaba bruscamente la parte de abajo del vestido y se lo arremangaba hasta la cintura. Entonces la embestía una y otra vez contra aquella librería y ella gemía, intentando que nadie los oyera, a la vez que lo reprendía para que cumpliera sus deseos. Tras penetrarla con fuerza, el viaje de sus lenguas. Se desnudaban mutuamente con la prisa del que toca una olla que quema al intentar cambiarla de fogón. Era ahí cuando, por turnos, se recorrían todo el cuerpo cual animal que marca su territorio.

Julia y Gonzalo eran muy jóvenes cuando se encontraron con aquella escena por primera vez. La inocencia de dos críos que descubren en cuerpos ajenos el sexo. Al principio no entendían bien por qué ambos respiraban con más fuerza y giraban los ojos, clamándole al cielo tanto cuando la lengua de él recorría el sexo de ella como cuando la de ella rodeaba el pene de él. Mientras aquellos amantes se sumían en el placer más profundo, Julia y Gonzalo se mordían los carrillos para no explotar de la risa, pues todavía no habían sido desprovistos de la inocencia.

Con el paso del tiempo y la madurez adquirida, los jóvenes poco a poco fueron descubriendo la importancia que verdaderamente tenía aquella escena entre el ama de llaves y el camarero mayor, que ellos solían ver como una mera fechoría que consistía en espiarlos: inmiscuirse en la más absoluta intimidad entre aquellos dos amantes. Pero no fue hasta que Gonzalo cumplió los catorce años cuando el joven quiso poner fin a ese encuentro que los reunía cada lunes en la biblioteca.

—A ti te andaba buscando —dijo Julia con tono de enfado.

—Pues aquí estoy —contestó seco el príncipe, que se encontraba cepillándole la crin a su caballo.

—Es el segundo lunes que me quedo esperándote en la biblioteca. Si esto me lo hace mi mejor amigo no quiero imaginar qué me harán mis enemigos —le recriminó la muchacha.

—Tenía cosas que hacer —contestó él con cierto halo de tristeza.

—Sí, claro, cepillarle de nuevo la crin a tu caballo, igual que el lunes pasado. Parece que cumplir catorce años te ha vuelto un completo idiota —porfió Julia ante el nuevo desplante de su amigo.

—Julia, no insistas más, te dije que no pensaba volver a espiar a Eugenia y a Alfonso. Me he aburrido ya de ese estúpido juego, y me sorprende que esto tenga que explicártelo yo a ti, que tienes dieciséis años y sigues actuando como una cría —confesó Gonzalo.

—Ese no es el problema. Llevas meses con la cara mustia y ya ninguno de nuestros planes parece divertirte. Quizá el problema es que te has aburrido de mí —le reprochó la joven, que no entendía el comportamiento de su mejor amigo.

A partir de ese día vivieron un claro distanciamiento. La joven intentaba entender la razón de actuar así de su amigo, y, aunque lo procuró en numerosas ocasiones, no hubo éxito. Lo que Julia no sabía es que tras aquel enrarecimiento estaban los reyes. Con el paso de los años habían dejado de ver con buenos ojos esa amistad. Todo cambió cuando los vapores melancólicos del rey Carlos empezaron a hacer mella en él. Corrió por palacio el rumor de que más pronto que tarde el monarca ansiaba abdicar en su hijo. Por lo que la cercanía entre ambos jóvenes comenzó a ser un problema para los reyes, pues creían que Gonzalo gastaba demasiadas energías en realizar estúpidas fechorías con Julia en vez de centrarse en seguir los pasos marcados que lo acercaran al amor y a la corona. Porque el estatus en palacio era un regio mandato que marcaba sin clemencia las diferentes clases sociales. Todo el mundo sabía cuál era su sitio, y, si alguien no lo sabía, ya habría quien no dudaría en recordárselo.

—Hijo, cambia esa cara, ni que se hubiera muerto alguien —lo azuzó el rey con poco tacto.

—No me importaría haber sido yo ese alguien —contestó con ira el joven príncipe.

—¿Todo esto por la chiquilla esa? —añadió con desdén la reina Victoria.

—La chiquilla esa tiene nombre y se llama Julia —refunfuñó Gonzalo.

—Esto es lo mejor para ti y para ella. ¿Cómo crees que iba a tomarte en serio tu futuro séquito si andas correteando por palacio con una simple cortesana? —intentó hacerle entender el rey.

—Créeme que has hecho lo correcto, hijo —dijo la reina mientras hacía un amago de abrazarlo, pero él rápidamente se zafó de los brazos de su madre.

—Me obligasteis a hacerlo. El conde-duque me dijo que, si seguía viéndola, tendría que invitarlos a ella y a su familia a marcharse de palacio —reconoció enfadado el joven, sacando a relucir el chantaje al que se había visto sometido por parte del conde-duque.

—¡Ay, hijo, será por falta de mujeres! —finalizó su padre, obviando el pesar de Gonzalo.

Durante varios años el príncipe estuvo sumido en un halo de tristeza y cumplió a pies juntillas la orden de distanciarse de su amiga, jugando al despiste para evitar cualquier encuentro entre ambos y balbuceando monosílabos cuando las concurrencias eran inevitables.

No fue hasta el decimoctavo cumpleaños de Julia cuando Gonzalo decidió que era momento de dejar de ser un niño sometido a la tiranía de sus padres y del conde-duque e intentar retomar la única causa de felicidad que poseía en aquel palacio: su mejor amiga.

—Julia, rápido, abre —dijo al otro lado de la puerta de la habitación de la joven.

—¿Qué haces tú aquí? —preguntó Julia incrédula al ver después de tanto tiempo a su viejo amigo.

—Felicidades —espetó Gonzalo, que sostenía una tarta con las manos y empujaba con la pierna derecha la puerta de la habitación para cerrarla a su paso.

—Tú y tus patéticas tartas —rio con recelo Julia al ver la horrorosa creación del joven.

—La intención es lo que cuenta —se excusó él.

—Pues, sinceramente, no entiendo bien, después de tanto tiempo, cuál es tu intención —dudó la muchacha.

—Pedirte perdón —confesó el príncipe.

—Creo que tu perdón llega un poco tarde —reconoció Julia con recelo.

—No hay nada que esta horrible tarta no pueda curar —dijo el joven, y le arrancó la risa a su vieja amiga.

—Exactamente, dos años tarde —añadió empecinada ella.

—Lo siento —respondió él sinceramente.

—Te he echado de menos, ¿sabes? Y no era justo —confesó Julia, que jamás había entendido a qué se debía aquel distanciamiento.

—Yo también te he echado de menos —añadió Gonzalo.

—Anda, deja esa tarta ahí —le ordenó la joven señalando una mesa— y abrázame.

Los dos amigos se fundieron en un sincero abrazo que dejaba en evidencia el cariño que había entre ambos y lo mucho que se habían echado de menos todo ese tiempo distanciados.

—Por cierto, hoy tengo un aburrido desayuno en el jardín de palacio que ha organizado mi madre para sus amigas. Te suplico que vengas luego a salvarme —le pidió él, rogándoselo con las manos.

—O sea que ¿solo me querías para eso? —rio la joven.

—Por supuesto —le siguió la broma Gonzalo.

—Bueno, así haré. Acudiré a tu rescate —repuso Julia al ver que por fin su amigo volvía a ser el de siempre.

—Solo una cosa más —dijo él, agachando la cabeza.

—Dime —lo animó ella.

—Será mejor que nadie nos vea juntos —pidió el joven príncipe con un tono de voz que insinuaba avergonzamiento.

—¿De veras has venido aquí a pedirme perdón y ahora me vienes con estas? —preguntó Julia atónita sin dar crédito al comentario de su amigo.

—Confía en mí, por favor. Te juro que algún día lo entenderás —le suplicó Gonzalo mientras le cogía las manos a modo de súplica—. Te espero luego en el jardín.

Aquella vez, a Julia la mañana en la sala de costura se le hizo interminable. A pesar de haber cumplido los dieciocho años, era incapaz de entender por qué su mejor amigo quería que se vieran a escondidas, como si de dos prófugos se tratase. Aunque su madurez le hizo ir entendiendo lo acertado de aquella decisión que había acatado porque el cariño que le profesaba era mucho mayor que su amor propio. Habían sido muchos, incluidos los padres de Julia, quienes habían aplaudido el distanciamiento de ambos jóvenes, si bien ella siempre pensó que se debía a la mala reputación que los dos amigos habían cultivado en palacio por las fechorías que gustaban de hacer desde la niñez.

Miles de pensamientos se sucedían en la cabeza de Julia mientras que le zurcía los botones a una camisa. Quería entender qué le había sucedido a su amigo para que dos años atrás hubiera desaparecido sin explicación alguna, pero la felicidad por tenerlo de vuelta era mayor que aquellas incógnitas.

—Madre, ya he terminado de zurcir los botones de las seis camisas y de coser el dobladillo de todos los pantalones. ¿Puedo irme? —suplicó visiblemente nerviosa y con una amplia sonrisa en el rostro.

—¿A qué se debe tanta prisa? —preguntó extrañada su progenitora.

—Tengo que hacer unos recados —quiso disimular Julia.

—¿Y esa sonrisa? Recuerda que soy tu madre y te conozco más que tú misma —añadió Mercedes.

—Es porque estoy feliz de haber terminado todos mis deberes. ¡Mira qué bien he cosido los botones de las camisas! —dijo para intentar zafarse de las pesquisas.

—Puedes irte, pero ándate con cuidado —la sermoneó su madre.

Y es que a una madre es imposible mentirle.

En cuanto la joven obtuvo el permiso para acabar la jornada de costura, salió corriendo de la sala en dirección al jardín. Pero al llegar ya era tarde y los sirvientes estaban recogiendo la larga mesa con mantel de lino y portando las pocas sobras que habían quedado a la cocina. Julia llevaba toda la mañana impaciente por ver a Gonzalo, aunque fuera a hurtadillas, pero se había demorado en su promesa de salvarlo de aquel aburrido desayuno entre damas de la nobleza. En ese momento una mano tiró de ella y los ocultó detrás de unos enormes setos.

—Ya pensaba que no vendrías, bribona —reconoció el príncipe Gonzalo mientras le propinaba un cariñoso coscorrón.

—¡Para, idiota! —le gritó Julia riéndose—. Mi madre me ha tenido toda la mañana descosiendo dobladillos y zurciendo botones.

—Por tu expresión adivino que esa sigue sin ser tu tarea favorita. —Se rio.

—La odio, pero es mi deber.

Julia tenía muchos deberes. La palabra «debo» era su muletilla preferida. Vivía sumida en un mandato continuo que los demás le imponían y que ella solo se atrevía a cumplir. Sentía que se lo debía a sus padres y a su abuelo. Quería que estuvieran orgullosos de ella y que la validaran. Al fin y al cabo, su familia solo deseaba lo mejor para su futuro.

—Tu deber era haberme salvado a mí esta mañana de este aburrido desayuno. Y no lo has cumplido —le recriminó entre risas el príncipe.

—No me lo tengas en cuenta, anda —contestó Julia disimulando su pena, porque en el fondo sentía no haber disfrutado de la compañía de su amigo.

—Te perdono, pero esta tarde no se te ocurra faltar a las caballerizas. El mozo de cuadras irá a hacer unos recados y podremos montar sin que nadie nos vea —dijo Gonzalo emocionado.

—Vas a matarme. Esta tarde debo ayudar de nuevo a mi madre en la sala de costura. Con todo lo que se lio con aquellas revueltas por la prohibición de las capas, ha habido un aluvión de pedidos y van muy retrasadas. Así que debo volver al apasionante mundo de descoser dobladillos y echarles una mano —suspiró Julia refunfuñando, porque en el fondo se moría de ganas por salir a montar a caballo junto a Gonzalo.

Y ahí de nuevo estaba ese «debo» que tanto la atormentaba. Ese «debo» que cargaba como una robusta roca y que no la permitía avanzar. Que le había impedido ser dueña de sus propias decisiones. Que pesaba como una condena. Que le hacía cumplir al milímetro el plan de vida que su familia había diseñado para ella. Que la alejaba cada vez más del hombre al que en silencio amaba. Porque la jaula de Julia tenía bonitos barrotes de oro y cadenas de bronce, pero, sobre todo, tenía presa la vida de una joven sin voz ni voto en su destino.

3

Promesa de amistad eterna

Fue el amor por su primera mujer, María Luisa Gabriela, el que le hizo vivir momentos de enaltecido éxtasis, aunque eso no lo libró de esos episodios depresivos que a menudo sufría.

Sobre el rey Felipe V, sus costumbres sexuales y su salud mental

Julia tardó en entender que de pequeña el corazón no le latía a un ritmo frenético porque tuviera miedo a la colleja que pudiera propinarle el ama de llaves cuando los pillaba con las manos metidas en la cesta de los panes, cuyos mendrugos luego lanzaban a cualquier viandante. El corazón le latía a ese ritmo siempre que el príncipe Gonzalo estaba cerca de ella. Quiso negarse a sí misma, con todas sus fuerzas, que lo que sentía por el príncipe no era más que un inocente amor de infancia. Esa clase de amor que los griegos bautizaron como *philia*. Un amor fraternal, entre amigos, alejado del romanticismo y que tan solo busca el bien de la otra persona. Pero, tras dos años de distanciamiento, al volver a retomar su amistad, Julia tuvo que aceptar que lo que sentía por su amigo iba más allá de un simple juego de niños. Los recuerdos junto a él eran infinitos, siempre destacaba alguno en su memoria.

—¿En qué piensas, Julita? —preguntó curioso el joven.

—Te he dicho que no me gusta que me llames Julita —le reprochó enfadada.

—Perdooone usted, señorita. Desde que ha cumplido los dieciocho está insoportable. —Gonzalo se rio.

—Yo por lo menos les dedico tiempo a mis amigos —le recriminó Julia.

—No estarás celosa, ¿no? —preguntó el príncipe entre carcajadas, burlándose de ella, mientras le daba un pellizco en la mejilla.

—No digas bobadas, simplemente me remonto a las evidencias. Desde que sales a pasear con Casilda por el jardín de palacio, tienes poco tiempo para los demás. Pensaba que después de estos años separados harías propósito de enmienda... —se sinceró Julia.

—¿Para los demás...? ¿Te refieres a ti, Julita? —preguntó con cierta sorna, porque no quería reconocer que su amiga tenía razón.

—Mira, ¡olvídalo! —respondió ella mientras se levantaba airada y lo dejaba casi con la palabra en la boca.

Fue al empezar Gonzalo a compartir más tiempo con Casilda, la hija de los condes de Aurioles, que pasaron una temporada en Madrid por una serie de negocios, cuando Julia reparó en que sus sentimientos por el príncipe distaban mucho de los que se sienten por un buen amigo. La realidad era que los celos la invadían al ver que con la otra paseaba a la vista de todos. Aunque Casilda duró lo que dura la floración de la lavanda: solamente los meses de aquel verano.

Julia siempre tuvo miedo a enamorarse porque no lo tenía permitido. Ella sabía que tener sentimientos hacia alguien era cavarse su propia tumba y dejar que otra persona la enterrara viva. ¿De qué le servía sentir si serían sus padres los que tomarían la decisión de a quién debía amar? Esa era la duda que le rondaba día y noche en la cabeza. Y se odiaba por la respuesta: amar a Gonzalo no tenía ningún sentido. Así que, al cumplir los dieciocho, decidió arriesgarse con un juego peligroso: hacer como si nada. Porque no solo estaba el miedo a fallar como hija, sino que temía aceptar la peor de todas las certezas: su amigo de la infancia jamás le correspondería, porque Gonzalo era un príncipe, y ella, una simple cortesana.

La familia de él, a diferencia de la de Julia, no debió ganarse su sitio en palacio, porque sus derechos sucesorios les otorgaban el beneplácito de instalarse. El rey Carlos Serna de los Monteros fue el primero de su dinastía. La corona anteriormente había pertenecido a los Córcega. El último rey de dicha dinastía murió sin descendencia, por lo que designó como futuro heredero de la Corona de España a Carlos. Su ascenso no fue un camino de rosas, sino que se encontró con diversos contratiempos y una retahíla de personajes en contra que hicieron tambalear los cimientos de esa herencia.

Su llegada a Madrid le hizo anhelar su amada Francia y desear con todo su ser volver allí. El amor por su primera esposa, Ana, fue el único motor capaz de hacerle recobrar las fuerzas para seguir llevando la corona. Quiso desprenderse de ella en numerosas ocasiones. Todas aquellas veces en las que deseó cerrar los ojos y volver a su vida de antes, pues siempre creyó que esa herencia era un regalo envenenado.

—Querida, no soporto este lugar, odio el Alcázar Real, y mira esos desgraciados, ¿acaso creen que pueden llevar esos ridículos ropajes? —criticó el rey Carlos cuando llevaba tan solo unos días en España.

—Te entiendo, querido. Pero debes darle una tregua a este país, su corona ahora te pertenece. A los dos. —Su primera esposa lo intentaba reconciliar con España, haciendo acopio de paciencia.

—¿No entiendes que no quiero gobernar a esta panda de ineptos? Míralos, con esa estúpida sonrisa, como si creyeran que me pueden hacer cambiar de opinión sobre este lugar —sentenció el rey, que ansiaba con todo su ser volver a Francia.

Pero su odio hacia este país no era lo único que lo traía de cabeza. Había dos fuerzas mucho peores que lo arrastraban hacia un abismo, y el monarca no disponía de vigor para acabar con ellas. Una eran los vapores melancólicos que lo azotaban. Una dolencia que le hacía oír voces en su mente que eran más fuertes que su fuerza de voluntad. Imaginaba cosas irreales. Su estado de ánimo fluctuaba de un lado a otro y sus ganas de vivir venían y se iban de manera poco ordenada. El segundo de sus problemas era la lujuria. Sí, la lujuria. Porque la corte de los Monteros no era una pradera celestial y virginal. Nada más alejado de la realidad. El rey Carlos sufría una vorágine de emociones y su vida se regía por un continuo viaje entre la depresión y la euforia. Una parte de él vivía sumida en esos vapores melancólicos que le taladraban las entrañas. Pero en el otro lado de la balanza se encontraba su obsesión por el sexo; la lujuria era su mayor pecado capital. Vivía entre el éxtasis religioso y el sexual, por lo que en su cabeza resonaban las campanas de la culpa y el placer. Su máxima en la vida era la consecución del orgasmo múltiple, creyendo que el placer sexual era el único motivo para vivir. Para ello recurría al onanismo, y tras practicarlo corría a confesarse, porque necesitaba oír el perdón de Dios por sus actos. Pero también acudía a su esposa Ana, una bendita santa, para que complaciera sus más anhelados deseos. El rey se pasaba su jornada laboral o masturbándose o teniendo sexo con la reina. Los rumores estaban servidos.

—¿Habéis visto a Su Majestad? ¡Los condes de Aurioles aguardan en la entrada! —preguntó uno de los cortesanos, asomando la cabeza a las cocinas del palacio.

—Está encerrado de nuevo en sus aposentos —dijo una de las cocineras.

—¿Otra vez? ¿Qué hará allí tanto tiempo? —criticó el que lo andaba buscando.

El rey pasaba largas horas en su habitación, lo que provocaba que toda la corte se preguntase qué estaba haciendo allí. La realidad era que se encontraba en sus aposentos manteniendo relaciones con la reina, porque para él el sexo diario era mandato expreso. Tanto era así que la salud de la reina se vio perjudicada por tan intensa actividad. Su primera esposa no tardó en empeorar. Su cuerpo necesitaba quietud, pero su marido le imploraba que no cesara en sus uniones carnales. Incluso durante sus últimos alientos, el rey Carlos seguía metido bajo sus sábanas. Un ritmo sexual tan frenético podía acabar con la energía de cualquiera. Pero es que el monarca, con un fervor enaltecido y como fiel creyente, se negaba a buscar consuelo fuera de su matrimonio, por lo que mantuvo relaciones sexuales con ella hasta el final de sus días, cuando una enfermedad desconocida acabó con ella.

Su segunda esposa, la reina Victoria Ladrón de Guevara, llegó a su vida como una luz que alumbra el camino. La eligieron a ella porque necesitaban una mujer fuerte que tirara de aquel carro y, sobre todo, que poseyera caderas anchas como símbolo de buena engendradora de hijos sanos, ya que el rey no contaba todavía con descendencia. La gente de la corte esperaba que llegase a palacio una jovencita dócil y manejable, pero se encontraron con una mujer de larga cabellera rubia, hipnóticos ojos pardos y un paso firme. Una mujer que limpió rápidamente aquel entorno de cualquier posible adversario. La reina Victoria era de armas tomar y pronto le quedó claro a todo el mundo.

—Alfonso, esta noche quiero llevar a la cena de gala la tiara de Turín —ordenó la reina Victoria.

—Pero, Su Majestad, sabe que esa tiara... —intentó explicar el camarero mayor del rey con miedo a la represalia.

—¡Quiero-esa-tiara! —gritó ella, haciendo breves pautas entre palabra y palabra para enfatizar su orden.

—Pero, Su Majestad, sabe que el rey Carlos mandó que nadie tocara las joyas de la antigua reina —se excusó Alfonso.

—¿Ve usted por aquí a la antigua reina? No, ¿y sabe por qué? Porque se la están comiendo los gusanos. Y ya no va a poder disfrutar de esa bonita tiara de perlas naturales y diamantes. ¿Y sabe quién sí puede disfrutarla? —preguntó con cierta sorna la reina Victoria.

—Usted, Su Majestad —contestó dándose por vencido el hombre.

—Efectivamente, yo —sentenció con soberbia.

Y es que Victoria Ladrón de Guevara había crecido en la soledad de su habitación bajo el regio mando autoritario de su madre, que quería hacer de ella una futura reina. Tal fue su ahínco en este reto que su progenitora la cultivó en el mundo de los idiomas, la música, la política y las bellas artes. Y la instruyó en los más delicados modales. Imperiosa y altanera desde que tenía uso de razón, su mayor habilidad consistía en espetar de forma poco asertiva cualquier veneno de serpiente que escupiera por su boca. Sus palabras eran dardos que alcanzaban su objetivo sin tan siquiera verlos venir. Pero su belleza era hipnótica. No había persona que no se desnucara tras el paso de la reina con tal de seguir esa ristra de hermosura. Tenía algo indescriptible en su mirada. Dicen que el día que el rey Carlos la conoció, sus ojos se tornaron y su cuerpo estremeció ante tal cantidad infame de encanto. Y desde entonces jamás se separaron. Lo hacían todo juntos: comer, pasear, dormir y hasta confesarse. Fruto de su amor y su desenfrenada pasión nacieron dos vástagos.

A la mayor la llamaron Loreto. Su nombre provenía del latín *lauretum,* que significa «lugar poblado de laureles». El laurel se utilizaba en la antigua Roma para coronar a emperadores, guerreros…, como símbolo de victoria, triunfo y grandeza. Y es que su nombre era un presagio de su porvenir.

Loreto fue una niña tímida y conservadora, que pasaba los días en palacio rodeada de libros. Los devoraba uno detrás de otro, recabando informaciones de todo tipo, desde cocina hasta geografía, pasando por cultura. Su cerebro era como una pequeña esponja que absorbía cada uno de los datos que llegaban a su mente. Su leve sonrisa vaticinaba un mundo interior bastante amplio. Ella parecía estar siempre ensimismada. Unos diminutos ojos azules se escondían entre un océano de pecas. Su melena castaña, por encima de los hombros, multiplicaba la imagen de bondad que rezumaba por los cuatro costados. Su saber estar, su complicidad con toda la corte y su espíritu cultivado hacían de Loreto una sucesora perfecta, pero las leyes favorecían al hombre de la familia y su hermano era el primero en la línea de sucesión.

El amor por los libros de la joven infanta la llevó a entablar una bonita amistad con Julia; compartían comentarios y reflexiones acerca de lo que leían. Este vínculo se hizo más fuerte en aquellos años en los que la joven cortesana y su hermano se distanciaron, por lo que la infanta se convirtió para Julia en un importante pilar donde apoyarse.

El segundo vástago de los reyes era el príncipe Gonzalo, futuro rey de España. Llevaba el cabello perfectamente recortado. Era de un color oscuro, paseándose entre el negro más puro y un castaño intenso. Lo bonito de sus ojos no era solo su color arena, sino el brillo especial que poseían, capaz de contar mil y una historias. El muchacho era alto como el reloj de la torre. Su cuerpo estaba cincelado como las hojas de acanto de los capiteles de una columna corintia, resultado de su apego por las carreras que se daba cada día en los jardines de palacio. Por el mismo motivo, su piel era dorada como los pomos de las puertas de las habitaciones reales. Al príncipe le gustaba correr por el jardín con los primeros rayos de sol de la mañana. Como un ritual, desde que habían vuelto a reconciliarse, Julia se sentaba cada día a esperarlo mientras leía en el banco de piedra que daba acceso a los jardines y en el que tantas horas pasaban juntos. Era el banco preferido de ambos porque se hallaba oculto entre una arbolada, ajeno a miradas impertinentes. Además, no faltaban, como siempre, ojos indiscretos de jovencitas que se aglutinaban en cada rincón del jardín a la espera de que Gonzalo levantara la vista, jadeando por el ajetreo de su cuerpo sudoroso entre carrera y carrera, y la clavara en ellas. Para delirio de estas muchachas, eso nunca sucedía.

—Corre, Rocío, disimula. Creo que nos está mirando —dijo nerviosa una de las jóvenes cortesanas que paseaban por el jardín.

—¿Tú crees, Cristina? Por la expresión de su rostro yo diría que está rezando para no desfallecer —contestó bastante segura su amiga.

—Verás como no, levantemos con esmero la mano y saludémoslo —la convenció la otra mientras le agarraba la mano a su amiga y la subían a la vez realizando aspavientos para llamar la atención del príncipe Gonzalo. Pero él nunca reparaba en la presencia de las bonitas muchachas.

Gonzalo se había convertido en uno de los más apuestos mancebos de las monarquías europeas. Su sonrisa cautivadora hacía derretirse a las jóvenes cortesanas y a las que no lo eran tanto. Tenía un encanto natural que generaba los suspiros de todas las mujeres casaderas. Incluida Julia.

—Ahí tienes a tus polluelas revoloteando —le advirtió esta al ver a las chicas, que disimulaban para no ser pilladas con los ojos puestos en Gonzalo.

—Anda, Julia, ¡no seas despiadada! —En el fondo le gustaba ser el centro de atención de las féminas.

—No soy despiadada, pero podría llenar un estanque con las babas que van dejando a tu paso. —Se rio.

—¿Acaso te molesta, señorita? —la picó Gonzalo, que comenzó una guerra de cosquillas.

—Me es indiferente —lo cortó rápidamente Julia.

—Ah, ¿sí? ¿Yo también te soy indiferente? —preguntó el príncipe mientras apoyaba la barbilla en los puños, a la espera de una respuesta.

—Por supuesto que sí —contestó ella intentando mentir y ocultar que no soportaba que su amigo de la infancia poseyera un arsenal de pretendientas.

Porque a Julia la invadía un sentimiento de insuficiencia, de inferioridad. Al lado de Gonzalo ella siempre se había sentido inepta. E invisible. La educación que había recibido y que se basaba en la castidad, la obediencia y el respeto la había llevado a desarrollar una personalidad sumisa e insegura. Tenía la certeza de haber sido engendrada con la única misión de servir a su futuro marido. Un buen esposo para el cual ella estuviera dentro de su nivel social, cosa que no se cumplía con Gonzalo y que el conde-duque Francisco, como buen amigo de la familia, se ocupó de recordarle en numerosas ocasiones a través de su padre. Motivo por el cual ella entendió que verse a escondidas era la mejor opción para ambos.

—Julia, hija mía, el conde-duque ha venido a hablar conmigo de nuevo —dijo con cierto halo de preocupación Rafael.

—¿Y qué quiere ese decrépito, padre? —preguntó con enfado, a sabiendas de lo que venía a continuación.

—Ya lo sabes, hija. Alguien dice haberte visto reuniéndote a hurtadillas con el príncipe Gonzalo. Así que el conde-duque te anima a buscar alguna amiga. ¿Qué tal la costurera joven? La de familia inglesa. Tu madre dice que está ansiosa por tener compañía en palacio. La pobre es muy tímida y le cuesta entablar amistad —la animó Rafael.

—Padre, las amistades no se planean, simplemente surgen. Y hace mucho tiempo que no me veo con Gonzalo, así que dile al conde-duque que sus informaciones no son ciertas —contestó algo disgustada, porque todo aquello que tenía que ver con el príncipe le sacaba un hilo de fuerza desconocido, como una leona que cuida de sus cachorros.

Julia ya no era una niña. Y eso también se adivinaba en las conversaciones que mantenían el príncipe y ella; a medida que pasaban los años, se iban tornando más maduras, y siempre ocultas a los oídos del resto. La diferencia de edad entre ellos no era obstáculo y las charlas viraron hacia otros lares más intensos. Su educación en palacio les servía de trampolín para comentar cualquier tema referente a la cultura, la música, la política e incluso el amor. Habían creado una burbuja en la que el tiempo parecía que no pasaba. Salir de ella era aceptar que habían perdido, que el tiempo corría en su contra y que debían hacerse mayores para seguir los caminos que ambas familias les habían diseñado. Y eso significaba aceptar las obligaciones que la madurez conllevaba. Contando Julia veintidós años y el príncipe Gonzalo veinte, los jóvenes sellaron su amistad para siempre.

—Esta mañana he hablado otra vez con mi padre de «eso» —dijo el joven mientras echaba una ojeada a uno de los libros de la Biblioteca Real, escondidos los dos tras unas columnas para no ser vistos.

—¿Y «eso» es...? —preguntó Julia con cierto interés.

—Lo de mi futuro matrimonio —contestó su amigo con una frialdad pasmosa y sin levantar los ojos de la página.

—¿Y algo que contar? —quiso saber ella rápidamente mientras notaba un pellizco en la tripa solo al oír esa palabra de boca de Gonzalo.

—Voy a solicitarle a mis padres que se cumpla mi deseo de heredar el trono solo si encuentro el amor verdadero —explicó este como si estuviera hablándole de una receta de galletas.

—¿Qué significa eso? —indagó la joven cortesana mientras la pena la invadía al saber que en esos planes jamás estaría ella incluida.

—Significa que solo aceptaré ser rey de España si me caso por amor, sin que nadie elija a mi futura mujer por mí —declaró el príncipe con aires victoriosos.

—Tienes suerte —confesó Julia, que aprovechó que su amigo seguía inmerso en el libro para limpiarse tímidamente una lágrima.

—¿No piensas acaso que cada vez que hablamos de este tema es como si una fuerza nos empujara a crecer de repente? —planteó el joven en voz alta, levantando su mirada del libro para dirigirla a Julia.

—Hace mucho tiempo que crecimos, Gonzalo. Otra cosa es que nosotros hayamos hecho como que eso nunca ha sucedido —repuso ella.

—Ya, pero no quiero imaginar una vida en la que no podamos seguir viniendo los lunes a la biblioteca a espiar a Eugenia y a Alfonso —confesó el joven, que desde que habían vuelto a ser amigos había aceptado retomar la fechoría de los lunes—. Y no me imagino una vida en la que no seamos mejores amigos. No quiero volver a separarme de ti —se sinceró.

—Eso nunca pasará, Gonzalo —lo tranquilizó Julia, aunque realmente se estaba intentando calmar a ella misma.

—Júramelo por tu vida —le propuso mientras escupía saliva en su mano y se la tendía, como solían hacer cuando habían hecho alguna trastada y se tenían que jurar fidelidad hasta la muerte.

—¡Dios, no, Gonzalo!

—Por tu vida —repitió el príncipe.

Y no les quedó más remedio que sellar aquel pacto escupiéndose en las manos.

4

Puñales por la espalda

Al llegar la estatua a España y al ver el rey la cabeza, montó en cólera por el excesivo tamaño de la misma y porque, según él, no se le parecía lo suficiente.

Sobre la famosa estatua ecuestre del rey Felipe IV,
que encargó al artista Pietro Tacca

A Julia la invadía una enorme desazón por no haber podido disfrutar de la presencia de Gonzalo, ya que para ella su mayor regalo eran los momentos que compartía con él. Por eso las dos últimas noches había acabado quedándose dormida no por el cansancio de ayudar a Mercedes en la sala de costura, sino por el agotamiento que devenía del mar de lágrimas que la asolaba. Pero aquella mañana su madre le había dado el día completamente libre. Habían adelantado muchos encargos en la última semana, y Mercedes sabía que Julia se debía a otros quehaceres, como estudiar, leer o acudir a clase de modales, de las que se zafaba alegando que tenía que ayudar a su madre, cosa que no siempre era del todo cierta. Pero sus padres hacían mucho hincapié en la importancia de ser habilidosa en las tareas del hogar, en saber comportarse ante un futuro marido y en palacio. Ese fue otro de los motivos de que sus padres postergaran el casamiento de la joven; más bien era cosa de Rafael, que alegaba constantemente lo poco preparada que estaba Julia para ofrecerse a un marido de provecho.

—La niña ha vuelto a faltar a clases de modales —reconoció la madre preocupada.

—No se lo tengas en cuenta, Mercedes, seguro que tenía algún quehacer importante —intentó buscarle excusa su padre.

—Tu hija siempre tiene algo más importante que hacer que formarse —le reprochó su mujer.

—¡Pero si Julia es una chica brillante! Hay pocas jóvenes tan instruidas como ella —le recordó Rafael a su esposa.

Para sus padres era muy importante que cultivara su educación. En ese ámbito tenía suerte, porque era una de las pocas afortunadas con acceso a la cultura y a la educación; por aquel entonces las mujeres apenas tenían derechos y su máxima en la vida era servir a sus esposos e hijos. Pero pertenecer a aquella corte le había permitido aprender a leer, a escribir y a pensar. Un privilegio al alcance de muy pocas.

—Rafael, sabes perfectamente lo que quería decir. Me refería a formarse como esposa. Si queremos que Julia sea feliz, debemos aceptar que ha de casarse, y eso solo sucederá si se forma en todos los ámbitos posibles. Tú mismo te has encargado de buscar lo mejor para ella, pero no podemos seguir evitando lo inevitable —finalizó preocupada Mercedes.

Pero a Julia le inquietaban otras cosas lejos de formarse como instruida madre y esposa. Sus preocupaciones eran leer, pintar, asistir a su madre y compartir tiempo con Gonzalo. Así que aquel día, al no tener que ayudarla, se le ocurrió preparar una sorpresa para su amigo. Él siempre la había animado a pintar. Creía firmemente que poseía el mismo don que su padre, aunque sus trazos eran más innovadores y vanguardistas. La joven amaba pintar, pero solía hacerlo a escondidas, porque tenía miedo a ser comparada con su padre. Julia siempre se sentía pequeña: en el arte, en la vida y, sobre todo, en el amor. Así que Gonzalo, que había visto muchos de los paisajes que pintaba y que escondía bajo su cama, la alentaba a hacerlo. Y se preocupaba de recordarle a su amiga el increíble don que tenía. Para ella eso era un soplo de energía.

La muchacha cogió sus óleos y pinceles, un pequeño lienzo y un caballete y se dirigió al jardín. Era bien temprano, así que el príncipe se encontraría probablemente corriendo por los alrededores. Julia se acercó a un lugar apartado ajeno a las miradas indiscretas del resto de los cortesanos, que utilizaban la más mínima ocasión para chismorrear sobre cualquier cosa que sucedía en palacio. Y en un recóndito vergel colocó todos sus enseres. Posó en la hierba el caballete y sobre él situó el lienzo. Le temblaban las manos. A veces el amor le hacía hacer cosas de las que no se creía capaz. Asomó la cabeza con disimulo e intentó ver a su amigo.

—¡Gonzalo! —susurró para que nadie la oyera cuando por fin lo localizó.

—Julia —alcanzó a decir el joven con un jadeante hilo de voz mientras levantaba la mano derecha para saludarla.

—Ven. Tengo una sorpresa para ti —dijo esbozando una amplia sonrisa.

—¿Acaso es mi cumpleaños? —se asombró su amigo.

—Simplemente me apetecía —confesó sincera.

—¿Y de qué se trata? —preguntó intrigado.

—Ven —le pidió Julia mientras le cogía la mano—. Mira —dijo, y señaló el caballete; tiró del brazo de Gonzalo para llevarlo hasta allí mientras este cojeaba un poco por algún mal movimiento que había hecho en el entrenamiento de aquel día.

—Es tu caballete, sí. ¿Vas a pintar el jardín por enésima vez? —soltó, burlándose de ella.

—Voy a pintarte a ti —contestó ante el asombro del príncipe.

Gonzalo tardó en reaccionar. Sabía lo que aquel gesto significaba para Julia. Ella jamás se había atrevido con un retrato, siempre que lo intentaba los nervios la secuestraban, el pulso se le aligeraba y sus trazos no tenían sentido. En aquel instante Gonzalo sintió una invasión de orgullo y una admiración plena hacia la joven. Él la había visto horas y horas enfrentándose a un lienzo en blanco y secándose a hurtadillas las lágrimas que se le escapaban por no encontrar la inspiración o no sentirse libre de dibujar aquello que deseaba. La miraba en silencio e intentaba buscar la palabra exacta para hacerle ver a su amiga que aquella era la mejor sorpresa que jamás nadie le había preparado.

—No se me ocurre mayor honor, Julia —dijo en un tono serio, muy distinto al que solía utilizar con ella.

Lo que a primera vista a otra persona pudiera parecerle un insignificante gesto, para Gonzalo era un símbolo equivalente a una pequeña victoria, al haber conseguido que su mejor amiga se enfrentara a sus miedos.

—Tendré que ir a vestirme —dijo él mientras se secaba con una gasa el sudor del torso.

—Deberías —le imploró Julia.

—Otra vez tu palabra preferida. Que si «debo», que si «debes», que si «debería»… Pues, ¿sabes qué?, vas a pintarme así —le propuso mientras liberaba su torso de ropajes—. ¿No te gustan tanto los libros de mitología griega? Pues píntame así, como si fuera un dios heleno —le pidió riéndose sin parar, aunque en el fondo era conocedor de su belleza.

—¿Sabes a qué dios griego te pareces? —dijo Julia a carcajadas.

—Por tu risa no auguro nada bueno —contestó Gonzalo con cierto resquemor.

—A Hefesto —alcanzó a decir entre risas.

—Venga, graciosilla, que seguro que estás deseando contarme quién es —la alentó el joven, que en el fondo sabía que aquellas risas le servirían a su amiga para soltar los nervios de enfrentarse a su primer retrato.

—Hefesto era el hijo de Hera y dios de la forja y el fuego. Se encargaba de construir las armas de los dioses —explicó.

—Suena bien —añadió Gonzalo.

—Muy bien. Solo me faltaba mencionarte un pequeño detalle: era conocido por su fealdad. De hecho, su madre, cuando nació y lo vio tan feo, lo tiró del Olimpo —dijo Julia, que soltó otra carcajada.

—Tomo nota. Prosiga, señorita —respondió el príncipe con cierta ironía.

—Aquella caída le provocó una cojera. Y a partir de ahí, en el arte se lo representa cojo, sudoroso y con el pecho descubierto... —explicó Julia, señalando las tres cosas en su amigo, que claramente las cumplía.

—Pero ¡serás canalla! —Gonzalo se abalanzó entre risas sobre Julia y le frotó con los nudillos la cabeza.

—¡Para! Y ponte ahí antes de que me arrepienta, por favor —le pidió ella a sabiendas de que, si tardaba mucho más en comenzar, podría acabar arrepintiéndose.

Gonzalo se sentó sobre la hierba y cruzó las piernas. Echó el torso un poco hacia atrás y colocó las manos detrás de la espalda. Aquella postura hacía que el cuerpo del joven pareciera totalmente esculpido por un cincel en mármol. Julia estaba nerviosa; aquel era todo un reto, reflejarlo en su máximo esplendor. Enfrentarse a su primer retrato y hacerlo de la mano de la persona a la que amaba. Porque ella lo amaba en silencio. Lo quería en un burdo silencio que la comía por dentro. A veces se sentía como una bomba que estaba a punto de estallar. Entonces, en esos momentos, desaparecía de los ojos de cualquiera y se encerraba días en su cuarto para calmar la pena y, sobre todo, las ganas. Julia respiró hondo, separó la barbilla del cuello y abrió lentamente los ojos. A pesar de que su cuerpo se aceleraba con la presencia de su amor platónico, al mirarlo en aquel momento una contradictoria calma floreció en su interior.

—No te muevas —le suplicó.

Y, durante horas, su mejor amigo posó para ella. Pero tras un rato Gonzalo notó que le dolían las articulaciones por estar tan quieto.

—Necesito estirar las piernas —confesó cuando ya llevaba un tiempo sin hablar apenas y sin moverse en absoluto, tan convencido como estaba de la importancia de aquel retrato.

—Hazlo, pero no mires todavía —le advirtió.

Sin embargo, un instante después ya estaba tras ella cotilleando el cuadro.

—Julia, es absolutamente increíble —exclamó del todo absorto por los trazos de la joven.

—¡Te dije que no miraras! —le reprochó.

—Me sorprende que a estas alturas todavía no me conozcas. O más bien debe de ser que finges no hacerlo. ¿Y esas flores amarillas que has pintado a mi alrededor?

—Son acacias. Acacias amarillas.

Lo que Julia no le explicó es que para los griegos las flores tenían diferentes significados, ya que a lo largo de la historia se habían utilizado para enviar mensajes ocultos a sus contrincantes o amantes. Y que su simbología escondía los sentimientos del que enviaba las flores. Para los griegos, cada flor tenía un significado: la amapola roja, placer; la camelia blanca, inocencia; la dalia, fidelidad; el rododendro, peligro, y la acacia amarilla, amor secreto.

Mientras, en otro lugar de palacio, en una de las habitaciones, Enrique, el abuelo de Julia, y sus padres conversaban arduamente sobre el futuro de la joven cortesana.

—Sabemos que es lo mejor para ella, don Enrique —justificó Rafael.

—Pues entonces no mareéis más el asunto. Miraos a vosotros, ¿acaso no sois el ejemplo de que el hecho de que alguien con más experiencia decidiera por vosotros os ha convertido en personas de provecho? —El hombre estaba convencido de sus palabras.

—Mi padre tiene razón, Rafael —se apresuró a decir Mercedes mientras le cogía la mano a su marido.

—Y créeme que lo sé, pero no sé cómo vamos a decírselo. Estoy seguro de que nos va a odiar para siempre —señaló compungido Rafael.

—Se lo diré yo. Como puedes comprobar, mi hija Mercedes no me odia —dijo cortante el abuelo, que no soportaba aquellos achaques de debilidad que a veces invadían a su yerno.

—Pero Julia es una joven especial. Todavía tiene un largo camino por recorrer, mucho que aprender y vivir —replicó preocupado el padre.

—Rafael, ¡cuenta veintitrés años! Vuestra hija es la joven casadera de mayor edad de toda la corte de los Monteros. Eso es una deshonra para nuestra familia. Y para ella misma —espetó Enrique—. Piensa que esto tan solo lo hacemos por su bien, ¿o es que quieres que tu hija acabe siendo una apestada? Lleváis demasiado tiempo alargando esto.

—Por supuesto que no —dijo Rafael mientras agachaba la cabeza, señal de que claudicaba ante su suegro.

—Rafael, cariño, Julia estará bien. Además, tú mismo te has encargado de elegir a su futuro marido. Confía en tu intuición; este momento debía llegar —lo intentó convencer Mercedes.

Sin embargo, la intuición de Rafael le decía que estaba empujando a su hija hacia una jaula.

—A todo esto, ¿qué te decía Pietro Ítaca en su última misiva? —preguntó curioso Enrique.

—Recibí la carta hace unas semanas. Me comentó que ya había puesto al tanto de todo a su hijo Mateo, que estaba de acuerdo con pedirle la mano a Julia. Su padre dice que es un buen joven. Que tiene los ojos negros, intensos como el chocolate fundido, y su cabello lo acompaña en esa gama de color. Me envió este retrato de él hecho con carboncillo —dijo Rafael, acercándoselo a su mujer y a su suegro.

—Tiene cara de buena persona, se lo noto en los ojos —dijo convencida Mercedes.

—No puedes adivinar la bondad de un hombre por un retrato hecho a carboncillo —le discutió su esposo.

—Por favor, no nos desviemos de lo realmente importante —insistió Enrique—. Dinos, pues, cuándo prevén viajar a tierras españolas.

—La terminación de la estatua del rey Carlos con su caballo bravo y en corveta se está demorando debido a problemas en la producción; esto hace que su viaje se retrase un par de meses más. Pietro calcula que partirán del puerto de Livorno, en Italia, hacia el mes de marzo. Y estiman que atracarán en el puerto de Cartagena hacia el mes de septiembre —explicó Rafael con cierto sosiego al rememorar que todavía quedaban cerca de siete u ocho meses para que Julia conociera a su futuro marido.

—¿Y cómo piensan traer ese descomunal monumento hasta Madrid? —preguntó contrariada Mercedes, que conocía la importancia que el monarca le daba a esta pieza.

—Creen que podrán transportar la estatua desmontada y embalada en cajas, y con todas ellas Mateo viajará hasta Madrid —le explicó su esposo, soltando un suspiro al final.

—Tranquilízate —intentó sosegarlo Enrique, pasándole el brazo por encima del hombro—, estáis haciendo lo correcto.

De repente, unos ruidosos pasos acompañados de grandes carcajadas se oyeron en el pasillo. Al abrir la puerta de la habitación, el semblante de Julia se tornó serio al ver que su padre no se encontraba solo, por lo que rápidamente ocultó el retrato de Gonzalo tras la espalda.

—¿Querías algo, hija? —preguntó Mercedes curiosa al ver el ímpetu con el que había entrado.

—No, madre, tan solo pasaba a saludar —intentó excusarse la joven.

—Pues entra y dale un beso a tu abuelo —la invitó su madre, que sabía que era el mejor momento para darle la noticia.

—Vuelvo enseguida, madre. Me he dejado mi libro olvidado en el jardín —mintió Julia.

—¿Qué escondes ahí? —preguntó Mercedes mientras se acercaba hasta ella para ver qué ocultaba tras su espalda.

—No es nada importante, madre —dijo Julia a la vez que su progenitora tiraba del cuadro para averiguar de qué se trataba. Su rostro se llenó de preocupación al ver lo que su hija escondía.

—¿Y esto? —preguntó con cierta desazón Mercedes al ver el retrato de Gonzalo.

—Ha sido un encuentro inesperado, madre. Me hallaba yo pintando en el jardín y nos cruzamos de repente. Y me pidió que le realizara un retrato; no iba a negarme a la petición de nuestro futuro rey —contestó la muchacha, aludiendo al honor familiar e intentando evitar la reprimenda que le esperaba.

—Acacias amarillas. —Sonrió su padre, intentando ocultar la pena, porque él sabía la simbología subyacente tras aquellas flores.

Rafael sintió como si un puñal lo atravesara por la espalda.

—Julia, habíamos quedado en que no era bueno para ti que anduvieras por ahí con el príncipe Gonzalo —le recriminó Mercedes con preocupación.

—Creía que había quedado claro el mandato del conde-duque de no volver a veros en compañía el uno del otro.

Tu rebeldía acabará por acarrearnos serios problemas —añadió enfadado el abuelo de la joven.

—Pero Julia ya os ha dicho que ha sido un encuentro casual. Felicitémosla, pues se trata de su primer retrato —contestó satisfecho su padre—. Y eso conlleva un gran esfuerzo.

—En eso Rafael lleva razón, en la vida es importante entender que a veces es necesario hacer determinados esfuerzos —añadió Enrique.

—Lo sé, abuelo, esforzarse tiene recompensa —confesó Julia con un tono de voz entre avergonzado y orgulloso por haber sido capaz de realizar su primer retrato.

—Julia, lo cierto es que, ya que todos estamos aquí reunidos, nosotros queríamos aprovechar este momento también para contarte una buena nueva —dijo Enrique, buscando la aprobación de su hija y su yerno.

—¡Abuelo! ¡No me digas que has conseguido aquel libro sobre artistas italianos del que tanto me hablabas! —se emocionó Julia, que se llevó las manos a la boca, pensando que su abuelo ya había olvidado su enfado previo.

—Mucho mejor. Vas a casarte con uno de ellos —soltó sin miramiento su abuelo, con una forzada sonrisa, mientras los padres miraban impasibles aquella estampa.

—¿Cómo que casarme? —preguntó con un hilo de voz tembloroso al que le costaba salir; aunque era algo que sabía que iba a ocurrir, no pudo evitar reaccionar con pesar.

—Hija, tienes veintitrés años, es hora de ser una mujer de verdad. Es tu deber casarte y formar una familia. Sé que ahora no lo entiendes, pero con el tiempo lo agradecerás —le comunicó cariñosamente su madre mientras se acercaba a ella e intentaba cogerle las manos, pero Julia se las apartó con furia.

—Padre, dime que no es verdad, por favor. Dímelo, padre. Dime que no es cierto —suplicó, juntando las manos en posición de rezar y apoyando la barbilla.

Pero Rafael, que se estaba quebrando por dentro al ver el rostro destrozado de su hija mientras escuchaba el mandato familiar de casarse con Mateo Ítaca, tan solo bajó la mirada y enmudeció. Mercedes siguió intentando convencerla.

—Mi niña, al principio es normal sentirse así. Es una sensación extraña, pero evita equivocarte. Que elijan por ti personas con más experiencia es una suerte que no está al alcance de cualquier joven. Míranos a tu padre y a mí; tus abuelos nos casaran y fruto de ello nació lo más importante de nuestra vida: tú.

—Tranquila, Julia. Tus padres y yo hemos encontrado para ti un buen hombre. Su nombre es Mateo Ítaca, hijo de un reputado escultor italiano. ¡Le está ayudando a su padre a construir una estatua para el rey Carlos! ¿Sabes lo que significa eso? —le dijo su abuelo con una verdadera alegría por haber conseguido pactar aquel matrimonio.

—Claro que sé lo que significa —contestó su nieta, guardándose para sus adentros la ristra de pensamientos que la asaltaban en aquel momento, ninguno de ellos agradable.

—Ya verás, Mateo es un joven apuesto y su padre dice que, como buen italiano, tiene el don del divertimento. ¡Nunca te aburrirás a su lado! Julia, poseen buenas tierras y un renombre que recorre todas las monarquías europeas. Es un hombre instruido, y con el tiempo le cogerás cariño —la intentó convencer su abuelo, vendiéndole a aquel joven como si estuviese expuesto en una feria de ganado.

—Además, Mateo llegará a España a finales de septiembre, por lo que tenemos muchos meses por delante para confeccionarte un bonito vestido de boda e instruirte en los deberes maritales —explicó su madre.

Y en ese instante Julia entendió que había perdido la batalla y que debía darse por vencida si quería seguir siendo la hija perfecta que todos esperaban.

—Gracias, madre. Siento si he sido una egoísta con mi reacción. Sé que tenéis razón y que debo hacerlo por la familia. Seré la mejor esposa que jamás hayáis imaginado —contestó la muchacha tragando saliva y reprimiendo las lágrimas.

—Es lo mejor para ti, hija —dijo Rafael, intentando convencerse a sí mismo de que aquello era lo correcto.

Esta vez, Julia se enfrentaba al «debo» más grande que jamás hubiera imaginado. Al «deber» más doloroso al que nunca se había enfrentado. Tuvo que aceptar en un instante que ese atisbo de esperanza que florecía a veces en su interior, y que hacía que una parte de ella viera posible el poder amar a Gonzalo y ser correspondida, acababa de ser enterrado en una tumba cavada por otros. Porque su vida, sus anhelos, sus sueños, su cuerpo, sus deseos y su futuro se habían vendido al mejor postor. Y en aquel momento Julia comprendió que había algo mucho peor que tener el corazón roto: que fuera tu familia la encargada de romperlo.

5

Sala reservada

Sus fuertes creencias religiosas le hacían presentarse en público como un estricto guardián de la compostura. Lo invadía un exagerado puritanismo y un sentimiento de culpa, ya que de puertas adentro tenía una gran afición por las mujeres.

Sobre el comportamiento sexual de Felipe II

Los días posteriores a la noticia de su futuro casamiento, Julia cayó en un estado de tristeza que intentó salvaguardar haciendo el menor acto de presencia posible en la corte. Alegó dolores fuertes en el bajo vientre y ocultó sus ojeras de la única forma posible: sin salir de su habitación. Apenas comía y sus ojos se convirtieron en una fuente inagotable de lágrimas a la deriva. Tenía que aceptar el porvenir, pero en su interior sentía una emoción concreta y especial que la empujaba a rebelarse.

Le dolían tanto los ojos, fruto del llanto infatigable, que aquellos días encerrada en la soledad de su habitación ni siquiera contaba con fuerzas para leer, su pasatiempo preferido, algo que le hacía ver el alcance de su dolor. Tan solo escribió una carta sin destinatario conocido, por el mero hecho de dejar brotar lo que escondía en su alma.

No alcanzo a saber si el dolor que siento en mi persona es más fuerte en mis ojos o en mi corazón. He sido altamente traicionada por esta elección que nadie vio a bien compartir conmigo. Quiero entender y entenderlos, lo juro. Acepto con resignación casarme con alguien que apenas conozco. Alguien de quien no sé cómo suena su voz cuando susurra ni cómo huele su piel en las distancias cortas. Pero sé que es mi deber honrar a los Ponce de León Campoamor. El apellido de mi familia y su buen nombre tienen que seguir intactos. Pero ¿acaso yo estoy preparada para este avance? ¿Era mi deber asumir que el paso de niña a mujer estaba desde hace tiempo pisándome los talones? Porque mi mente sigue en aquel balcón con un mendrugo de pan, junto a Gonzalo, lista para lanzárselo a cualquiera que pase por delante. Pero mi cuerpo grita despavorido desde una cornisa. He intentado frenar, sin suerte alguna, ese miedo irreversible que tengo a hacerme mayor. O, lo que es lo mismo, a hacerme mujer. Me siento como cuando era pequeña y después de cualquier travesura corría a los pies de mi madre y me sentaba a su vera en la sala de costura. Siempre contaba hasta veinte y me tapaba las orejas para no escuchar la reprimenda del ama de llaves. Recuerdo que apretaba fuerte las manos para que el sonido de su estridente voz no se colara por las rendijas de los dedos. Y eso es lo que hago yo, con veintitrés años, hacer oídos sordos a lo que mi cuerpo grita. Sé el impedimento y el castigo eterno que supone desear a quien no procede…, y acepto que mi cuerpo se debe a Mateo Ítaca. Pero Gonzalo sigue en mi mente y no poseo, mal que me pese, la maestría para sacarlo de ella.

Le atormentaba la idea de perderlo para siempre y le torturaba imaginar que su futuro había sido firmado y sellado como si ella fuera una simple marioneta. Condenada a un matrimonio en el que no imperase el amor y donde se sabía abocada al fracaso. Pero la preocupación de su familia no tardó en hacerse notar, después de varios días de ausencia encerrada en sus aposentos.

—¿Julia? —dijo una voz al otro lado de la puerta mientras daba tres golpes secos.

Pero la muchacha no contestó. Sentía que iba a desfallecer, y las pocas fuerzas que le quedaban tras las lágrimas le servían para el más que noble arte de respirar.

—Julia, cariño, soy tu madre. Me tienes preocupada —dijo Mercedes con un tono de voz que denotaba sinceridad.

—Pasa —contestó, intentando sacar fuerzas para responderle.

—Mi niña, pero qué mala cara tienes —advirtió aquella al ver las ojeras de su hija.

—Ya te advertí que no me encontraba bien, me molestan unos dolores en el bajo vientre, madre —se excusó Julia, desviando la mirada para que su madre no fuera consciente de sus ojeras.

—Por eso mismo, hija. No puedes estar aquí sola, llevas días sin salir, apenas has comido lo que te traje. —Mercedes estaba bastante preocupada.

—Te juro que no tengo apetito alguno, madre —reconoció Julia, que llevaba días con un nudo en el estómago.

—Vamos a la sala de costura, no puedes quedarte aquí sola en este deplorable estado. Te vendrá bien un poco de aire —dijo Mercedes, tirando del cuerpo casi inerte de su hija.

—Pero, madre... —Julia quiso esquivar la petición, sin éxito.

—No hay más que hablar, hoy pasarás la tarde conmigo. Así por lo menos veo tu evolución. Además, hoy esperamos la visita de la reina Victoria —dispuso Mercedes, sin saber que lo que realmente le dolía a su hija era el corazón.

Julia nunca había sido santo de devoción de la reina Victoria. Por mucho empeño que sus padres pusieron en que adquiriera la mejor educación en palacio, la joven no arrimó el hombro. Se desvivió por los estudios, la música, la literatura y la cultura en general, pero se despreocupó totalmente de adquirir modales o de todo aquello que se suponía que las señoritas de bien debían saber hacer.

Cuando llegaron a la sala de costura, todas las saludaron con alegría y alboroto. Mercedes era muy querida entre las mujeres. En esa sala más de diez costureras trabajaban cada día para vestir a la corte de los Monteros. Al entrar, Julia se dirigió al pequeño cojín de algodón en tonos tierra adornado con un gran colibrí bordado, situado junto al ventanal. Le gustaba mucho ese sitio para leer. Ese pájaro era el preferido de la reina Victoria.

—Tu Julita leyendo sentada en el cojín del colibrí forma ya parte del decorado de esta sala —dijo riendo una de las costureras.

—Yo la entiendo, los colibríes te atrapan —repuso otra de las costureras.

—¿Y a qué se debe? —preguntó la joven de descendencia inglesa.

—Que te lo cuente mi Julia. De pequeña me hizo repetirle la historia tantas veces que ya ni me acuerdo… —contestó Mercedes; quería involucrar a su hija en la conversación y de paso seguir ella con sus quehaceres.

—A la reina Victoria le gustan porque tienen un simbolismo espiritual muy magnético —comenzó a explicar Julia.

—¿Por eso cuando los miras te quedas prendada? —preguntó de nuevo la joven costurera.

—Eso es. Dicen que representan la resurrección de las almas y que, cuando una persona cercana muere, vuelve en forma de colibrí para despedirse de aquellos a los que ama. La leyenda cuenta que cuando uno aletea cerca de ti es porque alguien te envía buenos deseos. El aleteo también simboliza el infinito y se asocia con la eternidad y la buena fortuna —continuó explicando aquella fuente inagotable de saber.

—La reina es una fiel creyente de las energías y mandó bordar colibríes de todos los tamaños en cojines y manteles —añadió Mercedes, que no lograba abstraerse de la conversación—. Fieles a la realidad, se bordaron en colores vivos, ya que su plumaje es brillante, centrándose en los tonos azules del océano y en los verdes de los pinos. Alas y picos largos que les confieren una distinguida elegancia. Además, lo segundo les permite alimentarse del néctar de las flores.

Julia volvió a bajar los ojos hacia su libro, sentada en aquel cojín con un colibrí bordado, pero la joven costurera tenía la lengua suelta.

—¿Qué lees, Julia? —dijo la chica, acercándose al lugar donde se encontraba.

A ella no le apetecía hablar. Solo quería desaparecer de allí, no lo podía evitar. Pero recordó las palabras de su padre pidiéndole que se hiciera amiga de esa muchacha, que se sentía bastante sola, así que decidió ser al menos cortés con la costurera.

—Es un libro de amor —contestó sin más explicación.

—A mí me gustan mucho los libros de amor. A veces sueño con que vivo lo mismo que sus personajes. ¿No te sucede? —preguntó curiosa la joven.

—Supongo que a veces —respondió afligida, dibujando una falsa sonrisa en su rostro.

La realidad es que anhelaba la vida de los personajes que habitaban esos libros. Leía sobre el amor que ella misma creía no merecer. Sobre ese amor puro. Sobre ese amor que no dependía de los bienes de los que se disponía, sino de la conexión que sintieran ambos amantes. Leía sobre el amor que no entendía de clases. Y perderse entre esos libros la evadía de su realidad.

—¿Y con este libro te está sucediendo? —insistió la costurera.

—Bueno, habla sobre la pérdida del ser amado. Es la historia de una reina que, tras la muerte de su marido, se hunde en una profunda tristeza. Añoraba cada día hasta la última partícula de su existencia, pero su pueblo está sumido en una guerra y la escasez de alimentos lo azotaba. Ella no duda en sacar fuerzas de flaqueza y salir a la calle a tender la mano a todo aquel que la necesite. En una de esas visitas hace amistad con uno de los lacayos que había servido al rey. Juntos pasan las jornadas repartiendo agua y pan a todo aquel que no tiene nada que llevarse a la boca. Después de varios días, la reina cada vez sonríe más; estar al lado de aquel lacayo la llenaba de vitalidad. Hasta que su corazón empieza a sentir algo que jamás había experimentado, una fuerza inexplicable que le hace sentirse sumamente conectada a él.

—¿La reina se enamora del lacayo? —preguntó con los ojos bien abiertos su atenta interlocutora.

—En efecto. Porque él la cuida, la hace reír, la escucha y la entiende. Y por primera vez aquella mujer se da cuenta de lo que es el amor. Y la reina quiere que vayan juntos a palacio, pero el matrimonio morganático...

Entonces la joven interrumpió el emocionante relato.

—¿Qué es un matrimonio morganático? Ruego disculpes mi ignorancia, pero todavía el idioma se me traba —confesó risueña.

—Es la unión matrimonial entre dos personas de rango social desigual, y eso está totalmente prohibido para la reina de la novela. Así que la pena inunda de nuevo su corazón y jamás vuelve a sonreír —finalizó Julia, e intentó dejar claro con la expresión de su rostro que ya había perdido suficiente tiempo de lectura.

Pero no pudo leer tranquila, porque su madre pronunció su nombre y una retahíla de palabras surgió de sus labios.

—Julia, hija mía, vuelve al mundo de los vivos y bríndame un poco de tu ayuda. Ya es mediodía y la reina debe de estar a punto de llegar. Aún me faltan dos bajos por terminar, y eso que todavía no he acabado con la empuñadura de esta camisa. Encárgate tú de los bajos de los vestidos, por favor. Tienes la marca del dobladillo hecha, tan solo sigue la línea.

Julia no era buena costurera, pero su madre se había encargado siempre de instruirla en las labores de palacio para que tuviera un buen destino. Aunque solo prestaba atención a sus explicaciones no para aprender, como su madre creía, sino para pasar más tiempo a su lado. Estaba tantas horas en la sala de costura que Julia les cogió amor a la aguja y el dedal solo para recuperar todo el tiempo que se les escapaba entre los dedos. Así que, al oír su nombre, cerró el libro y se acercó hasta su rinconcito, en el que, con el mayor de los tactos, Mercedes se encontraba bordando un vestido. Cogió una silla de madera y se sentó frente a ella. Enhebró un hilo blanco a través del ojo de una aguja y comenzó a coser con esmero el dobladillo de aquel vestido; mientras tanto, las demás costureras canturreaban una coplilla. Algunas de ellas tenían un tono de voz digno de los ángeles, así que daba igual lo que cantasen, aquello sonaba a coro celestial. Eran mujeres dicharacheras y alegres que hacían del cante su bandera. Gracias a eso aquel lugar era un remanso de energía y vitalidad. Al entrar en aquella sala sentías que todos tus sentidos se contagiaban del júbilo que desprendían. Además, se divertían creando coplillas reales en las que añadían todos los dimes y diretes que corrían en palacio como la pólvora.

Las puertas de la sala se abrieron de par en par con el anuncio de la entrada de la reina Victoria acompañada de doña Bárbara. Todas las costureras se pusieron en pie y agacharon levemente la cabeza como signo de buena educación. La belleza de ambas mujeres parecía sacada de los bonitos cuadros que adornaban las bóvedas de palacio. Aquellas ninfas cubiertas de seda eran la viva imagen de esas damas. El cabello rubio de ambas reflejaba los rayos del sol mientras se adentraban en la sala con paso firme y cogidas del brazo como si fueran dos amigas de la infancia. La reina soltó a doña Bárbara, la dejó un poco atrás y apresuró el paso hasta el rincón de Mercedes, que estaba rodeada de madejas de hilo y retales de tela. Tras una pequeña reverencia, esta cogió la llave del cajón de su máquina de coser y sacó de allí una cinta métrica, un invento de los sastres de la época que revolucionó la sastrería, pues permitía tomar medidas de forma rápida y exacta. La corte de los Monteros siempre había estado a la última, por lo que no tardaron en comprar varias para las costureras de palacio.

La reina Victoria se plantó frente a Mercedes y alzó los brazos para que comenzara a medirla. La madre de Julia se metía en el bolsillo la confianza de cualquiera con quien intercambiara más de dos palabras. Era una virtud que pocos tenían. Siempre le decía a su hija que las personas se sienten solas aunque estén rodeadas de gente, y que por eso necesitan ser escuchadas. Y eso no se le da bien a todo el mundo, pero Mercedes hizo de esa virtud su mejor herramienta de trabajo, porque la gente a veces ni siquiera necesitaba palabras ni consejos, tan solo sentir que alguien les prestaba atención. Por ese motivo la reina no tenía miramiento ninguno en hablar de cualquier tema, por íntimo que fuera, delante de ella.

—Buen día tenga usted, Mercedes —se apresuró a decir la reina.

—Su Majestad —dijo esta inclinando la cabeza hacia ella en señal de respeto.

—¿Cómo van los encargos? Espero que todo el alboroto de las capas no haya interrumpido mis deseos de que estén los vestidos terminados lo antes posible —exigió la reina, a sabiendas del poder de convicción que tenían algunos cortesanos, que urdían artimañas para conseguir que sus encargos fueran prioritarios.

—Descuide, Su Majestad. No tenga miedo, sus encargos estarán a tiempo, pues yo misma he estado al mando de ellos —dijo Mercedes para tranquilizar a la reina.

—¿Y qué le pasa a esta niña, que tiene el ceño fruncido? —preguntó en voz alta la reina Victoria, refiriéndose a Julia—. ¿No tienes ningún mendrugo de pan para agazaparte y tirárselo a alguien? —Consiguió la risa de todas las presentes, excepto de la madre de la joven y de doña Bárbara, que se había quedado atrás toqueteando unas telas. Pero Julia estaba tan sumida en su pena que hizo oídos sordos a aquel comentario.

—Ruego la disculpe, está un poco indispuesta —quiso cubrirla su madre.

—¡Doña Bárbara, acérquese! —mandó la reina a su dama de compañía, haciendo un ademán con la mano derecha.

La susodicha no tuvo mucha prisa en llegar al rinconcito donde se encontraban; cogió una escalerilla de madera de roble que las costureras utilizaban para llegar a tomar las medidas de los señores y se sentó frente a la reina. Y, mirando el semblante de Julia, no tardó en añadir:

—Pues a mí me parece más bien que tiene cara de tener mal de amores —dijo solemne.

Mercedes desvió la conversación dirigiéndose a la reina.

—Si la pincho, avíseme, Su Majestad —le pidió, intentando por todos los medios evitar el mal trago que se le venía a Julia encima tras esa afirmación de doña Bárbara.

—Le aseguro que sabrá si lo hace, y su cabeza también —respondió la reina Victoria con un tono cómico a la par que amenazante.

Mientras Mercedes le tomaba las medidas con esmero usando una de esas cintas métricas traídas de Francia, la reina prosiguió la conversación que venía manteniendo con doña Bárbara antes de entrar en la sala de costura. La monarca susurraba para que solo la oyera esta.

—Me gustaría decirle que soy dueña de mis actos y que soy capaz de sacármelo de la cabeza, pero la realidad es bien distinta —se sinceró con un tono bajo que a Julia le dificultaba escuchar la conversación con claridad.

—No se fustigue, Su Majestad, ¿acaso a todas estas —dijo bajito doña Bárbara, señalando a las costureras— no les arde la piel? —Rieron ambas a la vez.

—Tiene razón, no voy a mentir —susurró la reina para que el resto no pudiera percatarse de lo que hablaban.

—Ni a mentirse —añadió doña Bárbara.

—Pues haciéndole el cuento corto, la única certeza válida era que la piel me consumía desde que el rey partió rumbo a aquel viaje. Y aunque siempre he respetado su retiro tras el almuerzo al «cuarto bajo de verano», no crea usted que reprimir mi deseo es tarea fácil. Así que, sin mediar anuncio, irrumpí allí. Encontré al rey frente a la obra de nuestro buen amigo Tiziano, obra de la que, para serle sincera, desconocía su existencia. Pero su trazo es fácil de adivinar. Mi marido giró los ojos hacia mí y abandonó el éxtasis que lo tenía inmerso en aquel óleo. «Venus y Adonis», me susurró mientras me percataba de que tenía los pantalones grises marengo bajados hasta la altura de los tobillos y la verga entre las manos. Se la tocaba con ímpetu de arriba abajo, como si la estuviera batiendo con esmero. Aquella estampa consiguió encenderme —confesó la reina con una pícara sonrisa.

—¿Y qué palabras le dirigió usted? —preguntó curiosa doña Bárbara, sabiendo que la reina necesitaba que le tiraran un poco de la lengua para explayarse.

—Pues ni tan siquiera medié palabra; cerré la puerta, me coloqué el vestido de la mejor manera posible y me puse frente a él de rodillas. Mi cuerpo lo anhelaba tras su ausencia y mi mente llevaba días imaginando mil y una escenas posibles. Mirándolo fijamente a los ojos, mis manos hicieron de avanzadilla como si fueran las tropas del reino que adelantan al rey. Sujeté con delicadeza el falo entre las manos y me lo introduje en la boca. Los ojos del rey parecía que fueran a voltearse. Su cuerpo acompasó el movimiento con mi boca y su pene entraba y salía sin ningún miramiento.

»En un momento de pausa se agachó para besarme. Cató con ansia su propio sabor. Me acarició el rostro con cariño y fue bajando las manos desde las mejillas hasta los pechos. Se detuvo en ellos, que seguían cubiertos por el vestido, pero asomaban por el corsé. Acto seguido posó la verga en la parte que sobresalía de mis pechos. Intenté deslizar hacia abajo el corsé sin éxito, ya que las ballenas impedían cualquier movimiento. Aun así, los junté con las manos para provocar en su pene la mayor fricción posible. Le rocé la verga con los pechos una y otra vez, una y otra vez, una y otra vez…

»Hasta que noté que con cada uno de esos movimientos los fluidos iban empapándome los senos. Vi en su rostro el reflejo del gozo. Su Majestad gemía con violencia e ímpetu. Me escupí sobre los pechos para que deslizara el pene como si fuera una barca en la ría. Sin resistencia, llevada por el impulso. Ahí creí verlo morir del gusto. El roce del falo me dejó marca en los pechos erguidos, y yo ardía con su disfrute. Hasta que el rey no pudo contener su deseo y derramó todo su ser sobre mi rostro.

Mientras iba relatando su encuentro sexual con el rey, Julia fue volviendo de su pena profunda movida por su curiosidad innata, que le hacía muy difícil no escuchar aquella conversación. No obstante, aunque había una pequeña distancia entre su silla y el punto exacto en el que ellas se encontraban, y a pesar de que la reina se había preocupado de susurrar lo máximo posible, su joven oído era demasiado audaz para perder detalle.

Las otras costureras seguían sumidas en su trabajo canturreando, ya que su avanzada edad jugaba en favor de la reina, pues varias de ellas estaban ya medio sordas y se encontraban a más distancia, así que aquella ni se inmutaba por su presencia. Incluida Mercedes, que seguía ocupada, después de terminar de medir a la reina, con las empuñaduras de una camisa blanca de lino, simulando no escuchar nada. El lino es una fibra extraída de una planta, y, aunque el trabajo para transformar esas plantas y conseguir ese tipo de tela era muy duro, el rey Carlos amaba ese tejido, ya que con él las camisas eran muy frescas, pues absorbían muy bien el calor.

Tras el final del alegato de la reina Victoria, no dio tiempo a que doña Bárbara abriera la boca, pues Julia tuvo la imperiosa necesidad de soltar aquella frase, para asombro de las tres mujeres.

—¿Y qué sintió usted? —preguntó sin percatarse de que era a la propia reina, la cual no la tenía en mucha estima, a quien se estaba dirigiendo.

La monarca volteó la cabeza hacia la atrevida muchacha; la cara de Mercedes, que tragó saliva, reflejaba pánico mientras rezaba cualquier oración que pudiera salvar a su hija de aquella situación. No fue hasta pasados unos segundos, bajo la mirada atónita que le clavaron las tres mujeres, cuando cayó en la cuenta de lo que acababa de hacer: saltarse todos los protocolos posibles y dejar en evidencia lo que la reina siempre le había criticado, no ser una señorita con refinados modales. Pero ya estaba allí doña Bárbara para recordárselo.

—¿Sabes que es de mala educación escuchar conversaciones ajenas, Julia? —le recriminó doña Bárbara en voz baja para no llamar la atención.

Aunque en ese momento lo único en lo que Julia reparó fue en que aquella mujer se sabía su nombre. Doña Bárbara era para ella un anhelo inalcanzable. Siempre había admirado desde la sombra la seguridad con la que aquella mujer paseaba por palacio. La joven siempre miraba a lo lejos anonadada el porte de aquella mujer, que además poseía el don de la palabra. Aunque esto solo lo sabía de cuando la escuchaba dar discursos en las recepciones de palacio u ordenar cualquier mandato, porque apenas habían intercambiado un tímido hola por los pasillos.

—Ruego perdone a mi hija, doña Bárbara —dijo Mercedes con un tono avergonzado—, y usted también, Su Majestad. No volverá a ocurrir —intentó disculparse.

Sin decir nada más, ambas mujeres abandonaron la sala con paso marcado y rostro desencajado. A Julia y a Mercedes, tras su salida, les temblaban las manos. Pero aquello que se cocinaba a fuego lento en el interior de la hija le hacía rememorar una y otra vez, en su cabeza, las palabras de la reina. No concebía cómo era posible aquella falta de pudor en su discurso. La joven no entendía que hablaran tan libremente de algo que su familia siempre le había transmitido que debía ser secreto y que, por supuesto, era pecado. En su casa jamás nadie había mentado nada acerca del sexo. Ella había crecido en la más estricta inocencia.

Sin embargo, en aquel momento no solo estaba sorprendida por la facilidad con la que la reina Victoria hablaba de su encuentro con el rey, sino también por doña Bárbara, que ni se había inmutado mientras la reina detallaba al milímetro su encuentro sexual. Pero, más allá de todo eso, había otra pregunta que la taladraba por dentro: ¿por qué doña Bárbara sabía su nombre?

6

Una de las nuestras

Siempre estuvo marcada por el hecho de ser mujer y, debido a las presiones sociales, la obligaron a asumir su responsabilidad de ser reina con tan solo tres años.

Sobre cómo llegó a la Corona la reina Isabel

Al llegar a su habitación, Julia se desnudó rápidamente y casi sin mirar cogió un camisón de su armario. Era de un color rosa palo y estaba tejido en seda. El escote en uve tenía bordados con hilo de oro ramilletes de jazmines, la flor preferida de su madre. A Mercedes le encantaba por su olor dulce y penetrante. Siempre hacía infusiones de jazmín, que tomaba al terminar su jornada laboral, ya que sus manos acababan entumecidas y el brebaje funcionaba como un potente analgésico que conseguía calmar un poco el dolor. Acto seguido, Julia se tendió en la cama bocabajo y posó la frente sobre el antebrazo. Un nudo revoloteaba en su estómago y apretaba fuerte la mandíbula para reprimir las lágrimas.

Aquella noche Julia procesó una y otra vez su salida de tono con la reina Victoria, aquel traspié que seguramente le costara más caro de lo que se imaginaba. Repitió sin descanso sus palabras, las de la reina Victoria, las de doña Bárbara y las de su madre, y llegó siempre a la misma conclusión: de cara a ambas mujeres, estaba socialmente desterrada. Y sin ninguna duda a partir de ese día estaría en boca de todos en palacio. Con la salvedad de que aquella noche fue la única después de mucho tiempo en la que sacó por primera vez de su cabeza su matrimonio con Mateo Ítaca, aunque en aquella situación el antídoto podía ser peor que el propio veneno. Al final cayó rendida en un profundo sueño, pues estaba agotada después de todo lo vivido en aquella sala.

A la mañana siguiente el sol entraba por las rendijas de la ventana, entre los huecos libres que dejaba la cortina de su habitación. En toda esa ala del palacio, las cortinas eran de terciopelo en tonos burdeos y dorados de fuerte contraste, y alzapaños dorados con borlas de satén decoraban los frontales. Las telas tenían ese porte que hacía que, nada más mirarlas, se intuyera el olor a polvo. Por más que se esmeraran en la labor de limpiarlas, sacudir las cortinas de 3.418 habitaciones no era tarea fácil. Así que existía un elaborado calendario mensual de su limpieza por alas.

Junto a ellas se encontraba el armario francés de madera de tejo y castaño, de presencia imponente. Estaba tallado con hojas de acanto, gavillas de trigo y flores. Una cornisa cincelada con pájaros lo coronaba, y descansaba sobre unas patas curvas con volutas. Las puertas estaban abiertas de par en par y en él colgaban seis camisones de seda con ribetes de encaje en colores crudos, todos calcados unos de otros.

La joven estaba sumida en un profundo sueño cuando alguien golpeó la puerta de su habitación con fuerza.

—Julia, ¿estás ahí? Llegamos tarde —espetó Gonzalo al otro lado del umbral.

En ese instante ella sintió como si fuera caminando debajo de un palco y alguien le hubiera tirado un jarro de agua fría. Sin salir de la cama, intentó controlar la respiración y se recompuso como pudo, restregándose con fuerza el rostro con las manos para ocultar cualquier rastro de llanto.

—Julia, no te hagas la dormida. Te oigo respirar —protestó el príncipe.

La simple presencia de su amigo conseguía acelerarla. Cerró los ojos e intentó acompasar sus inspiraciones; luego espiró de la manera más silenciosa posible. No quería que la viera así, por eso se mantuvo callada. Ansiaba que Gonzalo desistiese y se acabara marchando.

—¡Buenos días, princesa! —se burló con un toque sarcástico en su voz—. ¡Lo siento, pero voy a entrar! —dijo sin dar opción a réplica, girando el pomo de la puerta. Miró fijamente a Julia y soltó una carcajada—. Sabía que estabas despierta, ¿acaso pretendes engañarme a estas alturas del cuento? —le preguntó mientras seguía observándola—. Por cierto, ¿te encuentras bien? Parece que hayas visto un fantasma. Tienes los ojos inyectados en sangre, ¿no tendrás fiebre? —Se acercó a ella y le puso la mano en la frente para notar su temperatura—. Por Dios, estás ardiendo, debes de estar al punto de ebullición. —Se puso a reír sin parar.

—¡Calla, idiota! Es culpa de las sábanas de franela que han puesto, son un verdadero infierno, y por culpa de ellas he pasado un calor horrible esta noche. Como si hubiera dormido a las puertas del mismísimo infierno. —No se le ocurrió una respuesta más ingeniosa.

—Toda la razón, no sé quién ha decidido poner estas telas heredadas posiblemente del ajuar de mi tatarabuela. Ese estampado de hojas aciculares es sencillamente horrendo —contestó el joven, directo y natural.

A Julia se le escapó la risa ante un comentario tan ocurrente frente a su absurda disculpa.

—¿Qué son las hojas aciculares, listillo? —Reconoció así su incultura sobre algunas plantas, pero dejó entrever su amor por conocerlas.

—Las hojas de los pinos, aquellas que son alargadas, rígidas y puntiagudas. O, lo que es lo mismo: las hojas esas feas que decoran ahora todas las sábanas de palacio. Venga, vístete, dormilona, que llegamos tarde. —Gonzalo deseaba que se diese prisa.

—¿Adónde llegamos tarde? —No recordaba qué plan tenían ese día.

—¿En serio te has olvidado, Julia? ¡La excursión a caballo! ¡No puedo creer que no lo recuerdes! —exclamó su amigo con cierta decepción—. Saldré yo en avanzadilla y te esperaré en el rosal de los palacetes.

—Ah, lo olvidé —confesó Julia.

—Anda, levántate y vístete —le ordenó Gonzalo—. Le he pagado al mozo de cuadra para que guarde silencio sobre nuestra salida.

—Lo siento, pero hoy no me apetece —dijo ella con la voz entrecortada.

—Venga, ¿en serio? Llevamos semanas planeándolo —contestó el joven con cierto enfado.

—De veras que no me encuentro bien, Gonzalo. —Sentía que se le rompía el corazón por no tener vitalidad para pasar el día con la persona a la que amaba.

—Qué rara estás desde hace unos días. No alcanzo a entenderte. —Estaba realmente molesto.

—Lo siento.

Julia agachó la cabeza y el príncipe salió de la habitación malhumorado, sin replicar. El pesar de la muchacha era tan inmenso que no tenía fuerzas suficientes para verbalizar lo que la mortificaba por dentro. Era incapaz de confesarle que sus padres ya habían acordado su futuro matrimonio con Mateo Ítaca, y se atrevía mucho menos a explicarle el amor que le profesaba a él. Se sentía en tierra de nadie, empujada por la obediencia que debía a su familia y acallando los gritos de un corazón que la ahogaba. Tres golpes volvieron a sonar, pero tenía claro que no iba a cambiar de idea.

—Gonzalo, lo siento, pero no voy a ir —contestó afligida.

—No soy Gonzalo —dijo una voz de mujer que en un principio no reconoció.

Sin embargo, cuando se abrió la puerta, fue incapaz de reprimir la sorpresa, no esperaba esa visita.

—¡Doña Bárbara! ¿Qué hace usted aquí? —Brincó de la cama—. Imagino que anda buscando al príncipe, acaba de marcharse.

—Te buscaba a ti, Julia —dijo aquella en un tono sereno.

Julia abrió los ojos al máximo y tragó saliva de una forma brusca. Después de su traspié con doña Bárbara en la sala de costura, aquella visita solo podía ser el preludio del desastre.

—¿A mí? —preguntó dubitativa mientras se señalaba con el dedo índice.

—¿Acaso ves a alguna otra Julia en esta habitación? —preguntó con cierta ironía doña Bárbara.

—No, disculpe. Solo que se me hace raro que haya venido a mi cuarto a visitarme —contestó con franqueza.

—¿Sabes? Tengo buen olfato para adivinar un corazón herido —se jactó la elegante dama mientras que se posaba frente al espejo y admiraba su propia figura.

—Si lo dice por mí, se trata tan solo de un dolor en el bajo vientre —intentó mentir, pero no le salió muy bien.

—Pues dicen por palacio que tus padres te han encontrado candidato para casarte, ¿es acaso eso cierto? —preguntó doña Bárbara, que lo sabía de sobra.

—Sí, agradecida estoy por ello. Es un joven de provecho y pertenece a una buena familia. Sus modales son exquisitos y, la verdad, es bello. Mis padres se han esforzado mucho por conseguir mi felicidad —le explicó, no muy convencida de lo que le estaba contando.

—Si mis fuentes no me engañan, se trata del hijo de Pietro Ítaca, y actualmente se acerca a España en barco, pues trae consigo la escultura del rey Carlos. —Le ahorró a Julia bastante información.

—¿Lo conoce? —preguntó intrigada ella, deseando que alguien satisficiera sus dudas sobre cómo sería su futuro marido.

—No tengo el gusto. Pero dispongo de buenas referencias sobre su persona. López de Huerta, el escultor de cámara, me ha hablado en numerosas ocasiones de él —la tranquilizó esa mujer que le parecía tan bella.

—Seré feliz a su lado —dijo Julia para intentar autoconvencerse una vez más de que la decisión de su familia era la más adecuada para ella.

—La verdad es que no lo serás —la cortó doña Bárbara.

—¿Por qué dice usted eso? —preguntó compungida.

—Porque sé identificar una mirada. Y porque yo también he estado en tu lugar —le confesó por sorpresa.

—Se equivoca, usted no me conoce de nada. Quiero casarme con Mateo —contestó llena de rabia—. Y ahora agradecería que me dejara a solas.

Pero doña Bárbara, que poseía un aplomo inquebrantable, no se inmutó por el tono de voz y la petición de Julia. Siguió acicalándose su cabellera rubia frente al espejo.

—Yo también quise engañarme. Mi dignidad estaba por encima de mi amor propio. Tenía un par de años menos que tú cuando mis padres me comunicaron que debía casarme con mi primo hermano. Según ellos, él, que llevaba más encajes que yo y que por todos era sabido que gustaba de acostarse con hombres, era la mejor elección para mí. —Doña Bárbara soltó una carcajada ante el asombro de Julia, que seguía atónita por la visita de aquella brillante mujer.

—Pero ¿llegó usted a casarse? —preguntó curiosa, volviendo a sentarse en el filo de la cama para escuchar mejor a aquella dama.

—Por supuesto que no —reconoció orgullosa doña Bárbara.

—¿Y conoció usted el amor? —indagó la muchacha sin miramiento.

—No me apetece hablar ahora de eso, Julia —contestó con la voz quebrada, mostrando una doña Bárbara aún más desconocida para la joven.

—Lo siento, no pretendía incomodarla —se excusó la cortesana.

—Si no tienes ninguna pregunta más… —intentó finalizar la dama de compañía.

—Solo una más, lo juro. ¿Cómo consiguió usted no casarse? —preguntó, atenta a cualquier resquicio de esperanza en la respuesta de doña Bárbara.

—Me negué, Julia, y tú también puedes hacerlo —dijo con certeza y mirándola a los ojos.

—No puedo, créame que no puedo. Se lo debo a mi familia, el linaje de los Ponce de León Campoamor estará a buen recaudo con mi casamiento. —No pudo disimular el nudo que tenía en la garganta; apenas le salieron las palabras.

Julia poseía una sensibilidad acérrima, heredada de su madre. Al igual que ella, era capaz de emocionarse ante una obra de arte o la melodía de una canción. Pero también era de lágrima fácil, y llevaba toda su vida luchando por mantener el lagrimal seco, pero la realidad era que, desde que se había enterado de la noticia de su futuro matrimonio, estaba sumida en un llanto casi continuo que era incapaz de controlar.

—No le debes nada a nadie, Julia. Solo a ti misma. No dejes que te hagan creer lo contrario. Llevo tiempo preguntando por ti, porque reconozco tu energía. Y ayer en la sala de costura vi en ti esa mirada, esa rebeldía que te consume por dentro. Descubrí en ti un reflejo de la Bárbara que yo era. Aquella dócil y obediente que se culpaba por sentir. Una joven que soñaba con ser querida y con cumplir al dedillo lo que la sociedad establecía. Yo también creía que eso era lo correcto, lo que otros decidían. Pero no es así. Hay una vida ahí fuera con tu nombre escrito en piedra que espera ser vivida por ti. Porque recuerda siempre que solo tú puedes vivirla.

Julia rompió a llorar tras escucharla. Esa mujer se había fijado en ella y había preguntado por la joven, por eso sabía su nombre.

—Tengo veintitrés años, doña Bárbara. Ya llevo mucho tiempo en boca de todos porque sigo soltera. Mi familia está henchida de orgullo por la elección de Mateo. No puedo hacerles eso —contestó angustiada.

—Mírame, alza la barbilla —ordenó doña Bárbara mientras le subía el mentón con la mano—. ¿Te gusta lo que ves?

—Por supuesto —dijo Julia asintiendo con la cabeza.

—Pues no tengas miedo a ser quien eres —concluyó.

Efectivamente, aquella noble mujer era todo lo contrario a Julia. Era segura y decidida. Nadie en palacio se atrevía a llevarle la contraria, ni siquiera el rey Carlos. A su paso todos callaban y en su presencia todas las miradas se clavaban en ella. Doña Bárbara era la dama de compañía de la reina Victoria. Para ser nombrada con ese cargo se exigía pertenecer a la grandeza de España, la máxima dignidad que posee la nobleza en cuanto a jerarquía nobiliaria se refiere. Un título al alcance de tan solo unos pocos privilegiados que doña Bárbara cumplía.

Ella provenía de una reputada familia de nobles de Toledo perteneciente al linaje de los Manrique de Lara. Ser la dama de compañía de la reina Victoria era el trofeo más codiciado por cualquier mujer. Dichas damas eran una clase palaciega especial y acompañaban a Su Majestad según la antigüedad de su linaje. Las funciones de doña Bárbara eran las más deseadas de toda la corte: hacía guardia junto a la cámara de la reina mientras se producían las audiencias; la acompañaba cada día tanto dentro como fuera de palacio; comía sentada a la mesa real, e iba con ella a los espectáculos públicos. Para distinguirse, siempre llevaba un lazo malva prendido del lado izquierdo del escote de sus sugerentes corsés, que dejaban poco lugar a la imaginación. Llevaba más de diez años acompañando a la reina.

La apariencia de doña Bárbara era lo más opuesto a un ángel. Un cabello rubio y perfectamente ondulado que simulaba las olas del Mediterráneo le acariciaba el cuerpo hasta posarse a media espalda. Los labios eran tan carnosos que parecía que enviaban besos al aire; cualquiera que la mirase de cerca suspiraba por uno de ellos, con ese rubor frambuesa permanente, igual que en las mejillas. Su cara parecía de una simetría perfecta y tenía las cejas pobladas, y sus ojos castaños, aunque no tuviesen el color más bello por antonomasia, dejaban prendadas a las personas con las que se relacionaba si pasaban más de un segundo mirándolos fijamente.

Doña Bárbara no debía de tener más de cuarenta años, o eso pensaban en la corte, porque nunca confesó su edad a nadie. Sus pechos eran grandes, como las naranjas que usaban en la cocina para los zumos recién exprimidos que servían a los reyes y a los infantes cada mañana. Los corsés siempre los llevaba ceñidos. Las costureras decían que le gustaba ponerse una talla menos para ensalzar sus pechos, que eran su seña de identidad.

—¿Y si no sé quién soy, doña Bárbara? —preguntó Julia sollozando.

—Eres una de las nuestras. Ven al caer la noche al cuarto rojo. Te estaré esperando —finalizó aquella mujer bella y segura.

Y gracias a aquellas palabras Julia vislumbró un oasis de esperanza tras el mar de lágrimas en el que se hallaba sumida.

7

El cuarto rojo

Pero realmente lo que trascendió con el tiempo fue su obsesión por el sexo. Cuando quería dejar a uno de sus amantes para buscarse otro, los contentaba con títulos, cargos y dinero.

Sobre el comportamiento sexual de Catalina II de Rusia

La cocina del Palacio Real ocupaba una amplia zona del lateral de la primera planta y se accedía a ella a través de la Galería del Ramillete. A la derecha se vislumbraba una puertecita que llevaba al Comedor de Diario. Las puertas traseras enlazaban con una galería que daba acceso a las escaleras que conectaban con el jardín. En la entrada había un pequeño zaguán por el que se entraba a las salas de cocinado, iluminadas por grandes ventanales. La primera estancia era la Sala del Ramillete, el lugar preferido de Julia, porque allí era donde se confeccionaban los dulces, los chocolates, los bizcochos y las compotas. La cocina se dividía en dos: el Ramillete del Rey y la Cocina de Estado; la función de la primera era preparar los alimentos para la mesa del rey y de las personas reales; la de la segunda, alimentar al personal de servicio que tenía derecho a comida. Y justo antes de aquel espacio, en la antecocina, se estableció otro destinado al precocinado, lavado y cortado de alimentos. Había dos largas mesas centrales. A su derecha, una pila que contaba con una serie de baldas en la parte superior a modo de escurridores. Ahí se encontraba Francisca, una de las responsables de la cocina y una de las mujeres que más tiempo llevaba trabajando en palacio. Estaba lavando unos tomates cuando irrumpió en la sala una sirvienta joven llorando sin consuelo.

—Pero ¿qué te sucede, criatura? —preguntó Francisca, secándose las manos en un mandil de algodón que descansaba sobre sus muslos.

—Nada, doña Francisca. —Evitó entrar en detalles.

—Por nada no se llora, niña. Los nadas siempre tienen nombre y apellidos —repuso la cocinera.

—Luis José Padilla —reconoció rápidamente la muchacha, pues su pena necesitaba consuelo.

—¿Qué te ha hecho ese desvergonzado? —La mujer quería saber lo que le ocurría.

—Él no me ha hecho nada, señora. Ha sido culpa mía. Dice haber sido víctima de una estafa por parte de mi familia —reconoció desconsolada.

—¿Y de qué estafa estamos hablando? —preguntó la cocinera, tirándole de la lengua.

—Luis José dice que soy un engaño, que aceptó casarse conmigo por mi condición de mujer fértil y que después de un año sigo sin brindarle descendencia. Soy un monstruo, Francisca. ¡No sirvo para nada! No soy capaz de cumplir con mi deber de ser madre —lloriqueó la sirvienta.

—Entiéndelo, Dios te creó para ser madre. Recuérdame cuál es tu nombre, niña, que a esta edad a una ya le falla la memoria. —Francisca la atrajo hacia ella y la acurrucó entre sus pechos protuberantes para tranquilizarla.

—Merceditas —contestó la joven, que era muy bella, con unos grandes ojos azules y el pelo dorado.

—¿También eres hija de Mercedes, la costurera? —indagó la mujer.

—No, señora. Y creo recordar que solo tiene una —le informó la sirvienta, desconsolada.

—Toda la razón, lo había olvidado. Anda, no te preocupes, que le pondremos solución a tu maldición. Ven conmigo —dijo Francisca, tirándole de la mano.

La joven la siguió a paso ligero y ambas mujeres se situaron frente a una estantería llena de frascos con algunas inscripciones a mano. A simple vista, no parecían tarros de alimentos al uso.

—Coge ese de ahí, el de la tapa granate —dijo la veterana señalando uno de los frascos—, y dime qué pone.

—Lo siento, no sé leer, señora —reconoció la chica mientras se ponía de puntillas para alcanzar el tarro.

A Francisca no le dio tiempo a contestar, pues Julia apareció en la cocina con un hambre voraz. Tras haber estado días encerrada en sus aposentos arrastrando su pena, volvía otra vez el apetito. La reciente conversación con doña Bárbara y el encuentro que en breves instantes iba a ocurrir en el cuarto rojo la hizo resucitar de entre los muertos con mucha hambre.

—¿Acaso quedan manzanas para paliar esta bestia que ruge en mi estómago, Francisca? —preguntó divertida Julia con una vitalidad que no había hecho presencia en días anteriores.

—Ni una me queda, se han servido ya todas para la cena. Si es que, cuando cae la noche, no son horas de pedir comida —la reprendió—. Y no sé por qué pensaba yo que esta joven era tu hermana.

—¡Había que intentarlo! Y vaya ojo, doña Francisca, poco nos parecemos ella y yo —añadió Julia—. Buenas noches os deseo a las dos.

—Aguarda, niña. ¿Sabes tú qué pone aquí? —preguntó la cocinera mostrándole el tarro que habían cogido de la estantería.

—Bilma madrera —leyó con exactitud antes de despedirse de las dos mujeres y abandonar la cocina de camino al cuarto rojo.

—Ojalá yo supiera leer —deseó la joven sirvienta, sumándole más pena aún a su tono de voz mientras veía a Julia salir de la cocina.

—En eso no te puedo ayudar, niña, ya sabes que es un privilegio al alcance de muy pocas. Pero sí con tu otro problema. Este es el ungüento que yo buscaba. Úntatelo en el vientre y verás que quedarás encinta sin pestañear —la animó.

—¿Y de qué se trata? —preguntó curiosa.

—Es un remedio casero que hace años utilizaba mi abuela en la villa de Cáceres. «Bilma» viene de «bizma», que significa «emplasto», y «madrera», ya su nombre indica el fin para el que se utiliza. Lleva aceite, yema de huevo, cerumen de oídos, excremento de bestia y leche. Y, por supuesto, agua bendita —explicó la veterana cocinera a la joven, cuya cara reflejaba angustia.

—Este ungüento se presenta asqueroso —reconoció Merceditas.

—¿Quieres seguir siendo una estafa para Luis José o quieres ser una mujer en condiciones? —La joven ni lo dudó y se llevó el ungüento.

Julia bajó las escaleras tras probar suerte buscando manzanas en la cocina. Se alejó así de esa escena cotidiana que mostraba el sometimiento de la mujer al hombre, así como la perpetuación de su situación por parte de ellas. El corazón no solo le latía a un ritmo presuroso por su incertidumbre ante la conversación que estaba a punto de mantener con doña Bárbara, sino que estaba nerviosa porque iba a averiguar en unos momentos lo que se escondía detrás de la puerta del cuarto rojo. Julia supo de su existencia cuando empezó a ayudar a su madre en la sala de costura. Las costureras avivaban las leyendas que sobre él corrían y jugaban a inventarle disparatados usos.

Algunas decían que era el cuarto donde la reina tenía presos a quienes le llevaban la contraria; otras aseguraban que era el rey el que tenía encerrados en aquel cuarto bufones traídos desde Francia para su divertimento. Y aunque Julia sabía que aquello solo eran chismorreos de la corte, también sabía que aquel sitio guardaba algún secreto. Siempre creyó que era el lugar donde los reyes, doña Bárbara y el conde-duque mantenían reuniones secretas para no ser escuchados por ningún curioso, pues se encontraba alejado del mundanal ruido de las plantas superiores del palacio.

Las llaves tan solo estaban en poder del guarda real, de los propios reyes y de doña Bárbara. Pero la realidad era que nadie sabía lo que había dentro de aquella habitación. Lo llamaban el cuarto rojo porque lo presidían dos enormes puertas de madera de color amaranto. Dicha sala se encontraba en la planta baja, en un ángulo en el que no había ninguna estancia importante. Era raro ver personas en aquella zona del palacio, ya que la mayoría de la vida diaria transcurría en las estancias superiores. Al llegar, Julia tocó la puerta con nervios y poca decisión.

—Soy yo, Julia —se presentó la joven desde el otro lado.

Se oyeron unos rotundos pasos seguidos de la llave girando. Los portones de madera macizos se abrieron con un leve chirrido. Su color recordaba a las cerezas en su punto álgido de maduración. A Julia el corazón le latía tan rápido que creía que iba a vomitarlo. Cerró y tuvo que frotarse varias veces los ojos para cerciorarse de que todo lo que estaba viendo era real.

Clavó la mirada en la pared frontal, decorada con penes de madera de todos los tamaños y formas: más pequeños,

más grandes, con testículos, sin ellos, erectos, flácidos, erguidos, curvados hacia la izquierda o hacia la derecha... Penes,
penes y más penes. Aquella estampa era ilusoria, lasciva, obscena. Y eso la estremecía. La Julia sumida en una ideología
familiar arcaica sentía horror por lo que se descubría ante
ella, pero la otra, la rebelde, quería saber más. Y más.

—Bienvenida al cuarto rojo, Julia —la saludó doña Bárbara; ella seguía absorta sin creer lo que estaba viendo allí.

—¿Qué es este lugar? —alcanzó a decir, sin dar crédito
a aquella estampa.

—Es el lugar de todos aquellos que quieren saber quiénes son —explicó doña Bárbara—. Pero tú no estás todavía
preparada, no tengas prisa. Todo llegará a su debido tiempo.
Sobra decir que pagarás con tu vida cualquier falta de lealtad.

—Descuide, doña Bárbara, eso jamás sucederá —juró.

En la parte derecha de la habitación había cuatro habitáculos separados entre sí con una cortina corrediza de terciopelo rojo. Julia se acercó hasta ellos con sigilo, con miedo
a destapar qué más podría depararle aquel lugar. Descorrió
una cortina con la mano temblorosa, como cuando saludó
informalmente por primera vez al rey Carlos. Las paredes
estaban forradas con espejos gigantes. En el segundo habitáculo, la misma disposición; en el tercero, igual, y en el cuarto, más de lo mismo. Fue en ese momento, al introducirse en
el último, cuando vio reflejado en uno de los espejos el mobiliario que se encontraba al otro lado de la habitación: una mesa
redonda sostenida no por patas, sino por vergas de madera
gigantes cuyos testículos recaían sobre una peana. El tablero
superior poseía unos faldones de un palmo de altura donde se
encontraban cuerpos desnudos femeninos tallados en madera
que coincidían con la punta de las vergas. Seis sillas de terciopelo rojo abrazaban la mesa, mientras que la madera del respaldo y los brazos estaba teñida de dorado. En cada brazo
había tallados un hombre y una mujer tumbados en una posición bastante lejana a la rectitud. El hombre tenía cincelada

su lengua lamiéndole el sexo a la mujer. Coronando el respaldo, sobre la palmeta, otra abierta de piernas con la vulva totalmente abierta, como una rosa en primavera. A cada lado de la mesa, unas columnas que simulaban cuerpos desnudos de fémina y, enroscadas a ellas, como si fueran serpientes, figuras masculinas con la boca en los pechos de ellas. Todo aquello culminaba con un jarrón donde se apreciaba un pene erecto lamido por una mujer, sobre cuya cabeza crecían las flores.

Detrás de todo aquel mobiliario quedaba la última pared. En ella había una especie de equis de madera negra. Del borde de cada punta pendía una argolla metálica con un sistema de cerrojo, unida al resto por un tramo de cadenas. Estaban hechas a golpe de martillo en forja de herrero. A la derecha de esta equis, en un panel de madera, colgaban numerosos artilugios, como una fusta de las que se utilizaban para dar brío a los caballos; unas plumas largas y pobladas semejantes a las de un pavo real; antifaces de seda de color negro sin apertura en los ojos, y un sinnúmero de artefactos de desconocido funcionamiento.

—Julia, como te comenté, hace tiempo que te observo. Hay algo en ti que me recuerda a la Bárbara que yo solía ser a tu edad. La que tenía miedo a ser libre, y puedo asegurarte con toda certeza que este lugar es la antesala de la libertad, de tu libertad —continuó doña Bárbara.

—¿Y a qué sabe la libertad? —preguntó atenta, pues aquel lugar despertaba un interés descomunal en ella.

—Ya lo descubrirás. No quieras galopar antes de aprender a caminar —la amonestó la otra.

—Pero... ¿y todos estos artilugios para qué sirven? —siguió preguntando curiosa.

—¿Has practicado sexo alguna vez? —La dama de compañía de la reina fue directa.

—¡No! ¡Dios me libre, doña Bárbara! No soy yo de ese tipo de señoritas —contestó Julia con los mofletes sonrojados ante el descaro de aquella mujer.

98

—¿A qué tipo de señoritas te refieres, jovencita? —preguntó con ironía doña Bárbara.

—Pues…, ya sabe, a esas que… Bueno, a esas que hacen cosas sin estar casadas —intentó explicar Julia.

Doña Bárbara la miraba con sentimientos encontrados. Una parte de ella le gritaba que la dejara ir, que no debía entrar en ese mundo. La veía demasiado dócil e inocente. Pero otra parte sabía que Julia era un diamante en bruto. Lo veía en sus ojos y en aquellos ramalazos que le florecían cuando no dejaba que su mente la gobernara. Se veía reflejada en ella y se sentía en el deber de enseñarle en qué consistía realmente vivir.

—¿Te aterra pronunciar con tus labios la palabra «sexo», Julia?

Esta se sintió de nuevo incómoda ante esa pregunta.

—Mi madre dice que eso solo se hace para consumar el matrimonio o tener descendencia. Que en el resto de los supuestos, a los ojos de Dios, es pecado. No es que sea yo muy creyente, pero no quisiera tentar a la suerte con los castigos divinos —se sinceró la joven.

—Julia, que el sexo es pecado es la mayor mentira que nos han hecho creer. Temen nuestra libertad sexual porque les da miedo que seamos libres. No te conformes con el papel secundario que los hombres han reservado para ti. Lucha por tu dignidad y por la igualdad. —Doña Bárbara vibró con esas palabras y avivó la mente de la muchacha.

—¿Y si no sé cómo se hace? —preguntó preocupada.

—Descuida, yo te enseñaré. Hay un grupo de mujeres, como tú y como yo, sedientas de libertad que buscan su identidad. Mujeres que se han atrevido y han dado un paso al frente. Pronto sabrás más acerca de ellas —añadió doña Bárbara.

—¿Y si no soy como usted cree? ¿Y si no soy como ellas? ¿Y si no soy como vosotras? ¿Y si no sirvo para esto? —la siguió interrogando Julia, confusa por la infinidad de pensamientos que salían de su mente.

—¿Si no sirves para qué, Julia? ¿Para ser mujer? ¿Para vivir? —continuó la dama de compañía con una seguridad pasmosa.

—Para esto —dijo ella abriendo los brazos para abarcar aquella habitación.

—Con el corazón en la mano y sin faltar a tu honor, sé sincera: ¿quieres casarte con Mateo Ítaca? —preguntó firme doña Bárbara, mirándola fijamente a los ojos.

Un silencio inundó el cuarto rojo. En aquel momento, la cabeza de Julia parecía que iba a explotar. Su mente iba más rápido que su cuerpo y una infinidad de preguntas la hostigaban. ¿Por qué ella? ¿Por qué doña Bárbara la había elegido? ¿Qué escondía verdaderamente tras su ofrecimiento? ¿Podía fiarse de aquella mujer? ¿Cuáles eran sus intenciones? Julia no tenía respuestas para todas esas preguntas, pero algo dentro de su cuerpo la instaba a descubrirlas.

—No, no quiero casarme con Mateo Ítaca —se reveló, con miedo a pronunciar en voz alta aquellas palabras que sentía como una ofensa a su familia.

—Pues entonces estás en el lugar indicado —la tranquilizó doña Bárbara.

—Pero mi familia… Ellos no lo entenderían, no puedo hacerles eso. Han sacrificado mucho por mí. Vinimos a este palacio para que yo me convirtiera en una mujer de provecho. Y con mi casamiento con Mateo intuyo que lo he conseguido; es lo que ellos siempre han anhelado para mí. No me siento digna de nada, doña Bárbara. No puedo deshonrarlos. Tengo miedo a sentir —confesó, agotada, Julia.

—Sentir no es una deshora. Es la mayor muestra de que estás viva —agregó la dama de compañía.

—Quizá ese es el problema, a lo mejor no merezco vivir, no así. El corazón me duele, doña Bárbara, como si alguien hubiera metido las manos dentro de mí y lo estuviera oprimiendo con fuerza —trató de explicarle lo que sentía mientras simulaba ejercer fuerza con las manos sobre algo imaginario.

—Ya está bien, Julia. Se acabaron los llantos y los lamentos. Si deseas tu vida de siempre, si quieres dejar que otros decidan tu destino por ti, si quieres ser una ciudadana de segunda y que otros vivan tu vida, instalarte en la pena y ser la mujer que otros quieren que seas..., adelante, abre esa puerta y sal por ella ahora mismo. Por el contrario, si quieres ser alguien, saber realmente quién eres..., quédate aquí —sentenció doña Bárbara.

Julia estaba asustada y temblaba como un flan hecho con huevos, leche y azúcar por doña Francisca, como los bollitos que cocinaba Madeleine, la encargada de los postres de palacio. Tenía miedo a fallar a su familia, a tirar por tierra el buen nombre que los acompañaba, a no cumplir con los estándares propios de la mujer. En definitiva, a sentir, desear y reconocer que estaba enamorada de otro hombre; a verbalizar que no quería casarse con Mateo. Pero, sobre todo, tenía miedo a ser quien era. Sin embargo, también quería vivir su vida, y sabía que acabar con aquellos miedos era la única formar de romper sus cadenas. Por eso, aunque la invadía el temor, miró fijamente a doña Bárbara y, con un halo de valentía desconocido para ella, alzó la voz y proclamó su deseo:

—Me llamo Julia Ponce de León y quiero saber quién soy.

Doña Bárbara sonrió victoriosa. Efectivamente, aquella joven era su vivo reflejo, y estaba decidida a apostar por ella. Sabía que algo en el interior de aquella chica latía con la fuerza de un ciclón. Julia, después de ver el cuarto rojo y de escuchar las palabras de doña Bárbara, supo que aquella preciosa dama escondía numerosos secretos. Por supuesto, ella estaba dispuesta a descubrirlos.

8

Primeras veces

La mayoría de los derechos de las mujeres en el siglo XVIII quedaban relegados a un segundo plano. Todas en su mayoría pasaban de ser propiedad del padre a ser propiedad del marido.

Sobre los derechos de las mujeres en el siglo XVIII

La cara del conde-duque de Pastrana denotaba angustia. Suspiró con desdén. Los gritos de aquella mujer se oían desde su despacho, así que ni siquiera le dio tiempo a ponerse la casaca, por lo que salió tan solo con una chupa de tafetán de seda azul cielo con cuello a la caja y bolsillos con cartera, con unos andares dignos de Hermes, el dios griego más veloz. Maldecía entre dientes, con palabras malsonantes, mientras se apresuraba por llegar a la entrada del palacio.

—¿De quién se trata esta vez? —preguntó a una de las criadas, que acudía hacia él asustada mientras se arremangaba el bajo de su vestido, como si eso la ayudara a aligerar su paso.

—Es de nuevo Isabel de Vicente, conde-duque. Dice que quiere hablar con el rey. Nadie sabe cómo calmarla, está fuera de sus cabales —enfatizó la criada, que siguió a aquel casi al galope.

Al llegar a la entrada del palacio, la mujer estaba soltando unos alaridos insoportables mientras varios criados intentaban impedir su entrada. Iba vestida de negro y con el rostro visiblemente demacrado; alzó la vista hacia el conde-duque y le suplicó más que desafiarlo.

—¡Quiero hablar con el rey, conde-duque! ¡Esta vez no pienso moverme hasta que lo haga! ¡Si no se digna, tendrán que sacarme de aquí con los pies por delante! —La mujer intentaba zafarse de los brazos que la aprisionaban.

El hombre bajó rápidamente las escaleras y, tras plantarse frente a ella, hizo una señal con la mano para que la liberaran.

—Recuérdeme su nombre —dijo en voz baja dirigiéndose a la criada que la había acompañado hasta la entrada.

—Isabel de Vicente —susurró la muchacha.

—Isabel, créame que siento mucho la muerte de su esposo y la acompaño en este momento tan doloroso. Pero el mandato del rey fue claro: contaba tan solo con un año y dicho plazo ya ha expirado —contestó con aplomo él, que tan solo se encontraba alterado por la falta de aire que le había supuesto el trote de su carrera.

—¡Se lo ruego, conde-duque! Déjenme un par de meses más —suplicó ella, hincando las rodillas en el suelo frente a la figura masculina y con las manos entrelazadas.

—Le repito que el mandato del rey fue claro. Si no quiere perder la imprenta, ya sabe qué debe hacer —le recordó el noble.

—Pero no quiero volver a casarme, se lo suplico. No quiero, yo tan solo deseo honrar la muerte de mi marido. Y darle un futuro digno a mi hija —repuso la afligida viuda.

—Lo siento, Isabel, las normas son las normas —finalizó el conde-duque con cierta pena en su voz; luego subió, esta vez con menos brío, las escaleras de mármol de la entrada.

Él era el hombre de confianza del monarca; le había ayudado tanto a cosechar cosas buenas como lidiando con menesteres menos apetecibles. En la corte de los Monteros todos le profesaban un absoluto respeto por tratarse del valido del rey, posición privilegiada que a veces utilizaba para abusar de cierto poder de cara a los ojos del resto de los cortesanos. Pero lo que nadie sabía es que, tras aquella coraza que lo protegía, tenía una cierta debilidad por las mujeres viudas, porque veía en ellas la figura de su madre, que, desde bien pequeño, se las vio y se las deseó para sacar sola a su hijo adelante. Por eso, lejos de dejar el tema olvidado en el fondo de un cajón, se presentó en el despacho del soberano, situado en el ala opuesta de las habitaciones. Al llegar allí llamó con decisión dando cinco toques a la puerta, la clave que había acordado con el rey para saber que se trataba de él.

—Adelante, pase usted, Francisco —dijo el rey, que se encontraba con ambas piernas cruzadas sobre su escritorio leyendo el *Diario curioso y erudito*, el primer diario español, fundado por el periodista Borja Juli Cano, al que el propio rey Carlos le había concedido real privilegio para su impresión. Solo unos cuantos afortunados tenían acceso al periódico, entre ellos reyes y nobles.

—Su Majestad, ha vuelto a acudir a palacio Isabel de Vicente. Le ruega que considere su petición de regentar la imprenta de su difundo marido un par de meses a lo sumo —explicó el conde-duque.

—Francisco, me aburre soberanamente este tema. ¿Cuántas veces tengo que decirle que las normas son las normas? —contestó altivo el rey Carlos—. Ni siquiera sé quién es esa tal Isabel de Vicente.

—Por Madrid se rumorea que ha adquirido ya los conocimientos suficientes para formar parte del gremio —añadió el conde-duque.

—Francisco, cada semana me presenta el caso de alguna nueva mujer que según usted merece formar parte del gremio por sus esplendorosas habilidades y su increíble manejo del pensamiento. Déjeme que mire por aquí —dijo el monarca, cogiendo un cuaderno—. Sí, esto. Ruego que me lea la siguiente lista de mujeres de las que usted me ha hablado alabando sus capacidades —le ordenó al conde-duque mientras se lo entregaba.

—Inmaculada Díaz-Agero Llano, Alicia de Santa Olalla Múzquiz, Estefanía de Juanas Roca, Elena Pascual Moyano, Margot del Valle Hernández, Miranda Blanco de Losada, Antonia de Valdivia Cirre, Raquel Martín Peral, Carmen Escolano Rivera, María Palenciano de Tomás, Paloma Marín Vergara, Soledad Mendiola Meza, Triana de Mendoza Mosso, Maia Roberts Bru, Ana Caparrós Reina, Marta Narvalaz Valero, Paula de las Navas Serrano, Teresa Escribá Navarro, Clara Gil Sáez, Laura de Vega Yustres, Cristina de Torres Velayos, Isabel Gutiérrez de Tilve Ruiz, Guadalupe Barreda Molinero, Tina Riaño de Borja, Catalina Guzmán de Paz, Aida Crespo Carreño, Lucía Texeidó de Pedroche, Carlota Zajía de las Nieves, Nana Lorente Prado, Araceli Córcoles Randazzo, Lidia Pazos Acosta, Agostina Lozano Louro... —No había terminado de leer la extensa lista de nombres cuando el rey lo cortó drásticamente.

—Pare, me he cansado de escucharlo. Hasta yo tengo la lengua seca como un trapillo —dijo con desidia el monarca tras la retahíla de nombres que tenía apuntados con plumilla.

—No se preocupe, Su Majestad, lo he entendido. Solo que en esta ocasión me inquietaba la situación del periódico, pues de tener que traspasar el negocio Dios sabe en qué manos caerá —intentó argumentar el conde-duque al darse cuenta de que no había tenido en consideración la ingente cantidad de veces que lo había intentado.

—No lo había pensado. Olvidaba que don Borja Juli usaba la imprenta del difunto. Puede que en ese caso tenga usted razón y deba regalarle, pues, un par de meses para seguir regentando la imprenta mientras que encuentra otro buen maestro. Déjeme que esta noche retoce esta idea con mi almohada —contestó el rey dubitativo.

El conde-duque salió del despacho con el pecho henchido al saberse conocedor de que, aunque a veces le costaba, otra vez más su labia había convencido al monarca.

Mientras, después de otro humillante episodio para las mujeres de la época que presentaba un futuro negro a cualquiera de ellas, en el jardín de palacio, el sol ardía como los fogones de las cocinas. Su intensidad era tan fuerte que algunas flores se marchitaban con su salida. Gonzalo corría bordeando el laberinto del seto con un jadeo incesante fruto del calor que lo ahogaba. Eran más sus ganas por esculpir su cuerpo que su capacidad de aceptar que aquel sol no hacía justicia, así que se quitó los atuendos que le cubrían el pecho y dejó el torso al descubierto. El ritmo de sus jadeos ascendía; hizo una pausa para apoyar las manos sobre las rodillas e inhalar aire. Cuando levantó la mirada, vio a lo lejos a Julia, que llevaba un vestido camisero de algodón en tono lino con la cintura alta y fajín verde agua. Al verla se metió enseguida en la entrada del laberinto y alzó el brazo para que ella reparara en su presencia. Desde las escaleras que bajaban al jardín, Julia hizo un ademán con la mano derecha, mientras que con el brazo izquierdo sostenía contra el pecho el libro que llevaba días releyendo: la *Ilíada*, uno de sus preferidos.

Ella era consciente de que días atrás su actitud con Gonzalo había quedado en entredicho, pero por hallarse sumida en la tristeza. En ese momento estaba dispuesta a contarle la verdad acerca de su reacción y hablarle de su futura boda con Mateo Ítaca. Sin embargo, por otra parte, la conversación con doña Bárbara había despertado en ella mucha curiosidad y le había devuelto una vitalidad que hacía tiempo que no tenía. O más bien era la primera vez que la experimentaba. Tal vez, después de aquella conversación, Julia estuviera ya lista para vivir muchas primeras veces.

Nada más entrar en el laberinto y pararse frente a él, una gota de sudor bajó por la nuez del príncipe hasta abandonar su cuerpo a la altura del pecho, goteando sobre el césped del jardín. Gonzalo se limpió con celeridad usando un paño que tenía a mano.

—Parece que el calor azota, ¿no? —alcanzó a decir Julia sin apartar los ojos del torso desnudo.

—Si mi madre me ve de esta guisa, puede que no solo me deserede, sino que me destierre de la corte de los Monteros —bromeó el joven, y le arrancó una carcajada a su amiga.

—Tu madre con este calor estará provista de veinte criadas abanicándola; dudo que pise estas tierras —dijo riéndose Julia.

—Bueno, ¿tienes a bien contarme a qué se deben tus últimas rarezas y esas caras mustias que te acompañan? —intentó sonsacarle Gonzalo.

Pero a ella aquel torso desnudo le nublaba la vista; su cuerpo estaba sintiendo algo que jamás había experimentado, como si las palabras de doña Bárbara le hubiesen proporcionado un beneplácito expreso para sentir. Sus músculos habían perdido peso por la presión a la que habían estado sometidos durante veintitrés años, y un atisbo de liberación los rozaba. Doña Bárbara le había dicho que sentir no era un pecado, y allí, ante un Gonzalo sudado, Julia, por primera vez, dejó que su cuerpo sintiera.

—La realidad es que no tengo fuerzas para retomar de nuevo dicho incidente. Créeme que cuando me sienta preparada serás el primero al que acudiré. Es solo cuestión de tiempo encontrar las palabras para contarte cuál fue mi pesar —le confesó con dificultad, pues sentía que le costaba que salieran de su boca las palabras adecuadas.

—No quiero presionarte, Julia, pero bien sabes que somos mejores amigos desde que el mundo es mundo, y no deseo pasar por alto tu pena.

Julia intentaba concentrarse en las palabras del príncipe para apartar los ojos del pecho y de la boca. Alternaba miradas entre el torso y las paletas cuasi separadas, una característica de Gonzalo que ella jamás había pasado por alto. De pequeño algunos niños de palacio osaban burlarse de ellas, llamándolo «príncipe ratón», pero Julia siempre había sentido una fascinación absoluta por aquel hueco que le separaba los dientes.

—Príncipe ratón —se burló para desviar la conversación de los derroteros que la llevaban hacia Mateo Ítaca.

—¡Serás sinvergüenza! —gritó Gonzalo, que fue en su búsqueda para propinarle un coscorrón.

—¡Para! —dijo Julia entre risas, intentado zafarse del cuerpo del príncipe.

—Por cierto —su amigo cambió drásticamente el tono de voz—, cuentan algunas lenguas de palacio que te vieron en compañía de doña Bárbara.

—La gente en este lugar tiene demasiado tiempo —reculó Julia para evitar entrar en aquella conversación, pues le había prometido a la dama lealtad, y sabía que sus fuerzas escasearían si Gonzalo insistía demasiado.

—Pero ¿es o no es cierto que te vieron con ella? —Como sospechaba el príncipe, quería conseguir la verdadera información.

—Fue un mero intercambio de palabras acerca de unos encargos que ella y tu madre hicieron en la sala de costura. Solo vino a mi encuentro para conocer el estado de dicho pedido, ya que, según me hizo entender, les urgía bastante.

—No quiso mirarlo a los ojos, pues sabía que su poca gracia para la mentira la delataría.

—No voy a insistir más, pero no rondes mucho a doña Bárbara —le advirtió el príncipe, que conocía a su joven amiga al dedillo y sabía que escondía más de lo que le contaba.

—¿No la consideras trigo limpio? —preguntó ella con cierta inseguridad por miedo a haber vendido su alma al diablo.

—¿Para qué lo quieres saber?

—Mera curiosidad —intentó disimular, pero sabía que no lo estaba haciendo muy bien.

—Tú mantente al margen de todos esos jaleos que ella se trae, anda —le pidió Gonzalo—. ¿Me lo prometes?

—Te lo prometo —le mintió por primera vez, a sabiendas de que esa promesa estaba a punto de incumplirla.

El príncipe se acercó lentamente a ella y la abrazó con cariño y cautela, como si algo dentro de él supiera que Julia estaba virando hacia otro lugar lejos de la inocencia que siempre la había caracterizado; como si leyera en sus ojos algo más de lo que el color avellana expresaba; como si quisiera recomponerle los huesos que la formaban. Pero, lejos de sentir aquel abrazo como un símbolo fraternal entre amigos que son casi hermanos, Julia sintió un escalofrío recorriendo todo su ser. El cuerpo desnudo de Gonzalo en contacto por primera vez con las zonas de su piel que quedaban a la vista hizo que la muchacha se estremeciera.

—Lo siento, tengo que irme —dijo, separándose bruscamente.

—Pero ¿qué bicho te ha picado? —la reprendió Gonzalo.

—Tengo que ayudar a mi padre con unos cuadros, lo había olvidado por completo —mintió otra vez.

—En serio, desconozco qué diantres te sucede últimamente. —El príncipe se mostró molesto.

—Juro que nada. Debo irme. —Le regaló un beso casto y furtivo en la mejilla y aceleró el paso para abandonar aquel lugar.

Gonzalo esperó a que ella se alejara para salir del laberinto. La joven cortesana abandonó el jardín sin casi levantar la vista del suelo. Subió a toda prisa las escaleras que daban acceso al pasillo del palacio y emprendió una carrera hacia su habitación. Pero chocó bruscamente contra alguien.

—Debes mirar por dónde vas, señorita —la reprendió doña Bárbara, que se tocaba el hombro presa del dolor que le había procurado el golpe.

—Lo siento, doña Bárbara. Yo... Yo... Yo iba pensando en mis cosas —tartamudeó Julia.

—Pues en esta vida hay que pensar con los ojos abiertos, porque si pestañeas te lo pierdes —le reprochó la dama de compañía.

—Descuide, no volverá a pasar.

—Esta tarde después de que sirvan el almuerzo me gustaría que vinieras a la sala de música, quiero comentarte algo —le pidió doña Bárbara con cierto misterio.

—Allí estaré, cuente con ello. —Se despidió y retomó la carrera como si ya hubiera olvidado las palabras de doña Bárbara.

Necesitaba llegar a su habitación y encerrarse e inmiscuirse en la soledad de su mente. Aquello que había sentido al ver a Gonzalo sin vestiduras le daba vueltas en la cabeza como una abeja zumbando sin descanso cerca de su oreja. Nada más entrar, casi se arrancó el vestido, como si aquel fajín le impidiera respirar con normalidad. Cogió uno de sus camisones de seda y se sentó en el sillón que se encontraba frente a su escritorio. Del cajón sacó un tintero y una pequeña libreta amarrada con un cordel de fibra natural entre la que se sujetaba una pluma y escribió una segunda carta sin destinatario.

Corro a la soledad de este cuarto en busca de mi consuelo. Qué sé yo qué le sucede a mi cuerpo si en este devenir de sensaciones no mando. No sé si fueron las palabras de doña Bárbara las que hicieron mella en mi persona o el cuerpo desnudo de Gonzalo, que nunca lo había mirado de esta manera. Verlo entre ríos de sudor, después de una mañana de carreras bajo el sol que cubría el jardín, ha sido mi condena. Puede que sea culpa mía y lleve veintitrés años haciendo oídos sordos a lo que mi cuerpo me gritaba. Pues hoy ante el arrojo de ese sol del infierno he sentido unas extrañas palpitaciones en mi sexo. ¿Qué significa eso? ¿Acaso tendré el diablo dentro? Pero es que ese lunar que reposa en el punto medio de su pecho, ese lunar, seguido de muchos otros, hicieron que me fijara en lugares de su anatomía en los que nunca antes había reparado. Seré una de esas muchachas que merecen el infierno, pues no tengo otro sentir que el del pecado divino. Porque mi mirada seguía clavada en su pecho mientras él arqueaba el cuerpo, jadeando porque el cansancio lo tenía agotado. Luego posó las manos en las rodillas en un amago de controlar la respiración mientras yo recorría con vergüenza y estupor una y otra vez esa línea. Mi cuerpo ardía más que de costumbre y las palpitaciones no cesaban. Sentía que el sexo me iba a explotar, como un siglo antes había explotado el antiguo alcázar. No sé qué me sucede. Solo sé que mi carne arde, pero mi mente se empeña en apagarla.

Y allí, en la soledad de su habitación, Julia saboreó con remordimiento el peso de las primeras veces. Porque llevaba veintitrés años soportando sobre sus espaldas la carga del deber. Sufría cada día aquella ingente cantidad de órdenes y mandatos que recaían con fuerza sobre sus hombros y que la ralentizaban en ese noble arte del vivir. Todos aquellos pensamientos aprehendidos que se iban transmitiendo de generación en generación, como símbolo de una verdad absoluta que en aquella sociedad otros habían construido para ella. Durante veintitrés años había participado en un juego cuyas normas otros habían impuesto y se había limitado a vivir una vida diseñada por su familia. Pero, por primera vez, Julia, hija del pintor de cámara de la corte de los Monteros, estaba dispuesta a romper la rueda que le habían querido imponer desde que nació.

9

Las nereidas

Por primera vez, las mujeres poseían un espacio donde su voz tenía el mismo peso que la de los hombres. Eran lugares donde había libertad de pensamiento y encuentro, y emancipación femenina. Pero también, junto con la agitación intelectual, se encontraba cierta atmósfera de diversión y erotismo.

Sobre las tertulias literarias y la figura de las *salonnières* en los siglos XVII y XVIII

Las horas de aquella mañana se habían hecho eternas hasta que llegó el momento del almuerzo. Julia utilizó el rugir de su estómago para acertar en qué instante acabarían de servirlo mientras esperaba con intriga y nerviosismo lo que aquella tarde le depararía junto a doña Bárbara. Cogió un vestido camisero hecho con muselina de algodón en color blanco con un escote drapeado, lo rodeó con un fajín de seda roja y se puso debajo unas enaguas. Salió de su habitación con el único propósito de encontrar a la dama en la sala de música, tal y como habían previsto. Se apresuró hasta la cocina para quitarle a doña Francisca a escondidas algún mendrugo de pan y algo de relleno que la saciase. Y acto seguido cogió con disimulo uno de los humeantes bollitos que Madeline, la encargada de los postres, acababa de preparar. A pesar de que su padre, al ser el pintor de cámara del rey, tenía cierto estatus y por ello acceso a los almuerzos, Julia siempre andaba garrapiñando las cosas que iba encontrando en la cocina real, puesto que ella era terriblemente inquieta y los almuerzos reales le parecían una soberana pérdida de tiempo. Así que prefería inmiscuirse en los fogones y picotear lo que en las cocinas preparaban, a sabiendas de que más de una vez se llevaría alguna reprimenda de Francisca. Julia pronto llenó el estómago y decidió que ya había experimentado demasiado sufrimiento ante tan agónica espera, así que se dirigió a la sala de música donde la aguardaba doña Bárbara. Al llegar allí, presa de los nervios, abrió la puerta sin petición alguna y entró sin haber solicitado permiso previo.

—No vuelvas a entrar sin pedir permiso —la regañó doña Bárbara.

—Lo siento, venía tan rápido que no he pensado antes de abrir la puerta —confesó ella.

—Es el segundo «Lo siento» que escucho de tu boca hoy. Empieza a prestar más atención, Julia —apostilló la madura noble.

—Le juro que no volverá a pasar —prometió implorando perdón a la dama de compañía de la reina con voz de pena.

—Claro que no volverá a pasar, porque otra vez y quedarás fuera de mi tutela —dijo doña Bárbara con aire altivo.

—¿Quiere decir eso que ahora me encuentro bajo su tutela? —preguntó incrédula.

—Siempre que aceptes las normas —explicó aquella.

—¿Y cuáles son? —insistió Julia, que desde pequeña había sido una fuente inagotable de curiosidad, para desesperación de algunos.

—Secreto, libertad y lealtad. Esas son las tres normas que se aplican también al Ateneo —explicó la mujer a la joven pupila, pero esta tenía demasiadas preguntas.

—¿Y eso qué significa? ¿Qué es el Ateneo?

—Ya te dije que no tuvieras prisa, aquí somos más de paladear despacio. Te hablaré de ello más adelante, no creo que aún te halles preparada. Pero antes debes aceptar las normas —enfatizó doña Bárbara sin dejarle casi escapatoria.

—Pero ¿cómo voy a aceptarlas sin saber qué significan? —insistió la joven, a sabiendas de que la paciencia de la dama no era infinita.

—Julia, ¿tú confías en mí? —preguntó seria esta.

—Sí —respondió rápidamente, aunque en su interior resonaban las palabras de Gonzalo advirtiéndole que se alejara de los tejemanejes de doña Bárbara.

—¿Y yo puedo confiar en ti? —añadió la mujer.

—Sí —respondió con nerviosismo por miedo a no saber en qué diantres se estaba metiendo.

—Pues entonces contamos con suficientes argumentos para que aceptes. Más adelante te hablaré del Ateneo, pero antes quiero presentarte a las nuestras —señaló con tono certero doña Bárbara.

—¿Las nuestras? —Se mordió los carrillos para no soltar preguntas atropelladas una tras otra, fruto de los nervios.

—Sí, las nuestras. Un grupo de mujeres valientes con valores y preocupaciones comunes. Mujeres que quieren ser libres y que otras también lo sean —le explicó la dama de compañía.

—¿Esas mujeres forman el Ateneo? —indagó inquieta, pues quería saberlo todo.

—No exactamente. Solo algunas de ese grupo pertenecen a él. Aquellas que tienen más curiosidad por la vida y sus placeres. Pero ten calma, pues creo que tú serás como ellas —dijo doña Bárbara confiada—. ¿Tienes algún mandato que cumplir ahora?

—No, señora, salvo escucharla atentamente —reconoció Julia.

—Hoy es sábado de Safo en la casa de Olimpia de Saint-Simón. Un día muy especial para las nuestras. Y todas estarán allí reunidas. Me gustaría, pues, que nos acompañases. De hecho, ya llegamos tarde.

—¿Sábado de qué? —contestó Julia curiosa.

—¿Vienes o no, señorita? Te lo explicaré por el camino —respondió con prisa, y ella asintió enseguida.

Ambas mujeres salieron de la sala de música y se dirigieron a la entrada de palacio. Doña Bárbara llevaba una cotilla sobre una camisa baja. Sin gorguera. Aquella estaba hecha en seda de color granate, guarnecida con motivos dorados. Tenía un amplio escote por delante, iba armada con ballenas y tenía ocho ojetes en el frontal derecho y ocho en el izquierdo para cerrarla. Toda ella estaba ribeteada con una cinta de tafetán de seda en color ocre. Aquella pieza le hacía unos pechos turgentes y firmes. Las dos mujeres bajaron las escaleras principales de mármol, y esperaba ya en la entrada un carruaje con un cochero. Al subirse, la curiosidad a Julia ya la mataba.

—¿Sábado de qué? —insistió.

—Sábado de Safo. ¿Sabes quién es Safo de Lesbos? —le preguntó doña Bárbara.

—No, nunca he oído ese nombre —reconoció la joven.

—Fue una poetisa que vivió en la isla griega de Lesbos, allá por el siglo VI antes de Cristo. Era una adelantada a su época y sus ideales sobre el sexo y el amor llegan hasta nuestros días. Aunque cuando ella vivía se esperaba que el matrimonio se diera entre un hombre y una mujer, los sentimientos y las relaciones entre iguales estaban totalmente aprobadas —explicó la mujer madura.

—¿Qué quiere decir? —preguntó cual alumna aventajada, buscando la aprobación de la maestra en su respuesta.

—Entre personas del mismo sexo; es decir, mujeres con mujeres —apuntilló doña Bárbara, lo que provocó la cara de asombro de Julia—. La llamaban la Poeta y fue de las pocas mujeres retratadas en cerámica. Un honor en aquella época. Habló de mujeres, de hombres, del amor, del desamor y, principalmente, de los síntomas físicos que producía el deseo. Ella siempre decía que a todo había que atreverse cuando nada se tiene —continuó doña Bárbara—. Tenía una sexualidad fluida y escribió para que otras fueran libres. Por eso hoy vamos a casa de Olimpia, para hacer que otras sean libres. Y para que tú también lo seas —concluyó la mujer.

Julia no contestó nada, tan solo le sonrió, intentando agradecerle que quisiera que formara parte de ese grupo. La muchacha dejó que su mirada se perdiera por la ventanilla entreabierta, con la barbilla sobre la mano derecha. El aroma a tierra se colaba por las rendijas del carruaje. En su cabeza comenzaron a devenir pensamientos con una rapidez inexplicable mientras analizaba todo lo que le estaba sucediendo: el matrimonio, su cuerpo estremecido por Gonzalo, aquel grupo de mujeres al que doña Bárbara quería que perteneciera… Pero puso fin a aquella meditación al ver que ya habían llegado a casa de Olimpia de Saint-Simón.

Cuando bajaron del carruaje, una bella mujer las esperaba en la puerta. A Julia le resultaba familiar y recordó haberla visto alguna que otra vez junto a doña Bárbara en palacio.

—Bienvenidas, queridas. ¿Esta es la joven de la que me hablaste? —preguntó Olimpia.

—Sí, ella es Julia Ponce de León. —La dama de compañía las presentó y ambas se saludaron con un cariñoso beso.

—Un honor tenerte entre nosotras, Julia —reconoció aquella.

—El honor es mío, Olimpia, gracias por querer contar conmigo. Doña Bárbara no me ha adelantado mucho de la velada de hoy, pero ansío participar en ella y conocer su dinámica —contestó la joven con el rostro iluminado, como si formar parte de aquel sitio le hubiera devuelto la alegría.

—El tiempo apremia, pasad. El resto de las mujeres esperan. —Las azuzó para que se dieran prisa.

Doña Bárbara caminaba por el estrecho pasillo con total conocimiento del lugar, como si sintiese aquella casa como propia. Julia la seguía con todos los sentidos alerta, observando cada centímetro del nuevo espacio. Tras ella, Olimpia caminaba con paso ligero para avivar a las invitadas y llegar rápido al salón.

Entraron en una estancia recargada de enormes cuadros con un piano presidiendo la sala. A su alrededor, diez sillones lo cercaban. El instrumento era cuadrangular y su tapa superior estaba dividida en dos hojas con una bisagra corrida. El vigor se lo daban las cuatro patas en forma de estípite rematadas por ruedas de latón. El frontal lo coronaba una cerradura con embocadura de marfil. Nada más entrar en el salón, Julia adivinó diversos corrillos de mujeres que separaban con precisión por edad a las allí presentes. De ese modo era fácil distinguir aprendices de tutoras. Olimpia llamó al orden y rápidamente cada tutora sentó a su pupila en un sillón. Y doña Bárbara hizo lo propio con Julia. Entonces la anfitriona, sin más preámbulo, comenzó su discurso.

—Queridas señoritas, perdonad la demora, pero ya estamos todas —dijo mirando hacia el lugar donde se encontraban Julia y doña Bárbara, dando a entender que el retraso se debía a ellas—. Me honra contar con vuestra presencia en este humilde salón —añadió con falsa modestia, a sabiendas de que aquel lugar era deseado y del gusto de todas las presentes—. Hoy es un día importante para nosotras y para vosotras. —Se dirigía tanto a las tutoras como a las pupilas, sobre todo a estas últimas—. Algunas vendréis curtidas por la dicha del saber, pues vuestras tutoras os habrán contado los menesteres que aquí se cuecen. Otras tantas vendréis con la dicha de la inocencia, igualmente respetable, pues vuestras tutoras habrán decidido que una mente sin información carece de prejuicios. Y ese es el primer mandato: los prejuicios hacen nido fuera de este salón, porque vosotras estáis aquí con la única finalidad de cambiar la historia.

Todas las jóvenes se miraron con cara de asombro ante las palabras de Olimpia, sin entender el peso de su presencia en aquel lugar.

—No ha sido una decisión fácil. La tarea de buscar una pupila conlleva numerosos momentos de observación en la sombra. Hay que mirar y remirar todo lo que se nos ponga delante. Desarrollar el virtuoso arte de la contemplación —añadió una de las tutoras, que descansaba sus manos sobre los hombros de una joven.

Cada una fue vertiendo su opinión libremente.

—Todas las aquí reunidas tenemos un afán común: ser libres. De espíritu, de mente y de cuerpo —apoyó doña Bárbara el discurso de las demás.

—Efectivamente, ser libres. Y seré breve, pues no quisiera demorarme más de la cuenta. Cada año, en cinco salones del mundo se selecciona a diez jóvenes. En estos cinco salones ambicionamos el mismo objetivo, la libertad de las mujeres. Andamos en continua comunicación con el resto de los salones para trabajar desde diferentes lugares en conseguir nuestro propósito. Y tenemos un plan para ayudarnos entre todas a lograrlo —explicó orgullosa Olimpia.

—Por eso estáis hoy aquí, porque cada año seleccionamos a diez jóvenes curiosas y despiertas —añadió una tutora.

—Así es, diez jóvenes que revelan a través de los ojos que están preparadas para formar parte de esto. Diez jóvenes que ansían la libertad de mente, cuerpo y espíritu. Diez jóvenes instruidas en el noble arte del saber. Levantad la mano las que sepáis leer —pidió Olimpia, que hizo un repaso fugaz de las allí presentes y se dio cuenta de que todas la habían levantado.

—Afortunadas seáis, pero la educación es un privilegio que no está al alcance de todas las mujeres, por eso estamos hoy aquí también. Este lugar será para compartir, debatir y opinar. Y aparte habrá sitio para el divertimento —explicó otra tutora, que tenía la piel arrugada y el pelo canoso.

—Sois nuestra apuesta ganadora, porque las diez jóvenes que cada año seleccionamos, y que aceptan nuestro mandato, pasan a formar parte de este grupo selecto de mujeres —dijo Olimpia señalando a todas las tutoras—, que quieren escapar de la tiranía que las fustiga. Vosotras, a partir de hoy, formaréis parte de las nereidas. Así que, sin más dilación...

—¿Qué son las nereidas? —la interrumpió una de las jóvenes sin dejar que acabara el discurso.

—La impaciencia mata el saber, querida —apuntó con un gesto recio—. En la mitología griega, las nereidas, o encantadoras, eran las cincuenta hijas de Nereo y de Doris, las ninfas del Mediterráneo. Se decía que vivían en las profundidades del mar y que solo salían a la superficie para ayudar a los marineros ante los peligros.

—¿Y por qué eligieron ustedes ese nombre? —preguntó curiosa otra pupila.

—Para honrarlas y darles el lugar que nunca tuvieron. A pesar de ser una leyenda de la mitología griega, su historia bien se parece a la de las mujeres. Las pintaron como seres bellísimos que no aportaban nada a la sociedad. Tan solo las admiraban porque habían sido creadas para el deleite masculino. Elegimos ese nombre con el fin de darles voz a otras mujeres, una voz que las propias nereidas jamás tuvieron, porque pasaron sin pena ni gloria por la vida, ya que los hombres se ocuparon de escribir su historia. Pero nosotras estamos aquí para reescribirla —reflexionó doña Bárbara con su voz profunda.

—Por eso se eligen cincuenta jóvenes cada año, para formar parte de las nereidas. Cincuenta jóvenes que, esta vez sí, tienen nombre y apellido. Y vosotras, como os adelantaba, sois nuestras seleccionadas. Os convertiremos en encantadoras, igual que ellas. Haremos que tengáis el don de la palabra. Nos ayudaréis a conseguir crear una viva y grata impresión en el alma y los sentidos de cualquier persona que os conozca. Cambiaréis la historia de las mujeres.

»Como las nereidas, vosotras saldréis a la superficie no a salvar marineros, sino a reivindicar el alma de cualquier reprimida y oprimida y a hacerles entender a todos que merecemos los mismos derechos que los hombres. La igualdad entre ellos y ellas es la única forma de crear una sociedad justa. Así, se me llena la boca de orgullo al recibiros: ¡bienvenidas, nereidas! —finalizó Olimpia, que arrancó el aplauso de las allí presentes.

Las diez jóvenes rondaban la misma edad, que distaba bastante de la que tenían las tutoras. El ambiente que se respiraba en aquel salón tras el discurso de Olimpia mostraba las ansias de vivir que tenían las pupilas. La pose de algunas denotaba lo curtido de su madurez o el desparpajo que poseían; otras se asemejaban más a Julia, con un halo de candidez que se rebelaba. Ella miraba atónita todo lo que la rodeaba con los ojos bien abiertos, como si tuviera miedo de perderse algo. Al ver su rostro iluminado con signos inequívocos de nerviosismo, doña Bárbara supo al instante que su pupila, aquella joven conocida en palacio por tirar mendrugos de pan, era la mejor elección que podía haber hecho.

—Y ahora poneos todas en pie —ordenó Olimpia—. Si alguien quiere abandonar este lugar, es el momento, pues más tarde no tendréis oportunidad de recular. Así pues, todas aquellas que queráis quedaros poned la mano derecha sobre el corazón y repetid conmigo: juro secreto, libertad y lealtad.

Las diez jóvenes se pusieron en pie junto con sus tutoras, que ya se encontraban en dicha posición; se llevaron la mano derecha al corazón y repitieron al unísono, alzando la voz:

—Juro secreto, libertad y lealtad.

Y tras aquel juramento algunas tutoras derramaron lágrimas. Las diez jóvenes acababan de unirse a las nereidas sin apenas pensarlo, y esas lágrimas brotaban porque las veteranas reconocían en la piel de las muchachas hambre de saber y ganas de cambiar el rumbo de las cosas. Ellas iban a reescribir la historia de las nereidas para darles el lugar que jamás tuvieron. Esas chicas iban a embarcarse en la aventura de querer cambiar el destino de muchas mujeres.

Así, unas y otras se abrazaron y se dieron la bienvenida a esa especie de sociedad secreta que encabezaba Olimpia de Saint-Simón en el salón de su propia casa. Solo ellas sabían la importancia que suponía para el futuro de muchas mujeres la unión de esas jóvenes, pero ninguna se imaginaba que aquella unión podría costarles la vida.

10

Juego de señoritas

Siempre iba sucia y olía mal. Una de las cosas que más le gustaba era levantarse la falda para enseñar los genitales. Le encantaba beber alcohol y solía eructar y ventosearse en las recepciones reales, para asombro de todos los presentes.

Sobre Luisa Isabel de Orleans, la Reina Loca,
esposa de Luis I, el hijo de Felipe V

Faltaban siete días para el inicio de la primavera, así que Rafael estaba en los jardines de palacio con un pincel en la mano, como si fuera una extensión de su brazo. El caballete de haya tenía una pequeña plaquita de cobre con su nombre marcado: RAFAEL PONCE DE LEÓN. Un lienzo de gran tamaño reposaba sobre él. A su derecha, en una pequeña mesa auxiliar de mimbre, descansaba su maletín de madera repleto de tubos de óleo de todos los colores, barnices, una aceitera, carboncillos, pinceles, una espátula y una paleta para mezclar.

Las semanas previas a la primavera eran para Julia, sin lugar a duda, su época preferida del año. Los jardines de palacio se cubrían de almendros que empezaban a florecer entre febrero y marzo y se teñían totalmente de blanco y rosa. Salió en busca de su padre y, mientras se dirigía hacia él, adivinó entre sus manos un paño blanco completamente teñido de restos de óleo. Al llegar lo abrazó por detrás e inspiró su olor, que le recordaba a la madera. Tenía un toque seco y severo que dotaba su aroma de calor y nobleza. Era una fragancia característica e inconfundible.

El óleo de Rafael estaba bastante avanzado y recreaba el jardín de palacio repleto de almendros. Tenía esa forma de pintar tan realista que al mirar sus cuadros uno se perdía en ellos. Al ver a Julia sonrió y le ofreció su pincel. Uno de los legados que le había transferido a la joven era su soltura con dicho instrumento. Cuando su padre retrataba a otros cortesanos de palacio y a sus familias, ella hacía su propia versión de la estampa y pintaba solo el paisaje del fondo. El príncipe Gonzalo, que era un enamorado de todas las pinturas de su amiga, buscó un lugar en una pequeña sala secreta en la planta baja donde iba recopilando todos los cuadros. Y, aunque no estaba muy bien visto que las mujeres firmaran sus obras, ella decidió hacerlo como un pequeño acto de rebeldía.

—¿Te gusta, Julia? —preguntó Rafael.

—Me encanta, padre, ya sabes que amo ver florecer los almendros —contestó mimosa su hija.

—¿Y no tienes ninguna historia en tu cajón de sastre que me haga amarlos aún más? —respondió el pintor, con esa cara de orgullo que ponía siempre cuando sabía que en la cabeza de Julia había algo más que contar.

—¿Quieres que te cuente cuál es el origen de los almendros según la mitología griega? —Su padre asintió y ella prosiguió—: Los griegos le atribuyen a su flor el significado de amor eterno o consuelo al ser amado, supongo que por eso me fascinan. Esta leyenda nació con Fílide, la hija del rey Midas. Salía cada día a la costa para esperar a su amado. Estaba enamorada de un soldado que debía volver del combate tras la caída de la ciudad de Troya. Los días pasaban y el barco que traía a su amado no aparecía. Así que Fílide creyó que había muerto en combate y, tras una larga espera, falleció de dolor al pensar que lo había perdido.

»La diosa Atenea, embriagada por esta historia de amor con final triste, decidió transformar el cuerpo de la mujer en un almendro. Justo al siguiente día, cuando el sol amaneció, el barco del soldado llegó a la costa. Nada más pisar la arena, lo informaron de la fatal noticia. Él corrió al bosque a llorar a su amante abrazándose a aquel almendro. En ese mismo momento, Fílide floreció con el llanto de su amado a fin de darle consuelo. Y colorín colorado, otra historia te he contado.

—Eres especial, Julia —dijo su padre mientras la abrazaba—. Nunca dejes de contarme historias. Ahora me gustan aún más los almendros, y eso que no había reparado mucho en ellos. —Aquella frase de su padre la hizo pensar.

—¿Crees que es posible, con el paso de los años, fijarte en algo que siempre has tenido frente a tus ojos? —preguntó ella.

—Mi Julia, la vida se rige por diferentes etapas. En cada una nuestro cuerpo, nuestra mente y nuestro corazón esperan cosas distintas. Imagínate que estás comiendo sopa y yo te ofrezco un tenedor. En ese momento ves absurdo el ofrecimiento y lo declinas y sigues buscando una cuchara. Y te olvidas de aquel tenedor. Pero un día te apetece comer carne. Y para eso necesitas ese tenedor que siempre había estado ahí y en el que nunca habías reparado, porque tu cuerpo, tu mente y tu corazón no lo necesitaban en ese momento —le explicó Rafael como buen maestro.

—¿Y si nunca quiero un tenedor, papá? ¿Y si yo prefiero la cuchara? —dudó Julia.

—Hija, sé que no te gusta este tema, pero Mateo… —intentó comenzar su padre.

—Papá, no sigas, no quiero hablar de él.

—Lo que te quiero decir, Julia, es que Mateo Ítaca es un buen joven y ha heredado el arte de su padre; son una buena familia y nunca te faltará de nada —argumentó Rafael, aunque sus ojos no estaban convencidos del todo de estas palabras—. Quizá sí que necesitas un tenedor y todavía no lo sabes.

—Papá, no necesito un tenedor, déjate de metáforas. Lo que sí necesito es tomar el aire. Voy a seguir —finalizó Julia, intentando disolver el nudo que se le producía en el estómago al oír el nombre de Mateo.

La entrada principal del Palacio Real era de tipo imperial, con un gran descansillo central que se dividía en dos tramos de escaleras con sentidos opuestos. Estaban construidas en mármol traído de Almería, de las canteras de un pequeño pueblo llamado Macael, situado en la sierra de los Filabres. Lo trajeron desde aquel lugar porque era conocido como «oro blanco». Su pureza de color con algún capilar azulado era un regalo para los sentidos. Cada peldaño estaba labrado en una sola pieza de más de cuatro metros de longitud. Los escalones eran de corta altura, como pidió el rey Carlos. La balaustrada contaba en su inicio con dos leones, también esculpidos en mármol.

—¿De quién es ese carruaje? —preguntó una de las cortesanas.

—Es de Sofía del Palatinado, la sobrina del rey. Viene desde la corte de Versalles. Su abuelo la envía a Sevilla y ha pedido expresamente que descanse aquí un par de días antes de partir de nuevo hacia su destino —le explicó un cochero que se había acercado a la entrada solo para ver el carruaje.

Mientras ambos observaban esta escena, bajó una jovencita de cabello oscuro como el hierro forjado. No alcanzaban a ver sus ojos, pero se adivinaba un negro azabache como el del pelo. Poseía una estatura media y llevaba puesto un vestido de algodón de corte imperio con talle alto. Ese tipo de prenda apenas requería corsetería y no estaba provisto de cola. La tela era muy fina y sencilla, y sobre ella portaba un chal de cachemira de color berenjena.

—Se adivina su belleza desde aquí —alcanzó a decir la cortesana.

—No me he fijado en eso, sino en el carruaje. ¿Lo has visto bien? —replicó ensimismado el cochero.

—Es bonita —añadió la cortesana, aún ensimismada por la invitada.

—¿Bonita? Es una *grand carrose*. Se utilizaron por primera vez en Francia en el siglo XVII. La corte de Versalles de aquel momento la impuso como paradigma del lujo reservado a las familias de la nobleza. La caja del carruaje es de madera de nogal y está completamente tallada y teñida para imitar el ébano. Las puertas están decoradas con medallones que representan a los dioses de la mitología griega: Apolo, Cibeles, Afrodita… —explicó el hombre con los ojos brillantes.

—Ese diablo de mujer será bien bonita de puertas afuera, porque menudo espectáculo montó anoche en la cena de su recepción —dijo una nueva cortesana que se unió a la conversación.

—¿Qué sucedió? —preguntó curiosa la primera.

—Estrenó su estancia en palacio yendo a cenar con un camisón transparente y acabando con las existencias de vino. Pero no debió de parecerle suficiente y eructó en la mesa. La reina Victoria casi se desmaya. Y pensar que se va a quedar aquí un par de días… —explicó con recelo la cortesana.

Sofía del Palatinado se protegía del sol con una pamela de paja atada con un pañuelo de seda y con una sombrilla de color marfil con bordados y flecos en ocre. Junto a ella, tres damas de compañía.

—¡Quiero ir con mi primito! —exclamó la joven invitada alzando la voz al entrar en palacio, dirigiéndose a las dos cortesanas y al cochero que andaban observándola.

—Se encuentra en el jardín —le indicó el hombre.

—Vayamos —ordenó a sus damas de compañía, acelerando el paso hacia el jardín.

De momento no veía a Gonzalo, pues se encontraba en la fuente oculta del laberinto.

—¿Quiere que lo busquemos? —le preguntó una de las damas.

—Inténtenlo en el laberinto, gusta de correr allí —dijo el cochero antes de que las jóvenes se alejaran.

Al llegar al jardín, se dirigieron a dicho lugar. Se adentraron en él y, tras una incesable búsqueda, Sofía divisó a lo lejos a Gonzalo, que ya llevaba varias carreras bajo el sol abrasador y se encontraba estirando cerca de la fuente. La invitada se acercó a él y cogió la escalera que el jardinero de palacio tenía cerca de los setos para cortarlos y la situó al lado de su primo.

—Te andaba buscando, primito —dijo Sofía, riéndose mientras movía su vestido con esmero, dejando ver gran parte de sus piernas.

—Después de la ingesta de vino de ayer pensaba que no te levantarías de la cama —dijo riendo Gonzalo.

—Mi cuerpo está acostumbrado al rico zumo de uva, ese manjar de los dioses. De hecho, mi piel se tersa tras beberlo —contestó ella mientras se levantaba el vestido para enseñarle la piel, dejando la vulva totalmente desnuda a la altura de la boca de Gonzalo, que miraba atónito a su prima.

—¡Sofía, compórtate! —le pidió avergonzado.

El joven giró rápidamente la cara, como si intentara escapar de lo que acababa de ver. Pero ella seguía enseñándole sus partes íntimas sin apenas miramiento y gritó en voz alta:

—¿Acaso tienes miedo de mí, primito?

En ese momento, Julia, que había terminado de conversar con su padre y paseaba por el laberinto de los jardines para mitigar el efecto que oír el nombre de Mateo le suponía, se encontró con aquella inaudita estampa. Aunque ella se había acercado hasta allí a sabiendas de que el joven príncipe estaría en dicho lugar, lo cierto es que hubiera deseado que Gonzalo se encontrara a solas para confesarle por fin el motivo de su pena: su familia le había concertado matrimonio con Mateo Ítaca. Aun así, apresuró su paso hacia la pareja.

—Tú debes de ser Sofía —dijo Julia, ofreciéndole la mano para ayudarla a bajar de aquellas escaleras en un intento de salvar a Gonzalo, que ya la había prevenido de su peculiar prima.

No tuvo ningún miedo a acercarse y que los vieran juntos, pues Sofía no conocía lo mal vista que estaba su amistad.

—¿Y tú eres...? —contestó, aceptando la mano para bajar de allí.

—Julia Ponce de León —se presentó.

—Mi primo me habló anoche de ti durante la cena. Me contó que tu padre es el pintor de cámara de mi tío, el rey Carlos —le soltó Sofía, para sorpresa de Gonzalo, que pensaba que no lo había escuchado en toda la noche.

—Efectivamente, así es —contestó Julia.

—También me habló de que has heredado el don de tu padre, pero que ves la pintura a través de los ojos de un alma joven. Tras haber vivido en Versalles, el amor por el arte me inunda cada poro de la piel, pero estoy aburrida de todos esos pintores anticuados que tan solo reflejan retratos soporíferos y estampas sosas —dijo riéndose, pero Julia asintió tras esa confesión de la invitada, ya que a ella, salvo su padre, el resto de los pintores le parecían un rebaño de carcas—. ¡Quiero que me pintes!

—¿Estás segura? —dudó.

—¿Ves gesto alguno de broma en mi rostro? —preguntó con recelo.

—Será, pues, un honor, Sofía —respondió Julia como si toda aquella situación con Mateo Ítaca y su iniciación en las nereidas le hubiera servido como empujón para descubrir y descubrirse.

—Te esperamos en mis aposentos —contestó la joven invitada.

—No sabes dónde te metes, Julia —le susurró Gonzalo riéndose.

Julia corrió hacia la Sala de los Leones, la habitación que se encontraba en la planta baja de palacio y que Gonzalo y ella utilizaban para vestir las paredes con una pequeña exposición de todas sus pinturas. Julia preparó el caballete, un lienzo cuadrado no excesivamente grande y la caja de óleos. Los nervios se apoderaron de su estómago por el miedo escénico a enfrentarse a los retratos. Aun así, se dirigió a la habitación de invitados donde se hospedaba Sofía del Palatinado.

—¿Se puede? —preguntó mientras tocaba a la puerta.

—Adelante —le señaló una de las damas de compañía.

En dicha estancia todas las paredes estaban pintadas en color albaricoque y rematadas con una cenefa en tonos dorados que repetía de forma cíclica una especie de figura geométrica. Tenía una cama de roble con un dosel de seda rosa palo, como las flores de los almendros. El cortinaje estaba completamente corrido y no quedaba mucha luz en la habitación. Sofía se encontraba tumbada desnuda en la cama tapada por un tul blanco, que dejaba entrever los pechos y el sexo. Dos de sus damas permanecían sentadas a los pies de la cama y la tercera se acercó hasta la cómoda de madera, en la que había una botella de vino y cinco copas. Lo sirvió y le ofreció una a cada mujer allí presente.

—Por Julia —gritó Sofía mientras alzaba su copa para brindar.

—Por Julia —respondieron todas al unísono.

—Sofía, podría pintarte sobre la cama —sugirió.

—Deseo que sea algo más real —dijo la sobrina del rey mientras se bajaba el tul y dejaba sus pechos al descubierto—. Y menos aburrido. Siéntate en la silla y coge tu pincel. —Julia acató la petición como si de una orden se tratase a sabiendas de los dimes y diretes que corrían por palacio sobre Sofía, que dejaban entrever su peculiar personalidad.

La joven artista cogió el pincel y se dispuso a pintar. En ese momento, la otra posó la copa sobre sus pechos y derramó vino sobre ellos. Completamente mojados, los pezones tardaron solo un segundo en ponerse duros. La dama de compañía que había servido vino se despojó del vestido y lo dejó caer hasta sus tobillos. Se acercó a la cama y le lamió los pechos a Sofía como si quisiera beber de ellos. Julia no daba crédito a lo que estaba viviendo. La dama comenzó a hacer círculos con la lengua alrededor de los pezones de su señora, para luego acabar succionándolos de forma lasciva. Al mismo tiempo, a los pies de la cama, las otras dos comenzaron a besarse, lamiéndose el cuello y mordiéndose el lóbulo de las orejas. La temperatura de aquella habitación subió a unos niveles insospechados, y Julia notaba que su cuerpo se estremecía y comenzaba a excitarse.

—Desnudaos y poneos en fila —ordenó Sofía a sus damas.

Ellas acataron tajantemente y formaron una hilera, todas desnudas, frente a la cama. Entre risas y tragos de vino, Sofía comenzó a azotarlas en el culo, una tras otra, como si estuviera pasando revista a los soldados. Cogió de la mesita un aceite de lavanda cuyo olor impregnó toda la habitación. Acto seguido, lo derramó por los pechos de sus damas y comenzó a lamerlos mientras dejaba los ojos clavados en la señorita de turno. La cabeza de Julia estaba a punto de estallar, pero sus manos seguían pintando.

—Te imagino envuelta en ese tul y rodeada por una guirnalda de flores de almendro —logró decir, a la vez que intentaba mantener su mente a raya ante tal espectáculo y que la prima del príncipe volviera a vestirse.

—Traed aquel sillón —mandó Sofía, señalando uno verde y mullido que se encontraba en la esquina de la habitación—. Y colocadlo ahí —indicó el lugar exacto, delante del caballete de madera de Julia.

—Podrías sentarte en el sillón y cubrirte con el tul —insistió la joven pintora.

—Tapadme los ojos con él —instó Sofía, señalando el tul y dejando claro que no era una mujer que aceptase las normas.

Sus damas acataron la orden y le vendaron los ojos. La sensual invitada se sentó en el sillón y posó su pierna izquierda sobre el reposabrazos izquierdo y la derecha sobre el otro, dejando su vulva completamente abierta frente a Julia. Una de las damas se arrodilló delante de ella y comenzó a lamerla mientras la excitada muchacha se deshacía en gemidos. Julia cerró los ojos para evadirse de aquel lugar, pero su cabeza no le dio tregua y comenzó a imaginarse a ella misma arrodillada frente a Sofía comiéndola entera. La poca decencia que creía tener la vio diluida río abajo tras aquel pensamiento. Otra de las cortesanas se acercó a la joven que seguía de rodillas y guio su cabeza, sujetándola con ambas manos, hasta su ombligo.

—Saca la lengua —dijo la dama a su homóloga.

Con esta fuera, la posó bajo su ombligo y comenzó a bajar, recorriendo un camino imaginario hasta alcanzar la vulva. Todavía sujetando su cabeza con ambas manos, comenzó a mover las caderas para restregar el sexo contra la lengua y la nariz de aquella otra chica, a la que parecía no importarle regalar placer sin recibir nada a cambio.

La tercera, cuyas manos y boca estaban liberadas, se acercó al sillón de Sofía, se lamió los dedos índice y corazón, y se agachó hasta alcanzar con las manos el sexo de su señora, donde los metía y sacaba con el ritmo adecuado. Cada vez que los sacaba, estaban cubiertos de un flujo blanco. Sofía comenzó a jadear muy fuerte mientras aquella chica la penetraba con los dedos con ímpetu; la fricción sumada a todo aquel flujo que desprendía sonaba a riachuelo dentro de una cueva. Aquel sonido consiguió encender a Julia, pero más aún lo hizo la chica al meterse los dedos mojados en la boca, saboreando el placer de Sofía.

Lo que el cuerpo de la joven pintora experimentó estaba alejado de todo lo que había vivido hasta ese momento. Desconocía por qué sus sentidos respondían así ante aquella imagen, pero el pecado se alejaba de sus adentros y dejarse llevar parecía una pequeña puerta hacia la libertad. Las otras dos damas seguían en la misma posición, una de ellas con la cabeza entre las piernas de la otra. La que guiaba la testa movía cada vez con más fuerza las caderas, restregando su sexo húmedo contra la boca de la otra chica.

—¡No pares, no pares! —clamó la dama momentos antes de deshacerse sobre aquella boca.

Tras terminar, volvieron hasta el sillón verde y mamaron con ansia de los pechos de Sofía. Ahora tres lenguas y seis manos se centraban en darle placer a un solo cuerpo, como si estuvieran venerando a una diosa. Los dedos salían y entraban con una fuerza que anestesiaría a cualquiera. Sus ojos se tornaban y su cuerpo empezó a hacer espasmos. Mientras una le metía los dedos y la otra le lamía los pezones, la sensual invitada cogió la cabeza de la tercera y la puso sobre su sexo.

—¡Sigue! —ordenó Sofía mientras su dama se lo lamía con ahínco.

La lengua de la joven comenzó una carrera imparable para profesarle a su señora el placer que solicitaba. Hasta que el éxtasis la invadió. Todo terminó con un gemido intenso y una leve sonrisa. Tras aquel espectáculo, cogió una copa de vino, le dio un pequeño sorbo, miró serena a Julia y soltó:

—Ahora que mis pómulos ya tienen el color de las flores de los almendros, que tanto te gustan, puedes empezar a pintarme —ordenó Sofía.

11

El Ateneo

Muchas leyendas envuelven a este club acusado de realizar rituales satánicos y orgías, aunque muchos defienden que simplemente era un club de libertinos dedicado al culto al sexo, donde se daba cabida a todos los placeres hedonistas al margen de la férrea moral que azotaba por aquel entonces.

Sobre las sociedades secretas en el siglo XVIII, en concreto el Club Fuego Infernal o Hellfire Club

La cabeza de Julia era un hervidero de pensamientos que le habían impedido el descanso nocturno. Aquellas imágenes lascivas entre Sofía y sus damas le imposibilitaron alcanzar el sueño profundo. Sentía que la capacidad de su mente de albergar nuevas informaciones estuviera a punto de dispararse como un arma de caza. Así que tenía la necesidad de vomitar todo aquello que la asfixiaba. La casta y obediente muchacha había puesto un pie en un mundo de libertad hasta ahora desconocido para ella, y su mayor miedo era que le estaba gustando. Le urgía hablar con Gonzalo y contarle las nuevas noticias sobre Mateo Ítaca; al fin y al cabo, siempre había sido su mejor amigo. Aunque lo que anhelaba en el fondo era ser capaz de despertar en el príncipe algún resquicio de amor dormido que frenara su matrimonio con Mateo.

—Lo que cuenten las malas lenguas de palacio te aseguro que se quedará corto con lo que viví la otra noche en los aposentos de tu «primita» —se jactó Julia, despertando cierta curiosidad en Gonzalo.

—Creo que mis oídos ya no pueden espantarse de ninguna rocambolesca historia en órbita sobre mi primita —dijo el príncipe, pasando el brazo por el hombro de la cortesana para impulsarla a seguir caminando hacia uno de los cuadros de la Sala de los Leones.

—Me pidió que la retratara desnuda mientras sus damas le lamían —explicó la joven como catatónica.

—¿Lamerle dónde? —preguntó curioso.

—Ahí —alcanzó a decir Julia.

—¿Dónde es ahí? —No se imaginaba la respuesta.

—¡Ahí! —exclamó su amiga mientras señalaba con el dedo índice su sexo, provocando en el príncipe una sonora carcajada.

—Prefiero esta afición a la que tenía de pequeña de comerse los sellos de lacre —dijo Gonzalo suspirando.

Ambos jóvenes paseaban por la sala intercambiando confesiones, pero las reacciones de cada cuerpo ante aquella cercanía no era la misma para ambos. Gonzalo caminaba distendido, suelto, sin rigidez. Sin embargo, el roce de la piel del joven hacía que Julia caminara tensa y apocada. Palpaba esa culpa que le provocaba sentir.

—Gonzalo —arrancó ella, llevando la conversación hacia otros derroteros—, el verdadero motivo de nuestro encuentro se debe a otros menesteres un poco más serios.

—¿Has afinado tu puntería con los mendrugos de pan? —se burló pícaro.

—Más bien han sido mis padres los que han afinado la suya. —Intentaba seguir la conversación que había iniciado para que soltar aquella bomba le fuera más fácil.

—No lo entiendo, ¿tus padres también se dedican ahora a tirar mendrugos de pan? —dijo riendo el príncipe, sin darse cuenta de la difícil tarea que suponía para la joven enfrentarse a esa confesión.

—Voy a casarme —declaró ella sin miramiento, y Gonzalo palideció al instante.

—Esooo... Esooo... Esooo es una buenísima noticia —tartamudeó atónito—. ¿Y quién es el pobre infeliz que se ha prestado a ello? —terminó la frase, abalanzándose sobre Julia para abrazarla.

El joven príncipe intentó disimular con su irónico humor la decepción que sentía ante aquella noticia. Lejos de alegrarse, fue como si le hubieran clavado un puñal en el costado. Sabía que aquello significaba perder a su mejor amiga.

—Mateo Ítaca —contestó Julia, envuelta en un halo de decepción al comprobar que la reacción del príncipe ante la noticia se alejaba de lo que ella había imaginado.

Su amor no era correspondido y tenía que aceptarlo.

—Seguro que será un buen marido —alcanzó a decir Gonzalo.

—Seguro que sí —contestó Julia acongojada—. Ahora debo irme. Disfruta de tu retrato. —Señaló el cuadro de las acacias amarillas, que ya había terminado.

Julia se acercó a la puerta y miró disimuladamente para que nadie la viera salir de allí, pero, justo cuando cruzó el umbral, de detrás de una escultura salió doña Bárbara.

—Julia, te andaba buscando.

—Dígame, qué necesita, doña Bárbara —preguntó la muchacha con cierta tristeza.

—Nos espera un carruaje, debemos hacer unos cuantos recados —dijo la señora, sin dar mucha opción a réplica.

Las dos mujeres hicieron todo el camino en silencio hasta subirse al carruaje. Una vez acomodada, Julia logró acallar la intensidad de sus pensamientos y preguntar a doña Bárbara que hacia dónde se dirigían.

—Volvemos a casa de Olimpia de Saint-Simón. Ha recibido la visita de una mujer que precisa de nuestra ayuda. El resto de las nereidas van para allá —explicó la tutora.

—Doña Bárbara, ¿cree usted que yo algún día seré como las demás? —preguntó con cierta tristeza en la voz, sin apartar la mirada de la ventana del carruaje.

—¿Y cómo son las demás? —preguntó la dama de compañía.

—Libres —alcanzó a decir Julia.

—¿Acaso tú no lo eres? —insistió doña Bárbara.

—Siento que mi cuerpo no me pertenece, que lo he doblegado a la voluntad de otros. Una parte de mí me recuerda el poder del pecado en mis actos y otra siente cierta atracción hacia él. Doña Bárbara, necesito que me salve de mi cabeza, por favor. Necesito que usted me salve de mí misma —le suplicó la joven, desesperada.

—Julia, no necesitas que nadie te salve. Solo tienes que querer salvarte. Sé que tu cabeza está repleta de juicios ajenos y que tienes miedo, pero has de conocerte en todos los sentidos. Y tengo el total convencimiento de que el Ateneo te ayudará en esta tarea —le confió doña Bárbara.

—Me dijo que no quisiera correr antes de aprender a andar —contestó Julia, girándose y mirándola fijamente—. Pero ¿cree usted que ya estoy en disposición de saber lo que es el Ateneo?

—¿Puedo contar con tu lealtad y tu discreción? —le preguntó la tutora, a sabiendas de que ella misma había apostado por aquella joven dubitativa para que fuera una más de las suyas.

—La duda ofende, doña Bárbara —contestó resentida la joven.

—Antes de comenzar, recuerda que nadie sabe, ni debe saber, de la existencia de las nereidas. Júramelo —la instó con seriedad.

—Lo juro, pero no comprendo por qué tanto secretismo por una simple reunión de mujeres —añadió la muchacha con cierta ignorancia.

—Julia, esa simple reunión de mujeres, como tú la llamas, es algo serio. La única sociedad secreta que el rey tolera es el Ateneo, porque él mismo la ha creado. Pero el resto están prohibidas por real cédula, a riesgo de quedar sujetas a la confiscación de bienes e incluso a la pena de muerte —explicó muy seria doña Bárbara, cambiando totalmente el semblante—. Esto no es ningún juego de niños. Debo tener el total convencimiento de que lo has entendido.

—Por supuesto, doña Bárbara —alcanzó a decir Julia, sin saber realmente las repercusiones que podría tener cualquiera de sus actos ahora que formaba parte de las nereidas.

—El Ateneo es una sociedad secreta que fundaron los reyes junto a grandes nobles y personas de la alta sociedad. En ella todo tiene cabida —explicó la dama de compañía, sin entrar en detalles, creyendo que su alumna lo entendería, pero la joven todavía se hallaba verde en algunos aspectos de la vida.

—¿Qué quiere decir con «todo»? —preguntó Julia para crispación de doña Bárbara, que había confiado en no tener que explicarle mucho más.

—Todo es todo, Julia. En el Ateneo no hay normas, solo un mandato: haz lo que quieras. Es un lugar donde ser tú sin que nadie te juzgue. Donde el sexo no se concibe como pecado, sino como la llave de la libertad. Han creado un mundo paralelo. Un mundo de placer que se abre a tus pies y que está por descubrir. Un mundo donde el arte y el sexo se abrazan. Un mundo que está dentro de ti. Solo necesitas dejar que se exprese. Un mundo donde podrás ser libre y conocerte, así como conocer y dejar que te conozcan. Un mundo donde nadie tira la primera piedra porque nadie está libre de pecado. Un mundo en el que sé que quieres entrar desde que te descubrí no hace mucho, cuando empecé a interesarme por ti, espiando al ama de llaves y al camarero mayor. —Julia se ruborizó al saberse descubierta—. Sé que la curiosidad te puede. El Evangelio dice que la verdad nos hará libres; el Ateneo dice que el sexo nos hará libres —culminó la tutora, que sentía aquella afirmación como su lema de vida.

—Pero, doña Bárbara, yo desconozco todo ese mundo. En el sexo ni siquiera sé cómo se empieza —confesó la joven con cierto pudor.

—Por el principio, como en todo. Dime, Julia, ¿tú has conocido ya tu cuerpo? —preguntó sin miramiento la mujer, que le estaba descubriendo otro universo.

—¿Qué quiere decir? —dijo Julia atónita.

—Que si ya te has masturbado, si ya has sentido ese escalofrío que inunda tu cuerpo, esa descarga eléctrica que te anestesia las piernas. Ese botón que activa cada uno de los puntos mágicos de tu anatomía —explicó doña Bárbara como si estuviera sintiendo lo que verbalizaba.

—¿Mastur… qué? —contestó Julia, sin tener ni idea de a qué se refería.

—«Masturbarse» es la palabra con la que se designa el onanismo. La utilizan las mentes cultas que rechazan la leyenda del pecado de Onán. «Onanismo» proviene de este personaje que aparecía en la Biblia, en la parte del Génesis. Judá tenía dos hijos: Onán y Er. Este estaba casado con Tamar, pero falleció. La ley judía por aquella época establecía que, en ese caso, Onán debía casarse con su cuñada enviudada y mantener relaciones sexuales con ella para darle un hijo que nunca le pertenecería, ya que sería de ella y de su hermano fallecido.

»De este modo garantizaba que su hermano tuviera descendencia y heredara sus bienes. Pero, al saber esta noticia, Onán decidió tener relaciones sexuales con su cuñada derramando fuera de ella. Ante tal despropósito, Dios decidió castigarlo con la muerte. Y es que ese coito interrumpido era una ofensa a Dios, ya que derramó sobre la tierra la semilla que proporcionaba vida.

»Aunque el pecado de Onán fuera el interrumpir el coito, se denominó "onanismo" a la práctica de darse placer a uno mismo, pues suponía el derramar el semen sobre la tierra. Pero nosotros preferimos llamarlo "masturbación". Proviene del latín *manus turbare,* que significa "turbarse o violentarse con la mano".

»Y ahora que ya sabes todo esto, ¿te has masturbado alguna vez, Julia? ¿Te has tocado el coño para darte placer? —soltó sin ninguna muestra de pudor doña Bárbara.

—¿Se refiere a la vagina? —preguntó ella, dejando toda su vergüenza a un lado.

—Efectivamente, el coño es la vagina. Pero es una manera de llamarla más vulgar y divertida. Más sucia, como el buen sexo. Quiero que entres en nuestro mundo y que te diviertas, que explores, que preguntes y que te cultives. Mi padre se negó a que yo fuera otra señorita más que tan solo sabía ser esposa y bordar. Era un adelantado a su época, quiso que fuera instruida en todos aquellos ámbitos prohibidos para las mujeres. Arte, música, política…

»No necesito que ningún hombre me permita vivir ni me mantenga. Siempre he querido valerme por mí misma. A diferencia del resto de las mujeres, yo no he sido educada para conseguir un marido. Mi padre siempre luchó contra eso, quería que yo fuera libre y que no dependiera de nadie. Tengo la vida que he elegido vivir, lejos de convencionalismos. Vi reflejada en ti mi mirada, la que busca respuestas, la que no se conforma con lo establecido. La que quiere imponer sus propias normas y vivir su vida de acuerdo con ellas. Lo vi en tus ojos, Julia, tú no eres como el resto —finalizó la tutora con cierto orgullo.

El fin de su discurso coincidió con la llegada a la casa de Olimpia. Al bajarse del carruaje, Julia siguió el paso de doña Bárbara, pero en el quicio de la puerta se paró en seco; era la línea que separaba a la Julia que había sido hasta aquel instante de la Julia en la que estaba a punto de convertirse. Sabía lo que le esperaba, sabía que no saldría ilesa de aquel lugar. Dudaba si rebasar aquella línea, pero una fuerza la empujaba hacia dentro.

Julia llevaba toda su vida haciendo de los «¿Y si...?» su bandera. En aquella corte los sentimientos de cualquiera eran sacados a consenso popular como si del beneplácito de los demás dependiera estar o no bien visto. Ella llevaba toda su vida siguiendo la línea que creía que conducía al camino correcto, aun a sabiendas de que no era el que buscaba para sí misma. Había vivido con miedo a sentir, por si era más de lo que se merecía. Llevaba tiempo suspirando en silencio y ahogando esas famosas mariposas de las que tanto hablaban los libros, por si se les ocurría amagar con aletear en sus adentros. Se había mordido el labio más veces de las necesarias cuando Gonzalo rozaba cualquier resquicio de su cuerpo, esperando que de ese modo las ganas se esfumaran.

Necesitaba un estudio pormenorizado de los pros y los contras de lo que sus sentimientos supondrían. Toda su vida había asociado el placer al libertinaje como parte del plan de cualquier mente cerrada. Su cabeza siempre había estado llena de dudas, miedos y preguntas, pero también había huido de todas las respuestas que se escapaban a la razón, como si esta fuera más digna que el corazón.

Así fue como Julia se dejó morir lentamente..., hasta aquel día. Y ese fue el último pensamiento que rondó su mente antes de poner un pie en esa casa, a sabiendas de que ya no habría marcha atrás.

—¿Piensas entrar, Julia? —la apremió doña Bárbara al darse cuenta de que la joven se había quedado parada en el quicio de la puerta.

—Por supuesto —dijo ella, adentrándose en aquel pasillo.

Y es que, aunque no sabía cómo sería ese mundo del que doña Bárbara le había hablado, aunque desconocía todos los secretos que la corte de los Monteros escondía, Julia estaba dispuesta a descubrirlos.

—¿Qué ha sucedido? —preguntó doña Bárbara al llegar al salón de Olimpia y encontrarse a una joven con la cara amoratada.

—Su marido ha vuelto a pegarle. Dice que ha llegado borracho a casa y que acto seguido le ha propinado una paliza —le explicó la anfitriona con furia.

—Juro que he sido una buena esposa, que he cuidado de mi marido. He vivido honestamente sin darle ocasión a enojo. Me ha pegado sin motivo —sollozó la mujer mientras se cubría la cara con vergüenza. No quería enseñar las marcas de la paliza.

—No se justifique, por favor. El que debe justificarse es su marido, y le aseguro que este hecho no tiene excusa alguna —le recordó Olimpia, cuya moral en pro de las mujeres hacía que le hirviera la sangre al ver lo que la sociedad les deparaba.

—¿Tenemos noticias de su solicitud de divorcio? —preguntó doña Bárbara.

—Ha sido denegada por la audiencia episcopal después de que el notario mayor interrogase a una serie de testigos que aseguraban que su marido es un hombre de bien que jamás causa problema alguno —explicó otra de las nereidas.

—Al igual que pasó con el caso de la mujer maltratada del salón de nereidas de Berlín, aquí también lo han solucionado implorándole únicamente que pida perdón y que se guarde de beber menos. Menudos sinvergüenzas —dijo enojada Olimpia.

—Además, su marido le hizo firmar un documento que se ha utilizado en contra de ella —expuso otra nereida.

—¿Qué ponía en ese documento? —preguntó la anfitriona.

—No lo sé, no sé leer. Me obligó a firmarlo, dijo que, si no, no volvería a ver a mis hijos —explicó la víctima sin cesar de llorar.

—¿Por qué casi ninguna mujer sabe leer? —dijo casi susurrando a Julia una de las diez nereidas debutantes.

—Haz la pregunta en alto, por favor —dijo Olimpia, que había oído a la perfección a la joven.

—Preguntaba que por qué casi ninguna mujer sabe leer —repitió la aprendiz con cierta vergüenza.

—Queridas, ese es el mayor de nuestros problemas y por el que debemos luchar para erradicarlo. Sin educación no podemos ser libres. Todas las aquí presentes somos unas privilegiadas, pero ahí fuera el resto de las mujeres no corren la misma suerte —explicó Olimpia, que llevaba años instruyendo a jóvenes en su salón para enseñarles a leer y darles una educación digna.

—La mayoría de las mujeres carecen de acceso a la educación. Somos consideradas débiles, y los hombres creen que tenemos capacidades mentales inferiores a las suyas —explicó otra de las nereidas tutoras.

—¡Y que no tenemos alma! —repuso otra riendo.

—No podemos seguir tolerando esto —sentenció Olimpia—. Toda la vida supeditadas a los hombres, justificando siempre esa subordinación con absurdas teorías religiosas y morales.

—¿Y qué podemos hacer contra eso? —preguntó Eva, una bella joven de larga cabellera castaña que no pertenecía ni al grupo de las tutoras ni al de las debutantes.

—Dejar de estar calladas, Eva. Porque eso es lo que ellos temen —finalizó Olimpia.

La descomunal belleza de aquella joven hizo que Julia posara descaradamente los ojos en ella. Eva pertenecía al grupo de las culebrinas, es decir, aquellas mujeres que ya habían

LOS SECRETOS DE LA CORTESANA

dejado de ser aprendices dentro de las nereidas y que se hallaban en un grado superior. En ese nivel, ya poseían voz y voto, a diferencia de las aprendices, que debían curtirse y cultivarse para conocer las responsabilidades que conllevaba formar parte de las nereidas. Pero aún no tenían el rango de tutora, que solo se alcanzaba con la veteranía y que proporcionaba la capacidad de elegir y formar a las aprendices.

No solo la hermosura de Eva era digna de admiración, sino que era una de las más reputadas culebrinas, porque poseía una mente brillante. Su extremada dulzura entrelazada con su avispada lengua hacía de ella una mezcla exquisita. La bella joven era hija de un conocido abogado de Madrid que había criado a su hija solo y que se negaba a que fuera otro juguete roto de la sociedad. Por eso, lejos de querer casarla, quiso que se labrara un buen futuro, por lo que le transmitió todos los conocimientos sobre leyes que poseía y la cultivó en el masculino mundo de la abogacía.

Y allí en el salón, entre aquellas mujeres, el futuro de Julia estaba a punto de cambiar de un plumazo. En repulsa de su matrimonio concertado, quería poner un pie fuera de la rueda que su familia llevaba años imponiéndole. Se encontraba allí, llena de dudas y miedos, pero con una voz interior que la animaba a salirse del camino marcado y le gritaba que debía dejarse llevar. Y a pesar de que la opinión de Gonzalo acerca de doña Bárbara y sus tejemanejes había calado hondo, sabía que aquella lucha por salvar al resto de las mujeres y a sí misma era algo de lo que no podía huir. En el fondo, los secretos de los Monteros eran la llave que abriría su jaula.

12

Entre sus piernas

Lejos de lo que hoy conocemos como prostitución, las cortesanas honestas eran mujeres bien instruidas y cultivadas en todos los aspectos. Cultas, con buena educación, modales y muy sofisticadas. Esto les concedía un gran poder, ya que eran mujeres libres, autosuficientes y con acceso al mundo del arte y la cultura.

> Sobre las cortesanas honestas o *cortigiane oneste*,
> mujeres que vivieron durante el Renacimiento,
> en Roma y en Venecia, y que protagonizaron un
> fenómeno social y cultural

Doña Bárbara pasaba largas horas en la sala de música del Palacio Real. La educación que recibió de su padre la había convertido en una ferviente melómana, y el amor por la música la había posicionado como una de las más reconocidas mecenas de la capital. Decían que tenía un ojo tan crítico que podía adivinar el arte de cualquiera que se le pusiera delante. Lo mismo que le sucedía con los jóvenes en los que veía un arduo potencial para formar parte de las sociedades que ella regentaba.

—Adelante —dijo la cortesana, concediendo permiso para entrar al joven que se encontraba en la puerta de la sala de música.

—Gracias por recibirme, doña Bárbara —dijo el visitante mientras ella soltaba la pluma con la que escribía en un cuaderno, apoyada en el majestuoso piano de la estancia.

—¿A qué se debe tu grata visita, Jorge? —le preguntó.

Jorge Novoa era un apuesto joven que vivía fuera del Palacio Real, pero que pasaba incontables horas en él. Tenía el cabello negro como ese momento de la noche donde el cielo está más oscuro, justo antes de amanecer. Sus ojos profundos seguían la misma senda. Su nariz era afilada como la punta de un cuchillo y sus labios eran finos pero sensuales. Su peculiar rostro le confería distinción y elegancia. Su barbilla estaba coronada por una especie de hoyuelo, que le añadía juventud al rostro. Jorge llevaba años trabajando para doña Bárbara, ayudándola a realizar diferentes gestiones de cosas relacionadas con los reyes.

—Ya están todos los lazos terminados con sus castañas bordadas —le comentó el apuesto joven.

—Buscaste una costurera fuera de palacio, como te pedí, ¿no? —preguntó la dama.

—Por supuesto. Posee toda mi confianza y pagué unos reales más por asegurarme su silencio —reconoció Jorge.

—Te tengo bien enseñado —dijo riendo doña Bárbara.

—Con respecto a su otro encargo, todos mis hombres están recabando informaciones. Estoy seguro de que estamos en lo cierto, pero los comerciantes tienen miedo a hablar —explicó.

—Seguid buscando, hay que acabar con él —ordenó la mujer madura, sin revelar quién era el destinatario de esa radical afirmación.

—Bueno, no quiero robarle más tiempo. Disfrute usted de la música —dijo el joven.

—Ya sabes, Jorge, que tu presencia siempre es un regalo. Antes de que llegaras, se encontraba en esta sala un gran amigo mío, compositor —reconoció doña Bárbara—. Me contaba que el clasicismo basaba su música en tonos transparentes, claros, simétricos... Que huía de los excesos y partía de una melodía principal apoyada por los instrumentos.

»Pero dicha melodía estaba totalmente estructurada, no daba lugar a la imaginación. Proporción, simetría y orden. Qué aburrido, ¿no? Sin embargo, ahora ellos han revolucionado todo. La música instrumental ha pasado a ser un arte en sí misma, un canal capaz de expresar lo indecible.

»Es la manera de exponer la importancia de la identidad individual. Tienen libertad para crear. Se han perdido la simetría y el equilibrio. La música de ahora es el vehículo para expresar los sentimientos. Les da igual la forma, lo que les importa es lo que se siente. ¿Sabes qué hacía antes de que tú entraras? —le interrogó.

—Lo desconozco, pero siento haberla interrumpido, doña Bárbara —intentó excusarse Jorge Novoa.

—Estaba escribiendo un *lied*. ¿Alguna vez te he hablado de ellos? —exclamó la bella mujer, y Jorge negó con la cabeza—. *Lied* en alemán significa «canción». Es una pieza corta que se basa en un poema, una canción para voz y piano. En él hay tal conexión entre música y poesía que el sonido que se crea te hace sentir lo que está escrito. Es el íntimo contacto entre ambas, la manera de sacar fuera todo lo que llevamos dentro para que las personas que los escuchan sean capaces de sentirlo —explicó la dama de compañía.

—Admiro su culta existencia y desearía heredar una mínima parte del conocimiento que usted posee del arte y la vida —reconoció el joven.

—De la vida ya has heredado mis ganas de vivirla, así que vamos por el buen camino —respondió ella—. Por cierto, me gustaría presentarte a una joven, creo que te gustará.

Gonzalo llevaba horas dando vueltas en círculo alrededor del seto del jardín. Se había descubierto el torso por inercia, ya que la mente no lo dejaba concentrarse y no había corrido en toda la tarde. Le atormentaba la idea de pensar que Julia iba a casarse con Mateo Ítaca. Desconocía el origen de su pesar y lo achacaba al miedo a perder la amistad con su mejor amiga. Ambos estaban unidos desde que pronunciaron sus primeras palabras. Habían compartido fechorías y confesiones y no podía imaginar su vida sin tenerla a su lado. Su fiel amiga, la que le había servido de pilar para mantener los pies en la tierra y olvidar en cada instante que compartían que la herencia de la corona de los Monteros recaía sobre su cabeza.

Había pasado toda la noche dando vueltas en la cama, asumiendo el hecho de que Julia abandonaría el palacio en el mismo instante en el que contrajera matrimonio con Mateo. Pero se veía incapaz de verbalizar su temor ante su amiga, porque el cariño que le profesaba le hacía sentirse egoísta, al no querer que se casara por el simple hecho de perder su amistad. Gonzalo se sentó en el banco apartado en el que tantos momentos había compartido con ella para descansar, sobre todo su mente, y entonces Julia apareció por detrás con sigilo y le tapó los ojos con ambas manos.

—¿De verdad piensas que no voy a adivinar tu presencia cuando tu olor te delata? —dijo riendo Gonzalo, recordando sus juegos de críos.

—Podrías ser más cauto en tus adivinaciones, porque quizá alguna vez falles —dijo ella ofendida, pues sabía que jamás sería capaz de desprenderse de su olor.

—Aquí la única que va a errar vas a ser tú casándote con un macarrón —bromeó Gonzalo, aunque realmente estaba preocupado.

—¿Ves algún signo de gracia en mi rostro? —preguntó Julia con cierto enfado—. ¿Acaso crees que quiero yo casarme con alguien que apenas conozco?

La realidad era que a la joven no es que no le hiciese gracia que se burlara de su futuro matrimonio, sino que el dolor que la asolaba se debía a que sabía que él no sentía pena alguna porque perteneciera a otro hombre. Durante todas las veces que había ensayado la forma de contarle a Gonzalo su matrimonio concertado, Julia jamás había barajado la posibilidad de que respondiera con humor y burla, sino que había alimentado siempre sus expectativas de que el príncipe cayera rendido ante tal noticia, asumiendo su amor por ella. Pero estaba claro que en la vida daba igual cuanto planearas, pues el universo era el único que sentenciaba.

—No te enfades, Julita. Era una burda broma —intentó encarrilar Gonzalo la conversación.

—Sabes que no admito bromas con tan poco gusto —confesó Julia apenada ante la pasividad de su platónico amado.

—Ten claro que quiero lo mejor para ti —dijo el príncipe mientras le cogía la mano y se la posaba en su corazón—. Sabes que yo me alegro de que vayas a casarte.

Lejos de apenarse aún más por aquel desafortunado comentario de Gonzalo que avivaba su desdicha al sentirse rechazada, la joven experimentó un acelerado pálpito en su propio corazón al rozar el torso desnudo de su amigo. Los jóvenes se quedaron en silencio clavándose la mirada mientras el calor de su aliento se entrelazaba. Los corazones se dispararon ante la cercanía del cuerpo y la boca ajenos. En ese ensordecedor mutismo, Gonzalo posó la mano derecha en la cara interna del muslo de Julia, lo que provocó en ella un pálpito hasta ahora desconocido.

La joven cortesana volvió a sentir su sexo como cuando lo vio corriendo con el torso desnudo y sudoroso por el jardín de palacio. Mientras su cabeza no dejaba de enlazar pensamientos sin descanso alguno. Ese corto espacio de tiempo les pareció eterno a ambos jóvenes, que no se atrevieron a mediar palabra, hasta que el calor de la mano del príncipe traspasó el muslo de Julia y su sexo comenzó a empaparse. Aquella extraña sensación hizo que sus nervios explotaran por los aires.

—Lo siento, Gonzalo, debo irme —dijo, levantándose de un salto del banco y recomponiendo su vestido, como si aquel gesto la devolviera al momento presente.

—Pero ¿a qué se debe tanta prisa? —preguntó él, sin entender la reacción de la joven cortesana.

Sin embargo, Julia no respondió y abandonó a toda prisa el jardín, dejando atrás al príncipe. Se adentró en el palacio con apremio y se dirigió a su habitación. Nada más entrar, se desnudó rápidamente y llevó las manos a los muslos, donde adivinó un fluido acuoso resbalando por ellos. Julia no lograba entender lo que su cuerpo acababa de experimentar y buscaba respuestas al origen de aquella humedad que había resbalado entre sus piernas. Necesitaba calmar su desasosiego, así que se tumbó en la cama con la piel erizada. Su cuerpo se agitaba con sensaciones que antes jamás la habían invadido. Algo le recorría cada centímetro de la piel como si de una descarga eléctrica se tratase. «Esto no está bien, esto no está bien, esto no está bien», se repetía una y otra vez en su interior. La culpa se había apoderado de ella como si unas cadenas con lastre le hubieran atrapado los tobillos.

Con más vergüenza que miedo, Julia deslizó las manos por el cuerpo perdiéndose entre el tacto de la piel, sintiendo que su candidez se asomaba al borde de un precipicio y que ella se disponía a empujarla al abismo. Estaba anocheciendo, y la brisa que entraba por la ventana consiguió que se le irguieran los pezones. Fue en ese momento cuando el torso de Gonzalo se clavó en su retina. Su cerebro pasaba, en un bucle enfermizo, secuencias en las que el príncipe jadeaba empapado en sudor, respirando exhausto como el ama de llaves y el camarero mayor cada lunes sobre la sexta estantería de la biblioteca de palacio.

Imaginarse a Gonzalo con la piel mojada y el calor que estaba alcanzando su cuerpo le hicieron detener las manos en el torso, que acarició con detenimiento. Pero sus extremidades ya no eran suficientes para mitigar aquel fuego, así que, nerviosa, miró hacia todos los puntos posibles de la habitación y posó los ojos en el cojín de terciopelo burdeos que descansaba en el suelo a los pies de la cama. Como el pirata que se sabe conocedor de haber encontrado un tesoro, Julia se levantó temblorosa, lo cogió y se sentó en la cama, esta vez de rodillas. Pasó los dedos con delicadeza, como si de su propio cuerpo se tratara, por el ribete de flecos de color verde esmeralda que rodeaba el cojín y contrastaba con el terciopelo burdeos.

Su carga de conciencia la consumía, le pesaban sus valores familiares, cada uno de los recordatorios de que el sentir era pecado, todo lo que le habían inculcado a lo largo de su existencia. Pero las palabras de doña Bárbara retumbaban en sus sienes y se agarraba a aquella afirmación de que el sentir más que un pecado era un deber. Y fue en esa cama desprovista de ropa e intentando eliminar sus miedos cuando Julia se dejó llevar. Una parte de ella, entre aquellas sábanas, se supo victoriosa.

De rodillas sobre el colchón, separó las piernas y notó que los labios de la vulva se abrían como las flores del jardín al llegar la primavera. Deslizó el cojín y se sentó sobre él. El leve roce de los flecos hizo que se le escapara una tímida y vergonzosa risa de la boca. Se frotó el sexo con el cojín y aumentó cada vez más el ritmo mientras notaba esa parte de su cuerpo encenderse poco a poco, como cuando movía las ascuas con más rapidez para que el tronco acabara prendiendo.

Julia sentía que su cuerpo no le pertenecía, pero no podía parar de hacer ese movimiento, porque la fricción en su sexo y el aumento del ritmo la hacían jadear de manera cada vez más persistente. Cerró los ojos y, como si de un hechizo se tratase, la imagen de Gonzalo moviendo la lengua donde se encontraba el cojín empezó a taladrarle la cabeza. El cuerpo le ardía de una manera insana, de una forma que nunca antes había sentido.

Cuando la fricción le tensó cada uno de sus músculos, soltó el cojín y asumió que la culpa había ganado la batalla. No pudo evitar poner sus pensamientos en papel tras este acto.

Es, pues, doña Bárbara motivo de admiración, por cómo vislumbra ella el amor, el placer y la vida. Es dueña de su cuerpo y lo entrega sin miramiento ni remordimiento, por el simple hecho de alcanzar el placer. No es que sea una mujer de ignorancia visible, puesto que está instruida en todas las áreas de la vida y posee conversación interesante que deslumbra a los más codiciados varones. Conocer a doña Bárbara ha supuesto un huracán de sucesos inesperados. Como si el devenir de su existencia hubiera ahogado todos mis prejuicios, relegando a un plano inservible los convencionalismos familiares que he venido asumiendo como verdaderos a lo largo de todos estos años. No quisiera ser yo la vergüenza de los Ponce de León por regalarme los placeres mundanos que mi familia siente como pecado y que doña Bárbara aplaude como símbolo de libertad. Pero es que, a pesar de no ser correspondida por el amor de Gonzalo, ese que habría esperado recibir en cuanto le confesé mi matrimonio con Mateo Ítaca, mi cuerpo no entiende de ofensas y responde al roce de sus manos estremeciéndose sin consuelo y regando mis piernas de fluidos incontrolables. Ha palpitado mi «coño», como lo llama doña Bárbara de forma grosera, por ese torso descubierto. Quisiera controlar estos impulsos impuros que siento ante la mera presencia de quien lleva siendo toda mi vida mi compañero de fechorías. Pero ante ese cuerpo desnudo no mandan, pues, ni la razón ni el corazón; solo la piel que se estremece. Supongo que a esto se refería doña Bárbara con el hecho de conocer mi cuerpo y darle placer con la masturbación. Sin saber si esto se considera o no pecado, no hay palabras para describir lo que mi sexo siente ante tal acto. Pero pienso aceptar la condena de tal pecado si a partir de ahora voy a vibrar con dicho gusto.

13

A dos centímetros

Los jóvenes contrayentes por lo general no se conocían antes de su matrimonio y lo único que poseían era un retrato que solían hacer los pintores de cámara, los cuales intentaban ensalzar falsamente la belleza del novio o la novia.

Sobre los matrimonios reales que eran concertados por intereses económicos o políticos

Habían pasado varios días desde la marcha de Sofía del Palatinado, y, aun así, en palacio no se hablaba de otra cosa. Las cocineras, los sirvientes, las costureras, las damas de compañía…, no había nadie que no hubiera formado corrillo para comentar las andanzas de la joven en los escasos días que había permanecido en el Palacio Real. La corte de los Monteros estaba totalmente escandalizada por sus paseos casi desnuda por los pasillos; por cómo toqueteaba a sus damas sin reparo; por su facilidad para enseñar sus partes íntimas, o por su capacidad de acabar con la comida con sus aires insolentes.

Caía la noche. El conde-duque de Pastrana se hallaba nervioso, sentado en el despacho frente al rey Carlos y la reina Victoria, y daba veloces golpecitos con el pie en el suelo. Como si ese pequeño impulso pudiera frenar el temblor que le invadía la pierna. A pesar de su carácter fuerte y déspota, aquella pequeña muestra de nerviosismo era señal inequívoca de que algo no iba bien.

—¡Pare! —ordenó la reina Victoria, cuyo rostro mostraba que el molesto ruido había colmado su paciencia.

—Disculpe, Su Majestad —se excusó el conde-duque—. Conoce usted mi impaciencia ante la espera.

—Pues al que espera será su futuro rey, así que más le vale que asuma sus demoras —le recriminó el rey Carlos.

—¡O que se corte usted esa pierna! —añadió con tono engreído la reina Victoria.

—¿Y si se ha enterado de que hemos dado audiencia a varias jóvenes para que ocupen el trono junto a él? —preguntó el conde-duque con cierta inquietud.

—Le pagamos mucho dinero para que estas cosas no sucedan, así que, si ha hecho bien su ridículo trabajo, no ha debido de enterarse nadie —replicó el rey Carlos con cierta ira.

—Ya te dije que no era buena idea. Si tu hijo se entera de que hemos estado urdiendo un plan para su matrimonio sin haberlo puesto en antecedentes, se negará a subir al trono —dijo la reina con cierta preocupación.

—¿Pagó por su silencio, como le pedí, Francisco? —preguntó el monarca inquieto.

—Por supuesto. Firmé con los validos de los otros reyes un pacto de silencio —reconoció el conde-duque de Pastrana.

La puerta del despacho se abrió y entró el príncipe Gonzalo, que, ajeno a lo acontecido en los momentos previos, quiso soltar un chascarrillo para quitar tensión a aquella escena.

—¡Ni que hubierais visto a Sofía corriendo en pelotas por nuestros aposentos! —bromeó Gonzalo, sin ser capaz de arrancar sonrisa alguna en los allí presentes.

—Nos has hecho llamar a todos para conversar de un importante asunto y aquí nos hallamos, amenizando la espera —le informó su padre.

—Sé que ante vuestros ojos este acontecimiento es inusual, puesto que nunca he visto necesidad alguna de convocaros a los tres, pero hay un hecho que estos últimos días me ronda la cabeza. Ya lo he comentado a veces con padre y siento de nuevo la necesidad de transmitíroslo para darle un carácter más oficial a mi petición —confesó el príncipe Gonzalo, cuya voz dejaba entrever cierto nerviosismo.

—Adelante, hijo, cuéntanos qué atormenta tu cabeza —lo instó su madre.

—Es referente a mi futuro compromiso —comenzó el joven.

—¿Qué le preocupa? —añadió el conde-duque de Pastrana, que, como valido del rey Carlos, poseía gran peso en los asuntos reales.

—No sé si ha llegado a vuestros oídos, ya que últimamente se halla en boca de muchos sirvientes, la concertación de algunos matrimonios de jóvenes cortesanos —prosiguió el príncipe.

—¿Afecta dicho hecho a tu persona? —preguntó el rey Carlos sin entender bien cuál era la preocupación real de su hijo.

—Padre, sé el cansancio que arrastras y que no quisieras reinar por mucho tiempo. También soy plenamente consciente de la importancia que dais a la unión de nuestro reino con otro de cierta enjundia que mantenga o incremente el poder que posee la corte de los Monteros. Pero si quieres que herede el trono, como habías pedido, ruego a cambio que yo elija a la futura reina por el simple hecho del amor. Y, por supuesto, que me prometáis que no nos acompañará ningún cortejo en la noche de bodas —pidió el príncipe Gonzalo, en quien la noticia del futuro compromiso de Julia había calado intensamente.

—Pero, hijo, sabes que esto que pides no es posible. El linaje de nuestra familia ha sido determinado desde antaño por la experiencia de padres y consejeros. No posees a tu corta edad madurez para contar con buen ojo para la elección de la futura reina —lo contrarió su padre, como las últimas veces que se lo había planteado.

—Si no poseo madurez para encontrar futura esposa, ¿qué os hace creer que la poseo para portar esa corona? —rebatió el joven, para sorpresa de los presentes—. Lo siento, padre, pero no hay posibilidad de negociación. Si queréis que suba al trono, yo elegiré personalmente quién me acompañará en dicha subida.

Los reyes y el conde-duque quedaron absortos en un silencio absoluto. Este y la reina se giraron hacia el monarca, a sabiendas de que su decisión ante aquel claro chantaje de su hijo era la única que primaría.

—Con una condición —propuso el rey Carlos con un tono de voz robusto que dejaba en evidencia que aquel movimiento de su sucesor lo había descolocado por completo.

—Dime, padre —contestó el príncipe.

—Encontrarás a la futura reina antes de que acabe el año. Los demonios que anidan en mi cabeza avivan a pasos agigantados mi cansancio —confesó el rey Carlos, cuyos vapores melancólicos cada día eran más evidentes.

—Cuenta con ello, padre —prometió Gonzalo, estrechándole la mano para sellar el pacto.

El joven salió del despacho creyéndose ganador de aquella contienda, sin saber que su familia no estaba dispuesta a renunciar a intereses políticos y económicos que los beneficiaban.

—¿Creen ustedes que sospecha algo? —preguntó el conde-duque, que intentaba asimilar lo que acababa de acontecer.

—No lo creo; su tono no hubiese sido tan amigable de haberlo sabido —reflexionó la reina.

—Nadie debe saber nada. Le haremos creer que elegirá por amor. Francisco, pide el retrato de la princesa Lucía de Pombo, estoy seguro de que ella es la perfecta candidata —aseguró el rey.

—Espero que sea francesa —dijo la reina Victoria.

—Por supuesto, querida. Es una joven culta e instruida en los buenos modales. Ese matrimonio nos augurará la unión de nuevo con Francia —finalizó el rey.

Aquella noche Julia no era capaz de conciliar el sueño. Se despertaba sudada recordando el roce de aquel cojín contra su sexo, sin dejarse ni un recoveco por recorrer. Intentaba dormir, pero el simple hecho de entornar los ojos le revelaba la imagen de Gonzalo posando la mano en su pierna. Se levantó de la cama, se acercó a la ventana, descorrió las cortinas y alzó la vista al cielo. La noche era oscura cual sotana de cura. La negrura no estaba teñida por la luz de las estrellas, como siempre acostumbraba en los días despejados de la primavera. Aquel insomnio la animó a sentarse en el escritorio y coger de nuevo la pluma.

No siendo yo muy fiel seguidora de la astrología, temo que esta oscuridad que tiñe el cielo desprovisto de estrellas sea una señal divina. Un símbolo de mal augurio. Quizá esta negrura sea un presagio del desastre en el que me estoy adentrando. Dicha palabra significa «sin astros» o «desfavorable para las estrellas», y la vi por primera vez escrita en un libro de Shakespeare que data del siglo XVI: *El rey Lear*. Me gustó su sonoridad en mis labios. No quiero creer que los griegos tengan razón, pero acaso podrían tenerla y esta noche intensa sin estrellas sea un aviso de lo que me deparará mi nuevo periplo si sigo adentrándome en los secretos de los Monteros y de las nereidas. Antiguamente, los griegos, fascinados por el cielo y las estrellas, miraban hacia arriba buscando respuestas o implorando ayuda. Creían que nuestro destino estaba escrito en ellas. «Desastre» viene de «sin astros» porque para los griegos los desastres ocurrían cuando la posición de las estrellas no era favorable para determinadas circunstancias. Imagino que a estas alturas y con el barro hasta el cuello, mi desastre está ya garantizado, pero mi cuerpo se niega a ser desprovisto de este descubrimiento del goce. Como leí una vez, con máximo acierto, hay dos maneras seguras de llegar al desastre: pedir lo imposible o retrasar lo inevitable.

Julia esperó a que saliera el sol y se dirigió a la sala de costura. Allí daba igual la hora que fuese que las mujeres siempre estaban canturreando. Era uno de los lugares que más feliz la hacía: cantidad de telas bonitas traídas de cualquier paraje; infinidad de botones de todas las formas, colores y tamaños; hilos de colores que recorrían toda aquella estancia, y mujeres que expresaban su arte con las manos.

Su madre le había rogado que la ayudara con unos vestidos, ya que la reina había pedido que prepararan toda la vestimenta para un baile importante que tendría lugar en palacio en unas cuantas semanas. Al llegar, Julia saludó a todas, como siempre, y se sentó cerca de su madre para asistirla con los dobladillos. Estar allí era un alivio para la cabeza de la joven cortesana, que, mientras se concentraba en coser, con los tarareos de las mujeres de fondo, no tenía espacio para pensar en otra cosa.

La joven costurera de descendencia inglesa, que nunca había estado en Inglaterra, se hallaba tarareando el himno de dicho país, porque así se sentía unida a su familia. Mientras, Julia, que absorbía cualquier información que recibiera o leyera, despertó del letargo en el que estaba sumida y recordó algo que Gonzalo le había contado tiempo atrás.

—¿Sabes que el himno de tu país es una oda a una fístula anal de Luis XIV? —explicó la muchacha, y todas soltaron una carcajada.

—¡Julia, por Dios! No digas esas cosas —repuso su madre.

—¡Déjala que lo cuente! ¡Para una que nos ha salido lista y guapa! —dijo una de las costureras.

—¡Y que Julita ya no es una niña! —añadió otra.

—Tenéis razón, pero ya sabéis que para una madre su hija siempre será su niñita —argumentó Mercedes.

—¡Atención, que os lo voy a contar! —contestó Julia divertida, porque le encantaba referir todo aquello que descubría—. Resulta que el rey Luis XIV tenía una fístula anal y no le permitía hacer vida normal en palacio, así que se pasaba el día recluido en su habitación. El pueblo empezó a hablar y el monarca, por miedo a perder poder, pidió a su médico personal que lo operara. Este no tenía ni idea de cómo hacer esa intervención, ¡igual que yo no sé cómo hacer estos vestidos! —Todas se rieron—. Y le pidió que lo dejara practicar con otros enfermos para mejorar la técnica. Cuentan las malas lenguas que más de uno se quedó en el camino. Pero, aun así, pasado un mes se vio preparado para operar al rey. Aquello fue un milagro. Dicen que al día siguiente ya montaba a caballo y que se puso de moda en la corte de Versalles operarse de fístula anal, ¡aunque no la tuvieran!

»Y allí estaba todo el mundo paseándose por los jardines con unos calzones blancos, símbolo de que habían sido operados, como el rey. Fueron tales la locura por este hito y la alegría del pueblo por la curación de su rey que un reconocido músico le dedicó una canción a tan fascinante tema: la fístula anal del rey Luis XIV. Fue tal su éxito que Händel, otro músico, en un viaje a Francia la oyó y no pudo desprenderse de aquella melodía tan pegadiza, siempre presente en su cabeza. Tras ser nombrado Jorge I rey de Inglaterra, Händel, que había sido su músico de cámara, compuso sus mejores obras, entre ellas el himno de Inglaterra, que, con la melodía de la canción de la fístula anal y un par de arreglos, hizo suyo. Y así fue como la fístula anal de Luis XIV acabó convertida en el himno de todo un país —culminó mientras las costureras la aplaudían.

A estas les encantaba que Julia fuera una joven instruida, pues muchas no habían tenido acceso a educación alguna y veían en ella una especie de victoria para todas aquellas que no habían corrido tanta suerte. Les encantaba que leyera libros y luego les contara historias; todas le tenían un cariño especial, porque la habían visto crecer entre aquellos telares y madejas. Mientras aplaudían, la puerta se abrió. Con disimulo, Gonzalo espió para comprobar si Julia se hallaba dentro. Intentando no ser descubierto, hizo aspavientos con las manos hasta que la joven reparó en su presencia. Ella se levantó y salió a su encuentro.

—¿Qué te trae por aquí? —preguntó nerviosa al verlo.

—Tengo una sorpresa para ti —dijo con el rostro iluminado.

—¿Y a qué se debe dicho honor? —quiso saber.

—Siempre dices que no soy cuidadoso con los detalles y que tú siempre miras por mi persona y yo por mi ombligo —dijo riendo Gonzalo.

—Tengo mucha razón en dicha afirmación —le recriminó, aunque pletórica ante tan inesperada muestra de cariño.

—¡Vamos! ¡Nos espera un carruaje en la puerta trasera! —dijo aquel.

—Lo siento, pero es que tengo que ayudar a mi madre a terminar estos vestidos —se disculpó la joven, frustrada.

—Julia, por favor. Te lo ruego —suplicó Gonzalo con tono de burla.

—Pero solo un rato —accedió con un suspiro la cortesana.

—¿Me acompañas entonces? —volvió a preguntar él con un claro tono insistente, y ella asintió.

Julia y Gonzalo recorrieron el pasillo intentando pasar desapercibidos para que nadie los viera juntos. Al llegar a la puerta trasera de palacio, un carruaje los esperaba. Había pagado al cochero para que los cubriera en aquella escapada. El vehículo tenía un armazón de madera al que iba sujeta una estructura con cuatro ruedas. La cabina estaba forrada con cuero negro y contaba con dos puertas laterales con ventanas de cristal. También había una frontal y otra trasera. El príncipe rodeó el carruaje para entrar por la puerta más alejada, mientras que a Julia le tendieron la mano para ayudarla a subir por el lado del palacio. La falta de espacio en aquella majestuosidad hizo que la cercanía entre los cuerpos de los dos amigos fuera inevitable, y por supuesto esto provocó que el nerviosismo de Julia se notara más.

—¿Adónde nos dirigimos? —preguntó, evitando mirarlo a los ojos por miedo a que se repitiera la intensidad de su último acercamiento en el jardín de palacio.

—Al estanque grande del Buen Retiro. Pasearemos en barca por la ría que lo comunica con la capilla de San Antonio de los Portugueses —le explicó el príncipe Gonzalo.

—Pero a ese lugar solo se les permite el acceso a reyes y nobles... Mírame a mí —dijo ella riéndose, aceptando sus orígenes humildes.

—Ser la mejor amiga del futuro rey tiene innumerables ventajas —replicó su amigo con ironía.

El estanque grande del Buen Retiro era un lugar promovido por el conde-duque de Pastrana. A pesar de que cumpliera una función lúdica para divertimento de la corte de los Monteros, su creación se llevó a cabo por la necesidad de disponer de una reserva de agua que garantizase el suministro a las propiedades cercanas de los reyes. Por dicho motivo fueron habilitadas cuatro norias en sus orillas, con las cuales se extraía el agua. Pero la corte de los Monteros utilizaba dicho lugar para la navegación recreativa, que practicaban en el Río Grande, un canal que daba comienzo en el extremo suroriental del estanque y que acababa en la ría que llevaba a la capilla de San Antonio de los Portugueses.

Al llegar a orillas del río, una barca ya preparada aguardaba a Gonzalo y Julia. A esas horas el príncipe sabía que aquel lugar estaría desierto. Le cogió entonces la mano con cariño, pues ella se mostraba fría por la inquietud que la invadía. Tan solo quería ayudarla a subir a la pequeña embarcación de madera. Era la primera vez que se encontraban después de haberse profesado ella placer pensando en su persona. Aquel hecho la atormentaba y los pensamientos invasivos la dominaban. Sentir amor y una extraña atracción por Gonzalo en la que nunca antes había reparado la hacía creer que estaba fallando a su lealtad, rompiendo sin quererlo el pacto de ser amigos para siempre que habían sellado con saliva un año atrás. Aquella idea la corroía, pero su cuerpo era un maremagno de sentires al notar la proximidad de su amigo.

Al subirse a la barca Julia se acomodó con cierta dificultad en el asiento central de madera y Gonzalo la siguió y se puso en el mismo sitio. La estrechez del habitáculo propiciaba el contacto de sus piernas, hecho que a ella le perturbaba. Entre risas y con poco arte para el manejo de los remos, ambos jóvenes bogaron sin apenas dirigirse palabra. La dificultad que les suponía acompasarse hizo que acabaran irremediablemente varados a la sombra de un ciprés, con las consiguientes risas que provocó dicho suceso.

—Necesitamos un arduo entrenamiento en lo que a remar se refiere —dijo riendo Gonzalo.

—Ya he comprobado que, por más que cultives tu cuerpo con esas carreras infames bajo el sol, sirve de poco —se burló Julia, a sabiendas de que su orgullo rechistaría.

—¿Disculpa? ¡Toca este músculo y retira esa falacia! —replicó su amigo divertido mientras arqueaba el brazo y le cogía la mano para obligarla.

El simple tocamiento de su musculado brazo le generó de nuevo cierta dosis de inquietud, pues no tenía más remedio que aceptar que no poseía mandato alguno sobre su cuerpo, que había decidido reaccionar a cualquier estímulo por parte de Gonzalo.

—No es para tanto —le recriminó Julia, evitando más acercamiento entre los dos.

Pero, al intentar apartar la mano del brazo de Gonzalo con un inesperado movimiento, su remo se cayó al estanque. El príncipe, haciendo alarde de sus rápidos reflejos, se abalanzó hacia el lado en el que se encontraba Julia y lo cogió casi al vuelo por el mango posterior. Así, su cuerpo invadió el espacio de ella y su mano se resbaló por el muslo de la joven cortesana, de forma que el lateral del rostro del príncipe quedó justo delante de la cara de Julia. Al girarla, no cayó en la cuenta de que Julia estaba a escasos centímetros. A esa distancia sintió el aliento tibio de la muchacha, lo que provocó que a él también se le acelerara el corazón.

Las bocas quedaron tan cerca que ambos notaron las respiraciones del otro. En ese instante, ella cerró los ojos como si se abandonara a su destino, pero Gonzalo reaccionó rápidamente y le regaló un casto beso en la mejilla. Después retomó su posición inicial, para desánimo de la joven.

—Perdona, Julita, que casi te hago caer al estanque —dijo entre risas, pero denotando cierta intranquilidad por lo que acababa de acontecer.

—No te preocupes, hay cosas que no se pueden controlar —añadió ella con doble sentido.

—Pero hay otras que sí —replicó el joven.

—¿Cómo cuáles? —preguntó ella, interesándose.

—Pues de eso mismo quería hablarte. Deseaba contarte que por fin he dado el paso, le he hecho prometer a mi familia que solo accederé al trono si poseo su beneplácito para casarme por amor —confesó el joven príncipe, cuyo rostro irradiaba felicidad.

—Me alegro —contestó Julia cortante.

—Pues tu cara no parece decir lo mismo —le replicó Gonzalo, sin entender nada.

—Será mejor que volvamos a palacio, que ya se ha hecho tarde —dejó caer Julia, intentando disimular su pena.

Ella notaba que cada paso que daba la alejaba del príncipe. Como si cada vez que intentaba taponar un escape de agua otro se abriera. Se sentía idiota, como si en cierto modo se hubiera expuesto a su mayor temor: abrir de alguna manera su corazón. Aunque no lo hubiera hecho con palabras, Julia era consciente de que sus actos con Gonzalo dejaban entrever su amor por él. Estaba convencida de que este lo sabía, de que era conocedor de sus sentimientos y había percibido aquella energía que los invadía cuando sus cuerpos se acercaban, pero que había hecho como si nada. Estaba dolida y resentida. El hombre al que amaba no le correspondía, y aceptar este hecho implicaba aceptar que la Julia que todos conocían iba a ser desterrada para darle paso a la Julia que siempre se había negado a ser. Porque a veces, por más que nos empeñemos en ocultar nuestras sombras bajo una alfombra, nuestra verdad acaba golpeándonos en la cara.

14

El banquete de las castañas

Acto seguido entraron multitud de cortesanas, que al compás de la música se fueron desnudando. Mandaron atar sus manos a la espalda y, tras arrojar un gran número de castañas al suelo, les pidieron que las recogieran con la boca.

Sobre el banquete de las castañas, una leyenda sobre costumbres sexuales en la corte de los Borgia

Julia se había despertado bien temprano para ayudar a su madre en la sala de costura. Tras acabar sus tareas pendientes, se dispuso a birlar unas manzanas de la cocina, pero se encontró con Gonzalo, que caminaba a paso ligero hacia ella. Él tiró de su mano y acabaron en una sala vacía. Vestía un pantalón de color crema, ancho en las caderas, que mostraba la influencia cosaca. El frac, azul marengo, tenía una sola hilera de botones, y las copas de las mangas abullonadas eran bien parecidas a las que solían llevar las mujeres. Un chaleco de algodón blanco recibía el toque final con un pañuelo de lino granate anudado en el cuello. El remate divertido se lo daba un sombrero de copa de seda de color marfil que el príncipe parecía odiar.

—No digas nada y, sobre todo, no te rías —sentenció Gonzalo mientras él mismo hacía de tripas corazón para no soltar una carcajada.

—¿Desea algo el señor? —le contestó Julia divertida.

—A ti —dijo entre risas—. Pero tengo que salir corriendo al jardín si no quiero que mi madre me decapite.

Julia enmudeció ante aquella broma, que la había dejado fuera de juego. Quiso arrancar con alguna frase que estuviera a la altura de aquel comentario, pero él se adelantó.

—¿Te ha comido la lengua el gato, Julia? —preguntó el príncipe ante la parsimonia de la joven cortesana.

—Perdona, pensaba en que no sé dónde he dejado mi libro —intentó excusarse.

—Algún día vas a perder la cabeza —replicó Gonzalo—. Hoy tu padre va a retratarnos, ¿por qué no haces tu propia versión de los Monteros?

Ella dudó de nuevo; llevaba varios días en los que su cabeza era un hervidero de pensamientos que no cesaban.

—Sabes que no me gusta demasiado hacer retratos —se excusó Julia en un intento por enfrentarse a ello.

—Pero el otro día retrataste a mi prima. Venga, hazlo por mí —suplicó Gonzalo, que sabía los miedos que tenía su amiga.

Lo que no se imaginaba era que su mayor temor fuese volver a pintarlo a él, porque, siempre que lo había intentado (antes y después de ese primer retrato que logró hacerle), el pulso le había temblado, pues la invadían los nervios y su cercanía impedía que se concentrara. Es decir, no podía centrarse en la pintura. Aun así, deseaba hacerlo y enfrentarse así a su miedo.

—Cuenta con ello —cedió Julia.

—Solo una cosa más. Recuerda intentar hacer como si nada. Ahora que mis padres han claudicado ante mi petición, no quisiera que se enfadaran —le pidió el príncipe Gonzalo, sin saber el daño que le hacía a Julia estar condenada a la invisibilidad.

La joven prosiguió su camino hacia la cocina real para coger las manzanas. Luego se dirigió a su habitación y, al entrar en sus aposentos, se paró frente al espejo. Le gustaba lo que veía: el busto, los labios, las curvas... Ahí parada tenía la certeza de que aquel cuerpo ya no era el de esa niña inocente que solía ser. Se peinó con delicadeza, se puso rubor en las mejillas y se colocó estratégicamente los pechos. A continuación cogió todos los enseres que necesitaba para pintar: caballete, lienzo, óleos, pinceles...

Al llegar al jardín trasero allí estaba su padre, colocando a toda la familia real delante del gran seto que daba entrada al laberinto: la reina Victoria y el rey Carlos, en el centro; a la derecha, el príncipe Gonzalo, y a la izquierda, la infanta Loreto, que había cumplido los veintidós aquel año. Aquella imagen era digna de admiración, porque esa familia había sido bendecida con la belleza. La nariz prominente del monarca, el cabello rubio de la reina, los ojos color arena de Gonzalo o las pecas asimétricas de la infanta Loreto dotaban los rostros de una señal distintiva que atrapaba a cualquiera que se dispusiera a pintarlos.

Tras acercarse al lugar exacto donde se encontraban, Julia vio entre todos los allí presentes a doña Bárbara. Llevaba un vestido blanco más corto de lo normal, con volantes en el bajo. Estaba hecho de satén y, aunque sobre los hombros caía una muselina en tonos rojizos, el escote bajo y la suavidad de la tela dejaban adivinar sus pezones erguidos.

La joven artista besó a su padre y colocó el caballete un poco más retirado del de Rafael para retratar a la familia real desde un prisma distinto. Comenzó a hacer un boceto a carboncillo sin quitarle ojo a doña Bárbara, que se reía sin parar mientras le contaba cosas a la reina en su misión de entretenerla.

Tras largas horas bajo aquel sol delirante, el rey dio por finalizada la jornada.

—Ya es bien tarde —dijo—, proseguiremos en otro momento, porque si no este sol va a acabar con nosotros.

—¿Acaso mi voz te embriaga? —soltó doña Bárbara, y se acercó al caballete de la joven, que no había parado de mirarla.

—Miraba su vestido; la seda con la que está confeccionado le da aspecto de piel de diosa —se excusó Julia, que realmente se había quedado absorta con la belleza de aquella atractiva mujer.

—Tócalo. —Y, sin mediar más palabra, cogió con disimulo la mano de Julia y la pasó por su pecho; en efecto, sus pezones estaban duros como el acero.

—Recuerdo su tacto de cuando mi madre lo confeccionó en la sala de costura —dijo para salir del paso.

—Esta noche conocerás el Ateneo —soltó doña Bárbara.

—¿Lo dice en serio? —contestó la pupila con una clara expresión de asombro en el rostro.

—Nos acompañarás en el «banquete de las castañas», nuestro personal carnaval. Deberás acudir con una máscara y un vestido. Accederás a la balconada de la antigua sala de música por la puerta de la izquierda. No comentes esto con nadie y recuerda llevar esto en la muñeca —le indicó doña Bárbara mientras le entregaba un lazo con una castaña bordada.

La palabra «carnaval» proviene del latín *carnes levare,* que significa «quitarse o despedirse de la carne». Durante la Edad Media, la Iglesia católica ejerció un gran control sobre la vida privada de todas las clases sociales, incluidas las más altas. En Cuaresma, la población debía acogerse a un ayuno totalmente impuesto y, lo más importante, a un celibato que duraría los cuarenta días de ese periodo. Para sobrellevar ambas cosas surgió el carnaval. Era la forma de saciar su hambre física y carnal, la manera de coger fuerzas para aguantar. Se efectuaban grandes banquetes en los que el elemento común era la carne en todas sus versiones. Comían carne hasta hartarse y mantenían relaciones sexuales en exceso para calmar sus ansias. Y en la corte de los Monteros habían creado su propia «despedida de la carne».

La infanta Loreto estaba compartiendo confesiones con su hermano Gonzalo y no paraban de reírse. Esperaron a que sus padres abandonaran el jardín para acercarse hasta Julia, que estaba recogiendo todo, y despedirse de ella.

—¡Julia! ¡Qué bonito está quedando! —dijo Loreto divertida mientras la abrazaba.

—Pero si todavía no he empezado, tan solo llevo el boceto a carboncillo —replicó la cortesana.

—Sabes que en esta familia te tenemos en buena estima —dijo Gonzalo mientras se acercaba a ella y la agarraba del brazo.

—¡No todos! De hecho, gozo de la estima de más bien pocos —dijo riendo la joven, recordando que los reyes no veían con buenos ojos la amistad que mantenía con su hijo Gonzalo. Y que sus padres, tras las presiones del condeduque, habían intentado por todos los medios que se alejara del príncipe para evitar rencillas con los monarcas. Ambos jóvenes se veían a escondidas y a ojos de los demás hacían de su amistad un trámite cordial.

—No hay más ciego que el que no quiere ver. Mi madre prefiere buscar culpables a asumir que mi hermano es un cenutrio —se carcajeó Loreto, la única testigo de esa amistad, mientras él se aproximaba a ella para darle un coscorrón.

—Tú sí que eres una cenutria —se burló Gonzalo.

—¿Yo? —dijo Julia, ofendida, entre risas.

—Mi hermana. Tú eres la mejor compañera de fechorías que podría darme la vida. —Luego se despidió de su amiga con un ligero abrazo.

Julia terminó de recoger sus cosas y ayudó a su padre, que era más lento y poseía una numerosa cantidad de elementos para llevar a cabo sus pinturas. Al acabar, se dirigió a su habitación para buscar en el armario lo que vestiría en unas horas en el carnaval del Ateneo. Cogió un corpiño oriental de color azul noche que se anudaba sobre un vestido blanco con una hilera de flores de lis bordadas a mano en los bajos. A su madre le encantaba la flor de lis, que en heráldica es una representación de la flor del lirio, símbolo de poder, soberanía, honor y lealtad, pero sobre todo de la pureza del cuerpo y del alma.

Se anudó el corpiño por la parte delantera sobre su vestido y rebuscó entre sus cajones un abanico. Encontró uno precioso de color azul cobalto con las varillas y las guardas hechas de nácar. Tras esto, Julia se dispuso a elegir una máscara, ya que doña Bárbara le había explicado que debía portar una. Las que poseía en el armario las había elaborado López de Huerta, un reputado escultor, gran amigo de su padre, Rafael, que tenía el don de la palabra y una reconocida habilidad con las manos para crear majestuosas piezas que decoraban todos los rincones del Palacio Real, ya que el rey Carlos era un enamorado de su arte.

López de Huerta conocía a Julia desde que era pequeña y siempre le había caído en gracia, por lo que le había regalado algunas máscaras hechas de terciopelo en la parte externa y de papel prensado por dentro. La capa posterior y la capa interior se unían gracias al algodón. La que había elegido para aquella noche era de un color muy cercano al azul cobalto, como el abanico, y cubría desde el inicio de la frente hasta su labio superior, dejando la boca al descubierto. Tenía dos aberturas lenticulares para los ojos y dos diminutos agujeros en los laterales, a la altura de la sien, por donde pasaba un cordón de seda para atarla a la cabeza.

Mirándose frente al espejo, se detuvo en lo sinuoso de sus pechos bajo ese corpiño. Los acarició con delicadeza y recordó cuando esa misma mañana le había rozado los senos a doña Bárbara con las manos de forma involuntaria. Colocó el lazo dorado sobre la muñeca, amarró las cintas de la máscara en la parte posterior de la cabeza y se sentó a esperar mientras se acercaba la hora indicada.

Al caer la noche se encaminó hacia la antigua sala de música. Al llegar buscó la puerta de la izquierda y, tras abrirla, unas escaleras la condujeron directamente a la balconada. En la entrada, un señor con máscara, al que Julia no logró reconocer, le cogió la muñeca para cerciorarse de que portaba correctamente su invitación. Sin decir una palabra, la acompañó hasta una parte más íntima de la balconada desde la que había una vista perfecta de toda la estancia. Desde ahí arriba observaba a la perfección el pequeño escenario que se encontraba en mitad de la sala, así como todas las entradas que daban acceso a aquel lugar.

Justo donde se encontraba Julia no había nadie más, pero en la planta de abajo poco a poco iban entrando hombres y mujeres con asombrosos vestidos e infinidad de pintorescas máscaras. Ellos vestían en su mayoría calzones acolchados y jubones acuchillados de paño de lana con mangas abullonadas con relleno. Los que las costureras de palacio solían hacer llevaban el interior de lino. Mientras la joven cortesana se fijaba en los atuendos de los allí presentes e intentaba controlar los nervios que inundaban cada centímetro de su piel, un fuerte estruendo determinó el fin de la entrada a la sala de música con el cierre de las dos puertas que daban paso a ella. En ese momento doña Bárbara se subió a la tarima, que se encontraba en el centro de la estancia, justo debajo de un fresco que había pintado Rafael en el techo, y alzó la voz para dar la bienvenida a todos los invitados.

—Queridos amigos del Ateneo: me es grato contar esta noche con vuestra presencia en este banquete de las castañas. A los de siempre, gracias por volver y a los nuevos, bienvenidos. Lo que esta noche vais a ver deberá acompañaros en secreto hasta el día de vuestra muerte. Cualquier falta de lealtad será penada con un castigo. Podéis marcharos libremente en este instante los que creáis que no seréis capaces de mantener la boca cerrada. Sin embargo, los que decidáis quedaros esta noche, seréis bendecidos con el júbilo carnal.

»El banquete de las castañas es el carnaval de la corte de los Monteros. Es nuestro regalo a vuestra insaciable piel. Si alguien no está preparado para el pecado, la puerta está abierta. Pero os aseguro, señoras y señores, que hemos preparado una noche que no podréis olvidar. Que comience el baile.

Un cuarteto de cuerda tocó una preciosa melodía bajo sus enormes máscaras. Bandejas repletas de comida y jarras de vino comenzaron a desfilar en un vaivén imparable mientras todos los allí presentes danzaban. Vino y más vino, comida y más comida recorrían sin cesar toda la estancia. La gente seguía bailando enmascarada, de un lado para otro y de una pareja para otra. Nadie con nadie y a la vez todos con todos. Los pies de Julia se movían animosos con el ritmo de aquella música. La noche iba avanzando cuando un hombre y una mujer se subieron al escenario y, con un estruendoso silbido, mandaron callar a la banda de música y a todos los allí congregados. Reconocer a alguien bajo una máscara era tarea difícil, pero las voces son seña de identidad indiscutible y aquellas dos tenían nombre propio: el rey Carlos y la reina Victoria.

—Creemos que la suerte ya está tentada y que nos toca tentarnos. Creemos también que el baile ha sido un provechoso divertimento para abusar del vino y que ya habéis tenido tiempo suficiente para saber qué máscaras serán vuestras elegidas. Mirad a derecha y a izquierda y fijaos bien en quiénes tenéis delante, porque cuando demos la señal comenzará el verdadero banquete de las castañas. Rogamos a las señoritas que se despojen de sus enaguas y a vosotros, caballeros, os pido un esfuerzo mayor, pues deben quitarse toda la ropa de cintura para abajo —solicitó el rey Carlos.

—Una vez que vuestro cuerpo esté listo —prosiguió la reina—, daremos comienzo a la recogida de las castañas. Nuestros ayudantes colocarán entre todos los candelabros que cubren el suelo un centenar de frutos. Posteriormente, las señoritas os llevaréis las manos a la espalda y el caballero que tengáis más cerca os las atará con el lazo dorado que portáis en la muñeca. En el instante en que todas estéis atadas y siempre con la máscara puesta, una sintonía dará paso a la recogida. Esta consiste en agacharse y, con la boca y nunca ayudadas por las manos, coger las castañas que se encuentran en el suelo. El resto del juego queda a la elección de cada cual. Ahora sí, ¡que comience el banquete de las castañas!

La candidez de Julia se veía amenazada por una inmensa cantidad de nuevos estímulos que se abrían paso ante ella. Tenía miedo de lo que estaba aún por descubrir, aunque su mayor temor era descubrirse a sí misma: darse cuenta de que su verdadero yo estaba lejos de esa niña obediente e inocente que su familia creía haber educado. La cortesana intentaba asimilar cada una de las vivencias que de forma veloz se habían sucedido en su vida durante las últimas semanas. Mientras trataba de entender algo de aquella ceremonia, vio que los caballeros iban atándoles las manos a las señoritas mientras los sirvientes colocaban castañas por todo el suelo de la sala de música. Algunas tan solo se habían quitado las enaguas, pero muchas otras prefirieron desnudarse completamente.

Julia estaba atónita, pero más aún cuando comprobó que los reyes también se desnudaban. Cuando el miembro del rey quedó al descubierto, no pudo evitar fijar sus ojos en él. Era fino como una barra de lacre en su base y tan gordo como un puño en su extremidad. El tamaño de su verga era descomunal, duplicaba con creces el falo del camarero mayor, que Julia y Gonzalo tantas veces habían visto penetrar al ama de llaves en la Biblioteca Real. Y entonces sonó una bonita canción. Las mujeres comenzaron a recoger castañas con la boca. Con cierta dificultad, iban agachándose y capturándolas como podían: algunas a cuatro patas, como si de animales se tratase; otras con el culo completamente en pompa; otras tumbadas en el suelo bocabajo... Infinidad de posturas sugerentes brotaron de esa recogida. Las que se encontraban desnudas dejaban su vulva completamente expuesta al agacharse. Lo caldeado de aquel ambiente, las máscaras, el calor que desprendían las velas, aquella sinfonía tan ecléctica y la desnudez de todos los cuerpos allí presentes hicieron que Julia se excitara de nuevo de una manera desmedida.

—¡Ahora! —gritó el rey Carlos.

Tras su mandato, varios hombres se acercaron a las señoritas vestidas que recogían las castañas en aquellas posturas tan inapropiadas y les levantaron el vestido, dejando el sexo al descubierto. Otros, sin embargo, corrieron velozmente para elegir a aquellas que se agachaban desprovistas de cualquier prenda, ya que la posición de su vulva, totalmente a la vista, las hacía, si cabe, más deseables.

Lametones, palmetazos, sacudidas..., nada estaba prohibido en aquel lugar. Menos Julia, una mera espectadora de aquel espectáculo, todas las asistentes estaban siendo penetradas por todos los orificios posibles de su anatomía. Por la vagina, por el culo y hasta por sus virginales bocas. Aquel banquete había derivado en una orgía palaciega de la que ella, de algún modo, estaba siendo partícipe, pasando a formar parte de los secretos de los Monteros. Pensaba que nadie en aquel palacio se imaginaría lo que estaba sucediendo entre aquellas paredes.

El rey estaba sentado sobre un sillón de terciopelo burdeos con un colibrí tallado en los antebrazos. Se meneaba con fuerza su enorme miembro, hacia arriba y hacia abajo. La reina, que ya se había desnudado, se sentó a horcajadas sobre él. Empezó a bajar despacio, introduciéndose la descomunal verga. Su cara reflejaba una mezcla inequívoca de placer y dolor. Ella no llevaba las manos atadas a la espalda, como el resto de las invitadas, y las entrelazó tras la nuca del rey. Se acercó hasta su boca y lo besó de una forma húmeda y ardiente.

Aquella escena hizo que las manos de Julia, de manera involuntaria, corrieran a buscar con disimulo su sexo. Nadie más podía verla en aquella balconada, por lo que se subió con cuidado el vestido y dejó el bajo bordado con la flor de lis a la altura de su entrepierna. Deslizó las manos hacia ahí y notó cómo chorreaba de nuevo. Era como si el haber entrado en aquel mundo fuera el pistoletazo de salida para dar permiso a su cuerpo para fluir. Utilizó aquel fluido para restregárselo luego sobre su sexo y darse placer.

Mientras, la reina seguía besando al rey, que posó sus manos sobre las caderas de su mujer y las empleó para darse impulso y penetrarla con fuerza una y otra vez. Sus gemidos daban buena cuenta del dolor que sentía a la vez que mostraban un placer irrefrenable. Quién iba a decirle a Julia que serían unas simples castañas las que acabarían totalmente con su inocencia.

15

Cartas de amor

Padecía de fimosis, pero por miedo se negaba a ser operado. Fue la familia de su mujer la que, siete años después, lo convenció de que lo hiciera, tras convertirse en el hazmerreír de las cortes europeas.

Sobre Luis XVI y sus problemas matrimoniales
con María Antonieta

El pacto de primavera era una especie de ritual que Julia y Gonzalo celebraban cada año para dar la bienvenida a la entrada de la estación. Organizaban dos concursos para poner a prueba sus nulas dotes en la cocina y su no mucho más acertado arte con la pluma y el papel. En un lugar recóndito del laberinto del jardín, con un pequeño mantel de pícnic, se daban cita cada año. Aquel lugar era el preferido de ambos, pues podían ocultarse de los demás. El mantel era un regalo de una de las tías francesas de Gonzalo y había sido confeccionado en Versalles. La influencia gala en palacio era más que evidente, ya que muchos de los artilugios o costumbres que allí había se debían a las raíces francesas de la dinastía de los Monteros. El mantel estaba hecho de lino, una fibra de origen vegetal que resultaba muy gustosa al tacto. La tela era de cuadros vichí de color rojo intenso y de la propia tonalidad natural del lino.

Julia se encontraba en la Cocina Real montando las claras para el merengue con el brazo cansado cuando la infanta Loreto entró en la cocina. Su edad no se correspondía con su inmensa madurez. La reina Victoria había volcado en ella un poco de aquella autoritaria educación que recibió de su madre cuando intentaba instruirla para ser la futura reina consorte. Loreto, aunque era reservada, había sabido ganarse el cariño de todos. Solía preguntar qué tal se encontraban a aquellas personas con las que se topaba en su día a día y gustaba de escuchar la respuesta. Almacenaba toda la información y cuando volvían a cruzársela siempre sabía dar con el comentario adecuado. Parecía que estaba al mismo nivel que cualquier cortesano de palacio.

—¿Es lo que me imagino que es? —preguntó Loreto.

—Sí —contestó Julia entre risas—. Ha llegado el pacto de primavera, y este año hemos decidido competir con una tarta de limón y merengue.

—No quiero imaginar el estropicio que saldrá de esta competición. —Ambas jóvenes soltaron una carcajada—. ¿Te echo una mano? —preguntó Loreto mientras Julia le ofrecía el bol donde estaba batiendo—. ¿Sabes cómo se le llama al primer día de la primavera?

—¿Cómo? —preguntó curiosa.

—Equinoccio vernal. «Equinoccio» significa «noche igual». Y «primavera» proviene del latín y está compuesta por *prima*, que significa «primer», y por *vera,* que significa «verdor». Dicen que la entrada de la primavera es sinónimo de florecimiento, renacimiento y renovación. Es decir, que es la época perfecta para florecer, para volver a nacer, para atreverse... —insinuó Loreto—. ¿A ti te gustaría alguna vez ser reina? Me refiero a que si alguna vez has fantaseado con la idea de serlo. —Su pregunta la dejó desconcertada.

—¿A qué viene eso? ¡Has roto el momento mágico de la primavera! —dijo riendo la joven.

—¿Acaso nunca has pensado en cómo sería? —insistió la infanta.

—No sé, supongo que de niña. O sea, imagino que será algo común, habiéndonos criado en palacio, fantasear con lo que supondría portar una corona sobre la cabeza —se sinceró Julia—. ¿Y tú? ¿Has soñado alguna vez con ser reina?

—Creo que mi hermano va a ser un rey maravilloso. Conozco a poca gente con su carisma y su enorme corazón. Ya sabes que él se quitaría el pan de la boca para dárselo a quien lo necesitara. Y tiene unos valores firmes que harán de su reinado un lugar idóneo para vivir —reconoció Loreto.

—Pero ¿no has pensado nunca en lo injusto que es que por el hecho de que seas mujer no puedas gobernar? ¿Que alguien en el pasado decidiera que tu valía como reina no está a la altura de la de tu hermano? —la interrumpió Julia.

—Claro que lo he pensado. Me entristece ver que la historia solo está escrita por hombres. O que tus cuadros estén desterrados en una sala, ocultos, porque no está bien visto que una mujer firme sus obras. Me entristece saber que yo no podré gobernar y que, si a mi hermano alguna vez le sucede algo, Dios no lo quiera, mi tío o mis primos heredarán el trono antes que yo por el simple hecho de haber nacido varones.

—Sé que todos esos libros de mujeres valientes que nos acompañan cada día nos harán ser libres —contestó Julia henchida de orgullo.

El tiempo había pasado volando mientras las jóvenes charlaban, así que recogió todo y corrió hacia su habitación. Abrió el armario y buscó algo especial. Las palabras de Loreto le habían despertado aún más sus ansias de libertad, así que reparó en la suavidad de un vestido blanco tenue y lo tocó. No requería de corsé, ya que se ceñía bajo el busto con un fajín y luego caía desde él una falda larga y recta en forma de tubo hasta los tobillos. El escote era recto y bastante bajo y de él salían las mangas. Estaba hecho de muselina, un tejido de algodón fino, transparente y vaporoso.

Como todavía refrescaba, Julia buscó un chal de color castaño hecho con tafetán. En la sala de costura a este tipo de vestido lo llamaban camisero o *chemise à la reine,* ya que fue una conocida reina consorte la que lo introdujo en Versalles. Se colocó alrededor del cuello un bonito collar de perlas, regalo de su padre. Al no llevar corsé, el acceso a sus senos era realmente fácil. Puso la mano derecha sobre la mano izquierda y comenzó a acariciarse el brazo de forma ascendente hasta llegar a la costura de la manga del vestido. Metió la mano en el escote y sacó con delicadeza su pecho izquierdo, dejándolo al descubierto. En un acto reflejo inesperado Julia escupió saliva sobre él y mojó el pezón. Con la palma presionó fuertemente su areola y la saliva viajó por toda ella. Lo limpió con cuidado y volvió a introducirlo dentro del escote.

Al llegar a su lugar secreto, Gonzalo ya había preparado el mantel y colocado perfectamente las tartas; él tenía delante la de Julia.

—¿Acaso crees, bribón, que no iba a darme cuenta? —lo regañó ella entre risas.

—¿De qué me hablas, Julia? Este perfecto merengue me ha supuesto una rotura del codo, casi no puedo moverlo, no quieras que sienta que he sufrido en vano —replicó Gonzalo.

—Anda ya, tramposo —repuso ella mientras colocaba de forma correcta las tartas—. Espero que estés preparado para perder, señorito.

—Nunca subestimes el poder de un Montero. Tenemos muchos dones ocultos que te sorprenderían —confesó Gonzalo.

—¿Cómo cuáles? —lo retó Julia.

—¿Sabes hacer esto? —Se tocó con la lengua la punta de la nariz.

—Como tengas el mismo arte para hacer tartas que para tocarte la punta de la nariz... —dijo riendo la joven cortesana—. ¡Idiota! Venga, comencemos la prueba —dijo Julia mientras cortaba dos trozos de su tarta y le acercaba uno a Gonzalo como ofrenda de paz.

—La verdad es que se te da bastante bien hacer tartas, este merengue es un manjar de los dioses. Ahora te toca probar la mía. —El príncipe se acercó un poco a Julia, intentando no desparramar su tarta por todo el mantel.

Al comenzar a cortar, se dio cuenta de que el merengue más bien era un líquido blanco. Cogió un trozo con la mano y lo intentó acercar a la boca de Julia con cara divertida. Pero ella se apartó, negándose a probar aquel estropicio. Él no se rindió y quiso meterle la tarta en la boca. Entre bromas comenzaron a forcejear. El líquido blanco empezó a chorrear por el brazo del príncipe hasta el mantel. Y en aquel ir y venir de suaves empujones y un más que evidente cortejo, el falso merengue acabó en el seno derecho de Julia. Gonzalo desvió instintivamente sus ojos hacia su pecho manchado.

—Desisto, no piensas probarla, ¿no? Espero tener más suerte con mi poema —dijo riendo Gonzalo.

—Pero si ni siquiera has tenido el valor de probar tal monstruosidad. Acepta con caballerosidad que has perdido y retírate de esta competición. Este año el pacto de primavera vuelve a tener una clara vencedora —dijo Julia con sarcasmo.

—No cantes victoria. Mi poema sobre la primavera va a triunfar. Pero antes tengo una sorpresa para ti —dijo el príncipe mientras sacaba algo de la cesta de mimbre donde solían guardar cada año el mantel de cuadros—. Hoy seré yo quien te cuente la historia de algo maravilloso y que mi tío nos ha hecho llegar directamente desde la corte de Versalles.

—No dejas de sorprenderme, Gonzalo —se burló su amiga.

—Venga, no te mofes. Mi padre me ha regalado un perfume y quiero que sea para ti. Sé que te emociona todo lo que llega de Francia, aunque este tiene su origen en Alemania. Dice mi padre que a la corte de su hermano la llaman la corte perfumada porque cada día utilizan un aroma distinto. También me ha contado que los sirvientes emplean un método especial para aromatizar las recepciones reales —explicó el joven príncipe.

—¿Cuál? —preguntó Julia ensimismada.

—Rocían a las palomas y las echan a volar. Al aletear, el perfume se esparce por todas las estancias. Pero esto que te traigo es agua de colonia. La ha inventado un tal Farina, un maestro perfumista. Le ha puesto ese nombre en honor a la ciudad donde reside. Los alemanes cuentan que se ha inspirado en el *aqua mirabilis,* una solución perfumada con esencia de diferentes plantas que se inventó durante la Edad Media en unos conocidos monasterios italianos.

»Dicen que Farina no pudo resistirse a ese olor fresco, diferente al que están acostumbrados en dicho país, y que decidió añadir bergamota como seña de identidad. Su fabricación ha sido un éxito ¿No te parece increíble? Ha conseguido crear algo capaz de estimular los sentidos. —Gonzalo lo relataba con esa mirada de alguien que siente lo que dice—. Extiende la muñeca y pruébala, verás lo fresca y ligera que es —dijo mientras le sujetaba la mano a su amiga para darle a probar aquel tesoro traído de Francia.

Pero su mirada se tornó oscura, contrariada y llena de ira.

—¿Qué es este lazo que llevas en la muñeca? —preguntó mientras señalaba el lazo ocre con la castaña bordada que doña Bárbara le había dado y que Julia no se había quitado todavía.

—No es nada —dijo la joven cortesana mientras liberaba su muñeca de las manos de Gonzalo.

—Tengo que irme, Julia, he olvidado que mi padre me pidió que lo ayudara con unos asuntos —contestó el príncipe sin mirarla a la cara y se fue a paso ligero.

—¡Gonzalo! —gritó ella mientras se alejaba—. ¡Si todavía no hemos leído nuestros poemas! ¡No seas cobarde! —soltó, pero se dio cuenta de que, mientras huía el príncipe, algo se caía del bolsillo de su chaqueta—. ¡Espera, Gonzalo, no hemos acabado el concurso!

Julia se levantó sin entender nada de lo que había sucedido. Le había regalado aquella agua de colonia y ahora se iba despavorido. Él jamás la habría dejado con la palabra en la boca. La cabeza de la cortesana era un hervidero de pensamientos sin ningún sentido. Se levantó rápidamente y cogió el sobre que se había caído de la chaqueta de Gonzalo. Era burdeos con un sello de lacre dorado y la insignia de la dinastía de los Monteros. Lo abrió sin pensarlo, imaginando que era la poesía sobre la primavera que había escrito su amigo. Pero cuando lo giró se percató de que iba dirigido a Nicolás Carranza.

¿Quién era aquel hombre? ¿Y por qué le escribía esa carta? Valoró cerrarla otra vez, aunque aquel sello era imposible pegarlo de nuevo sin que se notara que había sido manipulado. La curiosidad ya había invadido todo su ser y necesitaba saber qué había escrito en ella. Sacó la carta y en ese instante Julia supo que se arrepentiría de lo que estaba haciendo, pero ya era demasiado tarde. Comenzó a leerla:

Querido amigo:

Estás en lo cierto. Aun así, hay algo dentro de mí que me frena, un impulso que es aplacado por mi razón, que gana con creces a mi corazón. Quedé prendado de ella en palacio, como si de una especie de hechizo se tratase. El color de su pelo, sus ojos, sus manos, cada centímetro de su piel me hace suspirar en la oscuridad de mi habitación.

LOS SECRETOS DE LA CORTESANA

A veces la veo pasear desde la ventana de mis aposentos y su imponente sonrisa me desequilibra. ¿Puedes creer que sueño con nuestra noche de bodas? Me imagino cosas, como que cuando recibas esta carta mi corazón estará en su máximo apogeo y que yo ya habré consumado mi matrimonio. Imagino que la noche acaba en mi habitación, donde ella y yo nos tumbamos a conversar durante horas, hasta que nuestros cuerpos se enaltecen ante un sofocante calor que nos ahoga y nos besamos temblorosos. Luego me imagino también recorriendo con la lengua los caminos de su cuerpo y mordiéndolo con ahínco. El sudor corre como una fuente por todo mi cuerpo y, tras penetrarla con gran vigor, acabo por romperla. Y es en ese momento, los dos presos de aquel disfrute, cuando terminamos derramando nuestros fluidos a la vez.

Todo esto, amigo mío, es lo que mi cabeza sueña cuando la veo pasear por palacio. Pero eso solo sería el fruto de nuestra pasión, porque siento que mi corazón está preso. Ansioso de ella. Creo que es la mujer de mi vida, la persona con la que quiero pasar el resto de mis días. Sabes que poseo amistad con muchas damas de esta corte, aunque ninguna me llena la mente, el alma ni el corazón como ella. Tiene ese poder sobrenatural de hacerme sentir único y especial. ¿Alguna vez has conocido a alguien que te despierte ese sentimiento? No lo sé, Nicolás, no sé si esto es un craso error o tengo que dejar que mi corazón hable por primera vez, porque es como si llevara toda la vida gritando y yo lo hubiera silenciado. Creo que todos mis escarceos han sido una cortina de humo para saciar mis ansias de carne, pero, en mis sueños, lo que a ella y a mí nos une va más allá de lo terrenal. Ilumíname con tu sabiduría, buen amigo.

Sin más dilación, te manda un cordial saludo,

GONZALO SERNA DE LOS MONTEROS LADRÓN DE GUEVARA

A Julia le temblaron las manos. Notó mil agujas atravesándole el corazón, como si alguien se lo hubiera arrancado y lo hubiera hecho trizas esparciéndolo por el mantel de cuadros. ¿Quién sería aquella misteriosa dama que había conquistado el corazón de Gonzalo? ¿Por qué nunca le había hablado de ella? Ya sabía antes de empezar a leer aquellas líneas que acabaría arrepintiéndose. Julia se hallaba rota de dolor. Se sentía pequeña, insignificante, invisible. Esas palabras se habían clavado en ella como afilados cuchillos. Era la primera vez que odiaba no ser de la realeza. Se sentía una necia por haber pensado que el futuro rey se enamoraría de una simple cortesana. Una rabia voraz brotó dentro de ella y rompió aquella carta en mil pedazos. El inicio de la primavera era momento de florecimiento, renovación y renacimiento. Lo que Julia no sabía es que aquella misiva la haría renacer como una versión de sí misma que jamás se habría llegado a imaginar.

16

El delirio de los lirios

Vivía obsesionado con la masturbación, ya que de pequeño su padre le provocó un trauma con lo referente al sexo. Hizo que llegase a aterrarlo, alertándolo una y otra vez de los peligros que las enfermedades venéreas podían causarle.

Sobre las obsesiones sexuales de Dalí

Han pasado dos días desde que Gonzalo salió huyendo a toda prisa de nuestro pícnic de primavera. Reconozco que una parte de mí se halla angustiada por la incertidumbre de no saber qué sucedió aquel día, pero, sin embargo, otra parte se encuentra llena de furia por el contenido que aquella carta me reveló. Es como si un ansia de venganza se hubiera apoderado de mí. Me siento absurda por haber puesto al descubierto en cierto modo mis deseos, habiéndome mostrado emocionalmente dispuesta a un acercamiento, cuando la realidad es que Gonzalo corretea enamorado de otra joven; yo tan solo soy su compañera de fechorías. Creía yo que andábamos a escondidas por miedo a la reprimenda de los reyes y ahora alcanzo a entender que solo nos movíamos a hurtadillas porque su corazón late por otra. Y desde el incidente no he vuelto a verlo ni a tener noticias de él. Así pues, hoy acudiré a nuestro encuentro en la Biblioteca Real, rezando por que aparezca, como cada lunes. Se halla roto mi corazón y en busca de consuelo.

Julia acudió a la Biblioteca Real al caer la tarde como cada semana y se colocó estratégicamente detrás de la tercera estantería, pero ni rastro de Gonzalo. Comenzó a pasar el tiempo y la inquietud fue en aumento. El príncipe no acudió a la cita. La joven aceptó con tristeza que no se presentara. No daba crédito, no lograba entender qué suceso trágico había ocurrido para que desde aquel día pareciera que las arenas movedizas lo hubieran sepultado. Pensó en abandonar la biblioteca, pero el ruido de la puerta abriéndose la hizo frenar en seco.

Eugenia se adentró a paso ligero en la estancia y paró, como siempre, en la sexta estantería. Allí posó sus codos sobre la balda, esperando a ser embestida por Alfonso. El devenir del ama de llaves corrió más suerte que el de Julia, ya que, momentos después de su entrada, la puerta se abrió una segunda vez. Alfonso caminaba lentamente, y a cada pequeño paso de él un gemido seco de ella envolvía la sala.

Los demonios que azotaban a Julia, tanto por la rabia de pensar en la actitud de Gonzalo como, sobre todo, por haber descubierto los sentimientos de él por otra joven, lastraban su cuerpo de tal forma que sintió la necesidad de liberarse de aquella losa. Lejos de zambullirse en un mar de lágrimas, se refugió en algo que sin quererlo había comenzado a salvarla: el placer. Se introdujo varios dedos en la boca y, tras mojarlos, empezó a pasárselos por los labios, la barbilla, el cuello..., hasta detenerse en el collar de perlas que le había regalado su padre. Mientras se lo desabrochaba, el camarero mayor se encontraba frente al trasero sinuoso del ama de llaves. Alfonso se agachó y, con ella aún dándole la espalda, comenzó a acariciarle tímidamente los tobillos con la mano derecha.

—Súbete el vestido —le ordenó Alfonso al ama de llaves.

Esta aceptó su mandato sin poner impedimento. Con la falda levantada y el trasero y el sexo al aire, el camarero mayor comenzó a subir la mano siguiendo el camino que le trazaba la pierna. Al llegar al punto de inflexión, sujetó con cuatro dedos la nalga derecha y balanceó el pulgar destronado hasta el inicio de su sexo, donde empezó a hacer movimientos circulares. No quedaba duda de que aquel juego tenía en llamas a Eugenia, que suspiraba de forma cada vez más continua. Entonces él cogió con la zurda la nalga izquierda y con la diestra la derecha y las separó para introducir la lengua en el hueco que había creado entre ambas.

Julia se pasó el collar de perlas por la lengua para humedecerlo. Se quitó unas enaguas muy cortas que apenas le cubrían el sexo, sujetó la joya por un extremo y se lo posó en el ombligo. Deslizó la otra mano hacia atrás entre las piernas y cogió el otro extremo. Mientras aquellos amantes se deshacían en placer, Julia comenzaba a profesarse el suyo propio. Comenzó a mover el collar de adelante atrás para rozarse el sexo. El movimiento rítmico de aquellas esferas entre sus partes íntimas la elevó hasta niveles de goce indescriptibles. El contoneo de las perlas friccionaba su punto más débil y su cuerpo se estremecía, mojando la joya con cada pasada. Las manos subían cada vez más para que la intensidad del cruce entre su cuerpo y las perlas fuese en aumento. No podía parar de restregarse. Y fue en ese momento cuando se dio cuenta de que no necesitaba que ningún hombre le demostrara su valía como amante. Y mucho menos como amada.

Cuando el ama de llaves y el camarero mayor acabaron de dedicarse mimos, volvieron a vestirse y se lanzaron una mirada que decía que entre aquellas paredes nada había sucedido. Tras esto, abandonaron aquel lugar con marcas invisibles de saliva y pasión en toda su anatomía, restos de cicatrices de las que tan solo ellos tenían constancia. Julia se cercioró de que se habían marchado antes de salir de la biblioteca. Se paró en la puerta y abrió el puño donde se encontraba el collar que había frotado contra sus genitales. Se lo acercó a la nariz y absorbió el olor de su sexo impregnado en todas aquellas perlas.

Lirios blancos, rojos y amarillos cubrían, como si de un manto se tratase, los pies de los setos que formaban el laberinto del jardín. Era un deleite para los sentidos verlos organizados por colores, creando una estampa mágica. Los blancos significan inocencia; los amarillos, felicidad, y los rojos, amor. Los griegos los bautizaron con el nombre de Iris, la diosa griega mensajera y dueña del arcoíris. Ella se encargaba de transportar las almas de las mujeres entre los dos mundos. Representaba la unión de ambos, el terrenal y el celestial. Y esa había sido la insignia elegida por la dinastía de los Monteros. Contaba con un escudo de azur sembrado con tres flores de lis de oro y con una bordura lisa de gules. Pero los lirios también representaban el adulterio.

Caía la tarde y Julia estaba sentada en unos escalones del jardín cuando a lo lejos vio a doña Bárbara con su porte impecable. Llevaba un corsé delantero bajo un vestido blanco tornado hecho en delicada seda con un estampado de bonitas flores violetas. El vestido estaba cubierto por volantes de linón y una falda escalonada. A su lado, un apuesto joven con un pardesús cruzado en paño de lana en color oliva y unos botones forrados en tela. Debajo, unos pantalones largos en tono campestre y sobre ellos unas botas marrones de montar. Doña Bárbara, al adentrarse en el jardín, vio a Julia sentada. La señaló y ambos se dirigieron hacia ella, que bajó los ojos hacia su libro para que no fuera demasiado evidente que llevaba un rato observándolos. Y entonces aparecieron ante ella.

—Querida Julia, ¿conoces a Jorge? Es un buen amigo de la familia —lo presentó doña Bárbara.

—Jorge Novoa, a tus pies —le dijo el apuesto joven mientras le cogía la mano y la besaba.

—Julia Ponce de León, encantada —saludó la cortesana, regalándole una pequeña reverencia.

—Jorge vive en Madrid. A veces viene a palacio porque se encarga de algunos asuntos reales de la reina Victoria y el rey Carlos —le informó la dama de compañía.

—Doña Bárbara me ha hablado de ti en alguna ocasión. Y muy bien. Dice que posees una mente privilegiada, que te gusta devorar libros y que tienes muchas inquietudes —comentó Jorge, como si estuviese analizándola concienzudamente.

—En palacio sobra el tiempo libre y no acostumbro a perderlo. Habría de ser muy necia si con esa mayestática biblioteca no dedicara mis horas a conocer cada uno de sus libros —se excusó Julia.

—Vuestra presencia es muy grata, jovencitos, pero debo abandonaros en pro de la reina, he de ayudarla con un par de asuntos. Os dejo a ambos en buena compañía y en buenas manos —dijo la tutora riéndose mientras se alejaba.

—Doña Bárbara dice que eres la hija de Rafael y Mercedes, dos personas muy apreciadas dentro de esta corte. Conocí a tu padre el día que retrató el beso del rey y la reina, ¿recuerdas ese cuadro? Casi nadie recae en él, porque alguien decidió ponerlo a la derecha de la cristalera y es como si la mirada quedara embrujada por la luz que entra por ella y te impidiera fijarte en lo realmente importante: el retrato.

Mientras las palabras de Jorge la embriagaban, Julia sintió como si una roca cayera sobre ella al divisar, en la entrada al laberinto de setos, a Gonzalo conversando con una joven de largos cabellos rubios como las mazorcas de maíz. Un pinchazo le atravesó el pecho.

—¿Estás bien, Julia? —preguntó el joven preocupado al ver el cambio en el semblante de ella.

—Lo siento, Jorge. Ha sido un placer conocerte, pero tengo que marcharme —le dijo mientras veía a Gonzalo y la señorita del cabello color panizo dirigirse a palacio.

Se levantó de los escalones, donde dejó en plantón a Jorge, y anduvo a paso ligero para alcanzar a la joven pareja, que seguía charlando animadamente.

—¡Gonzalo, espera! —gritó, sin importarle que la oyeran, pero el príncipe no se giró—. ¡Gonzalo! —repitió.

Y entonces fue la joven de cabellos rubios la que se volvió e hizo ademán de pararse.

—¡Joven, respire que va a ahogarse! —le dijo la muchacha preocupada al ver su rostro exaltado.

—Gonzalo, ¿tienes un momento? —le preguntó Julia.

—Lo siento, pero ahora no puedo.

—Gonzalo, llevo días sin verte, tan solo te robaré un instante —repuso, sujetándole el antebrazo.

—Te he dicho que ahora no es buen momento, Julia —contestó él enfadado, deshaciéndose de la mano.

Mientras los dos jóvenes iniciaban de nuevo su camino, ella sintió que las piernas le fallaban y tuvo que sentarse en el césped para recomponerse, con esa culpa que la recomía por dentro por no entender qué le estaba ocurriendo a su amigo. ¿Sería esa chica de cabellos rubios la que mencionaba en su carta? ¿Qué desconocida le había robado el corazón? Julia no pudo más que maldecirla, pero debía reconocer que la belleza de la muchacha era deslumbrante, que su sonrisa culminaba

LOS SECRETOS DE LA CORTESANA

con unos perfectos dientes blancos como mármol pulido y que el cabello tenía un color tan bonito que parecía reflejar los destellos del sol. Ni tan siquiera podía odiarla, porque había sido afable y cortés con ella. Cerró los ojos, como si en la oscuridad de sus pensamientos todo fuera a ir mejor, y el cansancio y el exceso de ruido en su cabeza pudieron con ella, de forma que tras unos instantes acabó durmiéndose tumbada sobre sus brazos. Pasaron largas horas antes de que doña Bárbara, de repente, se topara con la joven cortesana.

—Arriba, Julia —le ordenó la tutora—. Qué despropósito, pero qué haces ahí tirada.

—Disculpe, he debido de quedarme dormida —se excusó Julia.

—Acompáñame —le propuso sin darle mucha opción a negarse—. Y antes de entrar en la sala ponte esto —dijo la mujer, ofreciéndole una máscara.

Las dos entraron en el palacio y caminaron por la planta baja hasta llegar al cuarto rojo. Doña Bárbara tocó a la puerta.

—Cuéntame una historia —dijo alguien al otro lado.

—El delirio de los lirios —contestó aquella decidida mientras le hacía un gesto a su pupila para que se pusiera la máscara.

Se oyó una llave entrando en la cerradura y la puerta abriéndose. Julia solo había pisado aquel cuarto una vez en compañía de doña Bárbara, pero, a diferencia de entonces, ahora había una cama redonda en mitad de la habitación, con sábanas de seda de color café y cojines en tonos ocre presidiéndola.

—Te presento a Liliana —dijo la dama de compañía mientras descorría la cortina de terciopelo rojo que cubría uno de los cuatro habitáculos que había en aquella estancia, dejando al descubierto a una mujer completamente desnuda. Acto seguido, retiró la cortina del siguiente habitáculo y prosiguió—: Este será el tuyo. No tienes que hacer nada, solo mirar y disfrutar. Puedes levantar este trozo de cortina y observar a través de esa mirilla —le explicó mientras alzaba un poco la parte central de la cortina, que amarró arriba con un botón para dejar una rendija por la que se divisaba toda la estancia.

Doña Bárbara ubicó a Julia dentro del habitáculo y se alejó hacia la mesa redonda sujetada por penes de madera gigantes y cuyos testículos recaían sobre una peana. Movió una de las sillas de terciopelo rojo con el respaldo y los brazos teñidos de dorado y se sentó. Delante tenía un cuaderno y se puso a escribir. Julia no entendía nada. ¿Qué iba a suceder allí? En ese momento, alguien dio tres golpes secos en la puerta y, sin esperar a que doña Bárbara preguntase, dijo:

—El delirio de los lirios. —Era una voz masculina que a Julia le resultó familiar.

—Tan impaciente como siempre, cariño —contestó doña Bárbara mientras se acercaba a abrir.

—Era por si me echabas de menos —dijo el joven.

Era Jorge Novoa, aquel apuesto chico que esa misma tarde su tutora le había presentado en el jardín. ¿Qué haría allí? ¿Serían acaso aquellos asuntos reales de los que debía encargarse los que iban a suceder en aquel cuarto rojo? Jorge besó divertido en la frente a la anfitriona con aire informal y colgó su pardesús en un perchero. Era un joven muy apuesto y su camisa dejaba ver que bajo aquella tela se encontraba un torso musculado. Doña Bárbara volvió a su silla y él se dirigió a uno de los dos habitáculos que quedaban libres.

—¿Estáis preparados? —preguntó la dama.

Y un unísono sí salió de los labios de Jorge y Liliana, pero Julia fue incapaz de articular palabra. Una llave giró en la cerradura y la dama dejó el libro sobre la mesa y se levantó de su silla. Aun así, no se acercó a la puerta. La joven no dio crédito cuando cruzaron el quicio de la puerta Sus Majestades: la reina Victoria y el rey Carlos. El corazón le latió deprisa. En el banquete de las castañas había un gran número de personas, pero ella había estado en una balconada donde nadie la veía. Allí, sin embargo, se encontraba a muy corta distancia, y la invadió el miedo a que los reyes abrieran su cortina y la reconocieran.

—¿Está todo preparado? —preguntó el rey Carlos mientras se dirigía hacia la zona de habitáculos y se metía en el último.

—Por supuesto —sentenció doña Bárbara.

Julia notó el corazón a la altura de la garganta, como si estuviera a punto de vomitarlo. La reina Victoria se sentó al borde de la cama y la tutora se acercó hasta ella y la ayudó a desabrocharse el corsé y, con toda la delicadeza del mundo, a desnudarse del todo. En cueros, su cabello rubio y sus ojos pardos resaltaban aún más.

Doña Bárbara le señaló el tercer habitáculo, donde se encontraba Jorge. La reina se dirigió hasta él, descorrió la cortina, lo tomó del brazo y lo guio hasta la cama redonda. Se tumbó sobre la cama, con la cabeza reposando en uno de los cojines de color ocre, y abrió las piernas. Estas sobresalían del colchón y apoyó los pies en el suelo, dejando la vulva al descubierto a ras del borde.

—Cómeme el coño —le ordenó la reina a Jorge, para sorpresa de Julia, que todavía se sonrojaba al oír aquel término.

Él se postró de rodillas frente a la monarca, que se enderezó y sujetó la cabeza del chico con ambas manos, dirigiéndola hasta el lugar más sagrado sin que hubiera lugar a dudas de cuál era el camino correcto. Jorge empezó a juguetear con su lengua en todas las direcciones. Hacía líneas imaginarias con ella y cercaba toda la zona mientras la reina gemía sin parar, aumentando la intensidad cuanto más acercaba él la lengua a su punto de placer. Le cubrió con saliva desde el agujero del ano hasta el inicio de la vagina. Todo estaba completamente empapado.

—Al rey le gusta mirar —le susurró Liliana a Julia a través del habitáculo.

El falo de Jorge estaba enteramente erecto, como si del mástil de un barco se tratase. Se puso de pie y apoyó su mano izquierda cerca del costado derecho de la reina, mientras que con la diestra sujetó el pene. Comenzó a hacer círculos alrededor del sexo de la reina, que entre suspiros suplicaba clemencia, hasta que acabó el camino que estaba siguiendo con una embestida, penetrando a la reina con una fuerza indescriptible.

—¡Liliana! —la llamó doña Bárbara, señalándole con los dedos que se dirigiera a la cama.

La susodicha salió del habitáculo totalmente desnuda mientras Jorge seguía penetrando a la reina, que había levantado las piernas y las había posado sobre su torso, una a cada lado de la cabeza. A pesar de que los separaba un cubículo, Julia oyó al rey gimiendo. Liliana se acercó a la reina y comenzó a besarla. Era un beso húmedo, cariñoso, como si ya se conocieran. A Julia le sorprendió la actitud de doña Bárbara, que seguía sentada en su silla sin levantar la mirada del cuaderno en el que estaba escribiendo.

Liliana paró de besar a la reina y le lamió los pechos con firmeza. Los sujetaba con las manos y los lamía como si estuviera disfrutando de un helado. A veces deslizaba la lengua más abajo, como cuando el helado se derrite y tienes que ser rápido para atrapar las gotas que caen. La reina parecía estar en el mismo cielo, su cuerpo se expandía entre las olas de disfrute.

—Liliana, siéntate en mi boca —dispuso la reina.

La chica, que tenía un precioso cabello rizado de color castaño como la madera de los árboles y unos enormes ojos azul cristalino, como los zafiros que la reina solía llevar en sus coronas, aceptó la orden con sumisión. Se subió a la cama y pasó una pierna por encima de la cabeza de la reina, quedando esta atrapada entre ambas extremidades. La monarca sacó la lengua sin hacer ningún esfuerzo y la dejó inmóvil; fue Liliana la que comenzó a deslizarse de manera que la lengua le acariciara el sexo. Ante aquella imagen, Jorge respiró de manera más intensa.

—¡Voy a irme, voy a irme, voy a irme! —gritó la reina, y Liliana se apartó de su boca y le dejó el control a Jorge; mientras, la reina se frotaba los bajos con la mano derecha—. ¡No pares, no pares, me voy! —siguió gritando.

Un alarido seco rompió aquel instante y un suspiro marcó el final de su placer. Su cuerpo languideció, como si ya estuviera satisfecho tras haber alcanzado el éxtasis. Jorge siguió embistiéndola cada vez más rápido, hasta que sacó el pene y se lo meneó, para acabar derramándose sobre las sábanas de seda. Él y Liliana abandonaron la cama y se dirigieron cada uno a su habitáculo. El rey abrió la cortina roja y caminó hasta donde se encontraba la reina totalmente extasiada. La besó en la boca y la abrazó. Luego comenzó a vestirse y la reina solicitó la ayuda de doña Bárbara, que se ofreció a abrocharle el corsé y a subirle el vestido.

Una vez adecentados, se despidieron de doña Bárbara con un cálido abrazo y salieron del cuarto rojo dejando atrás cualquier signo de lujuria. Después de ellos fue Liliana, que salió ya vestida y se despidió con un beso cariñoso en la mejilla.

—Gracias, bonita —le contestó la mujer mientras la acompañaba a la salida.

La dama de compañía se giró y en ese momento Julia abrió con cuidado la cortina para cerciorarse de que nadie la veía. Miró hacia su derecha y vio a Jorge poniéndose las botas de montar que llevaba esa misma tarde cuando se conocieron.

—Puedes salir, Julia, Jorge es de mi total confianza —la animó doña Bárbara al ver que titubeaba y no se atrevía a salir.

—Lo-lo-lo que acaba de pasar aquí... —tartamudeó Julia, sin entender nada.

—Guardarás silencio sobre todo lo que sucede en el Ateneo, Julia —le recordó doña Bárbara.

—Descuide, pero… —dudó la joven.

—¿Sabes, Julia? Noto tu cuerpo tenso y que andas verde en cuanto a vivir se refiere —le soltó la tutora.

—¿Y eso qué significa? —preguntó ella, que llevaba días intentando asimilar el nuevo rumbo de su vida.

Ya había perdido la noción de lo que estaba bien y mal. No sabía dónde se estaba metiendo, pero, lejos de aquella chica inocente que fue, la nueva ansiaba descubrir todo aquello que le había sido denegado durante tanto tiempo.

—Siéntate en ese sillón —dijo doña Bárbara, señalando uno que en los brazos tenía tallados sendos hombres lamiéndole el sexo a una mujer—. ¿Te gusta lo que ves, querida? —preguntó, mirando aquellas figuras.

—Tiene cierto encanto —confesó Julia.

—¡Jorge! —exclamó la dama.

—Dígame —contestó este con la mayor parsimonia posible, como si estuviera acostumbrado a todo lo que allí había sucedido.

—Voy a llevar las sábanas sucias a la habitación de los ropajes. Haz que Julia lo pase bien —le ordenó, y el corazón de la muchacha comenzó a bombardear con demasiada fuerza ante aquel mandato.

Doña Bárbara cogió las sábanas y abandonó la sala. Julia se hallaba sentada en el sillón y todo el cuerpo le temblaba. Jorge se acercó a ella con paso decidido y se arrodilló frente a sus piernas. La miró fijamente con sus ojos oscuros y profundos. Subió las manos y levantó con suavidad la falda del vestido. Y entonces comenzó a bajarle las enaguas, que para ese momento ya estaban completamente mojadas. Le agarró los tobillos y le separó las piernas a la joven inexperta; le temblaban descaradamente. En otra ocasión habría salido despavorida ante aquello, pero la venganza contra Gonzalo se apoderó de ella y quiso sentirse deseada. Él miró el sexo y susurró:

—Me gusta lo que veo, Julia.

La joven sonrió como dándole permiso implícitamente. Jorge no medió palabra y acercó la boca a la vulva. Comenzó a lamerla con deseo, como si un apetito voraz se hubiera apoderado de él. Alzó las manos, cogió las de Julia y las guio hasta su cabeza para que se la sujetara. Con un impulso involuntario, ella balanceó su sexo sobre la nariz y la boca del atractivo joven. Su cuerpo estaba inmerso en un gozo inenarrable. La lengua de Jorge parecía estar labrada por los dioses, como si estos lo hubieran provisto de un don. Julia estaba tan mojada que veía restos de sí misma sobre los labios, la nariz y hasta las mejillas del improvisado amante.

Jorge separó la boca del sexo y se deshizo de las manos que lo aprisionaban. Juntó los dedos índice y corazón, se incorporó un poco y los llevó hasta la boca de Julia, donde los introdujo para que ella misma los mojara con saliva. Después él hizo lo mismo y los colocó entre sus labios inferiores, donde dibujó media circunferencia alrededor de su sexo. Luego los posó arriba y marcó otra media circunferencia en el otro lado del sexo. Y, sin previo aviso, deslizó los dedos dentro de la vagina de Julia, que se vio sorprendida por aquel movimiento desconocido para ella.

Ululó con vigor, como cuando el viento silba al introducirse con fuerza por las rendijas. Pero él no estaba dispuesto a parar. Bajó la lengua y comenzó a dar lengüetazos mientras los dedos seguían taladrándola. Julia echó la cabeza hacia atrás, presa de un placer inimaginable, y se sujetó a los brazos de la silla mientras sus ojos se volteaban. Jorge incrementó el ritmo hasta que ella notó algo totalmente nuevo. Sus músculos se contraían de una forma incesante. Sintió fuegos artificiales dentro de ella y un latido cada vez más intenso en su sexo que acabó con una inesperada sacudida, azotándola incontrolablemente.

La jauría de pensamientos que llevaba días taladrándole la mente había desaparecido, dando paso a una paz relajante. Su cabeza solo podía centrarse en aquella sensación que acababa de experimentar y en la respuesta que su cuerpo estaba dándole. La tensión que le había aniquilado los músculos los segundos previos a aquel intenso placer había derivado en la languidez de todos sus rincones. Las piernas le temblaban como si un terremoto estuviera sacudiendo el suelo de aquel cuarto rojo. El corazón le latía a un ritmo irrefrenable, como el galope inalcanzable de los caballos que corrían por los jardines de palacio.

Tras todo aquel sentir, un ardor le invadió las mejillas, como si unas flores de almendro se hubieran posado sobre ellas. En aquel momento, Julia supo que ya no había vuelta atrás, pero tuvo clara una cosa: pasase lo que pasase, el nivel de placer que había logrado alcanzar su cuerpo merecía la pena. Y es que a veces tan solo podemos arrepentirnos de lo que dejamos de hacer.

17

Le petit lever

Creció en una familia con una madre harto religiosa que quería que su hija siguiera el camino del matrimonio. Sin embargo, su padre quiso educarla en todo aquello que no se le permitía por ser mujer. Hizo de ella una joven culta, instruida en la música, con buena conversación, rebelde y, sobre todo, libre.

Sobre Ninon de Lenclos, reconocida escritora, cortesana, *salonnière* y mecenas del arte francés

Aquella noche Julia no fue capaz de conciliar el sueño. Se despertaba entre sudores recordando la lengua de Jorge Novoa recorriendo su sexo sin dejarse un recoveco y sus dedos entrando en ella. El cuerpo le ardía, como si el despertar de aquel letargo supusiera su bienvenida a la vida. Intentó dormir, pero el simple hecho de entornar los ojos le revelaba la imagen de aquel apuesto chico lamiéndola sin piedad. Se había pasado todo el día en sus aposentos con un halo de vergüenza. Por primera vez había entregado su cuerpo a un hombre, y aquel hecho la perturbaba. La culpa la azotaba, pero el placer experimentado rebajaba ese sentimiento. Y se sentía más deseada.

—¿Estás ahí, Julia? —preguntó doña Bárbara al otro lado de la puerta.

—Aguarde —contestó mientras que se levantaba del sillón en el que llevaba sentada todo el día con la mirada perdida.

—Imaginé que estarías aquí. Me gustaría que me acompañaras al salón de Olimpia, tenemos varios asuntos que tratar —pidió la tutora.

—La verdad es que estoy cansada y mi mente no cesa de pensar —confesó la joven cortesana.

—Julia, formar parte de las nereidas no es ningún juego. El futuro de muchas mujeres está en nuestras manos —le recriminó la dama de compañía de la reina.

—Iré entonces.

Era incapaz de negarse cuando se referían a ayudar a otras mujeres. Ya estaba bien entrada la noche cuando salieron de la habitación. Caminar al lado de doña Bárbara la hacía sentirse viva. El porte, la elegancia y el pecho perfectamente colocado de su maestra de vida le daban alas para enderezarse. Ir a su lado le confería una fuerza que le hacía sentirse atractiva y deseada. Era como si la energía de esa mujer traspasara su cuerpo y se adentrase en el suyo. Julia miraba de reojo a doña Bárbara cuando esta rompió el silencio y le preguntó sin paños calientes.

—¿Qué opinión te merece Jorge?

—Es un joven culto y educado a la par que galante —respondió ella, intentando obviar la respuesta que la tutora buscaba.

—¿Solo eso? —siguió indagando la dama de compañía.

—Bueno, yo...

Le daba un bochorno horrible arrancarse a expresar sus sentimientos.

—Julia, el placer no es motivo de vergüenza —sentenció doña Bárbara.

—Deme tiempo, por favor —le pidió mientras bajaban la escalera central de mármol que conducía a la calle y se dirigían a un carruaje que las esperaba.

—Cuando Olimpia vivía en Francia, la reina la obligó a ingresar en un convento por culpa de los rumores de algunas mojigatas de la corte donde vivía. Suerte que su reputado círculo de amigos consiguió sacarla de aquel lugar y enviarla a España —le contó doña Bárbara.

—¿Y qué enfadó tanto a la reina como para querer meterla en un convento? —preguntó Julia con curiosidad.

—Olimpia siempre ha sido libre, y el placer, querida, asusta a muchas personas. Y más si es una mujer la que lo practica. Olimpia nació en el seno de una familia completamente contraria a la norma. Cada uno quiso inspirar en su corazón sus respectivas formas de pensar. Su madre, una ferviente creyente, le quiso inculcar las normas de Dios, y como directrices le instauró una moral recta y dirigida a la consumación de un matrimonio concertado con el único objetivo de procrear. Pero su padre se negó.

»Él no quería que su niña siguiera la misma suerte que el resto de las jóvenes. Le inculcó el amor por la cultura, la instruyó en la música y consiguió realzar todas sus cualidades para que tuviera acceso a lugares de la sociedad inalcanzables para las mujeres. No obstante, su padre también la instruyó en los placeres carnales y la educó en una mentalidad liberal que no la anclara a los viejos convencionalismos. La animó a que disfrutara del placer, del sexo y de la vida, y esa más que conocida libertad que poseía logró enfadar a la reina —concluyó doña Bárbara.

Al llegar al palacete bajaron del carruaje y la dama tocó a la puerta. Olimpia les abrió con una leve sonrisa. Llevaba el pelo recogido en un moño alto y sus ojos eran tan vivos que parecía que contaban historias. Tenía el pelo castaño, como las cerezas de los árboles jóvenes, y los ojos verde esmeralda. El pecho era más bien pequeño y las curvas todo lo contrario.

—Mi Bárbara querida —dijo al ver a las dos mujeres.

—Mi bella Olimpia —respondió la visitante, fundiéndose con ella en un abrazo—. ¿Recuerdas a Julia? —prosiguió.

—Por supuesto —dijo mientras le sujetaba la mano a modo de pequeña reverencia—. ¡Bienvenida de nuevo a mi salón! —exclamó, y abrió más la puerta, levantando el brazo izquierdo para indicarles que pasaran.

Las dos mujeres siguieron a la anfitriona por el pasillo que daba acceso al salón. En los salones solo se permitía la entrada a unas pocas personas de la sociedad. Según doña Bárbara, el de Olimpia era el punto de reunión de la gente más ilustre de la corte y de la ciudad, de la más brillante concurrencia. Decía que las más virtuosas solicitaban para sus hijos el honor de ser admitidos en aquella sociedad. Pero ese salón era distinto a los demás, era mucho más. La música, el arte y los debates no eran solo para hombres, sino que aquel espacio estaba destinado también a las mujeres.

—¡Atención todas! —dijo Olimpia dando un par de palmadas—. Os recuerdo que diez nuevas jóvenes se han unido a las nereidas. Sobra decir que todo lo que sucede en Saint-Simón se entierra en Saint-Simón, ¿entendido?

—¡Entendido! —respondieron todas al unísono.

—Comencemos —dijo Olimpia, dirigiendo la mirada a una tutora que portaba un papel con varios asuntos escritos.

—En el pleito que mantienen las vendedoras de hortalizas y el gremio de tratantes, ha sido denegada la licencia de venta a las mujeres que se encuentran ahora mismo en situación de ilegalidad, sin tener forma alguna de mantener a su familia —explicó una tutora.

—¿Y qué aluden los del gremio? —contestó una culebrina, es decir, que pertenecía al grupo de nereidas que habían sido aprendices en años anteriores.

—Que las mujeres no pagan la alcabala. Pero más bien se debe a que estas vendedoras adquieren las hortalizas a mejor precio por otras vías. Aunque ellas defienden lo que todas sabemos, que esto es algo más personal, un odio hacia ellas por el simple hecho de ser mujeres y pobres —explicó la tutora.

—Lo de siempre —añadió doña Bárbara.

—No quieren hacer trabajo doméstico, sino vivir libremente, y esa es la verdadera razón de tanto escándalo —explicó otra tutora.

—¿Por qué el simple hecho de ser mujer determina que seamos o no válidas para un trabajo? —preguntó otra culebrina.

—Yo no pude ir a la escuela porque tenía que ayudar en casa a mi madre con las tareas del hogar —respondió otra.

—Yo no pude casarme con el amor de mi vida porque mis padres ya habían concertado mi matrimonio —se lamentó la joven rubia del fondo.

—Yo no pude elegir trabajo porque mi marido decía que las mujeres debíamos quedarnos en casa y ocuparnos de las tareas del hogar —contestó indignada otra joven.

—El verdadero problema está en que son mujeres sin amo o independientes, situaciones que chirrían a oídos de los hombres, pues ofenden a su moral. Así que personifican en ellas el vicio, el pecado y la perdición. Por eso el Estado quiere obligarlas a hacer oficio en casa y privarlas de libertad si no se someten a la voluntad del padre o del marido —explicó Olimpia.

—¿Y qué haremos? —preguntó Julia con aire de indignación.

—Eva, ¿te puedes encargar tú de prepararle al grupo de vendedoras de hortalizas un alegato en contra de la negativa rescindida para que se lo presenten al consejo? —preguntó Olimpia a la bella joven.

—Cuente con ello, Olimpia —respondió ella, que poseía gran conocimiento de las leyes y solía amparar a otras mujeres.

Julia no pudo evitar volver a fijarse en la bella culebrina. La turgencia de su pecho y sus labios carnosos llamaban la atención de Julia, que recorría disimuladamente el camino imaginario que separaba la boca de Eva de su escote.

—Busca apoyo en las aprendices para que vayan instruyéndose en la legislación —pidió Olimpia a Eva. Después se dirigió a todas las presentes—: Queridas nereidas, gracias de nuevo por habernos acompañado. Seguid charlando, ahora me despediré de vosotras —concluyó mientras hacía una señal con la mano para que doña Bárbara la siguiera.

Pero esta no fue la única que la siguió, sino que la curiosidad pudo con Julia. Se mezcló entre las nereidas que charlaban en el salón y, con cierto disimulo, se apresuró hasta la puerta por la que un instante antes Olimpia y doña Bárbara habían salido, dejando la puerta entornada, para quedarse a solas en el pasillo. Julia se quedó a corta distancia, tras la puerta.

—¿Tenemos noticias? —preguntó Olimpia con cara de preocupación.

—Mi informante anda recabando datos, pero todos tienen miedo a hablar.

—Algo se nos escapa, tiene que haber algo más, doña Bárbara. Cuando algo se habla en las cloacas, es que debe de haber cierta verdad en ello. Necesitamos lo que sea contra él, debemos hundirlo —expuso la anfitriona con cierta inquietud.

—Lo haremos, amiga, confía en que lo haremos —prometió la dama de compañía.

La complicidad entre ambas era más que evidente. Su relación venía de años atrás, cuando Olimpia llegó a España siendo apenas una joven. Se conocieron después de varias visitas que hizo esta al Palacio Real. En una de ellas, su versión joven salió corriendo hecha un mar de lágrimas por las escaleras principales de mármol y se chocó violentamente contra doña Bárbara, lo cual sirvió de presentación. Desde aquel día se sostenían la una a la otra, y las visitas de la dama de compañía a su salón eran continuas.

Al terminar de hablar, ambas mujeres volvieron a entrar en el salón y Olimpia dio por finalizada la velada y se despidió de las nereidas.

—Tú debes esperar, Julia —le indicó doña Bárbara al ver que la joven cortesana se dirigía hacia la puerta charlando con otra aprendiz.

—¿Y eso? —preguntó extrañada.

—Espera —le ordenó de nuevo mientras le indicaba que tenía que terminar de hablar con una tutora.

Olimpia acompañó a las mujeres que habían estado charlando hacia la salida, a excepción de seis, que siguieron hablando en el salón: doña Bárbara, dos tutoras más, Julia y otras dos aprendices.

—Acompañadme, señoritas, esta noche visitaréis el Ateneo —anunció Olimpia al volver al salón tras haberse despedido del resto, dirigiéndose a las tres jóvenes.

Doña Bárbara y las otras dos tutoras se quedaron charlando animadamente mientras las chicas seguían a Olimpia hacia la planta superior del palacete. Al llegar a la primera, al fondo del todo, vieron tres puertas cerradas. Se dirigieron hasta ellas.

—Tú entrarás por la primera —dijo, señalando a una de las aprendices—. Tú, a la segunda —añadió dirigiéndose a la siguiente—. Y tú, Julia, entrarás por esa. Esperadme dentro y os daré unas instrucciones.

Julia estaba nerviosa, aquel mundo nuevo la superaba. Por un lado, la curiosidad le podía, pero, por otro, la culpa le pesaba. Aun así, el duro golpe de aceptar que había perdido al amor de su vida prendió la rebelión. Y no había mayor rebeldía que la liberación de su mente y de su cuerpo. Al entrar en la habitación, se percató de que era una estancia llena de cuadros, cosa que a ella siempre le hacía especial ilusión. Acto seguido, la puerta se abrió y Olimpia irrumpió en la habitación.

—Julia, ¿estás tranquila? —le preguntó, y la joven asintió con la cabeza—. Sé que doña Bárbara te ha dado algunas pinceladas sobre el Ateneo y que conoces las normas: secreto, libertad y lealtad.

—Así es —repuso.

—Está bien. El Ateneo es, como ya sabrás, un encuentro secreto entre personas con alma libre para experimentar. Ya eres una de las nuestras, no solo entre las nereidas, sino también en el Ateneo. Un honor del que solo disponéis tres de las aprendices. Queremos liberaros, y para ello tendréis que adentraros en nuestro mundo —le explicó con cierto aire maternal.

—¿Y si no estoy a la altura de lo que ustedes esperan? —preguntó Julia con ese miedo que siempre la invadía ante las inseguridades que la avasallaban.

—Lo estarás, tan solo tienes que dejarte llevar —la calmó Olimpia—. ¡Adelante! —exclamó al oír unos golpes secos en la puerta de la habitación.

—Qué placer volver a verte, Julia —dijo Jorge Novoa con su galante voz al acceder al interior de la estancia.

—¿Sabías que yo vendría? —preguntó ella dudosa al ver entrar al joven.

—Solo acepté por eso —confesó el galán con una amplia sonrisa.

—Siéntate en ese sillón, Jorge, y haz lo pertinente —interrumpió Olimpia.

—Así haré —dijo el joven experto mientras se acercaba al sillón y se quitaba la indumentaria de cintura para abajo. La chica lo miró atónita.

—Vas a aprender el noble arte de la seducción, Julia. Utiliza tus encantos: bésalo, acarícialo…, todo vale. La puerta está abierta si no quieres jugar —dijo Olimpia mientras salía de la sala.

Se quedó dubitativa. Frente a ella se hallaba desnudo de cintura para abajo Jorge Novoa, el hombre que le había descubierto el placer. Y a su espalda, la puerta que le conduciría a su vida pasada, en la que la candidez la mecía cada noche. Pero no salió de aquella habitación. Lejos de ello, se acercó al hombre que la sonreía con ese porte que cortaba la respiración a cualquiera.

—Me alegra que la vida te haga devolverme lo que te regalé el otro día —dijo Jorge con cierta picardía.

—No te creas que fue para tanto —contestó Julia, intentando parecer más segura de sí misma de lo que realmente estaba.

Se acercó a él, bañada en su falsa seguridad, pero temblando como un flan. Sin embargo, ansiaba esforzarse por dejar de ser esa niña dócil y obediente. Jorge, en un amago por calmarla, a sabiendas de que estaba nerviosa y con dudas, le regaló un dulce beso en los labios y consiguió que la joven rápidamente se tranquilizara. Julia posó el dedo índice en sus labios para que no dijese nada y él se lo lamió de tal forma que ella empezó a estremecerse. Acercó la boca a la de Jorge, que respiraba como si ya le costara mantenerse quieto. Este intentó poner la mano en el culo de la joven, que le dio un manotazo para apartarla. Se aproximó a su oreja y se la lamió con ganas. Mordió el lóbulo y le jadeó en el oído. Con Jorge medio desnudo, siguió con la barbilla y empezó a bajar siguiendo una línea imaginaria que dividía su cuerpo. Creó un camino de saliva con la lengua, y no hizo falta mucho más, porque cuando llegó al ombligo notó algo duro rozándola.

Lo miró y se rio. No había hecho falta demasiado esfuerzo para conseguir que su miembro se pusiera duro. Bajó hasta él, sin tener mucha idea de cómo debía proceder. Su única práctica en aquella arte amatoria era lo que había visto hacer al ama de llaves con el pene del camarero mayor. Julia cerró los ojos y recordó aquella imagen que tantas veces había visto. Sujetó la base del falo con la mano derecha y empezó a lamerlo de forma suave. Los jadeos de Jorge iniciaron un concierto cada vez más fuerte, sobre todo cuando recorría con la lengua su verga una y otra vez. Succionó el miembro con los labios y después realizó círculos a su alrededor, llenándola de saliva. Y en ese momento Jorge le cogió la cabeza.

—Métetela dentro —suplicó el joven.

Pero Julia se hizo de rogar. Era como si siempre hubiera tenido dormido ese animal salvaje que ahora emergía por cada poro de su piel. Y aquella sensación de sentirse poderosa ante el atractivo joven le impedía parar el juego. Le separó las piernas y, sin apartar la vista de sus ojos, empezó a lamer por debajo de los testículos. Se lamió la mano y meneó el pene de arriba abajo mientras la lengua se le adormilaba en los testículos. Vio los ojos extasiados de Jorge.

—Métetela dentro, por favor —volvió a suplicar él.

Y Julia se rindió e hizo lo que le pedía. Se introdujo el falo en la boca, que quedó totalmente inundada, él le orientó la cabeza para que su pene entrara y saliera rápido. Ella le hizo una señal, porque a veces la notaba tan dentro que sentía angustia. Tras eso, él siguió sujetándole la cabeza, pero acercó la cara a la de Julia y la besó de nuevo con cariño.

Ella manoseó fuerte su verga mientras su boca húmeda hacía una cueva para el miembro. Lo miraba a los ojos y notaba el placer apoderándose de él. Se sentía fuerte, capaz de generar placer en el cuerpo de alguien. Aumentó el ritmo, y cada vez se la chupaba más rápido. Con rabia, con deseo, con ansia, con ganas. Lamió su pene como el preso que se sabe poseedor de poco tiempo de vida antes de la pena de muerte. Como si la vida se le fuera, le tocaba una y otra vez la verga y se la metía y se la sacaba de la boca; todos los sentidos de él estaban a su merced.

—Voy a derramarme ya, Julia —dijo Jorge, apartando el miembro de su boca.

Y, sujetándosela él mismo, volteó los ojos y comenzó. Acto seguido, estiró las piernas y echó la cabeza hacia atrás, intentando recobrar el aire. Olimpia irrumpió en la habitación sin permiso alguno y, al ver la postura de él, que se adivinaba destruido de placer, reflexionó en voz alta:

—Doña Bárbara tenía razón contigo, Julia. Tu mirada esconde los deseos más primarios. Todo por lo que nosotras ya hemos pasado. Lo has hecho muy bien —dijo, premiando sus dotes amatorias, que ni ella misma sabía que poseía—. Pero, gracias a Dios, en el Ateneo todo es equilibrio, así que ahora has de sentarte en dicho sillón.

El chico se levantó y Julia siguió sus indicaciones al pie de la letra.

—Ahora haz tu parte, Jorge —ordenó Olimpia, que salió otra vez de la habitación y dejó a los dos jóvenes de nuevo a solas.

Él miró hacia atrás para cerciorarse de que la anfitriona había abandonado la sala y se arrimó a Julia. Mirándola fijamente a los ojos, le levantó con delicadeza el vestido y bajó lentamente las enaguas. Pasó la mano por la vulva y advirtió que se hallaba ya encendida.

—Julia, estás completamente mojada.

Ella se encogió de hombros, como si desconociera por qué su cuerpo estaba respondiendo de esa manera. Él se lamió la palma de la mano, la puso sobre el centro del sexo de la muchacha y empezó a crear fricción moviendo la mano con rapidez. Cada vez lo hacía más rápido, y el cuerpo de Julia se abandonó a aquel abismo. No quería que parase, pero él lo hizo.

La miró fijamente a los ojos, bajó la lengua hasta el ombligo y dibujó líneas sobre él. Julia no aguantaba más. Quizá fue la excitación del momento, lo surrealista de aquella sala de aprendizaje sexual o el ardor que había alcanzado su parte baja, pero fue la primera vez que de su boca salió aquella palabra:

—Cómeme el coño, Jorge, por favor —dijo casi suplicando.

Y allí, en aquella habitación llena de cuadros, se abandonó a los más mundanos placeres. Con la cabeza de él sujeta entre las piernas, la nariz de este hundida en su sexo y la lengua del amante improvisado acompasando sus gemidos, miró a ambos lados de la sala, como si aquella habitación fuera a guardarle el secreto que ahora compartían. Julia sintió que aquella noche estaba perdiendo por completo cualquier ápice de la inocencia con la que llegó años atrás al Palacio Real. Pero todo lo que sucede en Saint-Simón se entierra en Saint-Simón.

18

El sillón del amor

En aquel momento eran *vox populi* las perversiones sexuales del futuro monarca, que ya era conocido como el *playboy* de la época. Cuando su padre se enteró de su afición por los burdeles, le dijo: «Sabía que eras irreflexivo y un hombre débil, pero lo que jamás me imaginé es que fueras un depravado».

Sobre el rey Eduardo VII de Inglaterra y sus perversiones sexuales

Los nervios en palacio parecían dagas afiladas sobrevolando la cabellera de todo el que estuviera presente. Quedaban pocas semanas para el dichoso baile que la reina estaba preparando con tanto ahínco. Cocineros y cocineras, costureras, jardineros... No había oficio en la corte que no estuviera al borde del ahogo por todo el despliegue que conllevaba la maldita velada. Mercedes y el resto de las costureras llevaban días sin dormir para que los trajes estuvieran perfectamente cosidos. Julia resopló indignada al darse cuenta de que no podría levantarse de la silla en todo el día. La luz del sol rociaba toda la estancia y una brisa suave se colaba por las ventanas entreabiertas. Cerró los ojos por unos segundos y se evadió en recuerdos que la transportaron a su cándida niñez.

—¡Julia, despierta! —espetó su madre.

En ese mismo instante, al abrir los ojos, se dio cuenta de la presencia de una preciosa mariposa azul. Se había posado en el resquicio de la ventana. Era tan hermosa que se quedó fascinada viendo cómo aleteaba suavemente a la par que la brisa. Las mariposas pertenecen al grupo de los lepidópteros, una palabra que tenía su origen en los griegos y que significa «alas con escamas». Entonces una costurera posó la mano sobre Julia.

—Es increíblemente bella, ¿cómo hará la naturaleza para que sus alas posean esos hermosos colores? —preguntó la chica, lanzando su duda al aire.

—Es una mariposa cupido. Las mariposas realmente tienen las alas transparentes, pero percibimos los colores porque su estructura está protegida con escamas que reflejan la luz. Y suelen vivir entre dos y cuatro semanas —le explicó Julia.

—¡Menuda enciclopedia con patas has criado, Mercedes! —se oyó desde el otro lado de la sala de costura, y todas se echaron a reír.

—¿Y por qué se llama cupido? —se interesó la trabajadora.

—No lo sé. Supongo que en honor a Cupido. Fue un niño que nació fruto del amor entre Marte y Venus, la que todo el mundo conocía como la diosa de la belleza. Pero vivió oculto, porque querían alejarlo de los peligros que pudieran acecharlo. Sin embargo, al crecer, su madre le regaló un arco con flechas de oro y otras con la punta de plomo. Cuenta la leyenda que si te alcanzaba una de oro conocías el amor puro y verdadero; por el contrario, si te alcanzaba la de plomo, el olvido y la ingratitud se instauraban en tu corazón. Pero el don de Cupido iba más allá, y ni dioses ni mortales eran inmunes al poder de sus flechas...

Una de las costureras le interrumpió.

—¿A ti alguna vez te ha alcanzado la flecha de oro de Cupido? —preguntó muy seria.

—Quién sabe —contestó Julia misteriosa, bajando la mirada para zanjar aquella conversación.

El conde-duque tocó cinco veces en la puerta del despacho del rey Carlos, la llamada pactada para que este supiera que era él quien lo visitaba. Francisco llevaba tantos años trabajando para él que a veces los excesos de confianza hacían que traspasara determinadas líneas rojas. No esperó a obtener respuesta y entró.

—¿Quería verme? —preguntó el conde-duque.

—Sí, quería saber cómo van los asuntos con la princesa Lucía de Pombo, ¿tenemos ya el retrato de la joven? —preguntó ansioso el rey.

—Le he hecho saber al valido de su padre que la prisa apremia, porque la fecha del baile se acerca —explicó el conde-duque.

—Se trata de un asunto de Estado, así que hágale saber que si ese retrato no llega a tiempo responderá con su vida —repuso indignado.

—Pero, Su Majestad, tranquilícese, pues poseo otras recomendaciones de futuras princesas casaderas en caso de que no llegara el retrato a tiempo —intentó calmar así los ánimos del rey.

—Míreme, Francisco, ¿me ve cara de querer otra cosa? La reina accedió porque se trataba de una joven francesa. No concibo otra cosa —contestó el monarca con terquedad.

—Entendido, Su Majestad, solicitaré de nuevo el retrato de Lucía de Pombo —claudicó el conde-duque.

—Me han dicho que posee gran belleza —añadió el rey, que no solo se preocupaba por el futuro de su corte, sino también por el de su linaje.

—Andan en lo cierto —le confirmó el conde-duque.

—Sea discreto con este asunto; ya sabe que, si Gonzalo se entera de que hemos urdido un plan para su futuro casamiento, se anulará el pacto para que acceda al trono. Y a mí ya no me quedan fuerzas, no puedo seguir con esto —finalizó el rey.

Alguien tocó a la puerta y, con una voz angelical, pidió paso al despacho.

—Su Majestad, le traigo su encargo —dijo la joven costurera de orígenes ingleses, que llevaba una capa encargada por el rey.

—Déjelo ahí. —Y señaló un sillón que había en el lateral del despacho.

—¿Necesita algo más, Su Majestad? —preguntó servicial la chica.

—Nada, puede retirarse —la invitó el rey a que saliera.

La joven salió corriendo del despacho del rey en dirección a la sala de costura. Llevaba mucho tiempo en palacio y se sentía bastante sola. No tenía amistad alguna con jóvenes de su edad, ya que la mayoría de las costureras se la doblaban. Y una casi enfermiza timidez la sobrevenía, hecho que le dificultaba relacionarse con cualquier persona de su franja etaria, salvo con Julia. La cercanía que siempre irradiaba la muchacha le facilitaba el acercamiento a su semejante. La joven siempre acudía a Julia para contarle los dimes y diretes que corrían por palacio en un intento de intimar con la cortesana.

Por eso, Mercedes y Rafael, conocedores de este hecho, habían intentado en alguna ocasión que su hija creara lazos con ella, aprovechando así esta coyuntura para apartarla de Gonzalo y evitar las reprimendas de los reyes o el conde-duque. Pero sus padres dejaron de insistir en propiciar esa amistad cuando Julia y el príncipe comenzaron a verse a escondidas, pues Rafael y Mercedes creyeron que se había terminado.

—¡Julia! No vas a creértelo —dijo la joven al entrar en la sala de costura, dirigiéndose rápidamente al lugar donde estaba ella.

—¿Qué ha sucedido? —contestó Julia con preocupación al ver que estaba jadeando.

—He ido a llevarle un encargo al rey Carlos y al llegar la puerta de su despacho estaba entreabierta. No he tocado, pues se encontraba hablando con el conde-duque de Pastrana y no quería interrumpirlos. Así que he esperado y lo que he oído puede que sea el mayor chascarrillo de esta corte —le adelantó, aunque Julia, que ya sabía lo cotilla que era la costurera, no le dio mucha importancia.

—¿Iván, el ruso, ha vuelto a retozar con alguna joven en el pajar? —preguntó divertida.

—¡Ojalá fuera eso! Sé que no debería haberlo hecho, pero me acerqué un poco a la puerta. Hablaban del baile de las próximas semanas para el que estamos preparando todas las prendas. ¡Julia! No es para despedir la primavera, como nos han hecho creer a todos. Es un teatrillo orquestado por el conde-duque para emparejar al príncipe Gonzalo con una joven —dijo riendo la costurera, sin saber el daño que esas palabras le producían.

—Eso es imposible —le contestó negando con la cabeza.

—Te lo juro, lo he oído con mis propios oídos —le prometió la joven costurera.

Julia salió corriendo de la sala y se dirigió a todas las direcciones posibles, buscando a su amigo. Fue a la habitación de Gonzalo, al jardín, a la cocina… y lo acabó encontrando en el lugar que menos esperaba: la Sala de los Leones. Aquel sitio era tan especial para ellos que solo fue allí en última estancia, ya que, tras el rifirrafe por el que él había dejado de hablarla sin explicación alguna, no esperaba que estuviese allí.

—No imaginé que fuera a encontrarte aquí —confesó Julia.

—Han sido días de mucho ajetreo y necesitaba despejar la mente —alcanzó a decir él.

—¿Te gusta? —preguntó al ver que el joven príncipe se hallaba ante el retrato que ella le había pintado.

—Tienes un don, Julia —añadió con un tono de voz apagado.

—Gonzalo, yo… querría saber qué ha sucedido entre nosotros, por qué estás tan distante —preguntó preocupada la joven.

—No ha pasado nada, y ahora me gustaría que me dejaras a solas, por favor —pidió el príncipe.

—Me estás rasgando el corazón con tus palabras, pero antes de irme me gustaría contarte algo —le dijo con cierta congoja mientras una lágrima resbalaba por su mejilla.

—¿Qué pasa? ¿Y esa lágrima? —preguntó él con sincera preocupación.

—Gonzalo, noo-noo-noo sé cómo empezar —titubeó la cortesana—. Ha llegado a mis oídos un rumor que ha resultado no ser tal —dijo Julia, intentando calmar su respiración.

—Sabes que odio la palabrería, es solo producto del tiempo libre de los charlatanes —le recriminó su amigo.

—He dicho que ha resultado no ser tal, y es algo que te incumbe. El baile que está preparando tu familia para despedir la primavera es un burdo teatro para presentarte a tu futura esposa —confesó Julia casi temblando.

—No digas tonterías, te has inventado eso para volver a tener mi interés —dijo el príncipe en tono de mofa.

—Gonzalo, no alcanzo a entender qué te sucede conmigo. No sé qué te hace rechazarme. Pero conoces mi orgullo y sabes que no estaría aquí de no ser verdad lo que te estoy contando. Esta mañana, el conde-duque de Pastrana y tu padre conversaban acerca de la joven —le aclaró, con la respiración entrecortada.

—Julia, todo lo que estás diciendo es una sarta de sandeces. Mis padres aceptaron el pacto de que mi amor sería elegido de forma libre y ellos jamás faltarían a su palabra. Lo que te sucede es que estás dolida porque tu familia ha elegido a Mateo por ti y te niegas a aceptarlo. Y ahora te has inventado este burdo teatro para que en el baile no experimente la dicha de mi juventud y tenga que vivir amargado como tú porque otros han decidido por ti. —Sus palabras se le clavaron en el pecho a Julia, que notó que un puñal le atravesaba el corazón.

No lo aguantó y salió corriendo de la Sala de los Leones mientras se secaba como podía las lágrimas. Se sentía idiota y llena de rabia. Pero, cuando se disponía a subir las escaleras, Jorge Novoa salió a su encuentro.

—¿Y esa cara, muchachita? —dijo este con tono jocoso.

—Déjame, no estoy para bromas —replicó Julia.

—Sea lo que sea lo que te sucede, mañana lo verás con otra perspectiva. En la vida lo importante no es lo que la gente nos hace o nos dice, sino cómo reaccionamos a ello —le advirtió el apuesto joven mientras le acariciaba el hombro para calmarla.

—¿Has desayunado un filósofo esta mañana? —dijo ella, intentando bromear.

—Esta sí es la Julia que a mí me gusta. Y por ello te has ganado acompañarme a un lugar —comentó enigmático.

—Jorge, hoy no estoy para juegos, mírame la cara. —Y señaló sus ojos hundidos.

—No es que el resto de los días estés mucho mejor —se burló él mientras la tiraba del brazo.

La mente de Julia estaba tan agotada y su cuerpo tan absorto después de toda aquella información y de las palabras hirientes de Gonzalo que decidió seguir a Jorge sin rechistar. Fueron a la planta baja y giraron a la derecha, y otra vez a la derecha, y luego a la izquierda, y otra vez a la derecha, y Julia perdió el sentido de la orientación por completo. Llegaron a una puerta enrejada de hierro macizo que daba acceso a una especie de túnel subterráneo.

El joven amante sacó una llave de su bolsillo y abrió el portón. Era un pasadizo oscuro que tan solo se encontraba alumbrado por la luz de algunas antorchas que colgaban de las paredes de piedra. Luego se ensanchaba y daba paso a una explanada circular donde había tan solo una puerta de madera entreabierta; de fondo se oía alguna respiración, pero ni una sola palabra. Julia miró a Jorge en un amago de entender algo y este se llevó el dedo índice a los labios para que no dijera ni una sola palabra. Se acercó sigilosamente a ella y le susurró:

—Desvístete y ponte eso de ahí —le indicó Jorge mientras señalaba una túnica negra que pendía de una escarpia de metal que colgaba de la pared de piedra.

La rabia que sentía Julia hizo que se desnudara sin preguntar nada. Había aceptado entrar en ese mundo y estaba dispuesta a hacerlo hasta el final. Se puso la túnica negra y se colocó en la cabeza la capucha, que le tapaba el rostro y solo dejaba al descubierto los ojos y la boca. En ese momento, Jorge, ataviado con el mismo atuendo, caminó hacia la puerta, no sin antes girarse para cerciorarse de que ella lo seguía. La joven aceleró el paso y apretó fuerte la mano, invadida por el miedo y la rabia. Él abrió la puerta y una voz de hombre que no alcanzó a reconocer dijo en alto:

—Ahora sí, ya están todos los invitados.

Era otra sala redonda, oscura como el interior de una ballena. La poca luz que había la regalaban unas velas. Entre estas y las túnicas, aquello parecía un ritual satánico. Ocho personas, incluidos Jorge y Julia, se colocaron en círculo alrededor de una especie de sillón que tenía como una plancha baja casi a la altura del suelo. Esta estaba forrada con un mullido tapizado. En su parte posterior descansaban dos reposapiés, y unas patas de color blanco y ocre se levantaban hacia arriba, sobre las que reposaba otra plancha, también mullida y tapizada, pero de menor tamaño. En el extremo de esta tabla corta descansaban otros dos reposapiés. Y en la parte delantera, dos reposabrazos que se erguían hacia el techo y remataban aquel indescriptible mueble.

El dueño de la voz masculina que les había dado paso comenzó a recorrer toda la estancia en el sentido de las agujas del reloj, hasta que se paró frente a una chica. La cogió de la mano, la acompañó a la silla y la ayudó a subir con delicadeza a la plancha superior. Le quitó con suavidad la túnica negra, dejando su cuerpo desnudo al descubierto, y mantuvo tan solo la capucha, que le tapaba el rostro. Al ser pequeña la tabla mullida, la chica tenía las piernas dobladas y juntas y se cogía los tobillos con las manos. El hombre se las cogió y las dirigió hasta los reposabrazos para que se sujetara a la base. Con las piernas ya liberadas, se las separó y le puso el pie izquierdo en el reposapiés izquierdo y el diestro en el derecho, de forma que la vulva quedó totalmente expuesta.

Acto seguido volvió a dar otro rodeo por la sala. Julia rezaba por que no fuera la elegida. Se paró frente a otra chica y esta vez no hizo falta colocarla, ya que ella misma se dirigió al sillón, se quitó la túnica y se puso a cuatro patas en la plancha inferior, con la cabeza en dirección a la chica que había sobre ella.

El encargado dio otro rodeo y se paró frente a un hombre. Este se quitó la túnica, se dejó la capucha y se acercó hasta el sillón. Su cuerpo era esbelto y parecía por su piel que era joven, igual que las chicas que ya se encontraban preparadas. El elegido se subió a la plancha superior y puso los pies sobre los reposapiés que había en la plancha inferior. Si los empinaba, el pene alcanzaba el sexo de la chica de arriba; si los mantenía quietos, el miembro quedaba junto a la boca de la chica a cuatro patas.

—Adelante —dijo la voz masculina, dando paso a aquel espectáculo.

El joven posó las manos sobre las rodillas de la chica de arriba y comenzó a bajarlas suavemente por la cara interna de los muslos. Bajó el rostro a la altura de las rodillas y escupió en su sexo. Ella gemía, sabedora de lo que se avecinaba. Mientras, la de abajo, en cuanto notó que el falo del joven se ponía duro, se lo introdujo en la boca. Sujetaba con la mano derecha la base del pene y movía la cabeza hacia delante y hacia atrás, metiéndose la verga en la boca y sacándola con cada movimiento.

Los invitados miraban atónitos aquella jauría de placer. El joven posó la palma sobre el sexo de la chica, ya mojado con la saliva, y empezó a hacer fricción. Ella se retorcía de placer mientras que se acariciaba los pechos. Él apartó la mano y bajó su rostro encapuchado hasta situar la apertura de la boca a ras del sexo de ella. Y entonces comenzó a lamerlo con delicadeza. Suavemente, como si el tiempo se ralentizara cada vez que pasaba la lengua. La chica de abajo aumentó el ritmo, lo que hizo que el joven se acompasara a ese devenir y fuera lamiendo de forma despiadada. Con la lengua plana, le daba lametazos ascendentes, y, por cómo se contraía la muchacha, debía de estar rozando el cielo.

Los allí presentes seguían mirando, y alguno que otro se frotaba con disimulo los genitales por encima de la túnica para sofocar el calor que su cuerpo estaba alcanzando al ver tan bello encuadre. Un hombre que no había dejado de rozarse se adentró en el círculo y posó el brazo sobre el joven, que le concedió permiso. El nuevo integrante asintió y se puso detrás de él. Le separó las nalgas y le empezó a lamer el ano. El dueño de este sacó el pene de la boca de la chica de abajo y lo introdujo en el sexo totalmente mojado de la de arriba. Cada vez que lo lamían, él la embestía.

En ese instante Julia posó los ojos en la otra chica, la de abajo, que se hallaba sin tarea alguna. La Julia de siempre hubiera clavado los pies en su sitio, pero la nueva estaba empezando a asociar el placer con la salvación, y en aquel círculo, con las palabras de Gonzalo taladrándole la cabeza, sintió que necesitaba ser salvada. Así que, para perplejidad de Jorge, la joven cortesana se giró hacia él en busca de beneplácito, y él hizo enseguida un ademán con la barbilla, que dirigió hacia el centro de la sala. Julia se quitó la túnica negra, la dobló con esmero y la dejó en el lateral de aquel extraño sillón. Luego lo bordeó acariciando con la punta de los dedos las curvas de la chica que se encontraba tumbada arriba. Bajo la capucha sentía que podía jugar a ser otra persona, o la verdadera Julia, sin miedo a ser juzgada.

Se paró en seco donde yacía la cabeza de la chica desocupada. En ese punto se agachó y se arrodilló tras la que se encontraba a cuatro patas en la plancha de abajo. Se colocó detrás, descansó sus pechos sobre sus nalgas y estiró el brazo derecho hasta la nuca. Comenzó a acariciarla suavemente con sus uñas y notó que la piel de la muchacha se erizaba al paso de sus manos. Al llegar al coxis, reparó en los dos hoyuelos que culminaban aquella espalda y descansó los pulgares sobre ellos. La besó con delicadeza en medio. El desconocimiento la excitaba aún más. Siguió besando ese cuerpo hasta llegar al inicio de las nalgas. Las separó con cariño y las sujetó con ambas manos. Se detuvo a admirar la belleza de aquella imagen, esa vulva preparada solo para ella.

Julia se paró y respiró. Quería grabar a fuego en su retina aquel instante en el que iba a vivir el cuerpo de una mujer por primera vez. Se metió los dedos en la boca lentamente y se lamió cada una de sus falanges como había visto hacer tantas veces al camarero mayor y al ama de llaves. Y, cuando ya no pudo más, y tras percibir que la respiración de la chica se aceleraba de forma indecente, introdujo lentamente los dedos en su sexo. Primero despacio, saboreando el momento, como si las ganas de la otra por ser penetrada por sus dedos, ese dulce sufrimiento, la encendieran aún más. Hasta que el flujo se convirtió en río y la inercia llevó a Julia a penetrarla rápido y fuerte mientras los líquidos interiores se iban derramando. Era como un volcán al borde de la erupción.

Entonces el joven volvió a dirigir su verga hacia la boca de la chica y Julia sacó lentamente los dedos y se unió a la fiesta con su lengua, que viajó hasta su sexo. Notaba todo el flujo en su boca. Aquel juego la encendió tanto que deseó que la penetraran. La fuerza con la que el joven taladraba la boca de la otra hacía que sus espasmos culminaran en la punta de la lengua de Julia, como vasos comunicantes que convertían aquellos tres cuerpos en tan solo uno, sin tan siquiera saber quién se escondía bajo aquellas capuchas.

La mujer de la parte superior, al ver que los otros tres se habían abandonado al placer entre ellos, llamó con los dedos al último en incorporarse. Se separó indecentemente las rodillas hasta dejar la vulva abierta por completo y se la ofreció a aquel joven, que no necesitó orden ninguna para acercarse hasta el sexo de la dama y comenzar a lamerlo desde el lateral, viajando con su lengua incansablemente a un ritmo frenético mientras ella jadeaba sin descanso.

El joven que compartía escena con Julia y con la otra mujer abalanzó con furia sus caderas y penetró la boca de la misteriosa chica con tenacidad. Un grito ahogado salió de los labios de Julia al sentir que cada alarido que salía de la boca de él mientras embestía conectaba con sus sentidos. La joven cortesana cerró los ojos y lamió despacio el sexo de la chica, abriendo los labios con las manos y hundiendo la lengua en ellos. Mientras, el joven arremetía una y otra vez contra la boca de la muchacha, mostrando la virilidad que recorría su cuerpo cincelado, como si no quisiera dejar que el pene saliera.

De repente, un gemido seco lo hizo derramarse sobre sus labios, desparramando el líquido por toda la boca. Bajó velozmente la mano hasta la verga y la sacó de la boca para posarla sobre su hombro derecho y continuar la salida sobre la espalda de ella.

Y allí, en mitad de aquel círculo casi sagrado, Julia se dio cuenta de que nada la diferenciaba de ellos. Los instintos más primarios podían ocultarse, pero jamás reprimirse, porque el fuego que estallaba en sus vísceras ya era inevitable.

19

En el tocador

La llevaron al convento totalmente en contra de su voluntad porque había cometido el pecado de enamorarse de alguien a quien su padre no aceptaba. Por eso se rebeló con pequeños actos, para mostrar su descontento por el ingreso en dicho convento: amenazaba con hacer cosas para perder la voz, se vestía de seglar cuando llegaba a su celda, se ponía pendientes y se dejaba el pelo largo.

> Sobre las desventuras de Teresa Hernández Cañedo, una monja que vivió en el siglo XVIII en el convento de Santa Isabel de Salamanca

El Palacio Real es de planta cuadrada y está construido en torno a un patio interior, en cuyas esquinas se alzaban los torreones. Los materiales utilizados fueron piedra de color gris y blanco y ladrillo. La fachada parte de un zócalo que abarca el entresuelo y la planta baja. La siguen la hilera de balcones de la primera planta y las ventanas cuadradas en la siguiente.

Frente a la fachada principal se encontraba el conde-duque con el tembleque característico de su pierna, que asomaba cuando se ponía nervioso esperando. Un carruaje se paró frente a él y se bajó un caballero de distinguido porte.

—Pensé que ya no vendría, don Juan —dijo el conde-duque con cierto enfado, pues odiaba esperar.

—Lo siento, don Francisco, el rey se ha demorado en la firma del pacto —se excusó el visitante.

—Pero ¿tiene usted lo que le pedí? —preguntó ansioso.

—Sí —dijo don Juan, sacando del bolsillo de su casaca un papel—. El rey de Portugal ha accedido al casamiento de su hija con el príncipe Gonzalo. Pero con una condición —añadió.

—¿Cómo es eso? Creía que habían quedado ya claras las condiciones del pacto —refunfuñó el noble.

—La cantidad que usted pidió alega el rey que es demasiado alta. Pagará la mitad de lo acordado; el resto de dinero servirá para mantener su silencio. Es su última oferta —sentenció el valido del rey de Portugal.

—Está bien, pero nadie en la corte de los Monteros debe saber de la existencia de este pacto. Y mucho menos el rey Carlos. Y recuerde que, en señal de agradecimiento por haber elegido a la princesa de Portugal como futura reina, deberán nombrarme, a la consumación del matrimonio, secretario de Estado del reino de Portugal —le remarcó el conde-duque.

—Aquí tiene. —Don Juan le entregó un sobre lleno de billetes.

El noble miró alrededor para cerciorarse de que nadie los estaba viendo y se inclinó para esconder un poco las manos y contar los billetes.

—He dicho que aceptaba la mitad de la cantidad acordada, y aquí hay un poco menos —dijo enfadado el conde-duque.

—Es mi comisión por las gestiones. No pensará usted que yo trabajo por amor al arte —ironizó el visitante, que sabía que aquel pacto era tan importante para el conde-duque que jamás se negaría.

—Espero que en el resto de los asuntos cumplan con lo acordado —le recriminó Francisco.

—Así es. Acompáñeme al carruaje para que le haga entrega del retrato de Gadea Mendoza de Covarrubias —le pidió don Juan para finalizar aquel encuentro.

Se acercaba el final de la primavera y aquel baile orquestado, que llevaba de cabeza a todo palacio, estaba a punto de celebrarse. El calor apretaba como si nada faltase para la llegada del verano. Por eso, esa noche, de nuevo, Julia casi no pegó ojo, así que apenas se molestó cuando bien temprano alguien llamó a la puerta de su habitación.

—Julia, ¿estás despierta? —preguntó su padre desde el otro lado.

—Sí, papá, adelante. —Se incorporó en la cama.

—Me tenías un poco preocupado, no te hemos visto apenas durante estos días —dijo Rafael.

—Lo siento, papá, he estado casi todo el día leyendo, ya sabes que estos calores me matan —intentó escabullirse con una excusa.

—No pasa nada, hija, aunque no tienes buena cara —insistió su padre.

—Los calores, papá, son los calores —se excusó mientras Rafael le daba un beso en la frente.

—El caso, hija, es que venía a verte porque he recibido una misiva de Mateo —le confesó un poco temeroso por su reacción.

—Padre, no quisiera hablar de esto ahora —lo cortó rápidamente.

—Pero, hija, en algún momento deberemos hacerlo. Quiero que estés tranquila, porque por sus palabras se adivina que es un joven culto y que tiene muchas ganas de conocerte. Es un buen hombre —le comentó, aunque cada vez le era más difícil disimular su oposición a todo aquello.

—Gracias, padre, seguro que lo es —contestó Julia, escondiendo la pena que le provocaba ese asunto.

—Llegará a España hacia el mes de septiembre. Está muy ilusionado de saber que eres casta en los placeres y que te entregarás por primera vez con él —dijo su padre, al que aún le costaba tratar esos temas con su hija.

—Padre, no quiero hablar de eso —respondió ella, echando mano de aquella inocencia que solía tener, pero que realmente ya había abandonado por completo.

—Créeme que estamos haciendo lo que es mejor para ti —trató de convencerla mientras salía de la habitación y cerraba la puerta.

A pesar de que su padre le había recordado que debía casarse con Mateo Ítaca, lo cierto era que la cabeza de Julia estaba en otro lugar a kilómetros de allí. Así que, como necesitaba sacar todo aquello que la atormentaba, sacó de nuevo su cuaderno y su pluma.

Han pasado cuatro días con sus cuatro noches desde que un impulso me arrastrara al centro de aquel dichoso círculo. Cuatro días en los que no he tenido noticia alguna de Jorge, Gonzalo ni doña Bárbara. Cuatro días en los que las horas se han hecho largas como una condena de reo. Y no hay momento en el que al cerrar los ojos no vea la imagen de aquella joven ofreciéndome su sexo, inundando hasta lo más profundo de mi raciocinio. Me siento indigna de todo, hasta de mis propios apellidos: Ponce de León. ¿Acaso un Ponce de León hubiera sucumbido al embrujo fácil del sexo? ¿Al regalo de la dicha? ¿Al devenir del placer?

En los baños restriego el cuerpo con tenacidad, como si el agua pudiera borrar de mi piel cualquier marca de esa liviandad. ¿Qué me está pasando? ¿En qué me estoy convirtiendo? No quiero casarme con Mateo Ítaca ni esperar que algún día Gonzalo me ame, pero tampoco deseo que los demonios que me corroen me sigan empujando al infierno en el que me hallo sumida, abrazada al pecado. No tengo conciencia de lo que me sucede ni entiendo a qué se debe esta búsqueda del placer que otros me profesan. ¡O por qué lo busco yo misma!

Me gustaría entender mi mente y mi cuerpo, pero por más que ansío abandonar estos impulsos presiento que han anidado en mi interior toda la vida. He dejado de creer que la piel es solo un repositorio de células; he descubierto que tiene memoria. Aunque por primera vez he deseado perderla, para no revivir esa forma que tiene mi piel de erizarse de manera involuntaria.

Sin embargo, al terminar, la cabeza de Julia seguía buscando la calma. Así que decidió que, tras varios días de encierro en sus aposentos, debía salir de allí para ir al encuentro de algo que la despejara. Y ese algo tenía nombre: doña Bárbara. Salió de su habitación con el único propósito de buscarla y quiso el destino que fuera tarea fácil, ya que chocó con ella nada más poner un pie fuera de la habitación.

—Venía a tu encuentro, señorita, llevas días desaparecida —le reprochó la mujer.

—Disculpe, no he pasado por mi mejor momento y necesitaba reposar —confesó la joven cortesana.

—¿Estás bien, Julia? No tienes buena cara —añadió la dama de compañía ante la más que evidente tristeza que bañaba el rostro de la joven.

—Solo necesito tiempo —pidió la pupila.

—Tiempo del que ahora mismo no disponemos. Las nereidas nos esperan —la apremió doña Bárbara.

Al llegar al salón de Olimpia, repararon en que el semblante de la mujer era más duro que de costumbre. Incluso parecía que había llorado. Conociéndola, Julia supuso que más por rabia que por pena. Un sentimiento que ella llevaba días experimentando tras lo acontecido con Gonzalo y, sobre todo, después de saber que la llegada de Mateo Ítaca a España tenía fecha.

—Pero, Olimpia, ¿qué sucede? Hemos venido en cuanto me he enterado de tu llamada —se excusó la dama de compañía de la reina.

—Doña Bárbara, puede que tengamos algo. Aunque es absolutamente desgarrador —confesó la anfitriona, demacrada por el cansancio—. Seguidme.

Al entrar en el salón, culebrinas y aprendices charlaban animadamente. Una de ellas tocaba el piano para amenizar la velada.

—Julia, quédate aquí —ordenó Olimpia—. Doña Bárbara, tú ven conmigo.

Ella hizo caso y se unió al divertimento con las demás jóvenes nereidas. Las otras dos volvieron al pasillo y se dirigieron al despacho del palacete, donde varias tutoras consolaban a una joven que se hallaba sentada en una silla con las manos en la cara, inmersa en un mar de lágrimas.

—Intenta calmarte —le pidió una veterana sin mucho éxito.

—Para ayudarte necesitamos que nos cuentes todo desde el principio —le rogó Olimpia.

—¿Viene por lo de los comerciantes a los que chantajea el conde-duque? —preguntó otra tutora.

—No, en ese tema nuestros informantes siguen recabando datos. Es algo mucho más grave —explicó Olimpia.

—¿De qué se trata? —preguntó doña Bárbara.

—Su nombre es Ángela Planelles. Llegó anoche al salón de madrugada —comenzó aquella—. Ángela, ¿te encuentras con fuerzas para contarlo?

La joven apenas podía hablar por la intensidad de su respiración y por el llanto incontenible. Intentó calmarse y lo consiguió.

—Yo-yoo-yoo... Yooo no quería ingresar en ese convento —arrancó por fin la víctima.

—Ángela proviene de la alta sociedad madrileña —añadió Olimpia—. Y su familia no veía con buenos ojos su relación de amor con un joven de clase baja.

—Así que mis padres decidieron enviarme a un convento para alejarme de él y así mantener el buen nombre de mi familia, pero yo me negué y me escapé de casa. No quería renunciar al amor de mi vida —sollozó la joven.

—¿Y qué pasó entonces? —la animó a seguir otra tutora.

—Llegó a mis oídos que el conde-duque de Pastrana tenía gran poder y que, al ser valido del rey Carlos, contaba con numerosos contactos que lo ayudaban en algunas tareas y que solía solucionar todo tipo de problemas a las mujeres que se lo solicitaban —siguió Ángela con su relato.

—¿Qué clase de tareas? —preguntó doña Bárbara.

—Según la cantidad que se le pagara, podía hacer que en el convento rechazaran mi solicitud de entrada o hasta buscarme una nueva identidad en otra corte —explicó la muchacha.

—Puede tratarse de un caso aislado —quiso poner cordura una tutora en lo que se estaba revelando allí.

—Sigue escuchándola, por favor —pidió Olimpia mientras le acariciaba la espalda a la joven para tranquilizarla.

—Acepté. Recopilé todo el dinero del que disponía para que rechazaran mi solicitud de entrar en el convento, pero cuando me reuní con él me dijo que la cantidad era insuficiente —prosiguió Ángela.

—¿Y qué sucedió? —le preguntó otra tutora.

—Yoo-yoo... le supliqué que lo aceptara. Le pedí que, por favor, me ayudara, que no quería ingresar en aquel convento y mucho menos perder al amor de mi vida. Entonces el cooo-cooonde-duque... —le costaba articular las siguientes palabras— me dijo que podía pagarle de otra manera.

—¿Cómo? —preguntó doña Bárbara mientras la ira se apoderaba de ella, pues sabía el desenlace de aquella historia.

—Mientras yo lloraba, el conde-duque me levantó el vestido y metió la mano bajo las enaguas. Me quedé paralizada, no podía moverme, ni tan siquiera la voz me salía para pedir socorro. Y comenzó a tocarme —confesó Ángela, llena de angustia.

—¡Para! —ordenó la dama de compañía—. Ya es suficiente.

—Merece que acabemos con él —finalizó con rabia la anfitriona.

Las tutoras, incluidas doña Bárbara y Olimpia, se alejaron un poco de la joven mientras esta se recomponía tras su confesión. Bajaron el tono para que la pobre Ángela no las escuchase.

—¿Creéis que dice la verdad? —preguntó una tutora.

—Por supuesto que sí —repuso doña Bárbara, y miró a Olimpia, cómplice.

—¿Y por qué os halláis tan seguras? —insistió la tutora.

—Porque a mí me hizo lo mismo —sentenció la anfitriona, echándole una mano a doña Bárbara con la revelación de su secreto.

El conde-duque era el hombre al que estaban investigando, al que deseaban destruir. Aquella visita de hacía más de quince años, en la que una recién llegada Olimpia a España se chocó de bruces contra doña Bárbara, fue el inicio de una batalla que luchaban juntas. Lo que la dama jamás se imaginó es que tras las lágrimas de aquella joven se escondía un hecho desgarrador: el conde-duque se había aprovechado se su desesperación al huir de Francia para exigirle acceso carnal tras haberle brindado ayuda.

Fueron muchos los acercamientos que tuvo que hacer doña Bárbara para ganarse la confianza de la joven Olimpia y arrancarle aquella confesión, porque su análoga era la única amiga que por aquel entonces la joven francesa poseía en España. Y el dolor por lo acontecido era tan fuerte que necesitó compartirlo, con el total convencimiento de que contarle su historia a doña Bárbara haría que el sufrimiento lo fuera menos. Esta sumó este repulsivo acto por parte de Francisco a la animadversión que ya antes le profesaba por sus intentos continuos de invalidarla e invisibilizarla, dejando siempre en evidencia la repulsa que sentía hacia las mujeres.

En los inicios, el conde-duque solía mandar callar a la joven doña Bárbara en público o ridiculizaba sus actos o decisiones para dejar bien claro que era él quien mandaba. Pero con el paso del tiempo ella empezó a adquirir un mayor grado de poder y su relevancia en la corte de los Monteros fue ganando peso. Gracias a su cercanía a la reina como dama de compañía y al paso del tiempo, la bella mujer consiguió cultivar su seguridad y su aplomo hasta ser capaz de no sentirse mermada por los deplorables intentos del conde-duque de ridiculizarla. Al final, se convirtió en una reputada figura dentro de aquella corte.

Así que su bagaje previo con ese señor despertó todos los demonios que la dama de compañía llevaba dentro cuando Olimpia le hizo aquella confesión, y le juró a esta que se vengarían. Así germinó la semilla de las nereidas.

Al mismo tiempo que las tutoras conversaban en el despacho del palacete, en el salón de Olimpia, las culebrinas y aprendices de nereida eran ajenas a la confesión que Ángela Planelles acababa de hacerles. No sabían que cerca de ellas una joven había destapado un gran escándalo que podía acabar con la reputación del conde-duque. Y mucho menos se imaginaban que la animadversión de Olimpia hacia él no solo era por los dimes y diretes que corrían por Madrid, por los cuales estaban alerta. El odio que sentía aquella hacia ese hombre era profundo y se debía a lo que sufrió cuando llegó a la ciudad siendo una joven desvalida. Solo doña Bárbara conocía este hecho. Sin embargo, las dos mujeres habían conseguido implicar al resto de las nereidas en la caza del conde-duque por otros escándalos, como los chantajes a los que sometía a los comerciantes, los cuales algunas de esas mujeres habían sufrido en primera persona, pues sus maridos habían sido víctimas de ellos.

El ambiente en el que ellas estaban era uno de risas y divertimento. Tocaban música y charlaban animadamente. Pero hacía un calor sofocante aquella noche que estaba afectando a Julia.

—Es muy grata tu conversación, pero ruego que me disculpes, este calor no me está sentando bien.

Lo cierto es que se estaba mareando.

—En el piso superior hay un pequeño balcón. Sal y te ayudará a recomponerte. Solo debes seguir el pasillo opuesto al de la entrada y coger las escaleras —le explicó una pupila.

Julia siguió las indicaciones y subió con esfuerzo, porque sentía que el calor le estaba derritiendo el cuerpo. Pero antes de buscar el balcón se percató de que había una habitación con un tocador cuya puerta se encontraba entreabierta. Entró.

Aquel mueble enorme daba vida a la habitación. Estaba hecho de caoba con mármol veteado en blanco y rematado con un enorme espejo biselado que soportaban cuatro patas cónicas con estrías. Sobre él había una jarra y a su lado, una palangana de color amarillo limón, ambas de porcelana. Frente al tocador había un taburete bajo con el asiento recubierto por un lienzo con un bordado de flores también amarillas. Julia se acercó, cogió la jarra de porcelana y, sobre la palangana, se echó agua en la mano izquierda. Soltó la jarra y se mojó la nuca para intentar sofocar aquel calor irritante.

En ese momento la puerta de la habitación se abrió y Eva, la bella culebrina, entró en la sala y cerró a su paso. Su pelo era largo del color de las castañas, y sus ojos, verde oscuro como los árboles del edén. Su vestido hacía honor a las estatuas de la Grecia clásica; era de un color rojo muy vivo, como el de las manzanas. La ornamentación era muy sencilla, tan solo un ribete de encaje en el escote y otro en el bajo. Su pecho era voluptuoso y estaba perfectamente colocado.

Se acercó hasta Julia y se puso a su lado frente al tocador. Llevaba en la mano una pequeña bolsa rígida circular con la boca fruncida en seda. Estaba hecha con tafetán de lino y decorada con un bordado en forma de flor. Mientras sonreía, sacó de ella una pastillita de polvos para dar rubor a sus mejillas. Sin mediar palabra alguna, pasó sus dedos sobre la pieza y comenzó a hacer movimientos circulares para después hacer líneas ascendentes desde las mejillas hacia las sienes. En cada intervención que Eva había hecho en las reuniones con las nereidas, Julia se había quedado prendada de la belleza de la joven. Así que su presencia allí, en aquella habitación, le aceleraba el pulso; estaba algo nerviosa ante la proximidad de la hermosa culebrina.

—Me llamo Eva, encantada —se presentó la beldad.

—Lo sé, te he visto intervenir en el salón en varias ocasiones. Yo soy Julia —se apresuró a decir la joven cortesana.

—No hace falta que te presentes, yo también sé tu nombre —dijo mientras posaba los dedos en la pastilla y comenzaba a extender los polvos sobre la mejilla derecha de Julia.

El leve gesto de la mano acercándose a su rostro le llevó su olor. En las reuniones en el salón de Olimpia, nunca había gozado de la cercanía de aquella joven, por más que sus ojos se la comieran cuando intervenía en cualquier conversación; pero el aroma de Eva traspasó sus orificios nasales y se instaló en su cabeza. Aquella fragancia le era demasiado familiar, y el simple hecho de aspirarla le dio un escalofrío. La joven cortesana cerró los ojos mientras Eva le daba rubor a las mejillas e intentó recordar de qué le sonaba dicho olor.

—Eres tú —alcanzó a decir Julia mientras Eva sonreía de forma pícara.

—Espero que no te moleste mi osadía, pero rogué a doña Bárbara conocer la identidad de la mujer que se había atrevido a poner un pie en aquel círculo. Y me alegró saber que fuiste tú; reconozco que ya llamaste mi atención en el debut de las aprendices —confesó la joven.

—Pensaba que doña Bárbara no tenía conocimiento de lo acontecido aquella noche en el círculo —reconoció nerviosa Julia al saberse descubierta y al ver que Eva también se había fijado en ella antes.

—Doña Bárbara es los ojos de palacio. Nada sucede entre esas paredes sin que ella lo sepa —admitió la otra.

—Pensaba que nadie sabría quién... —balbuceó Julia con algo de vergüenza.

—Tu secreto está a salvo conmigo —le susurró la joven en el oído.

—Yo-yoo... no sé qué me llevó a hacerlo —intentó excusarse, con el raciocinio mermado ante la beldad.

—No tienes que excusarte, Julia. El Ateneo es un lugar para desinhibirse, para dejar salir la parte salvaje que llevamos dentro —le explicó Eva, dando buena cuenta de su experiencia en aquella sociedad sexual secreta.

—Yo no sé si tengo algo salvaje dentro. Ni siquiera sé si lo que te hice te gus... —Su timidez ante aquella revelación de intimidades la privó de acabar la frase.

—¿Si me gustó, querías decir? —la ayudó Eva.

—Sí, eso —agradeció Julia.

—Me encantó —le confesó la culebrina al oído con una sensual voz, para delirio de la joven cortesana—. ¿Y a ti?

—A mí me gustó profesarte placer; mi cuerpo también ardía, y confieso que me sentí algo poderosa al notarte a mi merced —se sinceró Julia, cada vez más confiada en aquella pequeña atmósfera de confesiones.

Inspiró descaradamente el olor de Eva, y la cercanía de su pecho al suyo le aceleró la frecuencia cardiaca. Aquella deslizó los labios desde el lóbulo de su oreja hasta el cuello. Comenzó a besarlo con húmedos besos y luego se separó y dio un paso atrás.

—Creo en la gratitud, ¿sabes? Me gustaría estar en equilibrio contigo, si tú quieres, claro —dijo Eva mientras le metía el dedo índice en el escote y seguía toda la línea rozándole sutilmente el pecho.

El cuerpo de Julia supo reaccionar de inmediato y un impulso se apoderó de ella y la besó con sigilo. Estiró la mano y le cubrió el pecho izquierdo a la culebrina. Apretó con ganas, como si su deseo la colmara de ansias de furia. Pero Eva le cogió la mano y la apartó dulcemente. Le desanudó el fajín y lo dejó caer al suelo. Acto seguido, le bajó el vestido con la delicadeza del que retoca una obra de arte.

El busto de Julia se mostró libre ante sus ojos; ya solo llevaba las enaguas. Se lamió el dedo índice con despreocupación y lo acercó hasta la boca entreabierta de la joven cortesana. Sin retirarle la mirada, lo bajó hasta los pechos, para aquel entonces ya con los pezones duros como rocas. Y comenzó a hacer movimientos circulares sobre ellos, igual que minutos antes había hecho sobre la pastilla que daba rubor a sus mejillas. Mientras lo hacía, la otra mano la utilizó para sujetar el cuerpo de la cortesana por la cintura y atraerlo hacia ella. Cuando estaban peligrosamente cerca, le cogió la cabeza con las dos manos y aproximó la boca a la de Julia, sin llegar a rozarla.

De repente empezó a besarla con afán. Besos rápidos, intensos, húmedos… La saliva las inundó, así que Eva le metió la mano derecha en la boca y la sacó impregnada por completo. Se levantó el bajo de su vestido y se untó toda la saliva en la vulva. Luego se lo arremangó en el escote para dejarla al descubierto.

Le bajó las enaguas a Julia, que se deshizo de ellas, primero sacando el pie derecho y tras este el izquierdo; se quedó completamente desnuda ante aquella joven casi desconocida. Eva la sentó en el taburete que había frente al tocador y la guio hasta que su coxis estuvo casi en el borde del asiento. Entonces se sentó sobre ella sin casi esfuerzo y pasó las piernas alrededor de las caderas de Julia; acto seguido posó los brazos sobre sus hombros y entrelazó las manos tras su nuca.

Con la nariz le golpeó levemente la cara para que dirigiera la mirada hacia el espejo y pudiera ver tan placentero espectáculo. Luego dejó caer un caudal de saliva que fue a parar en el sexo de Julia. El leve roce del líquido tibio le azoró el cuerpo. Entonces Eva comenzó a mover las caderas con tenacidad, dueña totalmente de la situación, restregando su sexo y sus jugos contra los genitales de Julia.

—Estás empapada —le susurró Eva con bellaquería—. Y no has probado lo mejor —añadió, relamiéndose el labio superior.

La bella joven se levantó del taburete y tiró del cuerpo de Julia hasta que su vulva quedó a ras del taburete y sus piernas, completamente separadas. Se arrodilló ante ella y comenzó a darle pequeños mordiscos en la cara interna de los muslos hasta llegar a las rodillas. Primero una pierna y después la otra. Pasó los dedos alrededor de su sexo recolectando todo el líquido expulsado y, sin reparo ninguno, se los metió.

La joven cortesana jadeaba ahogadamente y eso hizo que Eva acelerara el ritmo e incrustara sus dedos en lo más profundo de la vagina. Los metía y los sacaba una y otra vez, hasta que decidió friccionar rápidamente sobre el sexo. Los calambres invadieron a Julia por completo. Su cuerpo no podía más, estaba a merced de Eva, al borde del colapso. Sujetó la cara de la culebrina entre las manos y la dirigió a su sexo.

—Cómeme el coño, por favor —le suplicó.

Y como el verdugo que otorga la piedad, Eva alzó los ojos hacia los de Julia y, sin casi inmutarse, le separó los labios inferiores, una flor totalmente despojada, y le lamió despacio el sexo. Se apartó un poco para producir más saliva y así poder inundar la vulva de la cortesana. La empapó bien y zigzagueó sobre ella para delirio de Julia, que notaba una fuente brotando que iba a parar a la boca de Eva. El placer la invadía de una manera desmedida, así que le sujetó la cabeza e inauguró el movimiento de las caderas frotando su sexo contra la cara de la culebrina, cuya piel se fundió con los restos de ella.

—¿Esto te gusta, Julia? —preguntó con osadía Eva mientras restregaba la lengua por su sexo.

—No abandones mi coño, por favor —solicitó la cortesana, extasiada de placer.

Procedió, además, a introducir sus dedos dentro de ella. Aquel gesto hizo que Julia se retorciera, invadida por un gusto indescriptible. Mientras seguía con la cara de Eva entre las piernas, estas se contrajeron y unos destellos de energía conquistaron todos sus sentidos hasta derramar su elixir sobre la boca.

—Gracias —alcanzó a decir Julia con la voz jadeante.

Guio la cabeza de Eva hasta su boca y selló sus palabras con un dulce beso. La culebrina se bajó el vestido, se puso en pie y le dedicó una libidinosa sonrisa. Luego abandonó la sala sin mediar palabra.

Julia entendió rápidamente que se adelantaba para que no las vieran juntas bajando de la planta superior. La joven cortesana limpió como pudo los restos que había sobre su cuerpo y volvió a vestirse. Bajó las escaleras casi temblando. Al cruzar el pasillo percibió que todas escuchaban el alegato de una de las culebrinas. Pero, al igual que nadie había reparado en su ausencia, tampoco nadie se dio cuenta de su presencia. Tan solo la vio una joven que se encontraba en el pasillo tras la puerta y que Julia no reconoció: Ángela Planelles. Le hizo un ademan con la cabeza a modo de saludo tímido y entró en la sala, donde se colocó detrás de las mujeres que estaban más cerca del pasillo.

—Somos propiedad de nuestros padres, de nuestros maridos y de nuestros hijos —argumentó la culebrina que había tomado la palabra—. Incluso a veces tan solo somos la moneda de cambio para conseguir intereses políticos o económicos o para brindar estrategias. Pero, como veis, todo esto solo favorece a alguien: a los hombres. Al morir mi padre, mi madre no pudo disfrutar de su dote por el mero hecho de ser mujer. Como si naciéramos con una equis marcada a fuego en la espalda.

»Nosotras somos afortunadas, nos han instruido, somos dueñas del saber, pero que no os nuble nuestro privilegio. Ellas... —dijo señalando fuera de esa casa—, ellas no lo tienen. Solo viven para servir a los hombres, para encargarse de la casa, los hijos y la limpieza. Creen que nuestra inteligencia depende de nuestro sexo, como si nuestra capacidad se viera mermada por el hecho de ser mujeres. Consideran que debemos ser seres virginales. Solo quieren vernos como procreadoras, no quieren que nos miren con deseo. Y debéis estar agradecidas de poder formar parte de este grupo de mujeres que liderará el cambio. ¡Larga vida a las nereidas! —exclamó la joven alzando la voz.

—¡Larga vida a las nereidas! —gritaron al unísono antes de finalizar con un sonoro aplauso.

En el rincón opuesto a la puerta de entrada al salón se encontraban doña Bárbara, Olimpia y el resto de las tutoras, que, tras haber desenmascarado las repulsivas actuaciones del conde-duque, admiraban orgullosas a sus pupilas. Mientras escuchaban a aquellas jóvenes coger el testigo de su legado, supieron que todo el esfuerzo y el cansancio que les había supuesto llegar hasta aquel día, en pro de la liberación de las mujeres, había dado su fruto. Juntas estaban consiguiendo todo por lo que llevaban años luchando: lograr la igualdad entre hombres y mujeres, acabar con los opresores que abusaban de su poder y conseguir mejorar el futuro de todas las mujeres del reino. Ante aquella muestra de la herencia que habían sido capaces de transmitirle a aprendices y culebrinas, las tutoras se abrazaron, algunas con lágrimas en los ojos.

—¡Bienvenidas a nuestra revolución! —alzó orgullosa la voz Olimpia.

Mientras, una tímida Ángela Planelles se escondía tras la puerta de entrada al salón, ensimismada y admirada ante aquel grupo de valientes dispuestas a brindarle un mejor devenir a todas las mujeres. Incluida ella. Una lágrima descendió por su mejilla al darse cuenta de que, gracias a las nereidas, nunca volvería a estar sola.

Aquel lugar se había convertido en un cobijo donde Julia se sentía libre y arropada. Un lugar donde podía expresarse con plena libertad y a la vez conocer más su cuerpo. Un lugar donde las mujeres luchaban por todas, en el que desde hacía mucho tiempo estaban preparando un plan para ser iguales a los hombres en derechos y valores, para ser libres. Y así, sin quererlo, Julia encontró un lugar donde poder ser ella misma. La Julia más real.

20

El baile de despedida

Por varios motivos eran considerados unos codiciados amantes: en una época donde no existían los métodos anticonceptivos, ellos no podían dejar embarazadas a sus amantes al estar castrados. Como tenían falta de sensibilidad en los encuentros sexuales, esto hacía que sus erecciones se prolongaran más en el tiempo, haciendo que los coitos fueran mucho más largos.

> Sobre los castratos, cantantes sometidos de niños
> a la castración para conservar su voz aguda

La preparación del baile para despedir la primavera y celebrar la llegada del verano estaba siendo el evento más comentado en el palacio entero. Traía a todo el mundo de cabeza, ya que esa fiesta era el momento en que los reyes hacían alarde del apogeo y la dicha que se vivía en su corte y sacaban toda la artillería. Las costureras llevaban semanas preparando los mejores trajes, y en la cocina no paraban de probar una infinidad de recetas para que aquel festín fuera recordado por todos los presentes durante el resto del año, así como para que quienes no pudieran vivirlo supieran de oídas el espectáculo que estaba a punto de suceder allí.

—¡Adelante! —dijo el rey Carlos al oír los cinco golpes secos que el conde-duque había dado en la puerta de su despacho.

—Buenos días, Su Majestad —contestó el noble.

—Dese prisa que el tiempo apremia, ¿qué lo trae por aquí? —preguntó con desdén el monarca.

—Su Majestad, tenemos un problema —explicó con aplomo Francisco.

—No habrá llegado nada a oídos de mi hijo, ¿no? —preguntó preocupado el rey Carlos.

—No, descuide. Tiene que ver con Lucía de Pombo —comenzó bajo la atenta mirada del otro.

—¿Ya está su retrato? —preguntó el rey.

—Ahí reside el problema. El retrato de la joven casadera no va a llegar.

La rabia asomó en el rostro del rey ante semejante noticia. No se lo esperaba.

—¿Cómo que no va a llegar? Teníamos un pacto, ella sería la futura reina de España. ¡Usted dijo que estaba todo apalabrado ya! —replicó enfadado el rey, dando un golpe en la mesa.

—Lo sé, pero la corte francesa se ha echado para atrás, creen tener un mejor candidato para su hija —mintió sin reparos el conde-duque.

—¿Mejor que mi hijo? Pero ¡qué osan creer esos engreídos! —gritó enfurecido el rey Carlos.

—Tranquilícese, porque gracias a mis informadores he sabido que se halla por la zona la princesa de Portugal —le dijo, sibilino.

—¿Y qué insinúa usted con eso? —lo azuzó el rey.

—Esta noche es el baile en palacio, qué mejor momento para presentarle al príncipe Gonzalo a una joven y bella casadera perteneciente a la familia real de Portugal —argumentó el conde-duque, ocultando haber firmado un pacto con el rey portugués.

—¿Y qué le hace creer que con tan poco tiempo de maniobra aceptarán nuestro pacto? —preguntó el monarca, dudando de que aquel plan fuera a salir bien.

—Déjelo en mis manos, Su Majestad. Y confíe en mí —le pidió.

—¡Menos mal que lo tengo a usted, Francisco! —finalizó con un suspiro, creyendo haber sido salvado por su todopoderoso valido.

Despedir la primavera era un ritual instaurando en la corte de los Monteros desde sus inicios. El rey Carlos, que gustaba de aparentar, hacía de aquel baile el hito más esperado. Pero, ese año, a Julia tal evento le generaba una mezcolanza de sentimientos encontrados.

Amo la primavera y los cerezos en flor, pero también tengo la creencia de que el verano refleja algo místico. El sol hace guardia más horas al día y su poder se eleva de una forma inaudita. Después del frío invierno que nos ha acompañado este año, anhelaba pasear descalza por los jardines de palacio. Así es como siempre recuerdo la imagen del verano, con mis pies conectados a la hierba del jardín y mi piel venerando al sol. Vestidos livianos de muselina blanca desprovistos de corsés y ataduras. Y la perfecta alineación de mis clavículas, quedando siempre totalmente desvestidas por escotes de cuello barco.

Si cierro los ojos siento el cosquilleo del sol sobre mi piel encendiendo mis instintos más primarios. Como si el contacto de los rayos con mi dermis consiguiera encender una llama dentro de mí. Es la estación del año donde me siento a merced de ese astro. Pero, por más que la adore, no quisiera enfrentarme al baile de despedida de la primavera, porque sé a ciencia cierta que me encontraré con Gonzalo y que recordaré con pena las palabras hirientes que me dedicó. No sé si podré disimular mis sentimientos en el fragor del baile ante aquel que rehusó enfrentarse a mí.

Al terminar de escribir su misiva, Julia se dirigió al armario en busca de la vestimenta que llevaría aquella noche al baile. Caía la tarde y el verano que acechaba parecía que hubiera aterrizado de un plumazo, porque el calor era insoportable aquel día en palacio. Así que, para la fiesta, a la que no quería ir, Julia eligió un vestido de muselina largo que su madre había bordado con un festón en el bajo. El escote era de pico y lo culminaba un camafeo. Al ser de talle alto, sus pechos quedaban perfectamente alineados en ese horizonte. Por encima se cubrió con un sobretodo largo color fresa con una pequeña cola y mangas, recortado por delante y abrochado bajo el pecho. Cogió unos zapatos de seda rayada rosa, con tacón italiano bajo y cónico y puntera fina, que tiempo atrás le había regalado Gonzalo. Sonrió mientras se los ponía, porque su mente viajó a aquellos momentos que había vivido junto al príncipe y una melancolía abrupta inundó todo su ser. La joven cortesana no lograba entender el porqué de la actitud de su amigo. Se sentó frente al espejo y se colocó con cautela el tocado de plumas de avestruz que le había traído su padre, Rafael, de uno de sus viajes. Sumida en sus pensamientos, creyó oír que alguien tocaba la puerta.

—¡Adelante! —dijo Julia sin pensarlo, extasiada por el calor mortífero que azotaba la estancia.

No le dio tiempo a girarse cuando a través del espejo vio entrar a Jorge Novoa. Y entonces el calor se instauró aún más en su cuerpo e hizo estragos en él. La perfecta silueta y el cabello negro como la turmalina del joven visitante colapsaron sus sentidos.

—¿Preparada para esta noche, Julia? —dijo él con su característica voz grave, que avivó los fuegos internos de la joven cortesana.

—Estaba terminando de acicalarme —repuso, intentando disimular que su presencia la incomodaba.

Jorge dejó la puerta entreabierta y se dirigió a Julia con una pícara sonrisa.

—He pensado que esta noche podrías ser mi acompañante —propuso bastante serio.

—La verdad es que todavía no estoy lista, debo ir a la sala de costura para que me ayuden a abrocharme el sobretodo y a que me coloquen bien el tocado —trató de eximirse Julia.

Pero a la joven cortesana no le dio tiempo a terminar la frase ni la retahíla de excusas que se atropellaban en su cabeza; Jorge ya estaba a un centímetro de su cuerpo, agarrando los extremos de su sobretodo para aproximarla de forma violenta hacia él, como si ella misma no tuviera control sobre su cuerpo tembloroso. Estaban tan próximos que Julia notó su pene bajo aquellos calzones azules a juego con el chaleco y la casaca de seda bordados. Sus bocas estaban tan cerca que la joven sintió su aliento tibio en los labios.

—No te preocupes, yo te ayudaré a terminar de vestirte —dijo Jorge mientras anudaba lentamente aquellos cordones bajo su pecho.

Pero quiso el destino arruinarle la noche a la joven cortesana, pasando de aquel momento erótico a la desdicha. La puerta entreabierta de su habitación de repente empezó a abrirse del todo.

—Julia... —Gonzalo se encontró de bruces con una estampa inesperada: su amiga en los brazos de Jorge Novoa—. Perdona, no sabía que estabas ocupada —dijo el príncipe, que abandonó la habitación a paso ligero y cerró con un sonoro portazo.

Cuando ella quiso reaccionar, Gonzalo ya se había marchado. La cortesana retiró con brusquedad las manos de Jorge, que sujetaban los lazos del sobretodo, y salió en su búsqueda, pero su intento fue en vano.

—¡Gonzalo, espera! —gritó susurrando para no llamar la atención, aunque solo la oyó la nada, porque no vio a su amigo de la infancia.

La joven cortesana corrió por los pasillos, parándose en cada estancia. Entró a las cocinas, a la sala de música, a la Sala de los Leones…, pero ni rastro de él. Hasta que llegó a la entrada, donde los reyes ya estaban recibiendo a los invitados. Julia se paró en la parte superior de las escaleras de mármol y al bajar la mirada ahí estaba él. Pero su corazón casi se desvaneció al ver frente a sus ojos una estampa inesperada: el rey Carlos, el conde-duque de Pastrana, el príncipe Gonzalo y una bella joven. Ella tenía el pelo cobrizo con destellos dorados como el panizo. Su sonrisa brillaba como las luciérnagas en la noche y una constelación de pecas le adornaban el rostro.

Gonzalo adivinó la presencia de Julia y, tras dirigirle una mirada desafiante, cogió a la chica de la mano y caminó junto a ella charlando animosamente. La joven sintió mil puñales atravesándole el corazón y las piernas le flojearon. La cortesana se dirigió como pudo hacia su habitación para intentar recomponerse y al entrar Jorge ya no estaba allí. En un momento, la vida le había vuelto a arrancar todo lo que tenía. Se miró al espejo y se secó una lágrima que resbalaba por su mejilla derecha. Pero, lejos de hundirse en su desdicha, con una mano se alzó la barbilla. Se pellizcó las mejillas para darles rubor y, tras abrochar los lazos de su sobretodo, se dirigió a la fiesta.

La despedida de la primavera, en el salón de columnas, era el mayor símbolo de ostentación del que hacía alarde la corte de los Monteros. Candelabros de oro, mantos de flores por todas partes, cantidades ingentes de comida en las mesas de madera maciza que dominaban el centro del salón... Las copas de vino parecían una extensión más de la mano de cualquiera que danzara por aquel lugar.

El salón de columnas se encontraba en la caja de la escalera. Su inmensa bóveda fue decorada a la llegada del rey Carlos a palacio, porque, aunque la reina Victoria huía de los excesos en las prendas, el monarca tenía un marcado deje francés heredado de la corte de Versalles y amaba el lujo y el refinamiento. El fresco que decoraba aquel lugar igualaba la figura del rey con la de Apolo como dios del sol. Se lo adivinaba avanzando con su carro por el anillo del zodiaco. Tres esculturas de bronce presidían la estancia: el Sol, la Luna y Venus. Y un sinfín de tapices venidos de la fábrica que el mismo rey creó, ya que importar todo aquello que ansiaba era demasiado caro. De esta forma nació en España la Real Fábrica de Tapices de Santa Bárbara.

Julia llegó al salón de columnas con la barbilla erguida, aunque en realidad por dentro se tambaleaba.

—Francisca, los dulces están exquisitos —felicitó la joven a la veterana cocinera.

—Pero ¡Julia! ¡No empieces por el final! —repuso la mujer, soltando una carcajada.

—Es que cuando algo me gusta de verdad, aunque esté prohibido, no puedo resistirme —le confesó ella.

Tras aquel breve encuentro, paseó ajena entre el tumulto de personas que reían, comían, bebían y cantaban. Las exquisitas copas solo veían la luz en las grandes ocasiones. Habían sido creadas por Ventura Sic y Carlos Sac, los maestros vidrieros que estaban al cargo de la Real Fábrica de Cristales de la Granja de San Ildefonso. Cuando los reyes pedían sacarlas, era porque en la fiesta había suficientes personas de renombre.

Bien entrada la noche Julia se apoyó en una columna para escuchar a Bottineli, el músico de cámara de Sus Majestades, al que acompañaba un trío de cuerda; se hallaban tocando una de sus últimas canciones antes de dar paso a una reconocida cantante italiana que proseguiría el evento musical. Era un reputado castrato que la reina Victoria había traído directamente desde Italia para el divertimento de su marido. Lo hizo cuando este experimentó uno de esos vapores melancólicos porque echaba de menos su familia y su país, a modo de «medicina especial» para el ánimo de su esposo. Bottineli acompañaba cada noche al rey para que se durmiera oyendo la voz celestial de aquel castrato. Y aunque Julia trataba de disfrutar de sus alegres melodías, sus ojos se dirigían, inevitablemente, al rincón donde Gonzalo se encontraba con la pelirroja.

—Se llama Gadea —le advirtió Jorge en un tono cortante.

El joven apareció de repente, surgido de las sombras.

—¿De qué hablas? —intentó disimular Julia, como si no tuviera claro a quién se refería.

—La chica que le han presentado al príncipe Gonzalo, esa a la que estás mirando desde que ha llegado, se llama Gadea. Gadea Mendoza de Covarrubias, para ser más exactos —apuntilló Novoa.

—¿Por qué sabes todo eso? —preguntó la cortesana a la vez que Bottineli daba paso a la cantante italiana y él y su trío de cuerda abandonaban la sala.

—Proviene de la familia real de Portugal. Al llegar a Madrid esta mañana todo el mundo hablaba de ella —culminó su relato Jorge—. Es muy bella, ¿no crees?

—Tiene una tez bonita y sus ojos verdes parecen esmeraldas —dijo Julia con una falsa sonrisa que delataba la animadversión que sentía hacia ella.

—La odias —repuso el joven mientras soltaba una sonora carcajada y comenzaba a hacerle cosquillas.

Jorge Novoa volvió a ser el de siempre a pesar de que la cortesana ya lo había plantado varias veces.

—Déjame, Jorge —dijo ella entre risas, aunque dejando patente una notable tristeza.

—Lo haré, pero antes quiero que me acompañes a un lugar más animado que este —se ofreció misterioso.

—¿Más animado que la mejor fiesta que se ha hecho en palacio? Déjame dudarlo —contestó irónica Julia.

—¿Confías en mí? —preguntó seguro de sí mismo mientras le ofrecía su mano para que lo siguiera. Aunque la cortesana no tenía muy clara cuál era la respuesta, se la sujetó y fue tras él.

Los jóvenes salieron del bullicio del salón de columnas y atravesaron uno de los pasillos. Tuvieron que andar bastante antes de parar frente a unas cortinas inmensas burdeos que tapaban la entrada a una de esas numerosas salas en las que Julia nunca había estado. Dos guardias custodiaban el acceso. Al ver a Jorge, uno de ellos corrió la cortina y les permitió pasar.

Una vez dentro, la cortesana se percató de que, por supuesto, la verdadera fiesta estaba allí. Música y vino, más música y más vino, y más y más y más… Un selecto grupo de personas bailaban extasiadas; otras tantas esnifaban rapé en cajitas de plata, entre ellas doña Bárbara; y varias se besaban y se palpaban de una forma lasciva. En una esquina, un reputado diplomático estaba apoyado en una columna con el calzón a la altura de los tobillos. Su falo estaba totalmente firme y frente a él había un apuesto joven de rodillas, que sujetaba el pene con la mano derecha mientras aprovechaba cada impulso para introducírselo en la boca. El diplomático le dirigía la cabeza con las manos y hacía movimientos bruscos con los que su verga bailaba en la boca del amante improvisado. La metía y la sacaba de manera casi hipnótica mientras jadeaba con la respiración entrecortada. Ajenos a cualquier mirada, como si aquel lugar los desproveyera de cualquier prejuicio y la desnudez allí fuera un juego de niños.

A Julia le seguía llamando la atención que el sexo en el Ateneo, aquella especie de sociedad sexual secreta, fuera un acto tan libre y puro, algo tan distinto a como ella lo había entendido toda su existencia: algo de lo que no se hablaba y que no entendía, un tabú perpetuado durante años de silencio. Y allí, entre los secretos de la corte de los Monteros, estaba ese lugar desprovisto de tapujos y perfecto para ser libres.

Jorge era un hombre bastante deseado en aquel palacio y su repentina presencia en la sala hizo que varias jóvenes acudieran a su encuentro. Julia, sin embargo, no podía quitarse de la mente la imagen de Gonzalo y lo que había sucedido en su habitación. Así que dio un paso atrás y dejó a Jorge rodeado de todas aquellas mujeres. En ese momento clavó los ojos en ella. Su pelo largo del color de las castañas dejaba en evidencia quién era: Eva. Su Eva. La Eva que le había lamido el sexo con ahínco en la casa de Olimpia.

Al verla, sus piernas temblaron como las laderas de un volcán y, cuando quiso reaccionar, sus ojos verdes como los árboles del edén ya habían reparado en su presencia. Eva la llamó con los dedos y ella se quedó petrificada como las momias del antiguo Egipto. El vestido de la culebrina caía a la altura de las caderas, dejando los pechos al descubierto. Con la mano derecha le rodeaba el cuello a Bottineli, que había tardado poco en terminar el concierto y en unirse a dicha fiesta, y con la izquierda se lo rodeaba a un chico del trío de cuerda del músico. Las tres bocas se encontraban a una distancia insignificante. Bottineli le estaba estrujando con fuerza los pechos a Eva. Este apartó la boca de los labios de la sensual amante y se dirigió con aplomo a ellos para succionarlos como si de un ternero recién nacido se tratase. El músico del trío de cuerda le rodeó las caderas a Eva con las manos, se bajó torpemente los pantalones, preso de los nervios por aquella mujer imponente, y levantó con cuidado el vestido de la dama, dejando las nalgas al descubierto.

Sin embargo, la culebrina tenía la mirada clavada en Julia, y esta era incapaz de apartar la vista. Su sexo entonces comenzó a latir como si estuviera al borde de una explosión y su cuerpo se encendió totalmente. Eva, que sabía las intenciones del músico, curvó levemente la espalda y le dio vía libre para que la penetrara. Bottineli seguía lamiéndole los pechos cuando ella empezó a mover las caderas para recibir las embestidas. En ese momento posó la palma sobre la frente del castrato y los dedos siguieron el mismo camino, hasta alcanzar el nacimiento del pelo, como si tratara de darle su bendición. Luego, con fuerza, le guio la cabeza, marcándole el camino que ella consideraba correcto: el que llevaba a su sexo. Julia se giró por un momento cual ave rapaz, por miedo a perderse algo si pestañeaba, y alcanzó a ver ante ella una bacanal de lenguas, manos, penes y copas de vino.

Eva seguía sujetando la testa de Bottineli entre sus piernas mientras recibía una y otra vez las embestidas del otro. La música, los alaridos, el sofocante calor que invadía a Julia y el vino que corría por sus venas hicieron que la cabeza comenzara a darle vueltas. Las imágenes se tornaron borrosas y el desequilibrio hizo mella en su cuerpo, así que, sin despedirse tan siquiera de Jorge, salió de aquella estancia. Justo entonces se encontró con una imagen que hizo aún más añicos su corazón.

Al otro lado del pasillo, Gonzalo le sujetaba risueño la mano a Gadea. Su cabellera rojiza, como bañada por el sol, parecía un regalo de los dioses. No tenían miedo a ser vistos, a diferencia de cuando ellos se encontraban en secreto. La joven cortesana intentó ocultar su presencia tras una columna, pero solo quería escapar de allí, dejar de ver aquella imagen que le producía tantísimo dolor. Tenía un grito ahogado prisionero en la garganta, quería gritarle a Gonzalo. Deseaba decirle que ella tenía razón, que su familia había organizado aquella fiesta tan solo para orquestar aquel teatrillo, aprovechando su ingenuidad y su bondad porque jamás dudaría de su familia.

—No puedo sino agradecer que casualmente tu viaje a España haya coincidido con este baile —confesó Gonzalo a la joven.

—De haber sabido yo la enjundia de esta celebración, habría elegido, pues, mejores galas para la ocasión —dijo riendo ella.

—No oses decir falacias sabiendo con certeza que no hay mayor belleza en este baile que la tuya —la piropeó el príncipe.

Su cercanía y el cruce de halagos rompieron a Julia un poco más. Estaba segura de que aquel dolor ya no podría ser más hondo y de que tan solo le quedaba salir a la superficie.

—¿Crees de verdad que soy bella o utilizas tus encantos para obnubilarme? —preguntó entre risas la dulce joven.

—¿Quieres decir que he conseguido obnubilarte? —preguntó pícaro Gonzalo.

Gadea miraba de una forma tímida los labios del príncipe, como suplicándole en silencio que la besara. Él, a sabiendas del temblor que provocaba en el cuerpo de ella, dio seguro un paso al frente y acercó aún más su cuerpo al de Gadea, cauteloso pero sin recelo. Le sujetó la cara llena de pecas y posó ambas manos en las mejillas, con los pulgares bajo los ojos verdosos de aquella dama. Sin titubear, se fundió con ella en un cálido beso. Y mientras los dos jóvenes se perdían en aquel pasillo, el mundo de Julia comenzó a desmoronarse.

21

Consultorio de señoritas

Se llegaron a rodar numerosas películas porno en las que el rey Alfonso XIII ayudaba con las escenas, los guiones y, sobre todo, los castings para elegir a las actrices que protagonizarían las películas.

Sobre el gusto del rey Alfonso XIII por el erotismo y el cine sicalíptico

El verano llegó al Palacio Real y la tristeza le invadió el alma a Julia. No se prodigó mucho desde aquella contienda que había hecho añicos su corazón... y todo su ser. Había convertido la cama en su hogar con la esperanza férrea de que todo acabara siendo un simple sueño, una realidad inventada o cualquier cosa que en su cabeza justificara que nada de aquello había pasado. Ver a Gadea y Gonzalo juntos la había roto por dentro. Por primera vez supo lo que significaba sentir dolor en el corazón. Como si alguien lo tuviera sujeto entre los dedos y lo apretujara sin miramiento. Debía reconocer y reconocerse que amaba a alguien que había perdido para siempre. ¿Cómo podía echar de menos algo que nunca había tenido? Añoraba la risa de Gonzalo, su presencia, su voz, sus manos, su olor, su torso desnudo, sus labios, su compañía... Todo iba bien y, de repente, en unos instantes, su vida explotó por los aires e hizo trizas su existencia. Sentía que había perdido la guerra sin tan siquiera haber pisado el campo de batalla, sin haberse atrevido. Gadea había llegado a la vida de Gonzalo como un soplo de aire fresco y le había nublado el raciocinio. Y ella debía asumir que había sido relegada a mera espectadora de aquella historia.

Se levantó sin ganas de la cama y se clavó frente al espejo. La imagen que le devolvía no era la de semanas atrás. La de aquella mujer de cabello castaño bañado por el sol y ojos avellana, sinuosas curvas y pecho firme que admiraba su cuerpo, sabedora del regalo que suponía el simple hecho de respirar. No se reconocía. Tenía los ojos hinchados como la vena del cuello del ama de llaves cuando se enfadaba.

—Julia, ábreme —dijo la voz de una mujer al otro lado de la puerta.

Estaba tan sumida en sus pensamientos que no reconoció la voz de doña Bárbara, que por su tono parecía que llevaba más de un rato al otro lado. Cuando Julia se recompuso, cogió el camisón de seda que tenía a los pies de la cama y, mientras se lo ponía, se acercó deprisa a la puerta.

—Disculpe, doña Bárbara, estaba dormida —se excusó la joven mientras le abría.

—Por favor, ¿qué te ha pasado? Hueles como una piara de cerdos —sentenció la dama de compañía mientras apartaba a la joven del camino y se dirigía a abrir la ventana de su habitación.

—Le pido perdón, doña Bárbara. Llevo días enferma y no he salido de la cama —intentó excusarse Julia.

—Ya está bien de lamentos, señorita, hoy es un día importante y no creo que quieras perdértelo —dijo mientras corría las cortinas para que entrara la luz.

—No sé qué sucede hoy, doña Bárbara —confesó la joven cortesana.

—Lo vas a descubrir. Vístete y cuando estés lista baja a la sala de música. Tendrás que acceder a la balconada por la puerta de la izquierda —sentenció antes de salir y cerrar con ímpetu.

Julia se quedó sentada al borde de la cama con la cabeza llena de pájaros. Era como si los pensamientos fueran a la velocidad de la luz, pero su cuerpo siguiera el ritmo de una tortuga. Hizo varios esfuerzos para ponerse de pie. Le pesaba todo, también el alma, como si cargara con los setenta y cuatro cañones que porta un navío de línea. Aun así, tiró de su cuerpo hasta ponerlo en pie y se dirigió al armario.

No sabía muy bien qué sorpresa le depararía el día, pero de mano de doña Bárbara todo era posible. Eligió un vestido de calicó azul cobalto con estampado de gardenias blancas. Tenía cuello barco, por lo que sus pechos quedaban totalmente alzados y a la vista. Luego cogió una gorguera que su madre había hecho con tul y que había alargado, y en vez de tiesa, como acostumbraba a ser, acompañaba la curvatura del escote de tal forma que el busto quedaba escondido, como las ardillas bajo los arbustos de palacio. La joven volvió a mirarse al espejo y se sonrió a sí misma en un intento de levantar su ánimo.

Doña Bárbara accedió a la balconada con paso firme y apresurado en busca de Jorge Novoa. Al llegar, el joven ya se encontraba sentado en su butaca, pero se levantó cortésmente para saludar a la dama de compañía de la reina.

—Está espléndida, doña Bárbara —la piropeó.

—Gracias, querido. Tenemos algo, algo muy fuerte —le comunicó doña Bárbara, sin demorarse mucho en dar las primeras noticias.

—Nosotros también —añadió Jorge.

—Comienza, pues —lo apremió la mujer.

—Mis hombres han conseguido que varios comerciantes hablen. Resulta que estábamos en lo cierto. Pagan un impuesto revolucionario al conde-duque a cambio de que sus establecimientos no sean saqueados y, lo que es peor aún, para no recibir castigos físicos. De los que han hablado, dos de ellos tienen marcas de violencia y cicatrices, pues se negaron al pago del chantaje —le explicó Jorge, y a doña Bárbara se le desencajó el rostro.

—De haberse enterado el rey Carlos de los sucios negocios del conde-duque, su cabeza ya estaría en la horca. A pesar de ser un engreído, el monarca jamás permitirá tan tamaña ofensa a su pueblo —dijo doña Bárbara segura.

—¿Qué información posee usted? —preguntó curioso el joven.

—Algo mucho más duro. Ha llegado a mis oídos que ese hijo de Satanás se ha aprovechado de la vulnerabilidad de algunas mujeres que acudían en su búsqueda para que las ayudara, realizándoles tocamientos indebidos —explicó doña Bárbara enfurecida.

—¡Maldito malnacido! —gritó él, y ella se puso el dedo índice sobre los labios para pedirle silencio.

—Esta vez lo tenemos, Jorge. Pagará por lo que le hizo a Olimpia y vengaremos la muerte de tu padre —le prometió mientras se abrazaban.

—Mi madre está muy orgullosa de usted, doña Bárbara, y le estará siempre agradecida —reconoció el apuesto joven.

—¿Cómo se encuentra de sus dolores? —se interesó la dama de compañía por la salud de la mujer.

—Algunas noches sus alaridos son insoportables, pero dice que lo que más le duele es el corazón tras la muerte de mi padre y haber tenido que abandonar las nereidas —le explicó el joven.

—Nosotras también la echamos de menos. Sobre todo yo, que ya no tengo quien me diga que todo va a salir bien —se sinceró ella.

—Todo saldrá bien —la tranquilizó Novoa, repitiendo las palabras de su progenitora.

La madre de Jorge y doña Bárbara se conocían desde que apenas eran unas niñas. Ambas tuvieron la suerte de haber crecido en el seno de una familia liberal que les había brindado la oportunidad de educarse, instruirse y, sobre todo, disfrutar libremente de su sexualidad. Fue a través de Olimpia como aquellas tres mujeres iniciaron las nereidas en España. En Francia, Olimpia había formado parte de ellas, y al llegar aquí, sobre todo tras el incidente con el conde-duque, vio la necesidad de retomar aquella lucha por las mujeres en la que ya había participado en su país de origen. Gracias a eso en la actualidad las nereidas tenían comunicación con el resto de los salones y se apoyaban entre ellas en los asuntos más importantes.

Gracias a la amistad que unía a ambas mujeres, cuando doña Bárbara conoció a Olimpia las tres se volvieron inseparables e iniciaron su difícil cruzada.

Pero dos desgracias golpearon inesperadamente a los Novoa: una repentina enfermedad dejó en cama para siempre a la madre, y el padre fue asesinado tras una brutal paliza por parte de los hombres del conde-duque al haberse negado a pagar la comisión con la que chantajeaban a los comerciantes. Por eso doña Bárbara juró a su amiga que vengaría la muerte de su marido y acogió a Jorge entre sus brazos como su protegido.

Julia se dirigió a la sala de música y siguió las instrucciones de doña Bárbara, a la que vio bajando las escaleras a lo lejos. La cortesana subió a la balconada y desde arriba vio muchas caras conocidas del Ateneo: algunas nereidas, el diplomático del pene al descubierto en la noche del baile, Bottineli y algunos rostros ilustres más. Pero, al poner un pie en aquel lugar, sintió que su cuerpo reaccionaba, como, si después de haber estado inmerso en un mísero letargo, un estímulo lo despertara. Hasta que lo vio a él. Jorge Novoa estaba sentado en la primera fila, en la última butaca de la derecha, justo al lado de la única que se hallaba libre. Julia caminó hasta ella y él se puso en pie para recibirla, brindándole un beso en la mejilla a su llegada.

—Ya pensaba que no vendrías —dijo Jorge con una media sonrisa entre pícara y borde.

—Levantarme de la cama no ha sido una tarea fácil —confesó ella.

—¿Gonzalo? —dejó caer él, que había heredado de su madre el don de la observación y al poco de conocerla supo reconocer su amor por el joven príncipe.

—No es eso —quiso negar Julia.

—¿Acaso has olvidado la fiesta de despedida de la primavera? Vi cómo los mirabas —insistió él, intentado que se desahogara.

—No tengo nada de lo que hablar —contestó la cortesana desesperada, que quería seguir ocultando su pesar.

—Olvídate de ellos Julia, es lo mejor que puedes hacer. Debes continuar tu camino y vivir tu vida —dijo Jorge con un tono paternalista mientras dejaba su butaca libre y la ayudaba a acomodarse en ella.

—Eso hago, Jorge. Esa es exactamente la razón por la que estoy aquí —dijo, señalando su butaca.

—Eres una mujer increíble, solo has de empezar a creértelo. Tienes una mente asombrosa, buen corazón, una conversación enriquecedora y un cuerpo capaz de hacer que cualquiera delire —le recordó él en un intento de que olvidara que había sido rechazada por el hombre al que amaba.

Jorge se acercó lentamente hacia Julia, cuya respiración se entrecortó, y, casi susurrando, le dijo al oído totalmente convencido:

—No vas a arrepentirte de haber venido, te lo prometo.

—Confío en ti —se sinceró ella.

—Los secretos de la corte de los Monteros son la única razón por la que merece la pena vivir —dijo él riendo.

—No exageres —repuso la joven cortesana.

—Julia, reconoce que tu vida en palacio carecía de chispa hasta que llegaste al Ateneo —contestó Jorge seguro de sí mismo.

A ella no le dio tiempo a comenzar la frase, pues vio a doña Bárbara sobre la tarima en la que anteriormente se encontraba el piano. Ahora en su lugar había un *bergère* francés hecho con madera de nogal y las patas estriadas. La tapicería era de seda brocada en un color rosa aterciopelado. A su lado, un diván a juego con las mismas características. Al final de la tarima, casi pegando al filo, un biombo; era un regalo de Luis Alberto Fernández de la Cueva al rey Carlos, por haberlo nombrado virrey de Nueva España.

—Ese biombo es una obra de arte —dijo Jorge obnubilado, que, al igual que Julia, se había fijado en él.

—Mi padre me contó que la palabra biombo proviene del japonés *biobu*. «Bio» significa «protección» y «bu» es «viento», es decir, «protección contra el viento», ya que están pensados para evitar que sople el viento dentro de las habitaciones —explicó Julia, ensimismada con dicha joya.

—Pecas de repelente y aun así no pierdes tu encanto —tonteó Novoa con la joven cortesana.

—Y tú pecas de seguro —replicó ella.

Aquella pieza tenía seis hojas y una escena pintada a mano de la danza de la pluma que representaba la conquista de México y reflejaba la cultura criolla. Por un lado, aparecían los indígenas y, por otro, los soldados españoles encabezados por Hernán Cortés.

—Es una obra de teatro —confirmó Jorge mientras doña Bárbara abandonaba la tarima para sentarse en primera fila junto a los monarcas.

El rey Carlos sonreía ampliamente, sujetando la mano de la reina en señal de admiración y cariño. Solo la soltó un momento para alzar los brazos y dar dos palmadas como señal de comienzo. En ese momento, Liliana subió al escenario con el mismo atuendo que llevaban las criadas de palacio. Un vestido largo, algo armado, en color berenjena con un delantal blanco y chorreras anudadas en el frontal. En el pelo se había puesto una banda *katyusha*, también de color blanco y con chorreras; era el lazo que utilizaban para sujetarse el pelo de forma vistosa. Liliana agarraba un trapo con la mano y actuaba como si limpiase hacendosamente el biombo. En ese momento, un apuesto joven de menor edad que ella subió a la tarima y simuló tocar la puerta.

—¿Se puede? —preguntó el actor.

Llevaba una librea como la de los cocheros reales, una bonita casaca de ante azul cobalto con grandes botones dorados.

—¡Adelante! —gritó Liliana, girando el rostro levemente hacia la supuesta puerta.

—No sabía que estarías aquí. La señora me manda a por su chal. Esta noche tiene una cena y parece que va a refrescar —añadió el ficticio cochero.

—Aquí tienes —contestó Liliana mientras le ofrecía un chal grisáceo como el cielo encapotado; el joven extendió la mano para cogerlo—. ¿No osas decir nada más? —apostilló ella con una sonrisa pícara.

—Sabes de sobra que te deseo, pero no me tientes, por favor, que la carne es débil y la señora me está esperando —confesó simulando angustia.

—No te estoy tentando —dijo ella mientras se bajaba el escote del vestido, dejando los pechos al descubierto justo a ras del delantal.

—No me hagas esto, te lo suplico —rogó el joven mientras llevaba la mano a su pene, intentando disimular que se había hinchado al divisar aquella estampa.

—No estoy haciendo nada —añadió Liliana con una sensual voz mientras se lamía el dedo índice para cubrirlo de saliva y comenzaba a hacer círculos sobre los pezones.

—La señora me está esperando, no puedo demorarme —se sinceró el cochero.

Liliana dio un paso al frente y le quitó al joven con delicadeza el chal que instantes antes le había dado. Entonces, con la mano izquierda, se levantó el vestido, dejando su vulva completamente al descubierto.

—Quiero que bebas todo de mí —dijo mientras le sujetaba la cabeza al actor y lo guiaba hasta su sexo, obligándolo a arrodillarse frente a ella—. Cómemelo —ordenó.

El chico sumiso alzó los ojos, los clavó en Liliana y lo lamió con delicadeza. A veces paraba y en aquel sepulcral silencio se lo oía tragar para inundar su boca de saliva y mojarle así el sexo.

—Más fuerte —ordenó ella, sabedora del poder que ejercía sobre aquel hombre.

Y entonces este le comió con ansia el sexo mientras la chica jadeaba extasiada de placer. Aquella estampa estaba consiguiendo que Julia dejase a un lado la tristeza y se sintiera invadida por un fuego que le encendía los instintos.

—¿Sabías que todas las escenas y los diálogos los han escrito el monarca y un amigo suyo productor de teatro? —susurró Jorge.

—¿El rey Carlos? ¿Él ha orquestado todo esto? —dijo Julia sorprendida.

—Al rey ya sabes que le encanta mirar, y más aún elegir lo que mira —dijo riendo él.

Mientras la obra de teatro proseguía, la mano derecha del experto amante fue a parar al muslo de Julia por encima del vestido. Entonces ella comenzó a temblar tímidamente. A la par que en el escenario el actor le lamía el sexo a Liliana, Jorge le iba subiendo el vestido a Julia. Ella no quiso girar la cabeza, presa de la vergüenza que la invadía al pensar que alguien estuviera mirándolos. Él siguió subiendo el vestido hasta dejarlo a ras del sexo. Comenzó entonces a subir la mano lentamente por el muslo de la cortesana, cuya respiración se disparó. Al alcanzar su destino lo acarició haciendo círculos, sin llegar a tocar aquel lugar que en poco tiempo la joven había descubierto que la hacía enloquecer.

Julia estaba erguida sin hacer ningún aspaviento, hasta que Jorge introdujo los dedos en su vulva. Entonces, como un acto reflejo, ella curvó la espalda y entreabrió la boca, dejando escapar un leve suspiro. Jorge sonrió al notarlo. Los dedos del joven entraban y salían sin ningún miramiento. Pero la obra continuaba. Y entonces ella salió al escenario: Eva. Tenía algo especial, algo que cautivaba a cualquiera.

—Desgraciado, pero ¡qué estás haciendo! —gritó despavorida.

—Señora, lo siento, puedo explicarlo —se lamentó el cochero.

Mientras, Liliana dejaba caer de nuevo su vestido hasta los tobillos.

—No hay nada que explicar, a partir de mañana no trabajarás para mí —sentenció Eva.

—Por favor, no me haga esto —suplicó el joven.

—Perdónelo, ha sido mi culpa. Castíguenos, pero no lo expulse —imploró Liliana.

—Está bien, pero tendréis que pagar vuestra penitencia —apostilló Eva en un tono poco conciliador a la vez que comenzaba a quitarse la ropa hasta quedarse en cueros—. Haced lo mismo —prosiguió.

Los supuestos actores que daban vida a la criada y al cochero siguieron sus pasos y se desnudaron completamente; mientras tanto, los dedos de Jorge seguían dentro de Julia. Eva cogió del brazo a Liliana y la llevó hasta el diván. La tumbó bocarriba, pero del lado contrario, de forma que sus rodillas quedaran por encima del respaldo. Entonces se puso a cuatro patas encima de Liliana, con su sexo justo en línea con la boca de la criada ficticia y a la vez tan al filo del diván que su vulva quedó totalmente expuesta para ser embestida.

—Tú, lámeme —dijo hacia abajo, donde se encontraba Liliana, y tras dar la orden se giró y, mirando al cochero, le imploró—: Quiero sentirte dentro.

—Pero, señora, no puedo hacer eso, su marido me matará —dijo el joven, totalmente metido en su papel.

—¿Alguna vez me has deseado? —preguntó ella mientras miraba el falo erguido de él, que daba a entender la respuesta.

—Muchas veces, señora —reconoció con la cabeza gacha.

—Pues entonces no se me ocurre mejor penitencia. —dijo sonriendo Eva.

El joven desnudo se acercó al diván y se quedó de pie detrás de las dos mujeres. Fue Liliana la que dio el pistoletazo de salida levantando su cabeza y lamiéndole el sexo a Eva, que le ofrecía su cuerpo a la criada; esta aprovechó para alzar la mano derecha y sobarle con descaro los pechos. El cochero se excitó ante aquella estampa y se acercó más aún a Eva; puso las manos en sus caderas y las agarró con fuerza antes de comenzar a embestirla con el vigor de un bárbaro. Descargaba toda su rabia en ella introduciendo el pene en un ir y venir de jadeos.

Entonces el actor levantó la mano derecha de la cadera de Eva y deslizó el pulgar desde el inicio del culo en línea recta por la espalda hasta el cuello. Se paró en seco allí y subió suavemente la mano para coger a Eva del pelo. Empezó a tirar de él y ella tuvo que soltar las manos y colocarse de manera casi vertical. Así su sexo era más accesible para la lengua juguetona de Liliana. El falso cochero volvió a embestirla mientras le tiraba del cabello.

En ese instante, el marido de la señora estaba tras el biombo, con los pantalones por los tobillos, meneándose la verga mientras los espiaba por una rendija de uno de los paneles centrales.

Jorge sacó los dedos del sexo de Julia, se los llevó a la boca y los posó sobre la lengua. Quedaba patente que estaban empapados, al igual que Julia.

—Me encanta cómo sabes. Y quiero que tú también lo pruebes —musitó él en su oído.

Entonces volvió a introducir los dedos en el sexo de ella para empaparlos de flujo, metiéndolos y sacándolos con descaro, taladrando sus adentros. Sin previo aviso, separó con la mano izquierda los labios ansiosos de Julia y los introdujo empapados en su boca para que probara a qué sabía su propio sexo.

Un sonoro aplauso hizo vibrar la sala. El rey y la reina estaban de pie saludando a los asistentes, como si ellos fueran las verdaderas estrellas del teatro. El monarca estaba haciendo alarde de su creación.

Julia se recompuso como pudo y se bajó el vestido. Jorge la miró y le sonrió con esa seguridad pasmosa que conseguía desestabilizar a cualquiera. El corazón de ella latía a un ritmo incontrolable; sin embargo, Novoa estaba impasible. La joven cortesana se puso de pie y aplaudió como el resto de invitados. Por primera vez, envuelta en aquel aplauso que no le correspondía, sintió que la culpa comenzaba a abandonarla y abrazaba aquella parte de ella tan salvaje.

22

El despertar de las féminas

Una muestra inequívoca de su preocupación por conseguir la igualdad y la libertad de las mujeres. Una mujer decidida y atrevida que acabó guillotinada porque siempre dijo lo que pensaba. A veces sale demasiado caro ser valiente.

> Sobre Olympe de Gouges, una de las primeras feministas y una de las grandes olvidadas de la Revolución francesa

Julia salió disparada de la sala de música. Distraída en su propia odisea, no se percató de que se estaba dejando llevar casi por inercia por la marabunta de espectadores que habían asistido al teatro. Entonces una mano le sujetó con delicadeza el brazo.

—Querida Julia, qué grato es siempre verte —dijo Olimpia con una generosa sonrisa.

—Olimpia, no esperaba encontrarme con usted en palacio. Es un honor para mí verme honrada con su presencia —la aduló ella sin reparo mientras caminaban sujetas del brazo.

—Las obras del Ateneo son un espectáculo digno de admiración. No cualquiera tiene la suerte de hacerlo. Pero no quisiera abandonar palacio sin antes invitarte esta noche a mi salón; comentaremos temas como los derechos de las mujeres, que auguro que son de tu interés. Y tan solo habrá féminas —recalcó Olimpia.

—Cuente conmigo. No dudo de que esos asuntos serán de mi incumbencia —dijo Julia mientras le sujetaba suavemente la mano; después bajó la cabeza en señal de agradecimiento.

—Hasta esta noche, Julia. Doña Bárbara se encargará de acompañarte —sentenció la mujer.

Esta se despidió educadamente y prosiguió hacia las escaleras del pasillo central. La joven cortesana la perdió de vista cuando su figura se ocultó tras los leones esculpidos en mármol que custodiaban la escalera de acceso a la salida de palacio.

Después de aquellas dosis de placer durante la mañana, una jauría de sentimientos contrapuestos seguía inundando a Julia. Necesitaba sacar de sus adentros aquel lastre que la azotaba. Nada mejor que coger la pluma y reflejarlo todo en papel.

¿Cómo es posible, en tan ínfimo espacio de tiempo, que mi vida haya girado de esta insana manera? No me imaginaba que mi cuerpo esperaba al acecho, deseando ser liberado de esta cárcel en la que siempre me he hallado presa. Ahora, una parte de mí se debate entre el dolor por la pérdida de mi amado y ese deseo exasperado por vivir todo lo que envuelven los secretos de esta corte. La realidad es que, al abandonar la sala de música, mi corazón hecho trizas latía más rápido y mis piernas tenían restos de la prueba inequívoca de que Jorge Novoa es capaz de empaparme entera. Ahora sé con una certeza absoluta a qué sabe mi coño. Ahora sé cuál es el sabor que degusta Jorge o que probó Eva al introducir sus dedos en mí.

Recordé entonces *De anima,* un libro que leí tiempo atrás y que había escrito el propio Aristóteles. En aquella obra dedicaba un capítulo a cada uno de los sentidos del ser humano: la vista, el olfato, el oído, el tacto y el que a mí tanto me fascina, el gusto. Presuponía Aristóteles por aquel tiempo que la sensación del gusto recorría el cuerpo a través del torrente sanguíneo. Defendía que dicho sentido iniciaba un viaje en la lengua y acababa en el corazón y el hígado.

En la Antigüedad el hígado era considerado el asiento del alma. Tanto era así que los etruscos poseían una figura dentro de su organización llamada «arúspice», un adivino que examinaba el hígado de los animales sacrificados para conocer el porvenir del pueblo. Solo los más afortunados podían acceder a la escuela de arúspices, lo que denotaba que era una disciplina totalmente alabada por aquel entonces. Usaban un molde de bronce de un hígado de una cabra, llamado hígado de Piacenza, para enseñar estas artes adivinatorias. Esta pieza estaba dividida en casas que representaban el cosmos, cada una considerada la residencia de un dios, por lo que recibían el nombre de una deidad. Para ellos cualquier irregularidad que se encontrara al examinar las casas se tomaba como un aviso de los dioses.

Deseo con todas mis fuerzas que un arúspice irrumpa en palacio y me muestre sus dotes adivinatorias para saber qué demonios tiene la vida preparado para mí. Un mar de incertidumbre arrasa mi persona y ando perdida en un devenir de emociones. Lo único que me maravilla, tras recordar la creencia de Aristóteles, es pensar que, si es real que la lengua está unida con el corazón a través del sentido del gusto, de alguna manera inimaginable mi coño podría estar conectado a las almas de Jorge y de Eva. Aunque todo mi ser lo que ansía sin medida es estar vinculada al alma de Gonzalo.

A media tarde, Julia salió al jardín para respirar el aire de aquel inusual día fresco de verano. Nada más poner un pie fuera, inhaló. Fue entonces cuando divisó a su padre pintando delante del gran seto que daba entrada al laberinto. Mientras se acercaba, se dio cuenta de que estaba retratando a la infanta Loreto.

Le resultó curioso que esta llevara un *parnier,* como lo llamaban en Francia; en España se denominaba «tontillo». Era un armatoste con aros que desplazaba el volumen de las faldas a las caderas, haciendo que, a diferencia de otros vestidos, resaltara la figura de la mujer. La falda era celeste confeccionada en tafetán de seda con una urdimbre de algodón. En la parte superior se había puesto una camisa y sobre ella una cotilla realizada en color blanco hielo en tafetán de seda, como la falda, y con una decoración espolinada de hilo metálico azul cobalto. Ocho ojetes presidían la parte delantera de su cotilla. Julia, que conocía a la infanta a la perfección, sabía que aquella vestimenta no era de su agrado, y su cara corroboraba esa teoría.

—Bonito vestido, Loreto —dijo mientras besaba a su padre en la mejilla.

—No digas bobadas. Esto es un incordio, apenas puedo moverme, y dos sirvientas han tenido que ayudarme a llegar hasta aquí —refunfuñó la infanta.

—¿Y cómo has caído en dicha trampa? —preguntó Julia riendo.

—Mis padres han encontrado otro extraordinario candidato, como ellos osan llamarlos. Puede que no hayan caído a estas alturas en que todos sus esfuerzos son en vano —sentenció Loreto con un tono casi ofensivo.

—Por cierto, Julia —intervino su padre mientras metía la mano en el bolsillo de su chaleco—, tengo una misiva proveniente de Italia.

—Mateo —alcanzó a decir la joven cortesana con un suspiro lleno de desdén.

—Sí, hija. Debió de escribirla y enviarla antes de embarcarse en el viaje —imaginó.

—Luego la leeré, padre —mintió ella, que iba acumulando las cartas de Mateo sin abrirlas.

—¿Sabe, doña Loreto? Julia es una joven afortunada, pues se halla en la dicha de haber encontrado un futuro marido que bien merece nuestro agradecimiento —explicó Rafael intentando parecer orgulloso mientras que una tímida lágrima se le escapaba a Julia.

En ese momento, la infanta comenzó a abanicarse, refunfuñando entre dientes por lo incómodo que resultaba el vestido con el que estaba posando.

—Don Rafael, necesito un descanso; aunque la tarde está fresca, la falda me está matando. ¿Podría dejarme unos minutos de receso con Julia y pedirles a las sirvientas que nos sirvan alguna bebida fría? —suplicó Loreto.

—Por supuesto. Relájese junto a mi hija con esta brisa y volveré en unos instantes —se despidió el pintor.

Loreto esperó a que se alejara y entrara por la puerta de la cocina.

—¿Qué sucede, Julia? —preguntó la infanta, intentando acercarse a la joven, aunque le costaba moverse por el armatoste que llevaba para dar forma a la falda.

—Todo y nada, Loreto —contestó ella vagamente.

—Nuestra diferencia de edad es mínima y el sentir es el mismo —advirtió la otra, solidarizándose con ella.

—Loreto, no quiero que elijan por mí, me gustaría equivocarme y volver a levantarme. Quiero que mi corazón decida, aunque sea necio y se enamore de quien no debe. Quiero saber lo que se siente cuando te aman. Saber qué se siente cuando eres tú quien elige, no tu familia. Quiero enterarme de qué se experimenta al ser correspondida. Quiero que me amen con tanta fuerza que no haya duda posible en mi corazón. Que me amen sin peros, sin fisuras, constantemente y sin sobresaltos. Y que me deseen. Quiero que me deseen con el ímpetu de un caballo salvaje. Que me deseen tanto que mi imagen pasee por su mente día y noche. Que su cuerpo reaccione al más mínimo estímulo que nos una. Que le cueste respirar cuando me adivine desnuda frente a él. Quiero sentirme viva, Loreto. Solo le pido eso a la vida. Sentirme viva —se sinceró, con el vello de la piel erizado.

—Julia, te entiendo tanto que me da miedo. No merecemos este castigo. ¿Recuerdas aquella conversación que mantuvimos en la cocina acerca de heredar la corona de este reino? Se me clavan puñales en el pecho cuando recuerdo que me han desprovisto de mi papel como reina por el simple hecho de haber nacido mujer. ¿Por qué, Julia? ¿Por qué? ¿Por qué Gonzalo, por ser varón, posee más capacidades para gobernar? Sé que soy válida y que lucharía por la igualdad de las mujeres para que, bajo mi mandato, España fuera un lugar seguro para nosotras —acabó con un ímpetu que le arrancó una lágrima a Julia.

De pronto, esta advirtió que doña Bárbara le estaba haciendo aspavientos desde la puerta que daba acceso al jardín. Era el momento de marcharse juntas.

—Loreto, puede que doña Bárbara me decapite, pero ¿quieres acompañarnos esta noche a un lugar? Eso sí, deberás mantener tu palabra de que no le hablarás a nadie de ese sitio —dijo Julia, consciente de que podría arrepentirse de aquellas palabras.

—Cuenta con mi lealtad absoluta. —Sonrió la infanta—. Pero ayúdame a salir de aquí, este traje me está matando.

—Busca un pañuelo para cubrirte el rostro o una de esas pelucas que tanto gustan en tu familia —dijo riendo Julia.

Rafael, que había aparecido con dos sirvientas que llevaban las bebidas, se quedó con los ojos abiertos como platos.

—¿Dónde va? —preguntó asombrado, mirando también interrogante a su hija.

—Don Rafael, discúlpeme, pero no me encuentro del todo bien y prefiero continuar mañana —se excusó la infanta, que se giró y se dirigió a las sirvientas—: ¿Podrían ayudarme a cambiarme de ropa? —Ellas asintieron y adelantaron el paso.

Doña Bárbara seguía en la puerta y, al acercarse Julia, le advirtió:

—Ruborízate un poco esas mejillas, que menuda cara de pena traes. No tardes, que el carruaje nos espera en la puerta delantera —añadió la dama de compañía de la reina.

—Doña Bárbara, estaré lista enseguida, pero tendremos que esperar también a la infanta Loreto —dijo Julia mientras bajaba la cabeza, a la espera de una ardua reprimenda.

—Pero ¿tú estás loca, Julia? Sus padres me matarán si se enteran —dijo la bella mujer con un tono de voz nada amigable.

—Nunca se enterarán. Le he advertido que debe mantener la discreción y disimular su persona con algún atuendo. Le ruego que no se enfade, doña Bárbara, pero Olimpia me adelantó que esta noche hablaremos de los derechos de las mujeres. —Juntó las manos a modo súplica para implorar su perdón.

—Esto no va a salir bien, y has incumplido las normas que nos rigen. La primera de ellas es el secreto, Julia —la reprendió doña Bárbara.

—Juro que no le he hablado del contenido de nuestras reuniones. Pero yo también veo en ella mi mirada. Estoy segura de que no me equivoco —se disculpó.

—Está bien, pero si alguien se entera de esto yo personalmente pediré que te corten la cabeza —dijo con aplomo la mujer.

—Se lo prometo, doña Bárbara. Eso no va a suceder —finalizó con una media sonrisa al saberse ganadora.

Cuando salieron del Palacio Real, un carruaje las esperaba. El semblante de la infanta Loreto había cambiado por completo; estaba radiante, sabedora de que iba a traspasar las barreras de su desdicha y adentrarse en un nuevo mundo fuera de la coraza real.

—Loreto, no comulgo con tu visita al salón de Olimpia, pero la señorita Julia ha insistido —advirtió la veterana—. Confío en tu máxima discreción y en tu entera lealtad.

—Descuide, doña Bárbara, será nuestro secreto —dijo confiada la infanta, que se había cubierto el cabello con una peluca de color cobrizo ondulada, a juego con las pecas que le bañaban el rostro.

El resto del trayecto, las tres mujeres lo pasaron hablando de banalidades como el tiempo o la vestimenta, presas de cierto nerviosismo por cómo justificarían la presencia de una nueva nereida.

Al llegar, las jóvenes estaban accediendo a la casa de Olimpia y ellas aprovecharon para unirse. Nada más entrar se dirigieron al salón y se fueron acomodando. La infanta Loreto, con cierto temblor en las piernas, se sentó junto a Julia, que seguía presa de continuos sofocos. En ese instante apareció en el salón Olimpia, que fue saludando a cada una de las nereidas.

—¿Quién es? —preguntó a doña Bárbara al ver a una joven desconocida al lado de Julia.

—Se llama Clara, es mi candidata a futura aprendiz. Quería ver cómo se desenvuelve con el resto —mintió doña Bárbara a su amiga, intentando cubrir a la infanta.

—Sabes que no me gusta que vengan a nuestras reuniones mujeres ajenas a las nereidas. No tienen compromiso alguno y cualquiera se puede ir de la lengua —repuso la anfitriona.

—Confía en mí, Olimpia. Es la hija de unos buenos amigos y yo misma respondo por ella —intentó tranquilizarla la dama de compañía.

Olimpia volvió a mirar a la joven y algo en ella le resultó familiar. Aquella mirada estaba segura de haberla visto antes.

—Queridas señoritas, hoy es un día especial —comenzó su discurso, sentada frente a su piano cuadrangular—. Un día para el que llevo años trabajando y formándome. Os he escuchado. He escuchado vuestras peticiones y súplicas. He apuntado cada una de las preocupaciones que habéis traído a este humilde salón. Aquí todas las opiniones son bienvenidas, aquí todas somos iguales. Me repugna ese pensamiento popular de que nosotras no somos tan capaces como los hombres, de que nuestro intelecto es más pequeño. Miraos, mujeres dignas e instruidas, algunas por el privilegio de vuestra clase, otras de forma autodidacta, pero todas preocupadas por la igualdad, por vuestros derechos y, sobre todo, los derechos de todas aquellas mujeres que no tienen la suerte de gozar de la misma libertad.

»Aunque ni siquiera vosotras sois tan libres como os gustaría. Algunas tenéis riqueza y poder, pero seguís perteneciendo a un hombre, ya sea vuestro padre, vuestro esposo o vuestro propio hijo. Y huelga decir que vuestro corazón no es libre, sino tan solo una moneda de cambio para unir reinos o conseguir alianzas económicas. Ni siquiera la infanta, a pesar de su poder, está legitimada para reinar por el simple hecho de haber nacido mujer. El trono le pertenecería por sucesión, pero la ley sálica se escribió en prejuicio de ella y de otras tantas mujeres.

En esa frase, la infanta Loreto cruzó la mirada con la de Julia con cierta inquietud, porque en ese mismo momento se dieron cuenta de que no habían conseguido engañar a Olimpia, y de que se había convertido sin quererlo en cómplice de su secreto.

—Las mujeres nobles no pueden participar en la política y mucho menos disfrutar de su dote, ¡aun estando viudas! —prosiguió—. Al menos contáis con la suerte de haber sido instruidas. Una suerte que os da la posibilidad de ser libres, como mínimo, de mente. Pero no podemos olvidarnos de todas aquellas que no pertenecen a esta clase. Las que se encargan del cuidado del hogar, de los hijos y que incluso trabajan en el servicio doméstico o en el campo. Todas ellas han sido despojadas de sus derechos, no han tenido ni siquiera acceso a una educación. Algunas estáis recién llegadas a estas tertulias, pero vuestras tutoras, las mujeres que os eligieron para estar aquí, han pasado muchas horas luchando por que esto sea posible.

»Supimos por nuestras compatriotas que residen en Francia de la promulgación por parte de la Asamblea Nacional francesa de la *Declaración de los derechos del hombre y del ciudadano*, que nos deja a nosotras, las mujeres, como ciudadanas de segunda. Un texto que nos excluye del colectivo de derecho. Por eso, me he aventurado a escribir nuestra propia declaración, no solo para convencer a los hombres de que somos sus iguales, sino para convencer al resto las de mujeres de su necesidad de ser libres. Un texto que presentaremos en la fiesta de Baco, el momento elegido para hacer resonar nuestras peticiones. Aquí tenéis, mis queridas nereidas: la *Declaración de los derechos de la mujer y de la ciudadana*, que en unos meses llevaremos a la Asamblea Nacional.

Aquello era algo histórico. Esas mujeres se negaban a seguir relegadas a un segundo plano y estaban dispuestas a luchar por todas aquellas cuya voz había sido silenciada. Así que no fue de extrañar que, tras las palabras sinceras de Olimpia, las nereidas se fundieran en un caluroso aplauso y las caras rezumaran orgullo y felicidad, pues aquel texto era un pequeño gran paso para ellas. Tras esto, la anfitriona comenzó a leerlo:

—Las madres, las hijas y las hermanas representantes de la nación demandan constituirse en Asamblea Nacional. Consideran que la ignorancia, el olvido y el desprecio de los derechos de la mujer son las únicas causas de los males públicos y de la corrupción de los gobernantes, y recuerdan en este texto los siguientes derechos y deberes:

»1. La mujer nace libre y goza igual que el hombre de sus derechos.

»2. Deben conservarse los derechos naturales de hombres y mujeres: libertad, propiedad, seguridad y resistencia a la opresión.

»3. Todas las ciudadanas tienen derecho a la educación, que debe ser igual a la de los hombres. Han de ser admitidas en todas las dignidades, puestos y empleos públicos, sin más distinciones que sus virtudes y talentos.

»4. Todas las mujeres tienen derecho a casarse por amor.

»5. Las mujeres obedecen como los hombres a la ley y pueden ser acusadas y encarceladas.

»6. Si la mujer puede subir al patíbulo, también puede hacerlo a la tribuna.

Mientras Olimpia seguía recitando el texto que había escrito a favor de las mujeres, a Julia la invadió un sentimiento de orgullo. De repente le gustaba la versión de ella en la que se estaba convirtiendo. Era un honor formar parte de aquel grupo de librepensadoras. Pero de nuevo el calor la afectó, como la última vez que visitó aquel salón. Para que nadie las oyera y las denunciara por asociación secreta y reunión indebida, la anfitriona mantenía cerradas todas las ventanas de la casa. Pero el calor era uno de los mayores enemigos de Julia, por lo que se vio obligada a levantarse sigilosa mientras se abanicaba con la mano para refrescarse.

—¿Te encuentras bien, Julia? —preguntó preocupada la infanta bajo su preciosa peluca.

—Este calor asfixiante me mortifica, necesito algo de aire —explicó.

La joven cortesana salió de la sala y sintió unos pasos detrás; pensó que sería doña Bárbara, preocupada por su salud. Pero la mujer que la seguía le sujetó la mano y cuando ella se giró a agradecerle su compañía casi desfalleció al percatarse de que quien la acompañaba en los andares era Eva.

—Espero que no te importe. Olimpia me ha releído tantas veces el texto buscando la excelencia que te lo podría recitar de memoria —dijo riendo—. ¿Te encuentras bien? He visto que palidecías en el salón —dijo la bella joven mientras le sujetaba la mano a Julia dulcemente y comenzaba a subir las escaleras que conducían a la planta alta.

—Gracias por acudir en mi búsqueda, Eva. Necesitaba salir a despejarme, la cabeza me está jugando malas pasadas últimamente y aún más los sofocos —se sinceró Julia mientras seguía sus pasos.

—Vamos al balcón, ahí podrás tomar el aire y parar de darle vueltas a esa cabecita —le recomendó Eva, dándole dos toques en la sien a la cortesana.

—La última vez que busqué ese balcón, acabé por equivocación en un tocador contigo —soltó Julia, sin detenerse a pensar en las consecuencias del comentario.

Eva la guio hasta el balcón, que se hallaba en una salita de la planta superior de la casa. Nada más entrar, cerró la puerta.

—Y bendita equivocación, Julia. A veces nuestros mayores errores nos llevan a encontrar las mejores conquistas —contestó sensual, y le señaló un sillón con estructura de madera maciza recubierto por un lienzo con un bordado de flores amarillas para que se sentara a descansar.

—Te seré sincera. Reconozco que, aunque mi corazón late por un hombre, a veces pienso en ti, Eva. ¿Acaso eso es normal? —preguntó Julia atormentada mientras su ocasional amante salía al balcón; esta apoyó la espalda en la barandilla y abrió los brazos en forma de cruz frente a la joven cortesana.

Era un lugar completamente exterior y sobresalía un trozo que hacía las veces de pequeña terraza. Por su posición, estaba totalmente a la vista de cualquier paseante que mirase hacia el primer piso. Una bonita música, que venía de algún lugar cercano, llegaba hasta los oídos de las dos mujeres. Julia la observaba sentada en un mullido sillón que se encontraba justo antes de salir al balcón.

—Claro que es normal, Julia. Sé que eres nueva en el Ateneo y en este salón de nereidas. Pero la realidad es que todo esto es tan solo un truco de escapismo para que hagas de tu mente un lugar seguro y libre. Nadie debería encorsetarte en arcaicos ideales arraigados en mentalidades cerradas. Entre tantos hombres yo también pienso en ti, en Liliana o en la propia reina Victoria. Esto es tan solo un juego para avivar nuestros instintos más primarios, pues otrora fuimos animales salvajes. O aún lo somos. Tu corazón seguirá latiendo impoluto por ese hombre que, permíteme decirte, no te merece —sentenció Eva.

—¿Sabes quién es? —preguntó Julia angustiada, temiendo que su secreto se hubiera descubierto.

—No, pero me basta con ver tu pesar para saber que te ha dejado escapar. Y eso solo podría hacerlo un necio —dijo la culebrina, y ambas se rieron.

Julia respiró sintiendo algo de calma en su interior. Tenía miedo de que alguien más conociera su secreto: que estaba perdidamente enamorada del príncipe Gonzalo. Porque sabía que, aunque ambos guardarían silencio, su padre, que la conocía mejor que cualquiera, y Jorge Novoa eran perfectamente conscientes del amor que ella albergaba en su interior.

—No es solo eso, Eva. También está lo del otro joven… —se lamentó Julia.

—¿Mateo Ítaca? Algo he oído por palacio —confesó.

—Sí. Me niego a que mis padres decidan con quién casarme o a quién amar. Pero tengo miedo a ser indigna del apellido de mi familia. Temo fallarlos, Eva. No sé si tú también has pasado por esta desdicha. Pero la realidad es que este asunto me taladra la cabeza día y noche, y la imagen de

Mateo llegando a España me invade la mente más tiempo del que me gustaría —confesó la cortesana.

—¿Y qué querrías hacer? —preguntó Eva.

—Borrar esa imagen de mi cabeza. Deseo sacar a Mateo de mi mente. No puedo vivir, las noches se tornan en pesadillas cuando se presenta en mis sueños —reconoció, desesperada.

—Se me ocurre algo para instaurar en tu mente otra imagen y que puedas borrar por unos instantes la de Mateo, ¿te atreves? —preguntó la culebrina con voz sensual y tono pícaro.

Julia no pudo evitar asentir, sin imaginar lo que vendría a continuación.

Eva se acarició los pechos por encima del vestido de algodón. Posó las palmas en las costillas y se los cubrió, apretujándolos entre ellos. Julia asistía atónita a aquella estampa, invadida por el morbo de que cualquier viandante que alzara la vista sería partícipe de aquel festín. Eva se bajó con descaro el escote del vestido y dejó los senos a la vista. Sus pezones estaban erguidos, duros como rocas. Las areolas eran grandes, para deleite de Julia. La culebrina giró levemente la cabeza hacia la derecha, con la barbilla a la altura del pezón diestro. Escupió un poco de saliva que cayó velozmente sobre él.

Aquella mujer estaba tan segura de sí misma que no se inmutaba por que alguien pudiera verla. Con el dedo corazón comenzó a hacer círculos sobre su pezón, que se puso otra vez erecto, señal inequívoca de la excitación sexual. Julia tragó saliva, gesto que advirtió a Eva de lo encendido que estaba su cuerpo, por lo que se acercó a ella y pasó la mano por la boca de la cortesana para que se la mojara. Luego volvió enseguida a la misma posición en el balcón y se levantó con la mano izquierda la parte de abajo del vestido, que dejó sujeto en el bolsillo plano. No llevaba enaguas. Julia vio su vulva de frente, a una distancia considerable.

—Tu coño es precioso, Eva. Está suficientemente cerca para admirarlo y suficientemente lejos para saborearlo de nuevo —confesó.

—No apartes tus ojos de él —ordenó la joven de cabello castaño.

—Algún día me gustaría pintarlo y pintarte —reconoció la cortesana, que se hallaba absorta por la belleza de Eva.

Julia no dejó de mirarlo. Se estaba conformando con recordar la primera vez que lo degustó, cuando la culebrina se ofreció y ella le introdujo los dedos tan fuerte que sus cavidades sonaron como un río que se desbordaba. Cerró los ojos y se transportó a su sabor. Esa mezcla de dulce acidez que emanaba del sexo de Eva mientras su lengua viajaba por cada uno de sus recovecos. La cortesana recordaba con todo lujo de detalles cada pliegue de su sexo, podía exhalar su olor y paladearlo. Pero aquella noche era distinta. Eva quería borrar de su mente la imagen Mateo y lo estaba consiguiendo.

Esta tenía la mano derecha cubierta de la saliva de Julia y posó el dedo corazón sobre el filo del ombligo. Después comenzó a deslizarlo hacia abajo mientras observaba fijamente a Julia con una mirada desvergonzada. Lo llevó entonces a su sexo y empezó a jugar con él; luego siguió recorriendo las ingles. Unió el dedo corazón con el anular y, tras apoyar la palma en el monte de Venus, comenzó a hacer círculos sobre su sexo. Primero lentos, como si disfrutara del camino, y después cada vez más rápido, más intensamente, acompasando sus propios jadeos y los suspiros de Julia. Entreabría la boca y exhalaba despacio mientras arqueaba la espalda.

Fue entonces cuando metió la mano en el bolsillo plano donde tenía sus pertenencias y sacó una especie de utensilio cilíndrico de madera pulida que Julia jamás había visto antes. Se lo acercó a la boca y lo lamió con deseo y lascivia. Lo cubrió con saliva y lo introdujo bruscamente, metiéndolo y sacándolo. Aquel utensilio tenía la misma forma de un pene y Eva lo lamía con las mismas ganas que si lo fuera. Se lo bajó por el cuello, el escote, el pecho, la tripa, el ombligo, el monte de Venus…, hasta llegar de nuevo a su sexo.

Alzó los ojos para clavarlos en Julia, que asintió con la cabeza para otorgarle beneplácito, y Eva lo introdujo en su propio sexo. Empezó a sacarlo y meterlo, sacarlo y meterlo, sacarlo y meterlo… Ambas jóvenes se olvidaron por completo de que estaban en un balcón y de que en la planta baja había decenas de mujeres escuchando un manifiesto. El cuerpo de Julia se estremecía mientras Eva se hundía aquel cilindro de madera. Con la mano izquierda comenzó a tocarse velozmente los labios exteriores. Sus manos seguían un compás, hurgando con aquel cilindro en sus adentros y friccionando con ansia su sexo por fuera.

Continuó con un ritmo hipnótico que cada vez aceleraba más y más, y esa explosión de placer le curvaba por completo la espalda. Y, como si de fuegos artificiales se tratase, culminó aquel éxtasis de placer con un jadeo seco que le ahogó la respiración. En ese preciso momento, alguien tocó a la puerta.

—Julia, ¿te encuentras bien? —preguntó preocupada doña Bárbara, que había visto a la joven cortesana abandonar la sala hacía un buen rato.

La chica se recompuso como pudo y se dirigió hacia la puerta, mirando atónita a Eva, que con una seguridad pasmosa se bajó el vestido hasta los tobillos y guardó el artilugio de nuevo.

—Disculpe, doña Bárbara, he sufrido unos vahídos, como la última vez, y la señorita Eva me ha acompañado a tomar el aire —dijo Julia con la voz casi entrecortada, recuperándose de aquel espectáculo.

—No te preocupes. Ya volvemos a casa, el carruaje nos espera. Hasta luego, Eva, gracias por cuidarla —se despidió con un tono cariñoso.

—Hasta luego, doña Bárbara. Nos vemos en el impávido. —Y ambas se rieron ante aquel comentario que Julia no entendió.

—¿Qué es el impávido, doña Bárbara? —preguntó curiosa.

—Ya hay demasiada información por hoy en tu cabeza, señorita. Vámonos a casa, que la infanta Loreto nos espera ya en el carruaje —se apresuró a decir.

Aquel momento con Eva le había hecho olvidar por completo que la infanta Loreto se había unido hoy a las nereidas. Y también, por unos instantes, su casamiento con Mateo.

—Doña Bárbara, ahora que estamos solas me gustaría preguntarle algo —dijo Julia bajando el tono de voz.

—Ya te he dicho que no quieras correr antes de aprender a andar. Las cosas del Ateneo las irás descubriendo a su debido tiempo —explicó la dama.

—No es sobre el Ateneo —la cortó Julia.

—¿De qué se trata, pues? —preguntó aquella.

—Hace algunas noches, en casa de Olimpia, sin quererlo, escuché un fragmento de una conversación entre usted y ella —confesó Julia.

—¿No te han explicado tus padres que es de mala educación escuchar conversaciones ajenas? —le recriminó la tutora.

—Lo sé y le pido disculpas, pero escuché algo sobre que debíais hundir a alguien, y me preocupa pensar que, en las nereidas, de las que ahora formo parte, se llevan a cabo prácticas indebidas. No quisiera yo deshonrar a mi familia aún más —se sinceró la joven.

—Estate tranquila, todo lo que en las nereidas se practica son causas más que justificadas —se excusó doña Bárbara, quitándole importancia al asunto.

—Pero aquello que escuché de hundir a alguien… —insistió la muchacha.

—Eso no es de tu incumbencia —sentenció doña Bárbara.

—¿Significa eso que no confía en mí? —preguntó ofendida Julia.

—Significa que no quiero meterte en problemas —confesó la dama.

—Estoy harta de que todo el mundo decida lo que tengo o no tengo que hacer, lo que debo o no debo saber… ¡Maldita sea, ya no soy una cría! —refunfuñó la muchacha llena de ira.

—¿Estás segura de que quieres saberlo? Incumbe a alguien importante para tu familia —dijo doña Bárbara para intentar disuadir a la joven testaruda.

—Quiero saberlo —sentenció la cortesana.

—Julia, sé el cariño que os une al conde-duque, pero esa persona no es quien dice ser. Lo conoces con una falsa bondad que resulta no ser tal. Sé que tu familia le debe mucho, pero ese hombre lleva el mal en sus adentros —comenzó a revelar doña Bárbara.

—Pero eso debe fundarse en los dimes y diretes de palacio, estoy segura de que solo son falacias —intentó defenderlo, a sabiendas de que era él uno de los mayores opositores a su relación con Gonzalo, pero también consciente de que gracias a él su familia pudo vivir en palacio.

—Sé que en esta vida se vive mejor en la ignorancia, pero, si algo nos pasara a Olimpia y a mí, ten el total convencimiento de que él estará detrás de ello. Julia, el conde-duque es una persona atroz que se aprovecha de la vulnerabilidad de las mujeres para tocarlas indebidamente y exigirles que le profesen placer. Y utiliza también su poder con los hombres a los que chantajea, exigiéndoles dinero a cambio de no recibir castigos físicos. Es un monstruo que tiene a toda la corte engañada —explicó doña Bárbara.

—Pero eso no puede ser cierto. Es verdad que es una persona arrogante, pero se desvive por los demás, muestra de ello es mi familia. —Julia trataba de encontrar un argumento a favor.

—Ese mismo es su modo de actuar. Hace ofrecimiento de ayuda que resulta no ser tal —explicó brevemente la dama.

—No puede ser, eso es imposible —se opuso Julia, pues le costaba creer aquellas historias.

—Lo hizo con Olimpia —continuó doña Bárbara—. Cuando llegó a España huyendo de Francia, el conde-duque se ofreció a ayudarla, pero hubo de pagar dicho favor con su cuerpo. Y también con su silencio.

Al llegar al carruaje, la infanta Loreto se había quedado dormida. Tras escuchar aquella dura confesión, Julia apoyó la cabeza en el frío cristal de la ventana del carruaje y se olvidó por unos instantes del dolor de Olimpia y de los líos amorosos que la torturaban. Recreó en su mente la imagen de Eva desnuda en el balcón con su precioso sexo empapado y recordó aquel artilugio que le había hecho arquear la espalda, signo inequívoco de entrega al placer.

23

El descubrimiento del olisbo

Felipe V le separó las piernas a su esposa, Isabel de Farnesio, que empezó a arquear el cuerpo al sentirse penetrada por un objeto fálico y frío. El rey lo movía hacia dentro y hacia fuera, para deleite de la reina.

> Sobre los rumores y leyendas que corrían con respecto a los primeros dildos en la corte de Felipe V

Aquella mañana Julia se sentía pletórica. Lo acontecido en casa de Olimpia había conseguido reanimarla. Estaba eufórica porque los pequeños pasos de las nereidas estaban ayudando a construir un mejor futuro para las mujeres, pero también porque su cuerpo reaccionaba de nuevo a los estímulos externos y su corazón bombeaba otra vez sangre tras haberse hecho añicos. Se había reconciliado con su cuerpo. Con su pelo lacio hasta el inicio de las clavículas, que sobresalían bajo el cuello y lucían orgullosas, como si quisieran escaparse, como si fueran un refugio donde quedarse clavado para siempre. Con sus labios pequeños y carnosos. Con sus ojos, que esa mañana sí que le brillaban.

Bajó un poco la vista y la fijó en el primer lunar que hacía guardia al final del cuello, que daba inicio a una retahíla que vestía su cuerpo entero, pasando por el escote, el pecho, la tripa y el ombligo hasta llegar a su sexo. El dibujo que creaban recordaba a la constelación de Casiopea. Miró con admiración sus pechos y llegó a la conclusión de que eran bonitos. Ni grandes ni pequeños. Pero los pezones siempre estaban montando guardia. Y luego observó su sexo, aquel lugar plagado de inocencia que había sentido el despertar. Había roto con las normas establecidas en aquella sociedad arcaica para librarse de la culpa y descubrirse gracias al placer. Julia por fin se sentía arropada por todas aquellas mujeres valientes con las que compartía su parecer… y su deseo.

Pero una pregunta la invadía: ¿qué sería aquel cilindro de madera que le había mostrado Eva? Tenía muchas preguntas, así que corrió hacia la biblioteca en busca de algún libro que arrojara luz. Pero todos los esfuerzos fueron en vano. Buscó y rebuscó en cientos de ejemplares, y ninguno mencionaba aquel aparato. La curiosidad podía con ella.

—No pensé que estuvieras aquí.

El corazón casi se le paró al oír tras ella esa voz.

—Gonzalo… —alcanzó a decir.

—Hace mucho que no frecuentas la biblioteca, supongo que estás ocupada en otros menesteres —dijo el joven con cierto sarcasmo.

—Bueno, la realidad es que… —tartamudeó ella.

Dudaba de cuál sería la respuesta correcta o lo que su amigo esperaba oír, pero aquella nueva Julia estaba aprendiendo a ser valiente. Y quiso sincerarse.

—La realidad es que no vengo desde el último lunes que te esperé. Vine aquí con la confianza de que estarías, como cada semana de todos estos últimos años, pero no te encontré —dijo con la voz compungida.

El príncipe estaba inmóvil frente a ella, con una belleza inusual. Sus ojos arena seguían brillando igual que siempre y su cabello oscuro estaba perfectamente colocado.

—Si te soy sincero, Julia, no tuve ganas de volver aquí y hacer como si nada.

—Pero ¿hacer como si nada por qué, Gonzalo? Ni siquiera sé lo que sucedió para que desaparecieras. No puedo pedir perdón por algo que desconozco. No alcanzo a adivinar cuál es el motivo de tu tormento —contestó ella mientras una lágrima furtiva se abría camino por su mejilla.

Gonzalo se acercó y la cortesana sintió que iba a desvanecerse. Con una dulzura pasmosa, como la que solían profesarse tiempo atrás, el príncipe retiró la gota que se paseaba impune por el rostro de la joven, gesto que a este le aceleró el pulso, como si el corazón fuera a salírsele del pecho. Aquella cercanía, aquel leve roce y su olor penetraron en cada uno de sus sentidos y su mente voló a kilómetros de allí. Un sinfín de pensamientos le bombardearon la cabeza y en una ínfima fracción de tiempo su cuerpo se estremeció por la proximidad de aquel al que amaba.

—Julia, lo que sucedió aquel día en el pacto de primavera... —prosiguió él—. No puedo obviarlo, y una parte de mí quiere creer que no es verdad.

—Pero el qué, Gonzalo, dime el qué. Solo necesito una explicación, saber por qué te fuiste de mi vida, por qué llevas todo este tiempo evitándome. Haces como si fuera una extraña para ti, como si no me conocieras, como si... —se lamentó la joven cortesana, visiblemente afectada.

—Es que no te conozco, Julia. Más bien, no te reconozco. No eres la Julia que yo conocía o creía conocer. No eres mi Julia —sentenció el príncipe.

Y el rostro de la joven dejó en evidencia que aquellas palabras fueron como una cuchillada en el costado.

—No digas falacias, Gonzalo, ¿qué ha podido cambiar? Soy Julia. La misma que tropezaba de pequeña entre madejas de hilo; la que siempre llevaba los vestidos cubiertos de pintura y tiraba contigo mendrugos de pan a cualquiera que pasara por delante. La que se escondía a tu lado detrás de esta estantería para ver cómo se tocaban el ama de llaves y el camarero mayor. Gonzalo, soy tu Julia, la de siempre. Tu Julita —sentenció la cortesana, mirándolo fijamente a los ojos y sujetándole ambas manos.

El príncipe se volvió a dirigir a ella:

—Necesito saber algo y has de ser sincera conmigo. No me mientas, Julia, por favor te lo suplico. Aquel día, en el pícnic, vi que llevabas una pulsera. La misma que tantas veces le he visto a doña Bárbara, a Liliana, a Eva... —comenzó Gonzalo.

Y entonces unos sudores fríos empezaron a recorrer todo el cuerpo de Julia. ¿Por qué conocería a todas aquellas mujeres? ¿Por qué sabía de la existencia de Eva?

—Julia —prosiguió él—, dime con el corazón en la mano, por el cariño que nos une, o que nos unía, por qué llevabas aquella pulsera. ¿Por-por-por qué? —Gonzalo casi tartamudeó al pronunciar esas palabras—. ¿Tú también has entrado en ese círculo? —soltó con los ojos cristalinos.

Un nudo le atravesó la garganta a Julia, que sintió como si el aire hubiera dejado de entrarle en los pulmones. Tragó saliva. En ese efímero instante notó que sudaba sin parar y le soltó instintivamente las manos a Gonzalo. Rápidamente, la joven cortesana agachó la cabeza. No podía contestar a aquella pregunta. No podía hacerlo. Ni siquiera era capaz de mirarlo a los ojos. Pero no quería mentirle. A él no.

La reacción de su cuerpo fue suficiente respuesta para Gonzalo. Y su silencio, su mayor condena.

—No te preocupes, no hace falta que digas nada. Tu silencio habla por sí solo. No creía que tú fueras capaz, Julia... —le recriminó mientras se alejaba por el pasillo de la biblioteca.

A pesar de que ahora el príncipe conocía su secreto, ella se sintió liberada, aunque sabía que ya sí que había perdido al amor de su vida para siempre, si bien no le había explicado exactamente los motivos. ¿Por qué rechazaba a esas mujeres?

La joven salió de la biblioteca con una sensación extraña. No quería perder a Gonzalo, pero quererse a sí misma por encima de cualquiera se había convertido en su máxima aspiración. Iba recorriendo el pasillo de camino a su habitación cuando vio de lejos a la infanta Loreto, que corría hacia ella casi al galope.

—¡Julia, Julia! Te estaba buscando —dijo la chica, generando eco, con la respiración jadeante.

—¡Respira, Loreto! ¿Qué sucede? —preguntó ella mientras aceleraba el paso para acercarse.

—Mi padre y el conde-duque están reunidos en su despacho. Sé por Gonzalo que están gestionando asuntos que tienen que ver con su boda. Ultimando tratos con los reyes de Portugal para cuando se celebre el enlace —soltó Loreto sin ningún miramiento.

Julia notó que palidecía, que su corazón se paraba y su boca se secaba. Su mundo se hizo de nuevo añicos y ella se desmoronó con él.

—¿Gonzalo va a casarse? —alcanzó a decir la joven cortesana.

—Julia, ¿acaso te sorprende? —contestó la infanta.

—Loreto, apenas se conocen. Hace tan solo unos días que se vieron por primera vez. —Desesperada, no daba crédito a lo que estaba sucediendo.

—Julia, sé perfectamente el dolor que alberga ahora mismo tu corazón —se sinceró la infanta, a sabiendas de que entre su hermano y ella había algo más que una amistad.

—Pero ¿y esta prisa a qué se debe? —contestó, haciendo caso omiso de la insinuación que la infanta le acababa de hacer.

—Mi hermano hizo un pacto con mis padres: podría casarse por amor si lo hacía antes de que terminara el año —le confesó la chica.

—Pero, Loreto, ¿cómo se va a casar por amor si apenas la conoce? Eso no es amor, es capricho. —Julia no pudo contener su enfado.

—Sé que mi hermano aprecia a Gadea y siente un gran respeto hacia ella, pero ya conoces las cosas en palacio, hay demasiados intereses encima de la mesa. Sé que tú también quieres lo mejor para él —dijo Loreto.

—Y para ti. La boda de Gonzalo y Gadea significa que él reinará. Y sé que ese no es su deseo ni el tuyo.

—Por eso te necesito, Julia. Después de aquella reunión de las nereidas en casa de Olimpia volví a darle vueltas a todo. No es el hecho de ser reina, sino que no me dejen por haber nacido mujer. ¿Acaso eso no es injusto? —sollozó la infanta.

—Totalmente. Dime cómo puedo ayudarte.

—Voy a enfrentarme a mi padre y necesito una palabra de aliento de una amiga como tú, algo que me dé fuerzas para hacerlo —suplicó Loreto, que ya había vivido en sus carnes lo que era sentirse arropada por las nereidas.

Julia se mantuvo unos instantes en silencio; luego le cogió las manos y la miró fijamente a los ojos.

—Esa corona te pertenece —la alentó, segura de sus palabras.

La infanta Loreto se dirigió al despacho del rey Carlos. Al llegar tocó con decisión en aquel portón alto de nogal macizo. Fue el conde-duque de Pastrana quien abrió.

—Buscaba a mi padre —dijo sin perder el tiempo.

—Pasa, hija —respondió desde su sillón el rey Carlos.

—Gracias, padre.

Loreto realizó una leve reverencia.

—¿Qué te trae por aquí? Ahora mismo ando ocupado con unos asuntos —contestó algo inquieto el monarca.

—Serán solo unos minutos, padre, pero me gustaría que hablásemos a solas.

El rey hizo un ademán con la cabeza al conde-duque para indicarle que abandonara el despacho. Este obedeció enseguida y cerró la puerta tras de sí.

—Dime, hija.

—Sé por mamá que estáis ultimando detalles sobre el enlace de Gonzalo y Gadea —comenzó la infanta—, y ya lo hemos comentado con anterioridad, pero me gustaría…

El rey Carlos no la dejó terminar, intuyendo por qué derroteros seguiría aquella conversación.

—Loreto, hija mía, ya lo hemos hablado muchas veces. Sabes que yo te amo, pero hay cosas que, aunque se escapen a tu razón, son buenas para nuestra familia y para este palacio, incluso para nuestro reino —explicó con cierto desasosiego, cansado de revivir de nuevo esa conversación.

—Lo entiendo, padre, pero ¿acaso no soy digna de llevar la corona? Explícame por qué ser mujer me convierte en una ciudadana de segunda. Dime, padre, por qué nosotras estamos relegadas a un segundo puesto. ¿Por qué mis semejantes no pueden estudiar? ¿Por qué no pueden tener una opinión? ¿Por qué no pueden tener sus propias posesiones? ¿Por qué no pueden subir al estrado? Dime, padre, ¿acaso no ves injusta esta desigualdad? ¿No crees que yo podría reinar con las mismas capacidades que mi hermano? —argumentó con una seguridad pasmosa.

—Comprendo tu sentir, Loreto. Pero ya hemos tratado este tema muchas veces, la ley es la ley. Y esta dice que es tu hermano Gonzalo quien alcanzará la posición de futuro rey una vez que se una en sagrado matrimonio.

—Pues cambia la ley, padre —gritó la infanta.

—Lo siento, hija, pero esto ya lo hemos hablado —zanjó el monarca la conversación mientras agitaba una campanilla para llamar al conde-duque.

La infanta salió corriendo y llorando de aquel despacho. Pero, de pronto, se dio de bruces con Olimpia.

—¿Qué sucede, Loreto? —preguntó preocupada mientras le retiraba con dulzura las lágrimas.

—Nada, Olimpia.

Pero no pudo evitar abrazarse fuertemente a la cintura de la mujer, buscando consuelo.

—Loreto, aquí estás a salvo. Sé que sabes de la existencia de nuestros pactos —dijo Olimpia mientras le guiñaba un ojo en señal de complicidad, dándole a entender claramente que la última noche en su salón no habían conseguido ocultar con éxito su identidad.

La chica le soltó la cintura y, tras secarse las lágrimas, se sinceró.

—Estoy harta, Olimpia. Usted tenía razón. ¿Acaso no merezco reinar por el simple hecho de ser mujer? —le preguntó la infanta llorando, casi balbuceando—. Próximamente, mi hermano Gonzalo y Gadea contraerán matrimonio, y eso significa que él ostentará el título de rey.

—Comprendo tu dolor, Loreto. Tú no lo sabes, pero llevamos mucho tiempo luchando para que se reconozcan los derechos de las mujeres, los nuestros y los de las siguientes generaciones. Nos estamos dejando la piel, y te prometo que no cesaremos hasta conseguirlo —dijo Olimpia mientras la besaba cálidamente en la frente.

—Os lo agradezco en nombre de todas ellas. Gracias, Olimpia, por tu lucha en favor de las mujeres de este reino —le reconoció la infanta su labor.

—No es mi lucha, es de todas. Somos muchas las que formamos las nereidas, y no solo eso. Nuestra red va más allá de mi salón. Cada una de las que formamos las nereidas, tutoras y culebrinas, poseemos una célula durmiente. Un grupo de mujeres de nuestra entera confianza preparadas en la sombra para el momento de la revolución. Mujeres como nosotras que quieren cambiar la sociedad, pero que, por su situación social o económica, se mantienen al margen de las nereidas, esperando nuestro pistoletazo de salida para acabar con las cadenas que nos atan —explicó con orgullo Olimpia.

—¿Y cuándo prevén ese pistoletazo de salida? —preguntó la infanta, anonadada por la valentía de aquella mujer.

—Mañana —dijo con un tono de voz que denotaba una mezcla entre nervios por no saber a lo que se enfrentaban y sosiego porque al fin había llegado el momento que tanto esperaban.

—¿Mañana? —repitió atónita la infanta.

—Sí. Mañana, previo a la caída del sol, antes de la fiesta de Baco, las nereidas nos reuniremos en el jardín de palacio, en el gran seto que da entrada al laberinto.

—Allí estaré, Olimpia. Gracias por confiar en mí —respondió la infanta con un atisbo de esperanza—. Si me disculpa, necesito retirarme a descansar —se despidió, más tranquila.

—Anda, ve antes a contárselo a tu amiga Julia, que le gustará saber que nos acompañarás mañana —finalizó Olimpia.

Mientras, en uno de los pasillos Julia y doña Bárbara conversaban.

—He estado pensando en lo que me contó sobre el conde-duque y Olimpia. Y me gustaría ofrecerles mi ayuda —dijo la cortesana, si bien no era del todo sincera.

No solo la movía la repulsa por lo que le había hecho el conde-duque a Olimpia, sino que albergaba unos destellos de venganza, pues el noble era uno de los culpables de que el amor de su vida fuera a casarse con otra joven. Julia había recordado con ira y despecho la conversación que la costurera inglesa escuchó entre el rey Carlos y Francisco, en la cual aseguraban que el baile para despedir la primavera era tan solo un burdo teatrillo para orquestar el futuro casamiento del príncipe. Así que la joven había comenzado su propia cruzada interna contra aquel hombre.

—Ni pensarlo. Esto no es un juego, Julia. Es peligroso —le reconoció la dama.

—Doña Bárbara, no soy una niña. Y si soy adulta para rendirme a los placeres carnales del Ateneo también lo soy para servir a las nereidas —repuso Julia indignada.

—Las aprendices de nereida sois eso, aprendices. Tenéis voz y voto en los temas tratados, pero no podéis actuar, no aún. Todo llegará a su debido tiempo —intentó calmarla, pero en el fondo estaba orgullosa, pues sabía que Julia había sido su mejor elección.

—Doña Bárbara, sabe que mi mente nunca cesa y que siempre ando observando. Sé que Olimpia es la figura visible porque usted mantiene la compostura en la corte de los Monteros. Lo hace para estar cerca del enemigo y ganarse su confianza, ¿verdad? —reflexionó con una claridad absoluta.

—Te has espabilado demasiado pronto, ¿no? —dijo riendo la dama de compañía de la reina.

—¡Doña Bárbara! Esto no es motivo de burla, quiero ayudar —se ofreció Julia.

—Estoy orgullosa de ti —confesó la mujer, dando a entender que aceptaba.

—Gracias, no se arrepentirá. Por cierto, doña Bárbara, no quisiera ser indiscreta, pero llevo días dándole vueltas a algo, y por más que he buscado información en todos los libros de la Biblioteca Real nada he encontrado sobre ello.

—¿Qué es eso que te atormenta, señorita? —preguntó doña Bárbara con cierto halo de curiosidad.

—Es ese artefacto que me trae de cabeza. Una especie de cilindro de madera que no logro descifrar. Es algo que se introduce «ahí» —dijo Julia, señalando su sexo.

—¿En el coño, dices? —respondió doña Bárbara, cambiando totalmente el semblante y soltando una carcajada.

—Sí, ahí —confesó la chica ruborizada.

—¿Y dónde lo has visto, si se puede saber? Porque hace muy pocos días que ronda por palacio —explicó doña Bárbara.

La lealtad a Eva era superior a cualquier curiosidad, así que se limitó a encogerse de hombros.

—Acompáñame, Julia, tengo un presente para ti —dijo la tutora.

Las dos mujeres fueron a la planta baja y se dirigieron al cuarto rojo. Doña Bárbara sacó un manojo de llaves que llevaba en el escote de su corsé, escondido entre los pechos. Abrió la sala y Julia siguió sus pasos. La mujer se dirigió hacia la mesa redonda, la que se sostenía por penes gigantes de madera cuyos testículos recaían sobre una peana. Encima había un arsenal de aquellos artefactos cilíndricos. No solo de madera, sino de diferentes materiales: marfil, mármol, piedra, cuero... Y, sobre todo, de diferentes tamaños y formas.

—Se llaman dildos y acaban de llegar directamente de Versalles —explicó doña Bárbara.

—¿Dildos? —preguntó Julia extrañada—. ¿Y cuál es su función? —La dama se rio ante el ingenuo comentario.

—Proviene de la palabra italiana *diletto*, que significa «placer o deleite». Se sabe que en la antigua Grecia existían los olisbos. Este término griego significa «deslizar o resbalar». Eran artilugios con forma fálica hechos de diferentes materiales, sobre todo madera y piedra, y las mujeres los impregnaban en aceite de oliva para darse placer sin necesidad de varón. Se producían y comercializaban sobre todo en la ciudad de Mileto. Lo utilizaban las mujeres griegas cuando los maridos se iban a la guerra, pero también las solteras y las viudas cuando querían obtener el mismo placer que les proporcionaba un pene —explicó la tutora.

—¿El mismo placer que un pene? —preguntó Julia incrédula.

—Querida Julia, son dos placeres distintos, pero placeres al fin y al cabo. Un hombre puede proporcionarte besos, caricias, piel y sentimientos. Eso jamás podrá sustituirlo un dildo, pero, querida, este invento es una delicia —dijo doña Bárbara riendo sin parar.

La mujer se acercó a la mesa y cogió una caja de caoba forrada de terciopelo azul. Se giró hacia Julia y se la ofreció.

—Este es tu regalo, Julia.

Esta la abrió y vio uno de esos olisbos de mármol de gran tamaño. Además, había también un pequeño frasco de vidrio con un líquido dentro.

—Gracias, doña Bárbara. —Se había ruborizado ante aquel indecente presente.

—Disfruta. —Le pasó la caja de caoba.

—Descuide, doña Bárbara, que lo haré. Si me disculpa, debo retirarme —dijo sonriendo.

Ambas mujeres soltaron una sonora carcajada, pues la curiosidad de la joven cortesana por probar aquel artilugio había calado rápido en ella.

Al llegar a la habitación, Julia cerró la puerta y suspiró con cierta tranquilidad. Se deshizo la trenza y se peinó con delicadeza el pelo, que le caía sobre las clavículas. Se desvistió y cogió un camisón de seda con ribetes de encaje que su madre había confeccionado. Rápidamente, abrió la caja de caoba que le había regalado doña Bárbara y observó aquel dildo. Su forma fálica le recordó a la verga de Jorge Novoa y por un instante se paseó por su cabeza la idea de que la penetrara. ¿Qué se sentiría? ¿Qué notaría en sus adentros cuando un pene la atravesara? ¿Cómo reaccionaría su cuerpo ante ese estímulo? No podía saberlo, pero lo que sí iba a averiguar era qué se sentía al introducir aquel artilugio de mármol en su sexo.

Primero sacó el frasco de vidrio de la caja y lo dejó sobre su cama. Posteriormente, cogió el dildo con delicadeza, como si estuviera sosteniendo una verga real. Julia seguía deslumbrada por aquel artilugio, sobre todo al recordar el placer que Eva experimentó con él. Se lo acercó lentamente a la boca y se pasó la punta por los labios. Sacó la lengua de una manera inocente y comenzó a lamerlo. En ese momento, unos nudillos tocaron a la puerta y Julia se sobresaltó. Se recompuso como pudo y guardó el dildo en la caja de caoba, que dejó sobre la cama.

—Adelante —dijo con la total seguridad de que sería doña Bárbara.

Pero, cuando la puerta se abrió, quedó perpleja al darse cuenta de que era Jorge Novoa quien se encontraba en el quicio de la puerta.

—Espero pillarte en buen momento. Doña Bárbara me ha dicho que te encontraría aquí —dijo divertido.

La belleza de este caballero era adictiva. Su pelo y sus ojos negros como el carbón atravesaban cualquier mirada. Su voz imponía. Julia se alejó de la cama y se puso de espaldas al espejo para observarlo de frente. Estaba segura de que Novoa vería aquella caja de caoba que contenía el dildo, encima de su lecho.

—Sí, no te preocupes. Tan solo estaba leyendo —mintió como pudo.

Jorge cruzó el quicio de la puerta y, con paso firme, se dirigió hacia la cama.

—No veo ningún libro, Julia —dijo en tono serio mientras alargaba la mano y con el dedo índice recorría la silueta de la caja.

—¿Has oído que Gonzalo y Gadea van a casarse? —le preguntó ella, con la esperanza de distraer su atención.

Jorge hizo caso omiso al anzuelo con el que la cortesana intentaba despistarlo y, sin ningún miramiento, abrió la caja. Sacó el dildo y, con una sonrisa pícara, se dirigió hacia ella.

—O sea que doña Bárbara tenía razón. Estaba segura de que no habrías abandonado tu habitación porque la curiosidad te puede. Eres una de las afortunadas que posee este invento recién traído de Versalles. ¿Lo has probado ya? —preguntó él con descaro.

—La realidad es que yo... —No le dio tiempo a terminar la frase: Jorge cogió el dildo y se acercó hacia ella.

El amante improvisado se paró frente a Julia. Posó la zurda sobre su hombro izquierdo y deslizó suavemente el tirante del camisón. Después hizo lo mismo con el otro. La seda era tan suave que la prenda resbaló por las caderas de la joven hasta los tobillos, dejando su cuerpo desnudo al descubierto. Los pezones no tardaron en erguirse en señal de bienvenida y la piel se erizó tras un escalofrío que le recorrió todo el cuerpo.

—Saca la lengua —le ordenó Jorge.

Y Julia, sumisa, accedió. En aquel momento la cortesana se sentía como una diosa y a la vez completamente a merced de Jorge. Este acercó el dildo hasta la lengua de ella para mojarlo con su saliva. Entonces le sujetó el pelo con la mano izquierda y comenzó a empujarle la cabeza hacia delante lentamente para que con el impulso se lo metiera y lo sacara de la boca. Luego lo dejó sobre la mesa que se encontraba justo al lado del espejo y cogió el frasco de vidrio que había en la cama para colocarlo junto a aquel artilugio.

Julia se abalanzó sobre sus brazos y se fundieron en un húmedo beso que acabó por humedecerle el sexo. Acto seguido, Jorge volteó a la joven y la puso mirando al espejo. Cogió las manos de la cortesana y las posó a ambos lados del espejo. La espalda de ella estaba semicurvada y él comenzó a besarle el cuello desde atrás, lo que provocó que su cuerpo se empapara por momentos. Las manos de Julia seguían en la pared, y él apoyó las suyas en los pechos de la joven hasta cubrirlos por completo y comenzó a darle una retahíla de besos que descendían desde el cuello y abarcaban toda la espalda hasta llegar a las nalgas. Posó la diestra sobre el cachete derecho de Julia y la zurda sobre el izquierdo y le separó las piernas. Después hizo lo propio con los cachetes, delicadamente, dejando un pequeño camino entre ambos que utilizó para introducir su lengua y recorrer todo el culo hasta llegar al sexo. Los jadeos se sucedían.

—¿Alguna vez te han penetrado? —preguntó Jorge mientras le lamía la raja.

—Solo con la lengua —confesó Julia con la respiración entrecortada.

—Basta con que me lo pidas —dijo él mientras se ponía de pie y cogía de la mesa el frasco de vidrio con aceite.

—Métemelo, por favor —suplicó la cortesana.

—¿Dónde, Julia? ¿Dónde quieres que te lo meta? Quiero oírlo de tu boca —contestó Jorge sin miramiento.

—En el coño, Jorge. Méteme el dildo ese en el coño, te lo suplico —respondió casi pidiendo clemencia.

La joven cortesana seguía de cara al espejo con las manos apoyadas en la pared. Él abrió el frasco de vidrio, se untó la diestra con el aceite y le acarició el sexo, primero despacio y luego más rápido, embadurnándolo por completo. Ella curvaba la espalda cada vez más, con ansia de ser penetrada por aquel artilugio. Entonces Jorge se lo puso entre las piernas a la altura de las rodillas y comenzó a subirlo entre ellas, como si dibujara una línea. Al llegar a su sexo, puso el dildo de manera horizontal y empezó a darle toques con él. Con cada golpecito Julia se estremecía más y más. El sonido que producía ese artilugio contra su sexo mojado le anestesiaba los sentidos. Se giró para ver la cara de Jorge y adivinó por su expresión que el placer también extasiaba todo su ser, sabedor de que en ese momento dominaba aquella situación totalmente nueva para la joven.

—Jorge, te lo ruego, penétrame con el maldito dildo —le volvió a suplicar Julia con cierto desdén.

El improvisado amante comenzó a introducir lentamente la punta en el sexo aprovechando la ayuda del aceite con el que lo había embadurnado, por lo que el artilugio entraba y salía con facilidad. Notar el extremo frío de mármol en sus adentros hacía a Julia jadear cada vez con más intensidad. Este aumento del ritmo sirvió como pistoletazo de salida: Jorge le introdujo el dildo hasta dentro. El hombre iba acompasando sus jadeos con las embestidas, introduciéndolo y sacándolo cada vez con más potencia y rapidez, sin piedad.

Julia jamás había experimentado lo que se sentía cuando te penetraban y estaba muy empapada; notaba como si una explosión volcánica estuviera a punto de tener lugar en su sexo. El aumento del ritmo y del flujo que la invadía hacían que con cada embestida notara cientos de personas chapoteando sobre un charco. El ruido viscoso en las paredes de su vagina le producía un morbo imposible de disimular; era sinónimo de su elevado nivel de excitación: cuanto más fuerte se lo metía y se lo sacaba, más se excitaba; cuanto más se excitaba, más flujo; cuanto más flujo, más ruido, y cuanto más ruido, más placer. Estaba en una rueda de la que no quería salir nunca. Pero ansiaba más; se moría por saber lo que sentiría al ser penetrada por Jorge. Se giró, le arrebató el dildo de la mano derecha, lleno de fluidos, y se lo metió entero en la boca, volviendo a descifrar a qué sabía su sexo.

—Ahora me toca a mí —dijo con una seguridad que ni ella misma reconocía—. Desnúdate —ordenó.

Él se desnudó sin rechistar y dejó ver su enorme miembro totalmente erecto. Julia se dirigió hacia la cama y se tumbó con la espalda y la cabeza sobre los cojines y las piernas dobladas en paralelo, dejando su sexo totalmente expuesto.

—Túmbate a mi lado, Jorge —volvió a ordenarle.

La joven se pasó la mano por la lengua y con ella llena de saliva se empapó bien el sexo para que el dildo se deslizara con facilidad. Comenzó entonces a hacer lo que le había visto a Eva. A su lado, Jorge, tumbado, empezó a menearse el pene de arriba abajo, sin tregua alguna. Un torrente de placer recorría el cuerpo de Julia, que metía y sacaba el dildo mientras que él se manoseaba la verga de arriba abajo. Sus ojos inmóviles se miraban, desnudos sobre la cama regalándose aquel goce. Julia estaba a punto de explotar de placer cuando Jorge se giró hacia ella.

—Ansío derramarme sobre tu pecho —suplicó sin soltar el pene.

—Hazlo —contestó ella segura.

Él se arrodilló al lado de la joven cortesana y se masturbó con gran intensidad mientras miraba hacia arriba en éxtasis. Entonces derramó su líquido caliente sobre los pechos de Julia que, presa del placer que aquella lluvia de semen y aquel dildo le estaban proporcionando, vertió un río por su sexo. Todo se esparció sobre la cama y los dos amantes cayeron extasiados casi a la vez.

Aunque Julia seguía sin saber lo que se sentía cuando un hombre te penetraba con su falo, con aquel artilugio de marfil fue como si los dioses le acariciaran el sexo. O lo que es lo mismo: aquel invento era como tocar el cielo. Se estaba enganchando a aquella sensación. Ese día, gracias a Jorge, la joven cortesana supo el verdadero significado de la palabra «placer».

24

La fiesta de Baco

Además de la huelga sexual, muchas de ellas abandonan las obligaciones domésticas. Todas las mujeres pactan no tener relaciones sexuales con hombres ni ningún contacto con ellos que les propicie placer, para conseguir así la rendición de ambos bandos, el cese de la guerra y el retorno a casa con sus mujeres. Defienden su postura siempre desde una posición pacífica.

> Argumento de *Lisístrata,* una obra del dramaturgo griego Aristófanes que escenifica una huelga sexual de mujeres

Julia se había quedado dormida sin darse cuenta tras aquel festival de placer. Al abrir los ojos Jorge ya no yacía a su lado. La joven observó su cuerpo desnudo, que todavía tenía restos de lo que su amante había derramado sobre su pecho. Bajó las manos hasta el inicio de los muslos y notó que se hallaban pegajosos tras aquella contienda.

Salió de la cama y llenó su preciosa bañera de metal dorado y recubierta de un barniz especial que había inventado un francés llamado Clement. Estos recipientes no eran demasiado comunes, porque al principio de esa época la gente solía lavarse poco y siempre en seco. Se creía que la salud del cuerpo y del alma dependían de algo llamado «humores»: sangre, pituita, bilis amarilla y atrabilis. Los malos humores se desterraban a través de los vómitos y las hemorragias, y, si esto no funcionaba, los médicos realizaban una sangría para arreglarlo. Pero el agua se miraba con desconfianza, porque antiguamente se pensaba que contagiaba la peste al abrir los poros de la piel.

Sin embargo, los griegos y los romanos creían que el agua curaba enfermedades y purificaba el alma, y se tenía constancia de una primera bañera encontrada en Creta, en el palacio de Cnosos, en el año 1700 a. C. Aun así, el clero prohibió los baños públicos por lo peligroso que podía ser que las personas tuvieran contacto corporal o por el miedo a la desnudez. Pero unos siglos después corrió como la pólvora la noticia de que a orillas del río Sena se había abierto un lugar con baños calientes destinado solo a gente de la alta sociedad. Al parecer, Poitevin, el dueño del establecimiento, había obtenido una aprobación de la Facultad de Medicina, además de algunos privilegios. Así que enseguida la corte de los Monteros importó esa práctica a España desde Versalles.

Al salir de la bañera, con la piel húmeda para intentar contrarrestar el calor del verano, Julia se acercó a su armario y cotilleó todas las prendas. Cogió un vestido largo realizado en cambray de color ciruela que a la altura del pecho llevaba bordadas sus iniciales: J. P. L. C. Se cepilló un poco el pelo lacio y se fue a buscar a la infanta Loreto para recordarle que, antes de que el sol cayera, tenían que reunirse con el resto de las nereidas a la entrada del gran seto del jardín.

Salió de su habitación y recorrió el pasillo en dirección a la balconada que presidía las escaleras de mármol de la entrada, pero cuando se asomó sintió un pellizco en el corazón al ver a Gadea colocar las manos con cariño en la solapa de la casaca de Gonzalo y acercarse tímidamente a su boca para besarlo. Así que, en un intento fallido de aproximarse a él, Julia bajó muy despacio las escaleras con la elegancia y la sensualidad típica de las ninfas. Tenía el total convencimiento de que la conexión que los había unido en el pasado hacía que él notara su presencia a pesar de no encontrarse en su ángulo de visión. Y así fue: entre el barullo y el ir y venir de gente, Gonzalo se giró y clavó los ojos en la joven cortesana. Ella se llenó de coraje y fue hacia la pareja.

—Gonzalo, ¿sabes dónde está tu hermana? —preguntó Julia haciéndose la dura, como si aquella situación no la estuviera rompiendo por dentro.

—Creo que andaba por la sala de música —contestó él, y un pequeño silencio los invadió—. Bueno, aprovecho para presentaros: Julia, esta es Gadea, mi futura esposa. —Una flecha atravesó a la cortesana al oír esas palabras de boca de su amigo.

—Encantada —dijo la otra mientras le extendía la mano—. ¿Y de qué os conocéis? —preguntó curiosa.

—Es amiga de mi hermana —se adelantó Gonzalo, y una llamarada de rabia surgió en el interior de la joven.

—Salvo los lunes, que tú y yo íbamos juntos a estudiar a la Biblioteca Real —dijo Julia con cierto desdén, intentando devolverle el golpe bajo.

—Gadea, ¿nos disculpas un momento? —le preguntó Gonzalo algo nervioso a su prometida.

—Por supuesto. Te espero en el salón principal. Y encantada de conocerte, Julia —añadió con una leve inclinación de la cabeza.

Cuando la princesa comenzó a subir las escaleras, él se giró hacia Julia.

—Pero ¿qué haces? ¿A qué ha venido eso? —preguntó el joven lleno de rabia.

—¿Perdona? Más bien, a qué ha venido lo tuyo. ¿«Amiga de mi hermana»? ¿Tú te has oído? —le recriminó.

—¿Y qué querías que dijese? —El príncipe estaba furioso.

—Pues la verdad —contestó la cortesana llena de ira.

—¿La verdad? ¿Estás segura? ¿En serio quieres oír la verdad?

—Creo que es lo que me merezco —dijo Julia intentando aguantar sus ganas de llorar.

—Pues la verdad es que… es que… es que… —tartamudeó Gonzalo—. ¡No puedo, joder, no puedo! Lo siento, Julia. Gadea me espera y debo irme.

Y una vez más la volvió a dejar con la palabra en la boca y un nudo en el estómago. Pero la voz de la infanta Loreto la devolvió de nuevo al presente.

—A ti te andaba buscando —dijo la chica divertida.

—De hecho, yo también. ¿Estás preparada? —contestó Julia con la mejor de sus sonrisas, disimulando que nada había sucedido momentos antes.

—Nunca he estado más preparada en mi vida —le dijo Loreto, ofreciéndole la mano y dirigiéndose hacia las escaleras.

Las dos jóvenes corrieron arriba agarradas, nerviosas por la reunión a la que iban. La noche anterior Julia se emocionó cuando su amiga le comunicó que hoy las acompañaría, así que se dibujó una leve sonrisa en su rostro mientras corrían de camino al seto. Por primera vez no se sentía invisible. Miró de reojo a Loreto y vio la misma sonrisa.

Al llegar a la entrada del seto, una pequeña multitud se agolpaba en el acceso; aun así, no había un gran número de mujeres, tan solo unas cuantas nereidas y algunas acompañantes de estas. Fue como si pincharan sin avisar la burbuja en la que las dos jóvenes se hallaban. Julia miró a Loreto y en su rostro notó que la invadía la misma sensación de decepción que a ella.

—Llegáis tarde —dijo Olimpia—. Seguidme.

—Olimpia, tus sospechas eran ciertas —dijo doña Bárbara, adelantando el paso para separarse un poco de quienes la seguían y que así no oyeran nada.

—¿Qué habéis podido descubrir? —preguntó la mujer.

—Después de la confesión de Ángela Planelles, mis informantes estuvieron tirando del hilo. Ese desgraciado ha obligado a las mujeres a las que brindó ayuda a que acudan a la fiesta de Baco, donde cada una tiene asignado un cerdo con derecho a divertimento —explicó asqueada doña Bárbara.

—¿Divertimiento? —preguntó Olimpia sin dar crédito.

—Sí. Las ha amenazado con retirarles las ayudas si se niegan a cualquier petición de esos patanes —agregó la dama, a quien le costaba verbalizar esas palabras por la repulsa que le generaban.

—¿Y qué gana el conde-duque? —dudó Olimpia, que sabía que habría algo más.

—Ya sabes que el rey Carlos cobra un tributo a los hombres por acudir a esa fiesta, ya sea dinero o algún favor que beneficie a la corte de los Monteros. Pero, a espaldas del monarca, a algunos de esos puercos hijos de Satanás el conde-duque les ha cobrado un «peaje extra» que les asegurara que esa noche tendrán mujeres a su merced —añadió doña Bárbara.

—Ese malnacido debe pagar por cada una de las mujeres a las que ha arruinado la vida —finalizó Olimpia, llena de rencor por su propio recuerdo.

Todas las mujeres iban siguiéndolas hacia el inmenso laberinto del seto. Nadie hablaba, presas del desencanto tras ver que la pequeña gran revolución que esperaban se había hecho añicos, pero, mientras se acercaban al corazón del laberinto, Julia experimentó un gozo casi místico: un gran número de mujeres se agolpaban en el corazón del gran seto. No solo las nereidas, incluidas Eva y Liliana, sino mujeres que jamás hubiese imaginado que estarían allí: las cocineras de palacio, el ama de llaves, algunas de las costureras que trabajaban con Mercedes, personal del servicio…, unidas por un bien común: la libertad. Todas pertenecían a las células durmientes de las tutoras y las culebrinas. Llevaban años esperando el pistoletazo de salida para esa revolución. Aquellas se habían servido de una red de conocidas de su máxima confianza que compartían su preocupación por conseguir un futuro mejor para las mujeres. Ese día iban a dejar de estar dormidas para siempre.

En ese momento, al ver a todas aquellas féminas allí, los rostros cambiaron y las risas y los abrazos invadieron aquel instante.

—¡Atención todas! —gritó Olimpia en un intento de amansar a las fieras—. En primer lugar, queríamos daros las gracias por ser valientes y estar hoy aquí. Por vuestra paciente espera. Por habernos dedicado tantas horas. Por no haber desistido cuando siempre hemos tenido todo en contra. Por haber sido mujeres fuertes y uniros a esta pequeña gran revolución.

»Pero, no os preocupéis, porque, como muchas sabéis, algunas llevamos años trabajando por y para esto. Hemos sido capaces de crear un espacio abierto a las mujeres donde tener voz y voto. Donde no se discrimina y todas somos iguales. Donde no solo se lucha por una misma, sino por la unidad de nuestras hermanas. Queremos que todas las mujeres tengan los mismos derechos y privilegios. Y por eso nos hemos reunido hoy aquí. Como ya sabréis, esta noche se celebra la fiesta de Baco. Sentaos, queridas hermanas, y escuchadme.

Olimpia tenía el don de la palabra, una capacidad elocuente para transmitir sentimientos o contar historias. Hipnotizaba a cualquiera con el hilo de voz penetrante que poseía.

—Baco, dios del vino, fue hijo de Júpiter y de Sémele, una mortal. Su figura la desarrollaron los romanos a través del dios griego Dionisio. Baco nació en Naxos y fue llevado al hogar de las ninfas de Nisa, que se encargaron de darle alimento y cobijo. Sileno, dios menor conocido por sus excesos con la bebida, le enseñó a plantar la viña, y las ninfas lo instruyeron en el canto y la danza. Como era el dios del vino y del regocijo, se dice que en algunos de sus festivales se producían milagros y que era capaz de ofrecer la vida eterna.

»Para los romanos era un dios liberador que les permitía desconectar del mundanal ruido y de sus problemas a través de la música y, cómo no, del vino. Ya por aquella época los romanos realizaban fiestas en honor a este dios, donde la música, la comida y sobre todo el vino corrían como el río. También sabéis que en el Palacio Real al rey Carlos le gusta celebrar anualmente una fiesta en honor a Baco. Una de las más importantes del año, ya que, como en la Antigüedad, no hay distinción de clases y todo el mundo se une en pro del divertimento.

»Pero no nos engañemos. Ya sabéis que los hombres pagan un impuesto por acudir a dicha fiesta, pues en este evento utilizan a las mujeres como si fuésemos ganado. Es una especie de pasillo para mostrar las mejores piezas o trofeos, como a algunos gustan de llamarnos, de la ciudad. Es la fiesta del ego, del dejarse ver, de mostrar la calidad femenina que hay en esta corte y en sus alrededores. Acuden hombres nobles de otras ciudades e incluso de otras cortes palaciegas. Y por eso, por primera vez en la historia de esta corte, ninguna mujer pisará esta noche la sala de música —determinó Olimpia con aplomo.

Un silencio sepulcral invadió el jardín y todas se miraron atónitas. No acudir a aquella fiesta era una ofensa con todas las de la ley, una provocación en toda regla, un suicidio premeditado. Era simplemente un plan magnífico.

—Pero, Olimpia, eso es una locura, nos desterrarán —opinó preocupada una de las mujeres.

—Me desterrarán solo a mí. Yo asumiré las consecuencias de nuestro acto —se ofreció.

Doña Bárbara quiso dar un paso al frente para solidarizarse con su amiga. No quería dejarla sola. Al fin y al cabo, eran las máximas responsables de las nereidas y de aquel plan, aunque ella iba siempre un paso por detrás de su compañera de batalla, por un motivo especial: para seguir manteniendo su conexión con la corte de los Monteros y así estar cerca del enemigo.

En ese instante, Julia, que reconoció enseguida las intenciones de doña Bárbara, se adelantó a ella.

—Y a mí. Yo también asumiré las consecuencias por vosotras. Soy tan culpable como Olimpia de este plan —añadió la joven, valiente, a sabiendas de que doña Bárbara no podía permitirse el lujo de perder su posición en la corte. Olimpia sonrió orgullosa a su nueva cómplice.

—Estás loca, Julia. ¿Por qué has hecho eso? —le recriminó doña Bárbara.

—Le dije que la ayudaría —contestó más segura que nunca.

Tras la valentía mostrada por Olimpia y Julia, una nereida aplaudió tímidamente, y después otra, y otra, y otra más... Todas las mujeres fueron despertando de ese letargo en el que su vida estaba sumida. Y de pronto se fundieron en un aplauso al unísono.

—No solo no pisaremos la fiesta de Baco, sino que hasta que el rey y la asamblea no decidan escuchar nuestras peticiones no habrá ningún ofrecimiento sexual a ningún hombre. Bajo ningún concepto daréis acceso carnal a vuestros esposos, prometidos, amantes... Y descuidaremos los quehaceres. La ausencia de nuestra figura quebrará los cimientos de esta sociedad. Queremos que entendáis la importancia de este gesto. Estamos seguras de que esta será la llave para ser escuchadas.

Julia le apretó la mano a la infanta Loreto, que había seguido atenta el discurso y por cuya mejilla había descendido una lágrima al escuchar aquellas palabras. La infanta, por primera vez, se sentía arropada entre tantas mujeres extrañas que luchaban por el bienestar común. Olimpia había acabado ya su discurso y Loreto se acercó a hablar con ella.

—Gracias por lo que hacéis por todas estas mujeres. Me siento orgullosa de vosotras —la felicitó la infanta.

—Yo siento orgullo de ti. Aquí estás, entre ellas, sin peluca y mostrando tu rostro a sabiendas de que esto no es un juego y puede tener consecuencias; de que tu familia...

—No prosiga. Amo a mi familia, pero mis valores y mi sentir me impiden mirar a otro lado ante las injusticias —finalizó con orgullo Loreto.

El resto de las mujeres hablaba animosamente con cierto halo de incredulidad y de felicidad al ver que un pequeño gesto, casi insignificante, tendría una tremenda repercusión.

—Aquí estás —dijo Eva susurrando en el oído de Julia mientras le pasaba el brazo por la cintura.

—No podía faltar —repuso esta, intentando disimular su nerviosismo.

—Estás especialmente bella —dijo la culebrina mientras hacía una caída de ojos y posaba con disimulo su mirada en los pechos de la joven cortesana.

—Quizá nos sienta bien esta seguridad que nos otorga pertenecer a las nereidas —reflexionó Julia.

—Ven conmigo —ordenó Eva, tirándole de la mano.

Ambas siguieron el paso de algunas nereidas, incluidas las otras dos aprendices que formaban parte del Ateneo junto con Julia, así que la joven cortesana adivinó de inmediato hacia dónde se dirigían y su cuerpo se aceleró. Caminaron hasta la entrada del cuarto rojo y al llegar una de ellas tocó la puerta de color amaranto con una especie de contraseña. Esta se abrió y dentro esperaban Liliana y otras jóvenes. Todo estaba lleno de copas de vino, y una linda mujer amenizaba aquel lugar con música de violín.

—¡Rápido, señoritas, entrad! —dijo la chica que había abierto—. ¡La última que cierre! —sentenció.

Una vez dentro rápidamente les sirvieron copas de vino y Liliana les indicó que se sentaran al lado de la reconocida mesa con elementos eróticos, sobre la que había un arsenal de dildos. Eva se quedó junto a Julia y posó su mano en la rodilla de la joven con total impunidad. Aquellas mujeres recordaban a las néfeles, las ninfas de las nubes y de la lluvia de la mitología griega. Se dice que ascendían desde el océano hasta el cielo portando cántaros de agua que vertían para dar vida a la tierra, revivir la naturaleza y alimentar los ríos. Eran representadas como hermosas jóvenes, igual que lo eran todas aquellas nereidas. Liliana mandó parar la música y, golpeando suavemente su copa de vino, pidió silencio.

—Queridas hermanas, nos encontramos aquí para celebrar nuestra dicha. Después de haber escuchado a Olimpia hoy y siempre, no puedo más que sentir orgullo de estar liderada por mujeres atrevidas y valientes como ella. Tenemos el mandato de no acudir esta noche a la fiesta de Baco, pero eso no está reñido con poder celebrar nuestra propia fiesta. —Alzó su copa de vino y bebió, y las demás la siguieron con el mismo gesto.

—¡Viva! —respondieron todas alzando la voz.

—De hecho, aunque no se sabe a ciencia cierta la veracidad de este dato, el historiador romano Tito Livio aseguraba en sus escritos que el culto al dios Baco en Roma era un ritual solo celebrado por mujeres, que consistía en una gran bacanal de sexo y vino. Tenía lugar solo tres días al año. Dicen que eran ceremonias mediante las cuales se accedía a sociedades secretas reservadas solo para mujeres. Un poco como nosotras.

Todas rieron ante su comentario.

—Gracias a aquellas celebraciones escapaban por una noche de la sumisión de los hombres, bebían vino y disfrutaban de su cuerpo —prosiguió—. Algunas lenguas cuentan que esto es cierto y que el Senado persiguió a las mujeres que formaban parte de estas bacanales porque veían que su unión podía darles fuerza y hacer tambalear al Estado romano. Dicen que más que sexo desenfrenado fue una auténtica caza de brujas. Mito o realidad, esta noche haremos nuestra la fiesta de Baco.

»Entiéndase este lugar como un espacio libre de culpa. En estas cuatro paredes no podremos ser juzgadas más que por nosotras mismas. Y espero y deseo que eso no suceda. Bebed, bebed todo el vino que preciséis y bailad al ritmo de la música. Dejaos llevar y que hable vuestro cuerpo. Hoy está prohibido poner un pie en la fiesta de Baco real y acercarse a los hombres, pero, queridas, ¿veis alguno en esta sala? —Las carcajadas se sucedieron—. Solo una cosa más que añadir: ¡vivan las nereidas!

—¡Vivan! —gritaron en unanimidad.

La música comenzó a sonar y todas danzaron alrededor de aquella sala. Algunas charlaban sentadas en la cama redonda. Otras ingerían vino como si de agua se tratase. El tiempo pasaba en aquel lugar donde la realidad parecía que se hubiese detenido. Allí Julia se sentía segura, arropada por aquel grupo de mujeres, y de la coraza que antaño solía oprimirla ya no quedaba apenas rastro.

El vino corría por sus venas y estaba haciendo efecto. El calor se apropiaba de los cuerpos y muchas de las jóvenes que danzaban comenzaron a desnudarse al ritmo del violín.

A Julia se le estaba subiendo el alcohol a la cabeza y un pequeño estado de embriaguez la invadía. Se encontraba danzando cual ninfa. Fue entonces cuando desde atrás unas manos comenzaron a bajarle el vestido, que cayó hasta los tobillos. Al girarse, una chica también desnuda le cogió la mano y la hizo girar sobre sí misma. En una de esas vueltas la joven cortesana vio a Eva con una mano apoyada en la mesa, que seguía llena de dildos, y con una copa de vino en la otra mientras hablaba con Liliana.

Se soltó de la joven y un deseo exacerbado la llevó hasta Eva. La Julia del pasado habría observado desde lejos, pero la de ahora sacó sus ganas más ocultas y se situó detrás de ella. Le lamió el cuello y al llegar a la oreja le mordió el lóbulo. Luego colocó las manos en los pechos y comenzó a sobarlos con ahínco. Liliana observaba divertida aquella escena con una copa de vino en la mano. Eva dejó la suya en la mesa, cogió a la chica del cuello y se fundió con ella en un húmedo beso, y del sexo de Julia comenzó a resbalar un río de fluidos. Un fuego le invadió las entrañas a la cortesana, que no era capaz de controlar sus impulsos y le lamió la espalda a Eva de arriba abajo, zigzagueando, primero sujetándole los pechos y después las caderas. Al llegar a ellas, se puso de rodillas con la cara a la altura del culo de Eva. Se tocó el sexo para cerciorarse de lo que aquel momento le producía. Con la mano empapada le acarició los genitales a Eva, que se mojaron aún más de lo que ya lo estaban. La culebrina gemía mientras se besaba con Liliana.

El resto de las mujeres que se encontraban en aquel cuarto rojo ya se habían rendido al placer. En su mayoría se penetraban a sí mismas con los dildos, pero otras muchas se habían fundido con otros cuerpos.

Julia le separó con delicadeza las nalgas a Eva e introdujo la lengua dentro. Notó que su cuerpo se comprimía, preso del placer, y cada vez que la joven cortesana percibía esas contracciones aprovechaba para avanzar un poquito más, hasta conquistar desde atrás el inicio de su sexo. Eva, sin apartar las manos del cuello de Liliana, giró la cabeza y la bajó un poco para dirigirse a Julia.

—Méteme los dedos, pero sin parar de lamerme —le ordenó.

Y ella obedeció. Se lamió la unión de los dedos índice y corazón de la mano derecha para introducirlos en la vulva de Eva con facilidad. Comenzó a acariciar despacio en círculo la parte exterior de su sexo mientras acompasaba su lengua con movimientos ascendentes en la raja del culo. El sexo de Julia estaba a punto de estallar; le palpitaba con tanta fuerza que tenía miedo de que se rompiera.

—Méteme los dedos, te lo ruego.

Aquella súplica de los labios de Eva la empoderó. Empezó lentamente, como si el tiempo se hubiese parado, como si quisiera hacerla sufrir y desear que los dedos de la joven cortesana la penetraran con todas sus ganas. Cuando los metió en el sexo mojado de Eva, esta curvó la espalda presa del gozo, acercando el culo aún más a la cara de Julia. Liliana quiso aportar su granito de arena a aquella más que bien nombrada bacanal y empezó a hacer con los dedos movimientos circulares en la parte externa del sexo de Eva. Era como si una especie de energía circulara desde la coronilla de Liliana hasta la punta de los pies de Julia. Como si los cuerpos estuvieran conectados. La compenetración de sus ritmos hizo que Eva acabara derramando fluidos, culminando con un gemido fortísimo. Besó a Liliana castamente en los labios en señal de agradecimiento y luego se dirigió hacia Julia, a quien le tendió la mano para ayudarla a levantarse.

—Aprendes rápido, Julia —dijo riendo.

—Tengo buenas maestras —repuso la joven cortesana, mirándola fijamente a los ojos e intentando controlar el fuego que abrasaba sus adentros.

—Levanta —dijo Eva mientras la asistía.

Al erguirse, las bocas se quedaron a la misma altura. Julia se acercó hasta sus labios y comenzó a besarla. Entonces Liliana, que había cogido un dildo de mármol de la mesa, tiró de la mano de Eva, que a la vez empujó a Julia, y se dirigieron las tres a la cama redonda, que se encontraba libre en ese momento. La cortesana imaginó que Liliana quería profesarle otra vez placer a Eva, pero se equivocaba. La chica, que encontraba morboso dar placer a otras mujeres, empujó a Julia con lujuria contra la cama, donde quedó tendida. Eva estaba de pie junto a ellas observando.

Liliana le separó las piernas con delicadeza y escupió sobre su sexo. Aquello estremeció a la joven cortesana. Cogió entonces el dildo y se lo introdujo sin avisar. El frío del mármol en su interior le dio un placentero escalofrío. La otra la penetró con el artilugio, como había hecho Jorge, sin darle tregua ninguna. Julia gemía y gemía y notaba que con cada gemido su inocencia se diluía. ¿Y si esa realmente era ella? ¿Y si siempre lo había sido?

Eva se subió a la cama y se sentó en la cara de Julia, dejando su vulva al descubierto para ella, totalmente empapada. La cortesana no podía mover la lengua, tan solo sentía su nariz hundida en ese sexo.

—Pídeme lo que quieras —dijo Eva, separándose un poco de la cara de Julia para que pudiera hablar, pero el vino bailoteaba en su cabeza y aquella intensidad de goce hacía que le fuera imposible pensar—. Si no hablas, elegiré yo por ti —le advirtió pícara.

Y así lo hizo. Se separó de la cara y se sentó a la derecha de su cuerpo mientras Liliana seguía masturbándola con el dildo. Continuó los pasos de esta y escupió desde arriba sobre el sexo de Julia. Bajó entonces la cabeza y le lamió el sexo de un lateral a otro, para que Liliana pudiera acceder a él sin problema con el cilindro. Eva paraba de vez en cuando y miraba a Julia a sabiendas de que eso conseguía encenderla aún más. Lamía su sexo con un cariño casi inusual, haciendo dibujos sobre él como si de un lienzo se tratase.

Las embestidas de Liliana fueron aumentando el ritmo y Julia aguantaba para no derramarse, pero Eva, movida por la intensidad de la primera, le lamió el sexo cada vez más rápido. La joven cortesana toqueteaba y manoseaba los pechos de sus compañeras de lecho con la misma intensidad que ellas manipulaban su sexo, recreándose en las caras, sumidas en un deleite profano. Pero ya no podía aguantarse más. Su cuerpo estaba alcanzando el éxtasis y no era capaz de controlarlo.

—Me voy a derramar en tu boca —le dijo a Eva, como si le pidiera permiso.

Pero a esta no le dio tiempo a contestar, porque Julia sintió una especie de descarga en el cuerpo y soltó un alarido que mostraba lo que estaba viviendo. Volvió a mirar a su alrededor y vio las caras de arrebatamiento.

Durante unas horas, en aquel cuarto dejaron los prejuicios a un lado y se regalaron placer en aras de su libertad. Lo que aquellas mujeres no se imaginaban es que su ausencia en la fiesta de Baco mientras celebraban y disfrutaban de sus cuerpos podría costarles la vida.

25

Con la soga al cuello

Con la apertura de pensamiento que trajo la Ilustración, las mujeres comenzaron una lucha por participar en el ámbito público. Nació así en el siglo XVIII la primera asociación de mujeres pertenecientes a la nobleza, la Junta de Damas de la Real Sociedad Matritense de Amigos del País.

Sobre la lucha incansable de las mujeres por acabar con la desigualdad

A la mañana siguiente, cuando el sol todavía no había dado señales de vida, un silencio sepulcral asolaba el Palacio Real. Julia apenas había dormido. Hacía tiempo que le restaba horas a sus noches, como si el alma le pesara. En esos momentos de insomnio la mejor compañía era la pluma, con la que plasmaba en papel todo lo que sentía.

Necesito ver a mis padres, porque en estos momentos tan solo ansío su cobijo. Y su aprobación. Es increíble cómo el ser humano, por mucho aplomo del que disponga, siempre acaba necesitando la validación de los demás. El fulgor del reconocimiento. Como si la mirada externa engordara nuestra propia estima. A veces me pregunto por qué no somos capaces de legitimarnos nosotros mismos, por qué ponemos nuestra valía en manos de quienes nos rodean. Es curioso que, a sabiendas de que hemos actuado según principios y valores propios, una parte de nosotros acaba siempre reflotando esa idea que desasosiega el sigilo de nuestra mente: «¿Qué pensarán los demás?». Como si el juicio de la muchedumbre nos hiciera más o menos válidos.

Ahora, en el silencio sepulcral de mi habitación, me paro a pensar en las consecuencias de lo que hicimos anoche. No por habernos rendido al placer, sino por habernos rebelado contra el propio monarca. No me imagino cuáles serán las consecuencias. Hemos desafiado, por primera vez en la historia de su reinado, al rey Carlos y, sobre todo, al conde-duque. Reconozco, pues, que la parte más negligente de mí siente cierta satisfacción al ver que, por primera vez en muchos años, me he salido de la fila mientras las nereidas me sujetaban de la mano. Pero sería una necia si quisiera ocultar que siento cierto miedo.

Julia arrastró los pies por el pasillo de camino a la habitación de sus padres. Nada se oía en palacio, todo se hallaba en un mutismo absoluto. Era como si en el aire quedaran partículas de crispación. No había ninguna mujer en las cocinas, ni en el cuarto de las costureras, ni preparando los arreglos florales que tanto le gustaban a la reina. La joven cortesana se cruzó con alguna realizando sus quehaceres diarios, pero en su mayoría habían parado. El plan de las nereidas había funcionado. Y eso le dibujó una mueca de felicidad en el rostro. Al llegar a la habitación de sus padres, hincó los nudillos en la puerta de ébano que daba acceso a sus aposentos.

—¿Sí? —preguntó su padre al otro lado.

—Papá, soy yo, Julia —dijo la joven con voz compungida y dudando ella misma de aquella afirmación; ¿qué Julia era ella?, ¿en quién se había convertido?

—Hija, ahora no es buen momento —respondió su padre con tono desolado e intentando evitarle la reprimenda que se le venía encima.

—Papá, por favor, necesito hablar con vosotros —suplicó la joven abatida.

—Anda, déjala entrar —dijo Mercedes claramente enfadada.

—Pasa, anda —dijo su padre mientras abría la puerta, y como no la besó en la frente, gesto al que siempre acostumbraba, Julia entendió el alcance de sus actos.

Su madre estaba sentada en el tocador cepillándose con esmero su pelo cobrizo. Al entrar la hija giró la cabeza y clavó en ella sus penetrantes ojos aguamarina.

—Estarás contenta, ¿no? —refunfuñó Mercedes entre dientes.

—¿Por qué, madre? —Su temple cambió por completo, a sabiendas de haber sido descubierta.

—Creo que sabes de qué te hablo. Hija, tu padre y yo estamos preocupados —confesó la costurera real con semblante de total desazón.

—Hice lo correcto —contestó ella desafiante.

Su madre dejó de cepillarse el pelo, colocó el peine en el tocador y alzó la vista enfadada.

—¿Lo correcto? Nuestro nombre está en juego, Julia. Tu nombre está en juego. Y el honor de esta familia está en juego —le recriminó Mercedes.

—Hice lo correcto —repitió segura la joven.

—No, Julia, lo correcto es ir cada día a la sala de costura a aprender el oficio o ayudar a tu padre con los encargos. Desafiar a la corte de los Monteros no es lo correcto —dijo Mercedes calmando su tono.

—¿Te estás arreglando para trabajar hoy? —contraatacó con un·halo de decepción.

—Pues claro, Julia. Yo ya no estoy para jueguecitos ni rabietas de niñas malcriadas, ¡eres la viva imagen de tu abuela Pepita! —espetó histérica Mercedes al ver que su hija era un fiel reflejo de su madre—. Tus rebeldías ya nos han ocasionado más de un tirón de orejas en este palacio.

—Pero ¿de veras te dan igual todas esas mujeres, madre? —preguntó Julia indignada ante la pasividad de su progenitora.

—No me dan igual, hija. Pero es mucho lo que nosotros podemos perder por tu guerra. Los reyes y el conde-duque nos dieron un hogar, un trabajo y una vida maravillosa. Te dieron oportunidades. Si no fuera por ellos, jamás habrías tenido acceso a una educación —le recordó entre lágrimas su madre—. Tendrías que estar dando gracias por la suerte que te ha brindado esta corte.

—Madre, te adoro y te respeto, pero no puedo dejar que mi privilegio nuble mi empatía. Yo soy afortunada, he tenido la suerte de crecer llena de amor y de oportunidades. Y sé que habéis trabajado duro para brindármelas, pero ¿acaso por eso he de mirar a otro lado? Lo siento, mamá. No puedo.

»Soy yo, tu Julia. La que con ocho años puso alfileres en las enaguas del ama de llaves después de que llamara «gorda» a una de las costureras; la que hizo una huelga de hambre con diez años porque se celebró una matanza de corderos en los jardines de palacio; la que con trece años hizo una hoguera para quemar el libro *Los buenos modales de una mujer empiezan en la cocina* —dijo Julia con retintín—; la que con quince años escondió a dos familias sin recursos en la Sala de los Leones después de que aquel diluvio acabara con las casas de los jornaleros; la que con diecisiete años irrumpió en una recepción de Sus Majestades y recriminó al conde-duque de Pastrana que hubieran invitado a aquel asqueroso viejo que les palmeaba el culo a las sirvientas cada vez que acudía a palacio. Soy yo, Julia. Tu inocente e irreverente hija. Esa que nunca ha podido mirar hacia otro lado —finalizó la joven extasiada.

Se hizo el silencio en aquella habitación. La chica ansiaba que alguno de los dos lo rompiera, porque sentía que unos cuchillos cortaban el aire que respiraban.

—Lo sé, hija, pero no quiero que sufras. No quiero que pases por lo que yo pasé —confesó su madre, pero Julia no entendía bien a qué se refería con aquella revelación.

—No sé cuál fue tu sufrimiento, madre. Pero yo no tengo por qué repetir tus errores. Déjame que, si he de equivocarme, sea yo quien lo haga —le suplicó.

—La vida ya es bastante difícil como para complicárnosla nosotros aún más —replicó la costurera.

—Solo queremos lo mejor para ti, hija —añadió su padre con una sonrisa de resignación mientras extendía sus brazos en señal de acercamiento para abrazarla; su madre negaba con la cabeza.

—Todo el mundo habla de ti, Julia. De la ofensa que orquestasteis anoche Olimpia y tú contra el rey Carlos. ¡El rey Carlos! El mismo que nos acogió en su palacio cuando eras una cría y que nos dio un trabajo digno, un techo donde dormir y comida —le repitió Mercedes.

—¿Cómo se ha sabido? —preguntó Julia, obviando el sentir de su madre.

—¿Acaso es lo único que te importa? —dijo la mujer en un arrebato.

—Sí, madre. Porque hay una cosa que se llama lealtad. Y está claro que alguien nos ha vendido —respondió enfurecida.

—Dicen que una de las mujeres le confesó el plan a su marido porque tenía miedo a las represalias —comenzó su padre.

—¡Como cualquier persona con algo de inteligencia! —lo cortó Mercedes.

—Así que cuentan por ahí que su marido, que se encuentra en la bancarrota, al llegar la madrugada le ha vendido dicha información al rey Carlos —terminó de explicar Rafael.

En aquel momento Julia notó que cualquier atisbo de validación por parte de su madre se desvanecía. No entendía lo que había hecho su hija. Y mucho menos podía sobrellevar que el nombre de esta estuviera en boca de todos y que fuera una de las responsables de la ofensa al rey.

—Julia, ¿estás ahí? —se escuchó a doña Bárbara al otro lado de la puerta.

La cortesana se acercó para darle paso a la dama de compañía de la reina.

—Adelante, doña Bárbara —dijo Julia mientras inclinaba la cabeza educadamente—. ¿Cómo sabía que estaría aquí? —preguntó intrigada.

—Una de las jóvenes te vio entrar hace un rato —dijo la mujer sin dar mucha más explicación—. Pero ahora debemos irnos —ordenó.

—¿Adónde? —preguntó preocupada.

—Sígueme, Julia, por favor —contestó doña Bárbara con el rostro compungido.

Julia se giró para mirar a su madre; percibió la desaprobación en su rostro y hasta una pizca de miedo. La joven tragó saliva y juntó las manos en el pecho para intentar implorar su perdón. Le pesaba la idea de ser una deshonra para su familia. Se dio media vuelta y se dispuso a seguir los pasos de doña Bárbara.

—Julia, hija mía —soltó compungida su madre—, te quiero.

Un mar de lágrimas brotó de los ojos de la chica como si de las fuentes de palacio se tratase y su voz se ahogó en el silencio. Salieron de la habitación y las dos mujeres caminaron sin mediar palabra. Un zafarrancho de pensamientos le taladraba la mente a Julia. La joven tenía un sinfín de preguntas, pero la congoja que le perforaba el cuerpo le impedía casi articular palabra. ¿Qué había hecho?

Al llegar al salón del trono, todas las nereidas aguardaban en la puerta con el mismo semblante de preocupación que invadía a Julia. Olimpia las presidía, y entre la marabunta la joven cortesana adivinó el océano de pecas de la infanta Loreto. Al verla allí sintió que la invadía una corriente de sosiego. Estaba orgullosa de ella. En cuanto sus ojos se cruzaron, la chica salió a su encuentro.

—Todo va a salir bien —dijo esta con total convencimiento mientras le sujetaba la mano.

El conde-duque de Pastrana abrió la puerta del salón del trono e hizo un ademán con las manos para invitarlas a entrar, aunque la expresión de su rostro era de todo menos amigable. Las nereidas procedieron, menos Olimpia y doña Bárbara, que se quedaron en último lugar.

—Vete antes de que te vea el rey Carlos, por favor —suplicó Olimpia.

—No puedo dejarte sola —le dijo doña Bárbara.

—Mira ahí —dijo, señalando a todas las jóvenes—, no estoy sola, amiga. Y ahora vete, por favor.

Se fundieron en un abrazo sincero. La faz de doña Bárbara denotaba orgullo, pero también preocupación.

El rey Carlos presidía uno de los tronos, con parte de su séquito rodeándolo, una decena de hombres con rostro serio y pinta de poco talante. Él era la máxima figura del país. Poseía todo el poder, ya que con su llegada a la corte establecieron un Estado inspirado en la monarquía francesa, en la cual todo el poder recaía sobre el monarca. Sus poderes eran ilimitados y podía ejercerlos sin control ninguno.

La decoración del salón del trono en un principio se concibió recargada y exorbitante. Se planificó una sala llena de mármoles, espejos y bajorrelieves. Pero, en materia de buen gusto, el rey Carlos solo otorgaba su confianza al conde Gazzola, que se sirvió de su equipo de artistas italianos.

Las paredes acabaron forradas con terciopelo rojo de Génova bordado con hilo de plata. La bóveda presentaba una obra de Tiepolo en la que se ensalzaban las figuras alegóricas y alusivas que representaban «la grandeza de la monarquía española». En mitad de la sala y custodiando el final de unas escaleras de corta altura, el mayor símbolo de poder de la corte de los Monteros: los dos tronos, custodiados por las estatuas de Apolo y Minerva y de cuatro leones de bronce hechos en Italia.

—Loreto, no deberías estar aquí —dijo Julia preocupada.

—Llevo toda mi vida esperando este momento —contestó la infanta de manera pausada y calmada.

—Dicen que van a acusarnos de conspiración contra la corte de los Monteros —sollozaba una de las jóvenes.

—Tranquilízate —la animó una nereida que se encontraba a su lado.

Por dentro a Julia le temblaba todo el cuerpo, pero mantenía una postura rígida para exprimir toda la seguridad que había alcanzado en los últimos tiempos. La traición conllevaba una pena capital y eso significaba la muerte pública en la horca. Pero no quería pensar en eso, sino alejar ese pensamiento de su cabeza.

—Lo de anoche fue inadmisible. Un espectáculo bochornoso —espetó el rey Carlos, levantándose de golpe de su trono—. Y qué decir de lo ocurrido esta mañana; casi ninguna mujer se hallaba en su puesto de trabajo. Las cocinas desiertas, la sala de costura prácticamente vacía, las sirvientas sin aparecer... Somos el hazmerreír de Europa por vuestra culpa —dijo con ira y un tono que jamás antes habían presenciado—. Por todas vosotras es sabido que la fiesta de Baco es una de las más importantes de esta corte, donde mostramos y alardeamos de las mujeres que la constituyen. La fiesta que, hasta ayer, nos hacía ser la envidia del resto de las cortes europeas. Nuestra carta de presentación para hacer de este lugar el más deseado. En ese evento hemos cerrado los matrimonios más fructíferos y hemos conseguido los mejores acuerdos políticos que se recuerdan. Hasta ayer. Anoche me hicisteis ser la vergüenza de palacio y a la vez yo me sentí avergonzado de vosotras. Y esto no se puede tolerar. Os habéis burlado de mí, habéis conspirado contra esta corte. Merecéis un castigo —sentenció el rey Carlos.

—¡Incluso dicen por la ciudad que estas mujeres hacen brujería! —las acusó un hombre del séquito del monarca.

—Sobre todo usted, Olimpia —añadió el conde-duque de Pastrana—. Ha llevado a todas estas crías a la desdicha. Embaucándolas con palabrería barata para que se creyeran sus mentiras. Se piensan que tienen libre albedrío, como si el hombre no tuviera nada que decir. —Con estas palabras, el noble dejó clara su postura ante la libertad de las mujeres.

—¡Y deberían tenerla! —contestó llena de rabia Olimpia, maldiciendo al hombre que tanto daño le había infligido.

—¡Pamplinas! —espetó el conde-duque.

—Su Majestad, ruego que escuche lo que vengo a decirle. Y digo «vengo» porque quiero que todas estas mujeres se mantengan al margen. Si alguien debe ser castigada soy yo —defendió Olimpia mientras el resto se miraban atónitas.

—Yo también responderé por ellas —dijo Julia, dando un paso al frente para perplejidad de toda la sala.

—¡Usted no tiene nada que decir, señorita! No se meta en esto —la cortó el conde-duque.

—Su Majestad, escuche solo un instante… —intentó hablar la chica, sin suerte.

—¡Cierre la boca, le he dicho! Su Majestad no tiene nada que escuchar —gritó con veneno en su tono el noble.

—¡Cállese de una maldita vez, conde-duque! ¡Se lo ordeno! —gritó la infanta Loreto, apartándose de entre las nereidas, con un tono de voz que jamás le habían oído—. Y déjelas que hablen.

Olimpia se giró hacia ella con un semblante que rebosaba orgullo e inclinó la cabeza en señal de agradecimiento.

—Lo que ocurrió anoche fue únicamente un acto de protesta y lo sucedido esta mañana, una consecuencia que demuestra, una vez más, la importancia del papel de las mujeres en su corte y, en definitiva, en esta sociedad. No somos monedas de cambio que solo merecen ser criadas para conseguir un buen marido. Queremos ser libres e iguales en derechos. Queremos elegir por amor y no por conveniencia. Queremos tener voz y ser bienvenidas en los actos políticos. Y, sobre todo, queremos que las niñas tengan acceso a una enseñanza digna. Y si hace falta daré mi vida por ello. Queremos que tengan las mismas oportunidades que nosotras de formarse para tener así un juicio crítico. Sé que tienen miedo de que pensemos, pero lo seguiremos haciendo, aunque se empeñen en prohibírnoslo. Y cada día que pase nos levantaremos más y más fuertes. Queremos rebatir esas ideas obsoletas que retumban en sus cabezas. A las mujeres se les ha hurtado la posibilidad de ser educadas de manera igualitaria. Y, aunque no existe prohibición taxativa de Su Majestad, la sociedad les ha hecho creer generación tras generación que su papel era otro. Que nuestro papel era otro.

»Habéis querido siempre exaltar nuestros valores internos, pero no instruirnos en la cultura. Tan solo unas pocas privilegiadas hemos tenido la suerte de recibir una educación digna. El resto de las mujeres tan solo dominan todo aquello referente al corazón para proporcionar una vida placentera en el hogar a sus maridos y sus hijos. Una vida en la que les hacéis sentirse incompletas si un hombre no las acompaña para sumarle valía. Su formación siempre ha sido práctica para convertirlas y convertirnos en buenas esposas, buenas madres, buenas cristianas y, sobre todo, buenas administradoras del hogar. Pero nosotras queremos fomentar la lectura y la escritura. Y necesitamos que usted nos ayude, Su Majestad

—terminó Olimpia con un tono de súplica, pero sin perder un ápice de seguridad.

—Eso es tan solo una sarta de ideas absurdas —replicó el conde-duque.

—Olimpia, ¿se está dando cuenta de su osadía? ¿No solo viene aquí sin implorar perdón, sino que encima osa recriminarme la manera de organizar mi sociedad? —El rey se echó a reír con cierto desdén.

—Esto es una ofensa, Su Majestad —intervino otro de los hombres que acompañaba al rey.

—¡No podemos permitirlo! —añadió un segundo.

—Olimpia, pasan los años y sigue usted igual de testaruda que siempre y con todos esos pajaritos en su cabeza, esas ideas ridículas de que las mujeres son iguales que los hombres. ¿Acaso nos ve algún parecido? —dijo entre risas llenas de mofa el conde-duque, alzando los brazos y señalando al resto de los hombres.

—Gracias a Dios no —contestó Olimpia desafiante—. No quisiera yo en la vida parecerme a usted.

—Su Majestad, no podemos tolerar que hable así. Está pidiendo a gritos que le pongamos la soga al cuello —espetó con enojo el conde-duque.

Todas admiraban la valentía de Olimpia, una mujer que estaba dispuesta a sacrificarse por los demás, que luchaba por que otras consiguieran una vida digna.

—Con mi muerte no ganarían nada. ¿Acaso creen ustedes que esta es solo mi lucha? Es la lucha de cientos de mujeres. Podrían acabar conmigo poniéndome la soga al cuello y lo único que conseguirían sería avivar el fuego y azuzar el avispero —seguía ella, pendenciera.

—Olimpia, creo que no es usted consciente de la gravedad de este asunto. No ha reparado en la ofensa que supone para mi persona vuestra estúpida «lucha». No es cuestión solo de la cantidad de dinero que me habéis hecho perder, ni la de pactos que se han roto por culpa de este incidente, ni los matrimonios que se han cancelado por vuestra rebeldía, sino que se trata de esta ofensa contra mi persona —dijo el rey mientras señalaba con un dedo acusador a Olimpia.

—Sabe usted que soy más valiosa viva que muerta. Si tomara en consideración nuestras peticiones, yo podría hacer que saliera ganando —intentó convencerlo.

No podía existir mejor representante de las mujeres que ella para plantarles cara a todos aquellos hombres que la consideraban una hereje, que la preferían calladita y sumisa. Solo querían hacer y deshacer a su antojo para seguir manteniendo su poder, el cual veían amenazado por un grupo de mujeres que, con casi nada que perder, se habían erguido desafiantes en aquel salón del trono.

—Ah, ¿sí? ¿Y yo qué ganaría no castigándola? —intervino el rey Carlos, para asombro de todos los allí presentes.

—Ha aludido usted en su reproche a la importancia que da Su Majestad a las mujeres de esta sociedad. Ha recalcado que la fiesta de Baco era la mayor carta de presentación que poseía este reino. Pero su éxito es solo atribuible a las mujeres. Ellas son su verdadera carta de presentación. No obstante, es bien sabido por todos que los viajeros extranjeros se llevan las manos a la cabeza cuando visitan España y descubren la ignorancia de nuestras jóvenes y la supervisión paternal tan estricta a la que las someten.

»Claro que somos el hazmerreír de Europa, pero por una causa muy distinta a la que usted asegura. Nuestras jóvenes no tienen oficios que no sean el cuidado del hogar o la instrucción para ser buenas esposas y vivir en matrimonio. Sin embargo, ¿qué hombre con cierta decencia va a querer unirse a una esposa que no sabe leer ni escribir, que no tiene temas para conversar y que ni siquiera es capaz de discernir lo que está bien de lo que está mal? Tenían miedo a Eva porque mordió la primera manzana. Y, ¿saben qué?, ella era una única mujer, pero imaginen que nosotras formamos un ejército —amenazó Olimpia, poco conciliadora.

—Y dígame usted qué propone —preguntó el rey, que parecía interesado en la reflexión de Olimpia.

—Propongo el establecimiento de escuelas para niños y niñas en las que la formación de ellas no se base únicamente en labores, cocina y derivados. Propongo el acceso a una educación digna e igualitaria, sin distinciones. Propongo que nos dejen ser libres —apuntilló la mujer, resumiendo en unas frases lo que había sido hasta ahora su máxima lucha.

Pero todos los allí presentes lanzaron una carcajada al unísono, haciendo gala de su bobaliconería. Aquellas mentes cerradas eran imposibles de transitar. La educación haría a esas mujeres avanzar como sociedad, las validaría. Pero entre aquellas paredes su lucha estaba a punto de ser borrada de un plumazo.

—¿Escuelas? ¿Formación? ¿Acaso deja entrever usted con sus palabras que la sociedad que estoy creando, desde que subí a este trono, no está a la altura? —preguntó molesto el rey Carlos.

—No he dicho eso —replicó Olimpia, a la que empezaban a flaquearle las fuerzas para seguir batallando en aquella guerra perdida.

—Pero lo ha insinuado —añadió el conde-duque, intentando meter cizaña para encender al monarca.

Olimpia seguía impasible ante las continuas provocaciones del noble, porque en el fondo de su conducta reconocía un indicio de inseguridad; un pequeño miedo a ser descubierto iba floreciendo en su interior.

—Su Majestad, ¿no ve que se está riendo de usted? —prosiguió el hombre—. No tuvo suficiente anoche con dejarnos en ridículo frente a toda Europa; no le basta con comerles la cabeza a todas nuestras mujeres y hacer que esta mañana el Palacio Real pareciera un desierto, sino que encima viene aquí con altanería y desprecio y, en vez de agachar la cabeza cual avestruz, lo insta a crear escuelas. Como si no viera con buenos ojos la gestión que usted hace para velar por los intereses de los niños y las niñas de este país —argumentó el conde-duque.

—Tiene razón —acabó de convencerse el rey—. Todas merecen un castigo.

El monarca llamó al resto de los hombres que lo cercaban, formaron un corrillo y comenzaron a murmurar.

—Su Majestad, no puede permitir que se salgan con la suya. Si lo hace, seremos el hazmerreír de Europa —volvió a repetir el conde-duque lleno de indignación.

—Su Majestad, esas dos mujeres, Olimpia y la tal Julia, son dos brujas, lo dice todo el pueblo —metió más cizaña otro.

—¿Qué se creen esas vulpejas? —terció uno.

—Sí, Su Majestad, ellos tienen razón. Si no les da ejemplo con un castigo, este lugar se convertirá en un palacio de desdicha —señaló otro de los hombres.

Mientras ellos hablaban, a Julia le temblaban las piernas; tenía miedo por lo incierto de su futuro. Temía que su lucha hubiera sido en balde si acababan todas aquellas mujeres en la plaza pública ahorcadas con una soga.

Pasaban los minutos y las nereidas, incluida Loreto, permanecían inmóviles, impasibles, indiferentes. Como si todas tuvieran claro el devenir que las acechaba. Algunas aguantaban las lágrimas, otras las dejaban brotar por sus mejillas y varias apretaban los puños con fuerza. La infanta le sujetó la mano a Julia y con la zurda hizo lo mismo con la joven del otro lado. La cortesana la imitó con Eva, que se encontraba a su derecha, y esta a su vez le sujetó la mano a la joven que había a su lado, y así sucesivamente... Ante aquel bonito acto, Julia suspiró aliviada. Un sentimiento de honor, lealtad y dignidad inundó la sala del trono. Estaban allí unidas por todas las que vendrían. El rey Carlos se llevó el dedo índice a la boca y mandó callar.

—¡Silencio! —gritó.

Y todo el mundo enmudeció. El monarca levantó los brazos a media altura y aleteó las manos para que la gente se apartara. El corazón le palpitaba a Julia con tanta velocidad que temía desmayarse allí mismo.

—No podemos tolerar estas conductas. No en mi reino. Lo que sucedió anoche en este palacio es inadmisible. Vuestra conducta es inadmisible. Y engañar a mi hija para que esté ahí de pie junto a vosotras es inadmisible —recriminó el rey.

—¡Nadie me ha engañado, padre! —se quejó la infanta, furiosa.

—¡Cállate! ¿O acaso quieres correr la misma suerte que merecen ellas? —amenazó el monarca.

La infanta Loreto agachó la cabeza y obedeció sumisa mientras una lágrima resbalaba por su rostro. Siempre había sido la niña mimada del rey, a pesar de que este no concibiera que ella tuviera las capacidades suficientes para reinar por el simple hecho de haber nacido mujer, ni siquiera siendo la primogénita.

—Debo pensar cuál será vuestro castigo y decirlo sin demora… —reconoció el rey.

Las nereidas se sujetaban las manos cada vez con más fuerza, como si vieran el precipicio acercándose. Pero en ese instante irrumpió en la sala doña Bárbara, que había estado escuchando tras la puerta todo lo que había sucedido en aquel salón del trono.

—Su Majestad —comenzó a decir la dama con ímpetu y una seguridad terriblemente atractiva—, siento irrumpir de esta forma, pero no puedo permitir que cometa usted un grave error.

Doña Bárbara era sabedora del poder que ejercía sobre el monarca. Ella era la persona de confianza de los reyes y su absoluta lealtad a la corona de los Monteros la situaba en una posición a la que muy pocos en aquella corte tenían acceso.

—¿Y por qué piensa eso usted, doña Bárbara? —preguntó curioso el rey, que confiaba ciegamente en ella.

—No dudo de su razón ni de que la conducta de estas mujeres es totalmente reprochable. Pero mandarlas a la horca no hará que sirva como ejemplo para el resto; por el contrario, el miedo inundará las paredes de este palacio y ninguna mujer querrá formar parte de esta corte. Usted ya me entiende —explicó doña Bárbara, y el rey tuvo que leer entre líneas.

El sexo en aquella corte era la mayor moneda de cambio. Julia ahora lo sabía, porque formaba parte de sus secretos, y supo entender lo que significaban las palabras de su tutora, que llevaba años haciendo realidad las fantasías que se paseaban por la cabeza del rey Carlos y de la reina Victoria. Si bien el monarca no tenía conocimiento de que aquellas mujeres se reunían en la sociedad secreta de las nereidas, lo que sí sabía era que doña Bárbara tenía un don para encontrar las mejores participantes para el Ateneo. Y esto podía tambalearse, según había dejado entrever la dama de compañía de la reina.

—¿Y qué propone usted? —le preguntó como si le estuviera pidiendo consejo.

—Que lo piense. Que lo piense fríamente y no decida ahora. Rúmielo y consúltelo con la almohada. Busque un castigo ejemplar, pero no se deje llevar por la ira heredada de quienes lo rodean —alegó doña Bárbara, consumida por su rabia hacia el conde-duque.

El rey suspiró con fuerza. Miró a su alrededor y vio a Francisco mover la cabeza de izquierda a derecha en señal de negativa.

—¡No lo haga, Su Majestad! ¡No sucumba a sus viles artimañas! —gritó este.

—¡Cállese por un instante, Francisco! ¡Se lo ordeno! —le pidió enfadado.

—Sí, Su Majestad —respondió el conde-duque, que intentó ocultar su desasosiego por el reproche.

—Doña Bárbara, le haré caso. Meditaré mi decisión —concluyó.

Se hizo un silencio absoluto en aquel lugar. Todos se miraron estupefactos: las nereidas porque no sabían en qué devendría su futuro y el séquito de hombres porque el rey había sucumbido de nuevo a los encantos de doña Bárbara.

—¡Y ahora todo el mundo fuera de aquí! —ordenó el monarca.

Aquellas mujeres no sabían cuál sería su castigo; la única certeza que tenían era que contaban con dos hermanas valientes y fuertes capaces de plantarle cara al rey, de luchar por lo que creían justo en una sociedad desigual. Dos mujeres que eran un ejemplo... y una inocente principiante que había aprendido demasiado rápido. Al salir del salón del trono, Julia se dio cuenta de que unidas eran invencibles.

26

El impávido

Versalles era un lugar en el que los placeres mundanos tenían mucha presencia. Para ellos el sexo se convirtió en un oasis de placer sin leyes ni límites. Se dice que el juego del impávido lo exportó Versalles y que se puso de moda entre reyes y nobles.

Sobre los juegos sexuales en las cortes europeas

El sol hacía honor a sus obligaciones de verano y decidió calentar el día como cuando acercas las manos a una vela encendida. Julia no podía soltar la pluma, necesitaba dejar por escrito cada una de sus reflexiones. Por una parte, el miedo ante su situación la invadía, pero, por otra, sentía una valentía sin igual ante los nuevos retos que le ofrecía la vida.

He de reconocer que el miedo recorre mis adentros. Que tomé esta ofensa al rey y al conde-duque como un juego de niños y no alcancé a imaginar que pudiéramos ser descubiertas de una forma tan necia. Pero no puedo negar la dicha de saber quién soy. Reconozco que la Julia que admiro ante el espejo es digna de mi orgullo. Porque he sido educada en saberes y valores que lejos andan de donde me encuentro. No me gustaría seguir viviendo una vida en la que creyera que el acto sexual es exclusivamente el camino para alcanzar la procreación, que, según esta sociedad, es nuestra única misión. He crecido creyendo que las mujeres estábamos hechas únicamente para dar vida, no para vivirla.

Pero yo me niego a eso, rehúso creer que mi cuerpo es tan solo el conducto para mantener vivo mi apellido. ¿Por qué entonces siento esa energía cuando mis manos se pierden en mi sexo? ¿Por qué me late la vulva de esa forma cuando Jorge me lame la piel? ¿Por qué me enciendo de esa manera cuando Gonzalo corre con el torso desnudo por los jardines? Ahora poseo el total convencimiento de que cada célula de mi cuerpo está hecha para recibir placer. Y no estoy dispuesta a renunciar a él. No quiero ser lo que todos esperan, deseo ser yo misma. Sin una moral aprendida, sin unos pensamientos heredados, sin una vida totalmente preestablecida. No quiero ser la esposa de Mateo Ítaca y tener una vida diseñada al milímetro. Quiero crear y vivir mi propia vida, no la que otros han ideado para mí.

Julia llevaba un libro en las manos y se dirigía a la sala de costura. El insoportable calor se entrelazaba con dosis insufribles de humedad; sus pasos parecían pegajosos y el vaho incesante no beneficiaba a su pelo lacio. Al llegar, la joven cortesana se asomó tímidamente e intentó no hacer ruido, pero el crujir de los suelos de madera anunció su llegada. Todas las costureras se giraron a la vez y clavaron los ojos en ella. La joven quiso mantener la testa erguida a su paso, pero cargaba con pesar y entró con la cabeza gacha, intentando clavar los ojos en el libro que portaba. Eso le impidió saber a qué juicio se enfrentaba, porque no reparó en ninguna de las expresiones que pintaban esos rostros. Quizá algunas la vieran como la díscola e indisciplinada hija de Mercedes Campoamor; otras, como si de una hereje se tratase, o tal vez, quiso creer ella, alguna viera en Julia a esa mujer valiente que luchaba por lo que creía.

La joven cortesana continuó su camino en un mutismo absoluto hasta alcanzar el pequeño cojín de algodón en tonos tierra, si bien antes hizo una parada en el puesto de su madre para besarla en la frente, pero esta no dijo nada. Luego se sentó en el cojín y abrió su libro, *Novelas amorosas y ejemplares*, de María de Zayas, del año 1638:

Lector mío, te causará admiración que una mujer tenga despejo, no solo para escribir un libro, sino para darle a la estampa. ¿Quién duda que habrá muchos que atribuyan a locura esta virtuosa osadía de sacar a la luz mis borrones siendo mujer, que en opinión de algunos necios es lo mismo que una cosa incapaz? Pero cualquiera, ni lo tendrá por novedad ni lo murmurará por desatino, porque si esta materia de la que nos componemos los hombres y las mujeres, ya sea una trabazón de fuego y barro, o ya sea una masa de espíritus y terrones, no tiene más nobleza en ellos que en nosotras; si es una misma la sangre, los sentidos, las potencias, y los órganos por donde se obran sus efectos son unos mismos, la misma alma que ellos (porque las almas ni son hombres ni mujeres), ¿qué razón hay para que ellos sean sabios y presuman que nosotras no podemos serlo? Esto no tiene, a mi parecer, más respuesta que su impiedad o tiranía en encerrarnos y no darnos maestros, y así, la verdadera causa de no ser las mujeres doctas no es defecto del caudal, sino falta de la aplicación, porque si en nuestra crianza, cuando nos ponen el cambray en las almohadillas y los dibujos en el bastidor, nos dieran libros y preceptores, fuéramos tan aptas para los puestos y para las cátedras como los hombres, y quizá *más* agudas.

—Ya está aquí, otra vez, ese horrible olor a muerto —espetó en voz alta una de las costureras.

—Es esa maldita humedad que reaviva el pudridero —contestó otra.

—¿Qué es el pudridero? —preguntó curiosa la joven costurera, aquella cuya familia provenía de Inglaterra y a la que a veces le canturreaban el himno de su país.

En otra ocasión cualquiera de esas mujeres se habría dirigido a Julia para que fuera ella quien lo explicase. Pero aquel día ninguna la mentó. Puede que por la deslealtad de la cortesana a los reyes o por la lealtad de las costureras a ellos.

—¿Nadie va a decirme qué es un pudridero? —se atrevió a preguntar con cierto enfado la joven.

Julia no se veía en posición de contestar, así que agradeció que su madre, en cierto modo, saliera en su ayuda.

—El pudridero real es una estancia abovedada que se encuentra bajando las escaleras que llevan al Panteón de Reyes. En el segundo descansillo, a mano derecha, hay un pasadizo con una enorme puerta de madera que cierra el paso. El pudridero tiene las paredes de piedra, el suelo de granito y no posee ventilación alguna, de ahí ese pestilente olor —explicó Mercedes, de la que Julia había heredado su afán por el saber.

—Pero ¿y por qué ese mal olor? —recalcó la joven.

—¿Estás segura de que quieres saberlo, chiquilla? —preguntó otra costurera, y aquella asintió con la cabeza colmada de curiosidad.

—Porque en esa habitación descansan los restos mortales de los antiguos reyes. Su función es hacer que los cuerpos se pudran y así poder reducirlos y que se adapten a los cofres de plomo que se introducen en uno de los veintiséis sarcófagos que hay en el Panteón de Reyes —siguió explicando Mercedes.

—¿Me estás diciendo que huele a rey podrido? —preguntó incrédula.

Al ver su cara de asco tras saber lo que se escondía bajo sus pies, todas las mujeres soltaron una carcajada, incluida Julia, pero la risa de esta se ahogó en congoja cuando adivinó tras la ventana la silueta de Gonzalo y Gadea, que se encontraban en el jardín de palacio. No quería mirar, hizo ojos ciegos a aquella imagen para borrarla de su mente. Pero ahí estaban, entrelazados, danzando como dos críos, mientras Gadea reía a carcajadas.

Entonces hubo un cruce de miradas que jamás hubiese deseado. Un cruce de miradas que no esperaba, así que no le dio tiempo a reaccionar y fijar la vista en cualquier otro lugar. Era tarde, Gonzalo había reparado en su presencia tras la ventana y sus miradas se habían cruzado cual tiro certero. La joven disimuló como pudo y clavó de nuevo sus ojos en el libro de María de Zayas, rezando para que la vista del príncipe fuera tan deficiente como la de un erizo de tierra. Pero nada más lejos de la realidad. Pasados unos instantes, Gonzalo irrumpió en la sala de costura y las eclipsó con su presencia.

—Buen día tengan todas —dijo con tono serio mientras se adentraba en la sala.

—¡Buen día, su alteza! —respondieron al unísono, inclinando la cabeza en señal de respeto.

Salvo Julia, que continuaba impasible, intentando clavar sus ojos en el texto del libro para disimular que notaba con total claridad que Gonzalo se dirigía hacia ella. Esta vez, sin esconderse.

—Hola, Julia —dijo el joven con voz de pocos amigos.

—Hola, Gonzalo —contestó alzando la vista desde el cojín donde se hallaba sentada.

—Me gustaría hablar contigo, ¿tienes un momento? —preguntó el príncipe de tal manera que no tuviera opción a negarse.

—Por supuesto —dijo la cortesana mientras dejaba el libro en el suelo y se levantaba para seguirle el paso, que ya había emprendido hacia la salida de la sala.

—Me tienes preocupado, Julia —confesó Gonzalo nada más poner un pie fuera.

—¿Y a qué se debe tu preocupación? —contestó la joven con cierta ironía.

Él, el que había dejado de hablarle sin explicación alguna, el que la había dejado con la palabra en la boca, el que había estado días sin mirarla a los ojos, el que rompió su pacto sellado con saliva en el que juraron ser mejores amigos de por vida, él, el apóstata, ahora estaba preocupado por ella.

—Me he enterado de lo que pasó ayer con mi padre. Tu nombre y el de Olimpia están en boca de todos. Esto no es un pasatiempo, Julia. Habéis desafiado a la Corona y os aseguro que está en juego mucho más que vuestro honor —culminó Gonzalo intranquilo.

—¿De verdad te vas a preocupar ahora por mí? No se te veía muy inquieto cuando desapareciste de mi vida sin aclaración alguna —le reprochó.

—Julia, sabes que me importas; para muestra, todos los años de amistad que nos preceden. Pero hay cosas que... —intentó explicarse su amigo.

—¿Cosas que qué, Gonzalo? Esto no tiene ningún sentido.

Julia se alejó de él sin dar opción a ninguna réplica. Esta vez fue la joven la que lo dejó con la palabra en la boca. La invadía la cólera, sentía que nadie la entendía y que todos la juzgaban. Así que se dirigió hacia la única persona que sabía que no lo haría: doña Bárbara. Abrió sin preguntar la puerta de la sala de música, el lugar en el que sabía que la encontraría.

—Quiero ir —le exigió a doña Bárbara.

—¿Ir adónde, querida? —contestó la dama sin levantar tan siquiera los ojos de su partitura.

—Al juego de esta noche —replicó la cortesana.

—No sé de qué juego me hablas, y, si me perdonas, estoy bastante ocupada, Julia —dijo, intentando echarla de la sala sin dirigirle la más mínima mirada.

—Sabe perfectamente de qué hablo. Ayer mientras esperábamos la reprimenda del rey oí a Eva susurrar sobre este tema —confesó, para dar veracidad a la propuesta.

—No puedes, no estás invitada —recalcó doña Bárbara.

—¡Pues invíteme! —replicó insistente la joven.

—¡He dicho que no! Y ya basta —repuso alzando la voz y, por primera vez, los ojos; luego la empujó levemente para acompañarla a la salida.

—Pero ¿por qué razón no puedo ir? —volvió a insistir, confiando en que doña Bárbara, cuya paciencia era de mecha corta, acabara por ceder con tal de no oírla.

—Porque es peligroso, Julia. Y no quiero exponerte. Ya tienes suficiente con todo el revuelo que se ha montado —reconoció la dama de compañía mientras salía de la sala de música.

—¿Más peligroso que desafiar a la corte de los Monteros? ¿Más peligroso que plantarnos frente a un rey y su séquito? Ya he conocido el peligro, doña Bárbara, y ya no tengo miedo —culminó Julia orgullosa de su propia seguridad mientras la seguía a paso ligero por el pasillo.

—He dicho que no —sentenció la tutora.

—No es justo, poseo la misma madurez para las nereidas que para el Ateneo —le recriminó la joven enfadada.

—Está bien, pero tan solo oirás, verás y callarás —dijo doña Bárbara, dándose finalmente por vencida tras la obstinación de Julia—. Ponte un calzado más cómodo, pues caminaremos hasta la casa de conversación. Y date prisa, que todas esperan.

Corrió hacia su habitación como alma que lleva el diablo y cogió unas chinelas planas con punta en pico y sin talón, cubiertas por una seda de color marrón y amarillo. La boca de las chinelas estaba ribeteada por un cordón de tela metálica. Se las calzó deprisa y se dirigió hacia la entrada de palacio. Allí esperaban Eva, Liliana, doña Bárbara y Olimpia.

—Tenía entendido que las aprendices tenían prohibido acudir hoy al juego —añadió extrañada Liliana.

—Esta aprende rápido —la cortó doña Bárbara.

—Y tanto —secundó Eva con su sensual voz.

En el camino las cinco mujeres rieron, charlaron y por un momento se olvidaron de que todavía el rey seguía pensando en si concederles el perdón o aplicarles un castigo. Pero cerca de ellas, en esa sociedad secreta donde el sexo, el placer y la cultura eran el hilo conductor, Julia se sentía viva. Como si su cuerpo llevara toda la vida sumido en un letargo absoluto y por fin hubiera revivido.

Llegaron a la casa de conversación, un lugar regentado por un conocido abogado de la sociedad madrileña: Carranza. Debido a sus contactos y a su gran conocimiento de la ley, sabía perfectamente cómo saltársela. Su casa de conversación era la única que quedaba en pie en toda la ciudad. En esos lugares clandestinos antiguamente se jugaba a las cartas y a cualquier otro juego ilegal. La Iglesia había prohibido estos juegos porque eran cuna de peleas y hasta de asesinatos, y porque alejaba a sus feligreses de las misas.

Se cree que el origen de las cartas está en China y que las introdujeron en Europa los comerciantes que hacían la Ruta de la Seda. La influencia de Francia en la corte de los Monteros propició que su baraja llegara años atrás al Palacio Real de Madrid. Las cartas en España se producían en la Real Fábrica de Aguardientes y Naipes, que se encontraba en las huertas de la comunidad de clérigos de san Cayetano. El Estado había comprado unos terrenos para edificar la fábrica en la que se guarecían los productos estancados del Estado, es decir, todos aquellos que no se podían comercializar libremente y que solo podían producirse, gestionarse y comercializarse a través del Estado, como eran las barajas de cartas o los aguardientes, entre otras cosas.

El propio Carranza fue quien las recibió.

—Sean ustedes bienvenidas a este pequeño oasis en mitad de la ciudad —dijo, invitándolas a pasar.

—¡Ven aquí, sinvergüenza! —dijo Olimpia con una carcajada, y se fundió en un abrazo con él.

—Veo caras nuevas —observó aquel algo inquieto, fijando sus ojos en Julia.

—Su nombre es Julia, es de fiar —contestó la mujer.

—Las tenéis bien enseñadas. Otra cortesana más guardando secretos —dijo riendo Carranza.

El abogado empezó a recorrer el pasillo y el grupo de mujeres lo siguió. Doña Bárbara y él adelantaron el paso para separarse un poco del resto.

—Imagino que ya te has enterado —comenzó ella.

—No se habla de otra cosa en la ciudad. De hecho, pensaba que no vendríais —confesó Carranza.

—Si no acudimos a los actos del Ateneo, la gente hablará más. Y no deseo que el rey Carlos o el conde-duque piensen que estas mujeres tienen miedo —explicó doña Bárbara.

—Ni el rey ni nadie sospechan nada de ti, ¿no? —preguntó preocupado Carranza.

—Por ahora no, solamente creen que mi bondad me hizo querer ayudarlas —se sinceró.

—Dime cómo puedo ayudarte, amiga —se ofreció el abogado.

—Pídele a tu hijo Nicolás que hable con Gonzalo, y ojalá a través de esa vía podamos calmar a las fieras —deseó doña Bárbara.

—Cuenta con ello. Tienes mi palabra.

Entraron en una sala presidida por una descomunal mesa de caoba con tablero ovalado que descansaba sobre dos pedestales, cada uno con tres patas. Era tan grande que las seis sillas que la acompañaban estaban muy alejadas unas de otras: una en cada cabecera, dos en el lateral derecho y dos en el izquierdo. Estaban intercaladas, de modo que ninguna quedaba frente a otra. Eran de estilo Chippendale, al igual que las otras veinte que estaban apoyadas en las paredes de la habitación: de caoba y con el respaldo alto, cuadrado y calado. Las patas delanteras estaban rematadas con garras sobre una bola y los asientos eran de rejilla.

Hombres y mujeres charlaban animosamente cuando Carranza les mandó sentarse. Él lo hizo junto a Olimpia. Luego levantó la mano derecha y chascó los dedos en el aire. En ese momento tres sirvientes entraron en la sala con bandejas repletas de pequeños vasos de cristal y botellas de aguardiente. Sirvieron a cada uno de los allí presentes y colocaron un vasito delante de las sillas vacías que había en la colosal mesa de caoba.

—¡Nicolás! Julia —dijo señalando a la joven— es nueva por aquí, así que acompáñala a que haga los honores —pidió Carranza, dirigiéndose a un apuesto joven.

A ella empezó a bombearle el corazón deprisa, igual que cuando estuvo frente al rey Carlos sentado en su trono. Nicolás se acercó hasta su silla y le tendió una mano para ayudarla a levantarse.

—Estás temblando, chiquilla —le susurró.

Julia intentó disimular su nerviosismo y rezumar seguridad, pero no tuvo mucho éxito, porque el joven siguió tranquilizándola.

—Calma, Julia, tan solo tienes que barajar unas cartas —dijo mientras se la ofrecía.

Ese juego cuyas reglas y funcionamiento desconocía se jugaba con una baraja francesa.

—Elige seis cartas. El único mandamiento es que una sea el rey de corazones. Cuando las hayas elegido, barájalas y ponlas bocabajo frente a las seis sillas que hay en la mesa —le ordenó el joven con delicadeza.

Julia buscó el rey de corazones, la dama de tréboles, la jota de diamantes, el diez de picas, el as de corazones y el tres de tréboles. Las barajó muy consciente de los ojos de los allí presentes clavados en sus manos. La joven cortesana se acercó a la mesa, las posó bocabajo frente a las sillas vacías y volvió a sentarse en su sitio. En ese momento Nicolás se aproximó a la puerta e hizo llamar a alguien.

Seis hombres entraron en la sala y cada uno se colocó detrás de una de las sillas vacías. Los había jóvenes y más mayores, apuestos y no tan agraciados... Julia se fijó en que todos llevaban en la mano derecha un guante de un color distinto: púrpura, magenta, cian, amarillo, negro y blanco. Tres sirvientes entraron tras ellos junto con una mujer completamente desnuda que se colocó a unos pasos de la mesa. Los seis hombres se desvistieron de cintura para abajo y dejaron su miembro totalmente al descubierto. Los tres sirvientes recogieron las ropas y salieron de la habitación, y los hombres se sentaron con su pene danzando bajo aquella mesa. Bottineli, el músico de cámara de los Monteros, entró en la sala con su trío de cuerda. Se colocaron en una esquina de la inmensa sala y él empezó a cantar mientras que los tres músicos amenizaban con sus melodías.

—¡Que comiencen las apuestas! —gritó Nicolás, que llevaba un cuaderno en la mano donde iba escribiendo lo que le coreaban los allí presentes.

—Tienes que apostar —susurró Eva a Julia con una sonrisa pícara.

—¿A qué? —preguntó ella totalmente perdida.

—¡Al impávido! —Se rio al darse cuenta de que la joven no entendía nada—. Elige el púrpura, anda; siempre que está en la mesa gana.

—¡Al blanco! —gritó una mujer de pelo ondulado y pequeños pechos.

—¡Púrpura! —añadió Carranza.

—¡Púrpura por aquí también! —soltó una joven.

—¡A mí apúntame magenta! —gritó un señor.

—¡Magenta para esta dama! —gritó otra mujer.

—¡Púrpura para las dos! —añadió Eva, señalando a Julia.

Aquello parecía un corral de gallinas. El aguardiente corría por las venas, los reales se iban lanzando al suelo de la habitación y la música invadía sus sentidos.

—¡Bienvenidos al Ateneo! ¡Que comience el impávido! —culminó Carranza mientras alzaba su vaso, y los demás lo siguieron.

Julia tan solo fue capaz de darle un sorbo, porque notó aquel licor resquebrajarle la garganta. Pero no solo aquel elixir la dejó atónita, sino que también lo hizo la imagen de los hombres de las sillas, que habían comenzado a masturbarse con la mano en la que llevaban el guante. Charlaban animosamente, al igual que el resto de la sala, con la diferencia de que ellos estaban meneándose el pene, cada uno a su ritmo: algunos se lo acariciaban para intentar despertarlo; otros lo movían de arriba abajo para que se pusiera duro, y el que conseguía que su falo se levantara ponía la mano con el guante sobre la carta.

La escena de aquellos hombres regalándose placer frente al resto como si no pasara nada encendió a Julia cada vez más. Esa libertad excitaba a la joven cortesana. Cuando todos tuvieron la verga erecta y la mano sobre la carta, la joven desnuda se puso a cuatro patas, como si de un animal se tratase. Gateando, se metió bajo la mesa, tan amplia que se veía a la perfección todo lo que sucedía debajo. Carranza levantó los brazos y dio una palmada. En ese momento, todos los hombres bajaron la carta sin mostrarla, de tal forma que solo la joven veía cuál poseía cada uno.

—El que tenga el rey de corazones será el último en participar —le explicó entre susurros Eva a Julia.

La chica de la mesa tenía grandes pechos, unas bonitas caderas y el pelo castaño oscuro como el cacao sujeto en un bonito recogido. Se situó frente al hombre que estaba en la silla derecha del lateral derecho, le cogió el pene y se lo metió en la boca. Comenzó a lamerlo con suavidad mientras la música sonaba. El ritmo de esta fue acelerándose, y con él las lamidas, hasta que lo hizo jadear. Entonces todos los de la mesa lo señalaron.

—¡Primer eliminado! —dijo Carranza mientras el perdedor se quitaba el guante de color blanco.

La joven se movió gateando hasta otro de los participantes. Todos los presentes observaban las caras de los concursantes con especial interés; parecían inmóviles, impasibles, impávidos. Al siguiente tampoco se le dio excesivamente bien. La chica se escupió en las dos manos y las posó en su falo. Lo sujetó y se lo introdujo en la boca, moviéndolo con firmeza. Como él seguía disimulando, sin dar muestra de lo que sucedía entre sus piernas, la joven colocó la lengua en la punta de la verga y comenzó a hacer círculos. En ese momento el hombre suspiró levemente, pero fue señal suficiente para que todos se rieran y lo señalaran.

—¡Segundo eliminado! —gritó Carranza.

Y luego el tercero. En la mesa tan solo quedaban tres hombres con su respectivo guante: púrpura, magenta y cian. Le tocaba a un apuesto joven. Tenía una sonrisa que parecía cincelada por un escultor y los ojos se le achinaban cuando se dibujaba en su rostro, decorado con dos hoyuelos en las mejillas. La mujer se acercó sigilosamente, y los pocos ruidos que pudieran desprenderse quedaban enmascarados por la música. No utilizó las manos, solo se metió el pene totalmente erecto hasta el fondo de la garganta. Desde su posición, Julia casi sintió la silueta del falo entrando en su gaznate. El hombre era demasiado joven para tener experiencia, así que enseguida soltó un alarido de placer. Todos se giraron a señalarlo.

—¡Cuarto eliminado! —gritó Carranza, que bebía uno tras otro tragos de aguardiente.

—¿Quién es ella? —preguntó Julia casi con vergüenza a Eva.

—Es una conocida ramera de la ciudad. Es famosa por sus dotes amatorias y viene aquí por una gran suma de reales. Además, si gana ella le doblan la cantidad —le explicó la experta culebrina aquel juego que poco o nada tenía que ver con las cartas.

Ya solo quedaban dos hombres: púrpura y cian. La prostituta se acercó a la verga del primero; eso quería decir que la carta del rey de corazones la poseía el joven que tenía el guante de color cian. La mujer de voluptuosos pechos y bonitas caderas se postró ante el que Eva y Julia habían elegido como ganador. Esta vez su lengua comenzó el recorrido desde más abajo y dejó resbalar a través de ella un poco de saliva, como si fuera un canal conectado, que cayó sobre los testículos del penúltimo concursante; era tanta que se los bordeaba, y comenzó a gotear en el suelo. Mientras, el hombre disimulaba cualquier atisbo de placer.

Julia arqueó la espalda de manera instintiva por el gozo que la invadía. La mujer fue lamiendo los testículos cubiertos de saliva, pero él continuaba imperturbable. Ella no cejaba en su empeño y se los metió en la boca, pero él ni se inmutaba. Entonces la ramera le rodeó la base del pene con los dedos pulgar e índice y lo lamió sumamente despacio, como si el tiempo se hubiera detenido. Se recreó en cada uno de sus lengüetazos, pero aquel buen concursante parecía insensible a las dotes amatorias de esa experta en dar placer, que cada vez le ponía más empeño. El hombre con el guante cian carraspeó y despistó a todos los de la mesa, que lo señalaron velozmente, proclamándose así como ganador el que Julia y Eva habían elegido.

—¡Y tenemos al vencedor de la noche! ¡A nuestro impávido de referencia! Mi gran amigo, el conde de Miraflores —pregonó Carranza mientras levantaba el brazo del ganador y todos aplaudían la hazaña.

La gente fue abandonando la sala y Julia se levantó de su silla. Se disponía a salir detrás de Eva cuando alguien le tocó la espalda. Al volverse, Nicolás le sonreía. Ojos verdes como esmeraldas y cabello corto con un tono castaño que recordaba a las piñas de los pinos que había en el jardín de palacio.

—Eres Julia, ¿no? —preguntó el joven.

—Y tú eres Nicolás, supongo —contestó con cierto desdén.

—Así es. Nicolás Carranza, para servirte —dijo de una forma demasiado correcta.

—Lo siento, no tenía el gusto de conocerte —respondió ella con cierta ironía.

Pero aquel nombre le resultó familiar, no solo porque compartía apellido con el anfitrión, sino porque Julia estaba segura de que lo había oído antes. Puso en marcha su mente, analizando distintas situaciones para ubicar de qué le sonaba.

—Lo sé, sé que no nos conocemos. Por lo menos tú a mí no. Bueno, hasta hace un rato —replicó divertido el joven.

—¿Acaso tú me conoces? —preguntó intrigada.

—Si no me equivoco, y viendo con quién has venido, diría con total convencimiento que Gonzalo me ha hablado mucho de ti —contestó sin pudor Nicolás.

En ese momento Julia sintió como si una daga le atravesara la espalda, al advertir que aquel nombre le era familiar porque encabezaba la carta que Gonzalo perdió tras su discusión en el pacto de primavera. Allí estaba frente a ella el misterioso hombre al que el príncipe le había confesado su amor por una joven desconocida, que resultó ser su futura esposa y próxima reina de España… y de Julia.

—Dudo que te haya hablado mucho de mí —contestó algo incrédula.

—¿Quieres saber la verdad? No me ha hablado de otra cosa. En cada una de las misivas que he recibido en los últimos años siempre eras protagonista de alguna de sus historias. Un martirio —dijo sin parar de reír.

¿Acaso sería cierto? ¿Habría hablado de ella Gonzalo tanto como aquel apuesto joven aseguraba?

—Espero que fuera benévolo. Aunque imagino que no tanto como con Gadea —añadió plena de recelo y sarcasmo.

—A decir verdad, Julia, y entre tú y yo, Gonzalo jamás me la mencionó. Fue una sorpresa el anuncio de su matrimonio. Supongo que para el resto también. Había recibido la última misiva tan solo unas semanas antes, así que fue un asombro que llegara el otro día la invitación de su enlace. Por ese motivo volví a la ciudad junto a mi padre hace escaso tiempo, para aprovechar así los días que quedan y conocer a la que será la futura esposa de mi mejor amigo. Y la futura reina —replicó con cierta suspicacia Nicolás.

—A todos nos pilló por sorpresa, pero auguro que serán felices y defenderán este reino como lo han hecho hasta ahora el rey Carlos y la reina Victoria —contestó Julia con ninguna sinceridad y un poco extrañada por la respuesta de Nicolás.

—Tú, yo y todos los que de verdad lo conocemos sabemos que Gonzalo no quiere reinar. Lo hace tan solo para cumplir con las expectativas de su padre. Aunque qué sé yo, que también pensaba que no quería casarse y míralo ahora —dijo riendo.

—Es su deber —finalizó la conversación Julia, estirando el brazo para estrecharle la mano en señal de despedida.

—Ha sido un placer conocerte, Julia. Gonzalo no se equivocaba en nada de lo que me decía —añadió el joven.

Si nunca le había hablado de Gadea en sus cartas, ¿quién era la misteriosa joven de la que reconocía estar sumamente enamorado? ¿Quién más le había robado el corazón? Su única certeza en aquel instante era que su amigo guardaba más secretos de los que jamás se llegaría a imaginar. Aquella corte tenía demasiados entresijos y Julia se había lanzado a descubrirlos sin freno alguno.

27

Caza de brujas

A las mujeres acusadas de brujería se les infligían numerosas torturas: las desnudaban y las afeitaban, pues se creía que el diablo se escondía entre sus cabellos; las pinchaban con agujas por todo el cuerpo, incluida la vagina, para buscar marcas del demonio, y las violaban para investigar su virginidad.

> Sobre la caza de brujas, un fenómeno histórico que sucedió en Europa y América, en el cual decenas de miles de personas fueron ejecutadas por practicar brujería, en su mayoría mujeres

Julia abrió la puerta de su habitación y se percató de que en el suelo había un sobre cerrado con un sello de lacre. Se quedó paralizada. Lo abrió con cuidado: «Te espero al caer la tarde en la Sala de los Leones». Esa carta debía de ser de Gonzalo, no había duda. El pulso se le disparó. El lacre era de un material utilizado principalmente por la Casa Real para cerrar las misivas o para el cuello de las botellas que traían de Burdeos. El rey Carlos había ordenado poner el sello real en todas las botellas de vino para que no se evaporara su contenido. Julia lo volvió a mirar: era de Gonzalo, estaba segura.

Recordó que tenía en la Sala de los Leones un cuadro a medio terminar, así que decidió calmar su nerviosismo haciendo una de las cosas que más paz le generaban: pintar. Por lo menos allí, entre óleos y lienzos, la espera sería mucho más llevadera.

Salió de su habitación y recorrió los pasillos con una sensación de inquietud que le perforaba el pecho. No se imaginaba qué querría Gonzalo. Cuando entró en la sala, la embriagó el olor de las pinturas. Aquel aroma era capaz de transportar su imaginación a cualquier buen momento. A eso le recordaba, a cuando sentía que todo iba a salir bien. Lo mismo le pasaba con determinadas personas: se sentía segura si estaban cerca y se transportaba a un lugar de calma y paz, ya fuera por su tono de voz, su roce o su olor; todo eso le generaba la sensación de que el mundo era un lugar mejor, donde todo estaba bien. Eso le pasaba con las pinturas, que le recordaban a su padre, a cuyo lado el mundo tan solo podía ser un buen lugar.

Aquello le sabía a refugio. Entre todos los cuadros firmados con su nombre, que Gonzalo le había ayudado a exponer, había uno que le fascinaba mirar. El único que ella no había pintado, sino Rafael. Su padre había dejado de usar tablillas de madera porque el lienzo resistía mejor los cambios de temperatura y mantenía alejados a los insectos xilófagos. Ese cuadro lo empezó el primer día que llegaron al Palacio Real. Fue su forma de capturar el inicio de su nueva vida. En la imagen aparece Julia de niña sentada en el jardín con una saya de algodón blanco a media pierna y dos simpáticas coletas. En la mano, el símbolo de la reina: un colibrí de color jade y azul ultramar.

Su padre siempre decía que aquello les había traído suerte dentro de la corte de los Monteros. Su inverosímil rapidez al mover las alas hacía que fuera casi mágico el que se hubiera posado en la mano de Julia. Y siempre que admiraban ese cuadro su padre le contaba una y otra vez la leyenda maya del colibrí de jade. Ella, como buena hija, se quedaba ensimismada escuchándolo, a pesar de saberse casi de memoria qué palabra tocaba en cada momento.

Contaba dicha leyenda que, cuando los dioses crearon el mundo, le dieron un cometido a todo lo que habitaba en él. Todo tenía una misión. Pero al acabar de hacerlo se percataron de que no habían tenido en cuenta la tarea del mensajero, un ser que fuera capaz de mover con facilidad de un lado a otro deseos y pensamientos. Sin embargo, habían gastado los materiales con los que habían dado vida a todos los seres, así que salieron a caminar entristecidos por haber olvidado algo tan importante. Fue en ese paseo cuando se toparon con un pedazo de jade que decidieron tallar en forma de minúscula flecha. Soplaron sobre ella para retirar las virutas y salió a toda velocidad. Aquel trozo de jade era en realidad un colibrí. Se convirtieron así en los mensajeros de los dioses y en los portadores de los deseos de los humanos. Desde entonces se cree que tener uno cerca es símbolo de buen augurio, de que alguien te ha deseado el bien y de que tus deseos llegarán a los dioses.

A Julia le encantaba esa leyenda porque una parte de ella, esa que creía en la importancia de desear y soñar, veía en esa ave el punto de partida de todo lo bonito que les había sucedido en la vida. Se embelesaba mirando ese colibrí azul ultramar, cuyo pigmento se extraía del lapislázuli, una de sus piedras preferidas, porque potencia los sueños. Era un color mágico, muy difícil de conseguir. Ni siquiera Homero en la *Ilíada* fue capaz de describir el mar con ese color; en cambio, usó «del color del vino». Este pigmento se trajo de más allá del mar, así que era el más caro que había en el mundo, más incluso que el oro. Era conocido como «azul divino»; por eso solo se utilizaba para pintar los mantones de las vírgenes.

Y aquel colibrí. Era el único cuadro donde su padre había podido utilizar un poco de ese color, gracias a un buen amigo suyo que se lo había regalado como ofrenda por unos favores que tuvo a bien hacerle. Por eso aquel lienzo era tan mágico y único y por eso le maravillaba perderse entre sus tonos. Ningún otro cuadro de Rafael tenía color azul.

De repente unas voces en el pasillo la pusieron alerta y se despertó de aquel letargo en el que se hallaba sumida. Julia estaba esperando a Gonzalo tras recibir su misiva, así que se adelantó hasta la puerta entreabierta de la sala para cerciorarse de que era él quien había dejado aquella carta en su habitación.

—Déjeme seguir mi camino, Olimpia. No se lo repetiré otra vez —alcanzó a oír mientras se acercaba a la puerta y divisaba, muy cerca de la entrada a la sala, a Olimpia y al conde-duque de Pastrana en lo que parecía una clara discusión.

—No pienso apartarme hasta que me escuche —sentenció la dama. Y Julia se rezagó tras la puerta para que no la vieran.

—Usted y yo no tenemos nada que hablar —le dijo el noble.

—¿Está usted seguro? ¿Quiere que empiece por el «impuesto revolucionario» que ha estado cobrando, a través de sus secuaces, a los comerciantes de la ciudad? —contestó Olimpia, totalmente convencida de lo que decía.

—No sé de qué me habla —repuso él.

—¿No? ¿Tampoco recuerda que chantajeó a algunos cortesanos y les ofreció dinero a cambio de que le trajesen información del rey Carlos? —añadió la mujer.

—No invente, por favor —le reprochó.

—Lo sabemos todo, Francisco. Sabemos lo del impuesto a los comerciantes a cambio de no recibir violencia física o de que sus negocios no sean saqueados. Sabemos lo de los chantajes a los cortesanos… Pero, sobre todo, estamos enteradas del peor de sus actos. El más sucio y vil... —escupió sin miedo alguno.

—Lo que a usted le sucede es que está despechada porque lleva toda su vida bebiendo los vientos por mí —dijo riendo el muy presumido.

—Cómo osa mentar eso después de lo que me hizo. Yo apenas era una cría y se aprovechó de mí y de mi desesperación tras escapar de Francia —contestó, aguantándose una lágrima.

—Pero si lo estaba deseando, con esa carita de guarra con la que me miraba suplicando ayuda —dijo entre dientes, lo que encendió la ira de Olimpia.

—No tiene escrúpulos, pero no voy a dejar que le ponga la mano encima a ninguna mujer. Sabemos lo que hace con ellas, sabemos que no solo fui yo, lo sabemos todo. Que las obliga a dar acceso carnal tras prestarles ayuda. ¡Y que cobró un impuesto en la fiesta de Baco para que esos cerdos pudieran aprovecharse de ellas! —le recriminó la mujer, cada vez más directa y segura.

—No saben nada y no tienen nada contra mí. Usted está completamente loca. Apártese si no quiere salir lastimada —amenazó el conde-duque, con el dedo índice en alto cerca de la cara de Olimpia, que no se inmutó ante su amenaza.

—Quizá este documento firmado por usted y por el padre de Gadea, donde se compromete a intermediar ante el rey Carlos y la reina Victoria para conseguir que el príncipe Gonzalo se una en matrimonio con su hija a cambio de una suculenta suma de dinero, le refresque la memoria —ironizó la inteligente dama, a sabiendas de que había ganado la partida.

—¿De dónde ha sacado eso? —preguntó lleno de rabia y con los dientes apretados mientras intentaba quitarle el papel.

—Lealtad, conde-duque, lealtad. Una palabra que usted no conoce y que gracias a Dios yo hago bandera de ella. No voy a decirle de dónde he sacado este papel, pero coincidirá como yo en que si llega a los ojos del rey Carlos lo más suave que le hará será cortarle la cabeza. Ha puesto sus intereses personales por encima de los de esta corte y ha engañado al monarca para engordar su propio bolsillo. Créame que eso sí que se paga muy caro —dijo llena de altanería.

—Dígame qué es lo que quiere —contestó él, con la certeza de que el silencio de Olimpia iba a tener un alto precio.

—Nuestra libertad. Todos sabemos que, como valido del rey Carlos, posee usted su entera confianza y que sus consejos y recomendaciones son los únicos que no caen en saco roto. Tiene el poder en sus manos de hacer que no pida nuestra cabeza —sugirió sin dejar opción a mucha réplica.

—¡Está usted majareta! Además, ya es tarde; esta mañana mismo ha llegado a oídos del rey que no es un acto aislado de rebelión, sino que poseen una sociedad secreta, las nereidas, y han orquestado esta revuelta. Y ya sabe que las sociedades secretas están penadas con la horca, más aún cuando se trata de reuniones para confabular contra el rey. Así que ha dado orden de que en el día de hoy todas sean apresadas y llevadas al calabozo a la espera del juicio —le confesó el conde-duque.

—Lo sé, nuestros informantes nunca nos fallan y hemos sido avisadas. Por eso mismo deberá hacer que el monarca no nos envíe a la horca —volvió a pedir la mujer, luchando por todas.

—¿Cómo voy a hacer eso? Es imposible —replicó él.

—Pues de la misma forma que orquestó todo ese entramado para chantajear a los comerciantes, aprovecharse de las mujeres y obtener beneficio económico convenciendo al rey Carlos de que Gadea era la mejor opción para su hijo. Es decir, sin escrúpulos. Con esa lengua viperina que es capaz de convencer a un calvo de que necesita un peine —ironizó riendo.

—¡No se saldrá con la suya! ¡Y pienso ir a por usted! —le espetó el conde-duque lleno de ira.

—Consiga que la sentencia del rey no sea la horca y mantendrá su linda cabecita sobre los hombros. Y por si piensa en hacer alguna tontería, este papel es tan solo una burda copia. Una persona de mi entera confianza está al tanto de todo y en caso de que usted no cumpla su parte del trato tiene el mandato de hacerle llegar al rey Carlos dicho documento —explicó con total serenidad.

—¡Es usted una bruja! Tienen razón todas las lenguas que dicen por ahí que practica la brujería —gritó el conde-duque.

—Una bruja leal a los suyos. Y, sobre todo, a ellas —puntualizó—. Y dese prisa, que le queda poco tiempo para convencer al rey.

El conde-duque salió a toda prisa maldiciendo en voz baja, pero sabedor de que esta vez Olimpia le había hecho jaque mate. Julia la perdió de vista también y fue a cerrar con sigilo la puerta, a la espera de que Gonzalo apareciera en cualquier momento. No obstante, no pudo llegar a cerrarla, porque una fuerza se opuso desde el otro lado.

—Has sido obediente —dijo Jorge al conseguir pasar.

A pesar de que su presencia conseguía siempre acelerarla, en ese instante no entendía nada.

—Jorge, ahora no es el momento —se excusó Julia, pues quería evitar que Gonzalo volviera a encontrárselo a escasos centímetros de ella.

—¿Y entonces por qué has venido?

—Gonzalo me ha emplazado, imagino que querrá disculparse —confesó la joven ingenua.

—Julia, la carta era mía —reconoció Jorge con una sonora carcajada—. ¿Pensaste acaso que la misiva era del príncipe?

—Bueno, yoo-yoo-yoo… —tartamudeó la cortesana.

—No te preocupes, no tendré en cuenta que esa efusividad contenida que posees no es por mí —dijo riendo él.

—No es eso, es solo que ya sabes lo mal que sienta cuando esperas una cosa y sucede otra —explicó Julia.

—¿Las expectativas? —dijo el experto amante, poniéndole nombre a su sentir.

—Sí, Jorge, las expectativas. Esa estúpida manía que tenemos los humanos de crear historias en nuestra cabeza. De darle forma a algo que no existe más allá de nuestra mente. De jugar a inventar posibles futuros que jamás llegan. Esa absurda manía de vivir en el mañana y olvidarnos de que estamos aquí y ahora —reflexionó la joven en voz alta, pues cada vez bebía más del don de palabra de Olimpia.

—Pues eso es justamente lo que quiero, Julia. Que estés en el aquí y en el ahora, porque sin expectativas no hay decepciones —dijo Jorge, iluminándola con su enseñanza.

—¿Y en qué consiste la vida sin expectativas? —preguntó ella llena de dudas.

—En esto.

Le sujetó la cara y le dio un cálido beso. Húmedo, tierno y salvaje. ¿Cómo una persona era capaz de transmitir todo eso solo besando?

—Jorge, ahora no… —Él no la dejó terminar y paró enseguida ante su mandato.

—Julia, esta mañana el rey se ha enterado de la existencia de las nereidas y ha dado orden de que seáis apresadas y encerradas en el calabozo de palacio. Lo siento mucho —dijo Novoa, sujetándole las manos.

La joven quedó muda ante aquella revelación que confirmaba las palabras que acababa de escuchar de Olimpia. Su vida se estaba desmoronando e iba a ser enviada al calabozo. Tenía miedo, muchísimo miedo, pero en aquel momento el sexo iba a salvarla de nuevo. Deseaba olvidar por unos instantes que su vida corría peligro. Allí, frente a Jorge, sintió la necesidad de despedirse del júbilo de su cuerpo.

—Bésame, por favor —le suplicó con la mirada aterrada.

—No es el momento, Julia. ¿Has oído lo que te he dicho? Van a encarcelaros —repitió él.

—Bésame, te lo suplico, como antes de darme la noticia —insistió mientras se acercaba aún más al joven; bajó la vista y reparó en sus cuerpos pegados de forma instintiva, en su pubis rozando su pene—. ¿Cómo lo haces? —Sonrió rendida.

—Julia, hay más. Me marcho —soltó Jorge sin miramiento.

—¿Por qué? ¿He dicho algo que te haya molestado? —preguntó Julia con cierta preocupación que se añadía al pesar que la invadía por haber sido descubiertas.

—Quiero decir que me marcho de Madrid —declaró él.

—No puede ser, ¿por qué? —contestó afligida la joven cortesana con una tristeza que hasta ahora desconocía.

Jorge era un apuesto joven con un semblante digno de admirar y una templanza que hacía vibrar… y temblar. Pero hasta aquel momento jamás había reparado en él más allá de sentirlo como la llave de su libertad. Su corazón latía por Gonzalo. Jorge tan solo había sido un divertimiento que, cuando lo tenía delante, le paralizaba la mente y borraba toda existencia aparte de la suya; surgía una conexión que le recorría todo el cuerpo. Pero nunca había sentido nada más; nunca se había imaginado que la marcha de aquel hombre que le había abierto los ojos y las piernas fuera a hacerla llorar. Una lágrima resbaló por su mejilla y él instintivamente se la secó.

Fue en aquel momento cuando adivinó que había vivido intensamente su sexualidad, pero que, sobre todo, había normalizado sus sentimientos. Dio por hecho que aquello que sentía por él era lo habitual, lo que se siente cuando dos personas se unen de manera carnal. Sin embargo, había algo más, una energía que quizá se pareciera, un poquito, al amor. Iba a ser verdad aquel dicho que su madre le repetía con asiduidad: el roce hace el cariño. Ellos se habían rozado hasta la saciedad.

—Ahora que se van a unir el reino de España y el de Portugal, necesitan una persona de confianza allí. Y doña Bárbara cree que debo ser yo —explicó con una mezcolanza de orgullo y tristeza.

—¿Por qué tú? —preguntó apenada la muchacha.

—Ya la conoces. Cree que alejarme de este lugar durante un tiempo servirá para compensar no haber podido vengar la muerte de mi padre, ahora que el conde-duque se ha salido con la suya y os ha puesto a las nereidas en el punto de mira —reconoció apenado el joven.

—Pero ¿acaso tú quieres irte? —insistió la cortesana.

—Sé que esto va más allá de una compensación; se lo debo. Ella lleva años luchando por darle un final digno a mi padre y sé que soy una de las personas en las que más confía. Por eso necesitan alguien como yo allí; de este modo seguiré ayudándoos en la sombra —se enorgulleció Novoa.

—Pero… —alcanzó a decir la joven mientras Jorge se llevaba el dedo índice a los labios en señal de silencio.

—Aquí y ahora —concluyó el atractivo e improvisado amante mientras le metía ese mismo dedo y el corazón en la boca para que los llenara de saliva. Y así hizo ella, para intentar que por unos momentos ambos se olvidaran de la desdicha que los perseguía.

Jorge jugueteó con los dedos en la boca, rodeando la lengua de ella y llenándolos de saliva. Cuando estaban completamente cargados, besó la boca sedienta de Julia y luego recorrió su cuello con pequeños besos mimosos hasta llegar a sus pechos. Sacó ambos de esa jaula que llevaba por corsé y quedaron erguidos sobre el filo de este, como si se dispusieran a saludarlo. Bastó ese gesto para que los pezones se endurecieran, un pretexto perfecto para que Jorge se acercara hasta ellos. Se metió en la boca uno y luego el otro y los mordió con delicadeza. Aquellos bocados despertaron el sexo de Julia, que comenzó a producir aquel líquido que la empapaba toda hasta los muslos.

Su jadeo fue el pistoletazo de salida para que Jorge se agachara y se arrodillara, con los ojos a la altura del sexo de la joven. No hizo falta que dijera ni una palabra, porque Julia sintió la necesidad de levantarse la falda y dejar lo más íntimo de su ser expuesto frente a él, que admiró su vulva con el mismo embelesamiento con el que Julia miraba el cuadro del colibrí de color jade y azul ultramar. Como el que se deleita frente a una obra de arte. Así se sentía ella en ese momento, rodeada de todos sus cuadros y con los ojos de Jorge clavados en su sexo. Igual que si acabara de dedicarle una oración, el chico utilizó la mano izquierda, que no estaba ensalivada, para abrirle los labios inferiores como el que abre con delicadeza una flor. Después, con los ojos desafiantes clavados en los de ella, hincó la lengua en su sexo empapado para que se mojara aún más. Le regaló un lametazo y se apartó para recrearse en la expresión de gusto de aquella a la que le estaba proporcionando placer.

Como por inercia, Julia escupió saliva que cayó como una flecha sobre la boca de él; dio gracias por que sus reflejos fueran más rápidos que la velocidad de ese fluido, pues pudo así interceptarlo con audacia. El joven lo utilizó para volver a lamerle el sexo y repartir la saliva por cada uno de sus recovecos. Sin darle tregua y con el cuerpo agarrotado ante aquel éxtasis de placer, Jorge le introdujo los dedos que le había metido en la boca previamente. Julia inclinó la cabeza hasta apalancarla en la espalda y sus ojos clamaron al cielo.

—Mírame —le ordenó Jorge.

Julia acató y clavó la mirada en la del joven, que, cuando supo que tenía toda su atención, se separó un poco de su cuerpo y dibujó en el suelo una línea con los fluidos que había recolectado de su sexo; una recta casi imaginaria que los separaba.

—Esta línea es la frontera entre España y Portugal, la misma que durante un tiempo nos separará a nosotros, Julia. Pero no quiero que me olvides, deseo que tus manos se pierdan recordándome, rememorando cada vez que mi lengua se ha escondido en tu coño, que tu boca le ha hecho una emboscada a mi falo o que mis dedos te han taladrado. Quiero que te pierdas entre tus sábanas y que pienses en mi regreso, en cuando mi cuerpo vuelva a estar contigo —le susurró con esa voz tan atractiva que le anestesiaba los sentidos a cualquiera.

—No te vayas, Jorge, por favor —suplicó Julia—. Quédate.

—Sabes que no puedo, tengo que cumplir con mi deber.

—Pero es que no puedo perderte a ti también. No, por favor —insistió, algo confundida.

—Pues vente conmigo, escápate de aquí. Urdiremos un plan para que salgas de palacio hoy mismo sin que seas descubierta, así no podrán apresarte —le ofreció el joven.

—No puedo hacer eso, Jorge, le debo lealtad a esas mujeres —explicó Julia.

—Estoy orgulloso de ti.

—Juro que no te olvidaré, que mi mente y mis manos te recordarán —prometió convencida, sin embargo, de que su recuerdo se iría diluyendo cada noche.

—Pues simulemos ahora cómo será. Imaginemos que ya ha sucedido, que ya he partido y que la frontera nos separa. Usa las manos como si yo ya no estuviera —le ordenó mientras se bajaba los calzones y dejaba a la vista su pene firme y erguido.

—¿Y qué más? —preguntó ella, levantándose la falda con la zurda y sujetándosela a la altura de la cadera.

—Mójate los dedos —le pidió Jorge.

—¿Y qué más? —preguntó la joven con voz libidinosa.

—Acaríciate el coño despacio —dijo él, que empezó a masturbarse lentamente, viajando con su mano desde atrás hacia delante, meneándose la verga.

La cortesana se acarició el sexo con suavidad sin apartar la mirada de los ojos oscuros como la turmalina de Jorge.

Y aunque esa línea, casi imperceptible al ojo humano, pero más que viva en sus adentros, los separaba, sus cuerpos estaban conectados y se acompasaban con cada movimiento. Poco a poco aceleraron el ritmo; sus jadeos se intensificaron y con cada bocanada de aire que exhalaban se encendían más y más. Julia juntó los dedos corazón y anular y los posó en ese botón casi místico que la hacía palidecer al frotarlo e hizo círculos con ansia sobre él mientras Jorge aumentaba la frecuencia con la que se sacudía el pene.

—Voy a derramarme —anunció ella entre jadeos.

—Espera un segundo, te lo suplico —le pidió él, que volteaba los ojos como si estuviese perdiendo el sentido.

—Derrámate sobre mí —le pidió la joven.

Y en ese mismo momento, Jorge explotó en un halo de placer y expulsó su semen sobre el pecho y el corsé de ella, dejando una huella para siempre de aquella despedida. La limpió con mimo, la besó en los labios y abandonó la Sala de los Leones. Aquella fue la última vez que Julia vio a Jorge Novoa.

La joven cortesana se estaba recomponiendo y guardando de nuevo los pechos en el hueco del corsé cuando alguien tocó a la puerta. Tuvo que acelerar sus movimientos para que nadie se diera cuenta de que minutos antes había traspasado la frontera de España y Portugal y también la del placer.

—¿Julia? —preguntó una voz nerviosa al otro lado.

—Adelante —contestó ella, todavía con signos de cansancio en el cuerpo.

Era Eva.

—Julia, te andaba buscando. Jorge me ha dicho que te encontrabas aquí. Date prisa, tenemos que irnos.

Eva cogió de la mano a la cortesana.

—¿Adónde vamos, Eva? —preguntó desconcertada.

—Vienen a por nosotras, Julia, hay que darse prisa. Algunas de las nereidas ya han sido arrestadas. Han ofrecido una recompensa por nuestra entrega. Todo el mundo nos busca, debemos escondernos —le explicó su amante y amiga con la voz jadeante tras haber corrido sin parar.

—¿Vamos a morir? —preguntó Julia con los ojos encharcados en lágrimas.

—Esto también pasará —contestó Eva para tranquilizarla.

Las dos jóvenes salieron sigilosamente de la Sala de los Leones. Comprobaron que no había nadie y huyeron por el palacio ocultándose tras las esculturas de López de Huerta que adornaban los pasillos. Pero todos los ojos estaban puestos en las nereidas, era imposible que salieran ilesas.

—¡Ahí están! —gritó un cortesano al verlas, a sabiendas de que ganaría una recompensa por ello.

—¡Julia, corre! —gritó Eva tirando de la mano de la joven cortesana.

—¡Escapan por las escaleras! —gritó otro mientras intentaba darles caza.

—¡A por las brujas! —dijo una anciana que observaba postrada en un sillón.

Ambas corrían por los pasillos de palacio intentando esquivar a todos los que trataban de parar su paso, pero el cansancio estaba haciendo mella en ellas y jadeaban y resollaban. De pronto, Julia se paró en seco.

—Ya está bien, Eva. Es imposible escapar de aquí. Debemos ser responsables de nuestros actos —reflexionó, respirando algo más tranquila.

—Tienes razón —aceptó la culebrina, consciente de que habían perdido.

Las dos mujeres siguieron quietas y alzaron los brazos en señal de rendición. Varios cortesanos las sujetaron, a la espera de que los guardias fueran a arrestarlas.

—¡Son esas de ahí! —gritó la anciana, señalando a Julia y a Eva.

—Quedáis arrestadas por brujería, rebelión y asociación indebida.

Esas fueron las palabras de los cuatro guardias que las sujetaron. Ninguna de las dos opuso resistencia. Se las llevaron al calabozo, y ellas no se soltaron de la mano en ningún momento del trayecto. La estancia estaba dividida en tres celdas contiguas y se encontraba en los subsuelos. Casi todas las nereidas ya habían sido apresadas, incluida Olimpia.

Mientras, en otro lugar de palacio el conde-duque se movía en círculos a las puertas del despacho del rey Carlos. La inquietud se había apoderado de él porque una mujer había derrumbado su fachada de seguridad y poder; una mujer que había esperado el tiempo suficiente para vengarse de él. Tenía miedo a que ese contrato firmado llegara a manos del monarca y que este lo castigara con la horca por traición. Debía impedir que el rey Carlos aplicara la pena de muerte a aquellas mujeres. Sabía que sería difícil, pero creía en la confianza plena que el rey Carlos tenía en él, algo que otrora facilitó que se convirtiera en su todopoderoso valido. Tocó con los nudillos cinco veces en la puerta para anunciar su llegada.

—Pase, Francisco. ¿Qué desea? —dijo el monarca.

—Su Majestad, tengo a todos mis hombres peinando el palacio y los aledaños, casi todas las nereidas han sido apresadas —comenzó el conde-duque.

—¿Incluidas esas dos brujas? —preguntó el rey, refiriéndose a Olimpia y a Julia.

—Acaban de hacerlo. Se han entregado ellas mismas, rendidas ante la muchedumbre —contó el noble para suavizar el odio del rey hacia las dos mujeres.

—Buen trabajo —lo felicitó.

—Pero quería comentar algo con usted. —No sabía muy bien cómo enfocar el tema.

—Cuénteme, Francisco —le dio pie.

—Lo he estado pensando mucho y creo que esas mujeres ya han tenido suficiente castigo. Es decir, estoy seguro de que un tiempo en el calabozo les hará asumir su error y no volver a sublevarse contra la corte de los Monteros. Esta reprimenda les habrá enseñado con quién no deben volver a meterse —intentó convencerlo, si bien sabía que realmente su cabeza también estaba en juego.

—¡Pamplinas! Esas mujeres merecen la muerte. Usted mismo lo dijo. ¿Qué le hace cambiar de opinión? —preguntó el rey dubitativo.

—Me preocupa su imagen y lo que se hable de usted en los reinos vecinos. Y me asusta que en algunos sectores de la población se sucedan revueltas en contra de nuestra corte —siguió el conde-duque.

—¡Al cuerno con mi imagen! Ya ha sido mancillada por esas malcriadas. Soy el hazmerreír de toda Europa —contestó ofendido el monarca.

—Piense en las palabras de doña Bárbara. Y en lo que pudo leerse entre líneas. Si castigamos a esas mujeres, perderemos a muchas integrantes del Ateneo. Nos arriesgamos a que al resto también se rebele. Y, sobre todo, pondrá en peligro la integridad de dicha institución.

El conde-duque, para convencerlo, había aludido a la única cosa a la que el monarca no sabía decir que no: el sexo.

28

La rendición de las bestias

Esta ley se recuperó durante la guerra de los Cien Años entre Francia e Inglaterra, cuando el rey Felipe IV, que no poseía descendencia, quiso evitar que la reina inglesa heredase el trono. Así se regularizó esta ley, que prohibía totalmente a las mujeres reinar e impedía transmitir derechos sucesorios a sus hijos varones.

> Sobre la ley sálica, que impedía, entre otras cosas, que las mujeres reinasen

Las nereidas llevaban tres días en el calabozo del Palacio Real. El cansancio era evidente en los rostros y los nervios estaban a flor de piel. Apenas les habían proporcionado alimentos y el agua escaseaba. Había corrido como la pólvora la noticia de que en palacio tenían presas a un grupo de mujeres herejes y nadie quería acercarse a ellas. Salvo algunas pertenecientes a las células durmientes que no habían sido detenidas. Estas sabían que las nereidas estaban en el calabozo por haber intentado conseguir un futuro mejor para todas ellas, por lo que se organizaron en diferentes turnos y, tras sobornar a uno de los guardias, consiguieron introducir alimentos en las celdas.

Pero el día había llegado. De repente, se oyó el crujido de la puerta de entrada y una corriente de aire las abofeteó en la cara. El carcelero venía a por ellas.

—Señoras, Su Majestad las espera. Salgan de forma ordenada —dijo mientras abría las tres celdas.

Las mujeres obedecieron y abandonaron el calabozo con otro guardia que iba a guiarlas. Olimpia encabezaba el grupo. Caminaron todas sumidas en un profundo silencio solo interrumpido por algunos sollozos casi imperceptibles.

Al llegar accedieron al salón del trono, incluida la infanta Loreto, que se unió a ellas a su llegada en señal de agradecimiento y aun sabiendo lo que ese gesto le podría acarrear.

El silencio reinaba allí. Todas aquellas mujeres, cogidas de la mano, esperaban impacientes la sentencia. Ríos de lágrimas resbalaban por las mejillas de muchas de las allí presentes; otras apretaban los dientes en un intento de canalizar la ira; algunas sonreían con nerviosismo, y varias cerraban los ojos creyendo que en la oscuridad se sentirían a salvo.

—¿Su Majestad ha tomado ya una decisión? —preguntó Olimpia al rey Carlos con una seguridad pasmosa, como si no fuera la cabeza de las nereidas la que estuviera en juego.

Justo le había formulado la misma pregunta que el conde-duque instantes antes. Solo que, aquella vez, la respuesta del monarca dictaría el destino final de todas las mujeres allí presentes.

Un silencio casi aterrador se adueñó de la sala. Un sentimiento de miedo e ira se palpaba en el aire que se respiraba en el recinto. Y eso que algunas en aquel momento apenas se atrevían a coger aire. Todo el mundo podía ser muy valiente mientras no lo enviaran a la horca. Y allí, frente a aquel tribunal inquisidor, Julia sonrió victoriosa, pues sabía que ese momento podría ser el último de su vida.

Mientras el rey cuchicheaba con su séquito ante la pregunta de Olimpia, el príncipe Gonzalo entró en el salón del trono, aunque pasó desapercibido, pues el revuelo se había instaurado mientras llegaba la decisión del rey. Se introdujo entre la muchedumbre de mujeres en busca de Julia. Nada más verla, corrió a su encuentro. El joven estaba nervioso; confiaba en su padre, pero una parte de él tenía un miedo irrefrenable, porque no sabía qué le depararía el futuro. Era consciente de que era el único que podría calmar los nervios de Julia antes de ser juzgada; sabía lo que su voz generaba en Julia: un remanso de calma. Él lo sabía y se sentía en deuda con ella, por todos aquellos desplantes, por su huida, por haberle apartado incluso la mirada. Se sentía culpable por haber callado. Por eso estaba allí. No podía romper su promesa de amistad. La miró a los ojos y le sujetó las manos.

—Julia, todo va a salir bien, te lo prometo —susurró—. Mi padre es un hombre bondadoso, tú lo sabes —dijo el príncipe invadido por un aire de preocupación.

—Yo ya no sé nada, Gonzalo. Todas mis creencias se fueron al traste el día que decidiste marcharte de mi vida sin previo aviso —lo increpó Julia dolida.

—Todo tiene una explicación y lo entenderás a su debido tiempo. Confía en mí, por favor. Y sé sensata. La sensatez es un grado entre estas cuatro paredes —dijo Gonzalo casi sermoneándola.

Ella se soltó las manos de las suyas y volvió a dirigir la mirada hacia el trono del rey, que se encontraba rodeado por su séquito. Docenas de hombres se agolpaban alrededor de él, reviviendo el jurado inquisidor que estuvo también presente en el primer juicio público de aquellas mujeres.

El joven posó la mano en el hombro de Julia a modo despedida, pero esta ni siquiera se giró. La realidad era que el miedo la tenía presa y que la presencia de Gonzalo la tranquilizaba. Él se retiró a un lateral del salón a la espera del veredicto de su padre.

—No es fácil para mí tomar esta decisión. Oigo voces por todos lados; unas imploran su perdón y otras suplican su muerte. Yo tengo la creencia de que solo lo segundo os enseñará a no volver a desafiarme, pero también creo que la muerte es olvido y que no podré disfrutar más, pues, de vuestro sufrimiento. Al fin y al cabo, ya estaréis muertas —dijo riendo el rey Carlos, y siguieron las carcajadas de todo su séquito…, menos de Gonzalo.

—¡Ya está bien, padre! —imploró desde un lateral el príncipe—. Estoy seguro de que todas estas mujeres ya han tenido suficiente castigo con el calabozo y el destierro.

—Hijo, no había reparado en tu presencia —confesó su padre, que en el fondo temía enfadarlo y que se resistiera a subir al trono.

—No quisiera heredar yo, padre, un reino regado de sangre. Así que ruego tengas en consideración mi súplica —pidió el príncipe.

La mayoría de los hombres que allí se encontraban eran holgazanes despiadados que veían en ellas el reflejo de todos sus miedos. Julia lo notaba en los semblantes, las odiaban porque las temían. Pero a ella esa sensación le producía más placer que temor.

—Su Majestad, no deje que lo embauquen con sus artimañas de brujas, esas mujeres merecen morir —espetó uno de los integrantes de su séquito.

—El que va a morir va a ser usted como no cierre el pico —le susurró amenazante el conde-duque, que justo estaba a su lado.

—¿Qué ha dicho, conde-duque? —preguntó el rey con un tono de voz suave pero firme.

—He dicho que reitero lo de ayer; estas mujeres ya han recibido su castigo y han aprendido la lección. Pondría la mano en el fuego por que nunca volverán a traicionarnos —añadió el noble, intentando conseguir la petición de Olimpia para salir él impune.

—¿Y por qué está tan seguro? —preguntó otro hombre.

—¡Eso! ¿Cómo está tan seguro si han sido acusadas de brujería? Esas mujeres tienen el demonio entre sus cabellos —espetó uno de los guardias.

—Pues yo apoyo al conde-duque. Como miembro de la Inquisición, desconfiamos de las acusaciones de brujería. Para ser enviadas a la horca necesitamos pruebas, y no tenemos ninguna contra ellas —reconoció con sinceridad uno.

El rey Carlos se llevó el dedo índice a los labios para pedir silencio. En sus adentros rezumaban las voces de su hijo, del conde-duque y de doña Bárbara en contra de enviar a aquellas mujeres a la horca.

—Esto no es una decisión tomada con el libre albedrío de una moneda. Así que lo primero que espero es miraros a la cara y sentir el arrepentimiento en vuestros ojos. Quiero miraros y tener la certeza de que ahora sabéis cuál es el precio de retar al rey. Espero que durante este tiempo en los calabozos hayáis sufrido en vuestras carnes el miedo a la incertidumbre. ¿Acaso hay castigo peor que el no saber? ¿Acaso hay peor condena que la duda de cuál será vuestro porvenir? —dijo el rey con cierta ira—. Aun así, creo estar seguro de que os ha quedado claro que con Su Majestad no se juega. ¿Cierto? —preguntó el monarca mientras todas asentían.

—¿Su Majestad ha tomado ya una decisión? —preguntó Olimpia al rey Carlos por segunda vez.

—Quiero vuestra rendición —culminó con cierta arrogancia, sin andarse con rodeos.

Julia miró a Olimpia, que tragó saliva y respiró. Su rostro dejaba en evidencia una especie de sensación de alivio y un resquicio de odio. Las nereidas habían sido descubiertas; decenas de años trabajando en la sombra y allí estaban, expuestas ante aquel tribunal inquisidor. La ira invadió a esa mujer luchadora, pues sabía que, aunque habían salvado su cabeza, no así su honor. Se habían enfrentado al juicio del resto y habían perdido. La impotencia la asolaba, toda su lucha se desvanecía con aquella condena: la rendición. Aun así, Olimpia sabía que su lealtad a las mujeres estaba por encima de cualquier cosa, y tuvo la seguridad de que encontraría la manera de seguir ayudándolas. Así que, para asombro de los allí presentes, claudicó.

—Acepto —dijo mientras una lágrima descendía por su rostro.

Todas las nereidas se miraron atónitas, pero aquella mujer no podía permitir que por su lucha enviaran a la horca a decenas de las suyas.

—¿Acepta? —preguntó dubitativo el rey.

—Acepto —repitió elevando el volumen, como si hubiera tenido clara siempre su respuesta.

—¿Está segura de querer pagar un precio tan alto por vuestra libertad? —dudó el rey de nuevo.

—Nuestra libertad no tiene precio, Su Majestad —espetó Olimpia con una solemne seguridad.

—¿Ve usted qué fácil ha sido? —dijo el conde-duque con cierta ironía, creyendo que su parte del trato estaba a salvo por haber contribuido a que aquellas mujeres no acabaran en la horca.

—No, no lo han entendido. Acepto nuestra rendición siempre que mantengan la promesa de hacer realidad nuestra petición —añadió Olimpia.

Y entonces todas entendieron que aquella mujer valiente, a la que tanto admiraban, jamás se rendiría.

—¿Acaso no tuvo usted bastante con ese aluvión de sandeces el otro día? —añadió otro de los allí presentes.

En ese momento, Julia reparó en la mirada desafiante que Olimpia cruzó con el conde-duque de Pastrana y recordó su pacto. Aquellos papeles que le había mostrado eran su única salvación. Y eran lo suficientemente importantes como para que Francisco hubiera atravesado el Palacio Real cual flecha en busca de la rendición del rey.

—No nos precipitemos y escuchémosla —aportó el conde-duque con un cambio de registro que dejó boquiabierta a toda la sala.

—¿Y a usted qué bicho le ha picado? Pedía días atrás su cabeza y ahora ruega usted que se la escuché —volvió a recriminar el mismo hombre que se había entrometido en la conversación.

—Cállese si no quiere que sea su cabeza la que acabe en la horca —amenazó el conde-duque, sabedor del poder que tenía en aquella corte.

—¡Basta ya! —intervino el rey Carlos—. Yo y solo yo tomaré la decisión sobre el devenir de estas mujeres. Es mi labor como rey y mi deber como mandamás de este palacio.

—Pero ¿va a dejar que además de salvarse de la horca se salgan con la suya? —lo pinchó otro de los presentes.

—Padre, piénselo. Es algo razonable y hará que nuestra corte sea digna de admiración —le aconsejó Gonzalo, intentado convencer a su padre, sabedor de sus puntos débiles.

—Tienes razón, hijo mío, aceptaré si eso hace que la corte de los Monteros se convierta, en cuanto a mujeres se refiere, en un pozo de envidias para el resto de las monarquías europeas —dijo el rey, dando muestra de que había sacado a pasear su lado más engreído.

—Pero, Su Majestad… —quiso replicar el hombre que se había encarado con el conde-duque de Pastrana.

—¡He dicho que se calle! La decisión es mía. Quiero que este palacio sea una referencia para el resto de las monarquías europeas, que vean quién manda, y si para eso es necesario crear escuelas pues las crearemos, para que las niñas tengan acceso a la educación. Lo he pensado bien —recalcó el rey Carlos.

Aunque la realidad era que el monarca tan solo había actuado como una mera marioneta del conde-duque y de su hijo Gonzalo, pues ambos le habían hecho creer que aquella era una decisión propia.

—¡Eso es un disparate! —intervino de nuevo el hombre encendido por la rabia, como si el perdón concedido a las nereidas y la consecución de su petición lo llenaran de odio.

—No volveré a repetírselo, ¡cierre la boca! Es mi decisión —repitió el rey Carlos como si tratara de autoconvencerse de lo que él mismo decía—. Me parece un trato justo, máxime a sabiendas de que el resto de las monarquías adularán nuestra enmienda —reflexionó el rey Carlos en voz alta, con el convencimiento de que todo el mundo lo envidiaría al conocer este cambio de rumbo de su monarquía—. Eso sí, grabaos esto a fuego: si por algún casual llegara a mis oídos que habéis vuelto a celebrar una de vuestras reuniones de mujeres en tu salón, Olimpia, o si me entero de que las nereidas han confabulado con algún objetivo común, no seré tan benévolo la próxima vez y os enviaré a la horca sin opción a defenderos. Ahora sí, si nadie tiene nada que añadir…

Pero Julia no pudo dejarle acabar la frase. Un impulso incontrolable se apropió de ella y alzó la voz, sin tan siquiera reparar en las consecuencias que pudiera tener aquello y haciendo caso omiso a la petición de sensatez que le había pedido Gonzalo.

—Yo tengo algo que añadir, Su Majestad —dijo con la voz quebrada, intentando avivar la seguridad que últimamente había cultivado.

—¿Y usted quién es? —preguntó el rey, que apenas la distinguía entre el tumulto de nereidas.

—Soy Julia Ponce de León, Su Majestad —contestó la joven cortesana, dando unos pasos al frente hasta quedarse apenas a unos centímetros del trono del rey Carlos.

Gonzalo la miraba fijamente con el temor planeando en su rostro, como si estuviera rezando para que cerrara la boca.

—¡Una de las brujas! —gritó uno de los hombres.

—Sé perfectamente quién es —repuso el rey cuando por fin distinguió su rostro entre el resto de las jóvenes—.

Y cuénteme, Julia, ¿qué tiene que añadir? —Aunque tenía familiaridad con la muchacha y siempre se había dirigido a ella con cercanía, no quiso rebajar la solemnidad del acto.

Ella tragó saliva como si se hubiera dado cuenta en ese mismo instante de que estaba cavando su propia tumba. Pensó que era paradójico lo que sentía cuando era ella misma la que se estaba empujando al precipicio, la que se tapaba la nariz para dejar de respirar o la que se ponía la soga al cuello cuando acababan de quitársela.

—Su Majestad —prosiguió Julia mientras buscaba los ojos de la infanta Loreto e intentaba transmitir serenidad, aunque sus piernas no dejaban de temblar—, hay una petición más.

Se hizo el silencio en el salón del trono. Toda la sala la miraba expectante, esperando a que abriera la boca para demostrar cómo estaba jugando con fuego a sabiendas de que no saldría ilesa de aquel incendio.

—Adelante, Julia —dijo el rey, dándole su bendición para que comenzara a hablar.

Pero se quedó paralizada, como si las palabras que tenía dentro se hubieran secado; como si le hubieran cortado la lengua o le hubieran borrado el habla de un plumazo; como si de un truco de magia se tratase.

—Julia, ¿piensa decir algo? No tenemos toda la tarde… —le recriminó el conde-duque, que parecía estar perdiendo la paciencia, nervioso como estaba por la certeza de que, cuanto más se alargase esa agonía, más posibilidades había de que saliera algo más y el trato se fuera al traste.

Julia tomó aire y, sin pensarlo demasiado, se apuntó la sien con una escopeta.

—Sé que no es objeto de mi incumbencia, pero me azota la injusticia que recae sobre la infanta Loreto —dijo con la voz entrecortada la joven cortesana.

—Julia, sea concisa que el tiempo apremia —le recriminó el rey Carlos.

—Y piense bien lo que va a decir, señorita, que no se hallan ustedes en posición de exigir nada —añadió el conde-duque, intentando acelerar el fin de aquella reunión.

—Lo que quería decir con mis palabras es que su naturaleza de primogénita le conferiría el poder de ser reina. ¿No es acaso injusto que su condición de mujer se lo impida? —alcanzó a decir sin que le temblara la voz mientras el séquito del rey se le echaba encima. Todos menos Gonzalo, que en el fondo aplaudía su postura. Él jamás había querido reinar.

—Efectivamente, eso no es de su incumbencia —apostilló el rey con aire de incomodidad ante la petición inesperada de la joven.

El monarca se levantó con el objetivo de poner fin a aquella conversación. No le había gustado que Julia se entrometiera.

—Quizá no sea de su incumbencia, pero sí de la mía, padre —interrumpió la infanta Loreto con una sensación de miedo y venganza, despertando de su letargo.

—Ya lo hemos hablado muchas veces, hija —dijo con tristeza y cierta cólera el rey Carlos, cuyas osadía e insistencia de la infanta con aquel tema lo apenaban.

—Pues hablémoslo una vez más, padre —porfió Loreto, con las manos temblorosas; sabía que aquella era su última oportunidad de alcanzar lo que sentía tan suyo.

—No es el lugar, hija, ni el momento —sentenció el rey.

—Loreto, yo… —interrumpió Gonzalo, empatizando con la pena de su hermana, porque al príncipe se le resquebrajó el alma al ver sus ojos llorosos.

Él mismo sabía que no era justo, que ser mujer había sido su único castigo, pero Loreto no lo dejó acabar.

—Es que nunca es el momento, padre —replicó la infanta llena de ira.

Al contrario de lo que era de esperar, no se sentía pequeña ni frágil, como siempre la habían visto; sino que allí, ante esos hombres y las nereidas, se sintió plena y poderosa. Estaba luchando por lo que creía justo.

—No podemos hacer nada. Sabes que mi propósito es abdicar en cuanto tu hermano contraiga matrimonio. Sé que piensas que no es justo, pero créeme que es lo mejor —intentó justificarse el rey Carlos.

—¿Lo mejor para quién? —le recriminó la infanta con cierta ira.

—Para todos, hija. Incluida tú. Este poder conlleva una responsabilidad infernal que no quiero para ti —se sinceró el monarca.

—Pues déjame que yo decida —suplicó.

—Ya es tarde, todo está previsto para que tu hermano reine en cuanto baje del altar. Y créeme, siempre he tenido el total convencimiento de que habrías sido una reina admirable; has luchado por lo que creías justo, desafiando a tu propio padre —dijo con cierto orgullo el rey, que en el fondo sabía que su hija era merecedora de esa corona.

—Dime entonces, padre, con el corazón en la mano y con ese convencimiento que dices tener sobre mi persona, si acaso mi hermano no fuera a casarse, ¿no podría haber reinado yo? —preguntó incrédula, queriendo poner a su padre entre la espada y la pared.

—Ven aquí, hija —dijo el rey mientras estiraba las manos buscando las de la infanta—. Has demostrado tu amor por este reino y tu valentía, y si Gonzalo no fuera a casarse podrías ser tú la que gobernara. Así como en el caso de su muerte, Dios no lo quiera —culminó con cierta congoja en la voz.

—Eso no es lo que dicen las leyes, padre —apostilló Loreto, sin que las palabras de su progenitor le sirvieran de consuelo.

—Hija, por favor, dejemos de perder el tiempo. ¿Acaso importa ya? Tu hermano va a casarse y este trono lleva su nombre —quiso cortar ya aquella violenta situación.

LOS SECRETOS DE LA CORTESANA

—Júralo —suplicó ella.

—¿El qué, Loreto? ¿Qué quieres que jure? —contestó con cierto hastío el rey Carlos.

—Jura que, si no fuera por la boda de mi hermano, confiarías en mí para llevar esa corona —le pidió la infanta entre lágrimas.

—Lo juro, hija. Juro por todos los aquí presentes que, si no fuera por la inminente boda que viviremos en los próximos días, serías tú, la infanta Loreto, quien me sucedería en el trono —finalizó el rey, dejando constancia de una confianza en ella de la que jamás había dado muestra. Y aunque ya no servía para nada, a la joven aquellas palabras le supieron un poco a conquista.

La infanta salió al encuentro de Julia con los ojos llenos de lágrimas y una sonrisa que denotaba la importancia de sentirse validada por los demás. Por primera vez había logrado ese reconocimiento como mujer y había sentido que, a ojos de su padre, ella tenía las mismas capacidades y valía que su hermano para reinar. Se envolvieron en un sincero abrazo como máxima expresión de esa pequeña victoria que habían conseguido, a pesar de que, para conquistar la rendición de las bestias, habían tenido que aceptar su propia entrega. Pero habían logrado mantener la cabeza y la dignidad a salvo. Aunque una parte de Julia había muerto al aceptar rendirse, la joven cortesana se sentía vencedora, pues ellos tenían miedo de dejarlas pensar. Temían que reflexionaran. Les daba pavor la fuerza que irradiaban cuando estaban juntas, unidas.

En eso consiste ganar. En compartir la victoria con alguien más. Y en ese caso eran una infinidad de mujeres. Habían ganado, no ellas en sí, sino todas las niñas que en un futuro iban a tener derecho a pisar un aula en pro de su educación. Habían ganado porque habían salido impunes tras la ofensa al rey y a su séquito y tras la traición a la lealtad del monarca.

Julia se pasó la lengua por los labios como cuando intentaba recordar a qué sabía el pene de Jorge penetrando su boca o cuando se lamía los restos de Eva tras derramarse en su boca. Pero aquella vez, por primera vez, le supieron a libertad. Estaban eligiendo su propio destino, porque este estaba dentro de ellas; tan solo debían ser valientes para poder verlo. Aquel día Julia entendió que habían de ser libres para seguir los impulsos de su corazón y escribir su propia historia. Y eso justamente estaba haciendo ella: reescribir su historia.

29

Nitteti

Amasi quería obligar a su hijo a casarse con la princesa Nitteti para mantener el poder unificado de Egipto. Pero Sammete desobedece el mandato paterno al enloquecer y perder la razón porque estaba perdidamente enamorado de Beroe, una pastora, sin saber este que ella era la verdadera princesa, ya que la cambiaron de niña en mitad de una revuelta.

> Argumento sobre la ópera *Nitteti*, un encargo que hizo el castrato Farinelli a su amigo Metastasio

Un mes después de la liberación de las nereidas

Las nereidas aceptamos la rendición, pero por lo menos salvamos la cabeza. Jorge Novoa ha abandonado el país y su marcha ha despertado en mí sentimientos dormidos. Gonzalo se casa en un día, pero por lo menos ha vuelto a dirigirme la palabra. Y, sobre todo, dio la cara por mí y por todas las mujeres cuando se enfrentó a su padre en el juicio a las nereidas.

Ha pasado un mes desde que el rey Carlos decidió liberarnos y no castigarnos con la pena de muerte. Las cosas en palacio están algo más calmadas y la gente va olvidando lo que hicimos. No así mi madre, que, a pesar de que se alegra de mi salvación, no perdona mi ofensa a nuestros apellidos. Pero estoy viva. Y mis padres han conseguido que no me expulsen de palacio. Así que supongo que un absurdo consuelo me invade y me da las fuerzas suficientes para renacer de mis cenizas. Debería de estar hundida, eso es lo que tocaría. Porque todo lo que había soñado o esperado se ha desvanecido frente a mis narices en un abrir y cerrar de ojos. Lo he perdido todo: mi lugar para expresarme libremente, mi amante, el amor de mi vida y hasta la poca dignidad que me quedaba. Pero, sobre todo, las he perdido a ellas.

Decidimos que lo más sensato era separarnos y no establecer comunicación alguna para no tentar a la suerte mientras las aguas siguieran revueltas. Olimpia no ha vuelto a venir por palacio y en su salón han cesado las reuniones. Liliana y Eva tampoco han aparecido por aquí. Y no niego que en las noches más oscuras traigo a mi mente el olor de la culebrina, su recuerdo viene a mí y ansío saber cuál es su paradero. Solo doña Bárbara se comunica esporádicamente con algunas de ellas; me asegura que todas están bien, pero no ahonda en los detalles, porque dice que no quiere volver a lanzarme a la boca de los leones.

A las nereidas nos han prohibido el acceso al Ateneo, ese lugar que me hacía sentir viva, ese espacio que despertó mis instintos más primarios, que me presentó a la verdadera Julia. Así que ahora repaso mi vida y me doy cuenta de que todo está perdido; aun así, me quedan fuerzas para hacer frente a lo que se me presenta. A ese miedo a la incertidumbre de no saber qué me deparará el futuro, si bien con la certeza de que en él estará Mateo Ítaca, con quien contraeré matrimonio. Aunque siempre había querido tenerlo todo matemáticamente calculado, los reveses de la vida te dan una bofetada de realidad, y ante ello tan solo puedes hacer dos cosas: arrodillarte y pedir clemencia o ponerte en pie frente a tu verdugo. Y yo prefiero morir con la cabeza alta que vivir mi vida implorando perdón.

Un día para la boda. Julia llegaba tarde. Al igual que siempre, el estómago le rugía como si dentro aullara una jauría de lobos hambrientos. Hizo una parada rápida en la cocina y, cual búho, esperó paciente, acechando su presa. Aprovechó el despiste de Madeleine, la encargada de los postres de palacio, para abalanzarse sobre un par de bollitos, que esta hacía desde que llegó de Francia para el rey Carlos. La receta contaba con los siguientes ingredientes: huevo, azúcar, mantequilla y harina. Y Julia, cada vez que podía, le rapiñaba un par de esas deliciosas «madeleines», como cariñosamente ella las llamaba.

En la Edad Media los búhos se consideraban aves de mal agüero porque se creía que eran brujas que se transformaban en ese animal para tener acceso a lugares a los que no podían entrar con su cuerpo humano. Más o menos lo que hacía Julia cuando se zambullía sigilosamente en la cocina para saciar su continua hambre.

Con los carrillos llenos, utilizó las manos para subirse un poco la falda y así dar brío a sus pies y acelerar su llegada a la ópera. Llevaba un vestido de tafetán de raso engalanado con encaje de Bruselas y decorado con bonitas perlas. Contaba con una falda ocre, como las margaritas, un color que avivaba su alegría. También vestía una sobrefalda que daba volumen a sus caderas y un corpiño que le juntaba los pechos y los adornaba con un ribete de macramé.

Julia bajó las majestuosas escaleras de mármol que presidían la entrada al palacio como si su peor enemigo la persiguiera con un puñal en la mano. Se dirigía al Salón Madrid, un pequeño teatro que se encontraba a escasos metros del

Palacio Real y que el rey Carlos había mandado construir; un lugar de divertimento para nobles y reyes. Julia jamás lo había pisado, pero aquella noche era especial para la corte de los Monteros. Celebraban con júbilo el futuro casamiento del príncipe Gonzalo. Hasta entonces, solo unos pocos privilegiados habían sido invitados a deleitarse con los espectáculos que se sucedían entre aquellas paredes. Sin embargo, la petición expresa de Gonzalo de ser él quien eligiera a los asistentes que disfrutarían de aquella noche otorgó, por mediación de doña Bárbara, la entrada a la ópera a numerosos cortesanos. Incluida Julia, a pesar del rechazo que provocaba en los reyes.

La joven se hallaba intranquila; un pálpito la azotaba, el fiel convencimiento de que algo malo iba a ocurrir esa noche. Un pellizco en la tripa que la tenía en alerta, sobre aviso. Julia había aceptado la invitación a la ópera en honor al futuro rey a sabiendas de que ella no tenía nada que celebrar.

—¡Julia! —gritó su padre eufórico, saludándola desde la entrada del teatro.

Rafael, como no podía ser de otra manera, estaba con Mercedes. Les sonrió y aceleró el paso para unirse a ellos. A lo lejos vio que su padre le sostenía cariñosamente la mano a su madre y le besaba tímidamente la frente. A Julia le seguía resultando curioso que ese amor impostado y obligado por sus familias hubiese conseguido crear un vínculo de cariño y respeto, hecho que le hacía preguntarse si eso también sería lo mejor para ella, si debería rendirse a las imposiciones sociales y familiares y contraer matrimonio con Mateo Ítaca. Ahora que Gonzalo iba a casarse, quizá era la mejor solución para dejar de darle quebraderos de cabeza a su familia. Tal vez eso compensaría las habladurías sobre ella en palacio, que a sus padres tanto daño les hacían.

Pero la realidad es que no podía; Julia sentía como si ella misma se fallara, como si fuera ella la que bebiera, sin imposición ninguna, el traguito de cianuro. Pero, aunque sonara egoísta, ¿a quién quería hacer feliz?, ¿a los demás o a sí misma? La respuesta era tan abrumadora que borraba de un plumazo el nombre de Mateo Ítaca de su cabeza.

—¡Padre! —exclamó Julia nada más llegar a ellos, fundiéndose en un caluroso abrazo.

Acto seguido se volvió hacia su madre, a cuyo semblante preocupado había regresado el sosiego.

—¡Hija! Es un milagro que estés hoy aquí —dijo Mercedes mientras la besaba en la frente y una de sus lágrimas rozaba la mejilla de Julia.

—Ha sido por petición de Gonzalo; si no, seguiría en mi destierro —dijo riendo ella por su propio comentario.

—Y agradece el corazón que tiene el rey, hija; al César lo que es del César —añadió su madre, que, desde que ella tenía uso de razón, le había inculcado la importancia de ser agradecida.

—Lo hago, madre —la tranquilizó la joven cortesana.

—Julia, otra cosa antes de entrar. Otro motivo más para estar agradecida al rey Carlos: él mismo en persona nos ha hecho entrega de la invitación al enlace del príncipe Gonzalo y doña Gadea. Quiere que acudamos y que además yo le pinte el cuadro de formalización del matrimonio para ponerlo en palacio —dijo Rafael lleno de satisfacción por el orgullo que le suponía ser el pintor de cámara del rey.

—¡Qué buena noticia, padre! Seguro que viviréis un día muy especial —dijo Julia con una falsa alegría, pues quería disfrazar el dolor que sentía al pensar que no había tenido la valentía de confesarle a Gonzalo sus verdaderos sentimientos.

—¡Viviremos! —añadió su padre.

—¿Cómo que viviremos? —preguntó contrariada.

—Eso mismo. El rey Carlos ha hecho hincapié en que acudamos a la boda la familia al completo, ¿no te parece una buenísima noticia, después de todo lo sucedido, que quiera que acudas al enlace? —exclamó Rafael con un brillo en los ojos que Julia temía que se apagara con la nube que se iba a instalar sobre su cabeza.

—Dudo que sea una buena idea que yo acuda a ese enlace, padre. Soy *persona non grata* para los Monteros —confesó llena de pena.

—Hija, si fueras *persona non grata,* no estarías hoy aquí —añadió su madre.

—Acudiré, pues —se rindió la cortesana.

Julia suspiró con esa frustración del preso que sabe que debe acatar su condena. Aquella rendición era un contrato vinculante con sus padres. Había aceptado la invitación a la boda de Gonzalo y Gadea, y eso no era un acto de valentía, sino un maldito suicidio. Adentrarse en la guarida de los lobos a sabiendas de que la esperaban hambrientos. Como si a estas alturas de la historia su vida ya careciera de sentido. Había estado a punto de ser enviada a la horca, así que ahora cada segundo adicional en el reloj era un regalo para ella.

—¡Julia!

La infanta Loreto se acercó, efusiva, a ella. Mientras, Rafael y Mercedes saludaron a Eugenia, el ama de llaves.

—Loreto, qué alegría verte —añadió la cortesana.

—Tu cara no dice lo mismo —dijo riendo la infanta al ver el semblante serio de la joven.

—Mis padres acaban de hacerme entrega de la invitación de boda de tu hermano y Gadea —repuso Julia con tristeza.

—Lo sé, fue él quien pidió expresamente que fueras invitada —explicó Loreto con cierto poso de tristeza.

—Julia, venga o llegaremos tarde —la azuzó su padre mientras se despedía de la infanta.

Rafael, Mercedes y ella se adentraron en el Salón Madrid. A cada lado, unas majestuosas escaleras de mármol llevaban a la platea superior. Siguiendo en línea recta, el acceso a la planta principal, donde se encontraba el escenario. Obedeciendo las indicaciones de situarse en la planta superior, utilizaron las escaleras de la derecha para subir. Aquel lugar resultaba imponente, sublime. Era una especie de enorme palco con balconada en forma de «U» y con los techos de madera, donde estaban ubicados todos los cortesanos.

Entre tanto tumulto, Rafael rápidamente se abrió paso y consiguió hacerse un hueco en una esquinita de la balconada. Julia observó la planta inferior: un patio de butacas tapizadas con cuero de color bermellón, un pigmento que se obtenía mezclando mercurio y azufre. La invadió una pequeña angustia al pensar en que para conseguir ese color muchos prisioneros en España habían muerto por los gases que se formaban en las fosas de las que se extraía el mercurio, ya que eran los encargados de conseguirlo. La joven cortesana imaginó que esa angustia tan solo era un preludio de lo que iba a depararle aquella noche.

Las paredes del patio de butacas eran preciosas hileras de azulejos de Talavera de la Reina, un tipo de cerámica muy reputada en la corte de los Monteros. Una campana dio la señal de que la ópera estaba a punto de comenzar. Se trataba de *Nitteti*, un encargo de Bottineli, el músico de cámara del rey, a su fiel amigo David Álvarez, reputado y talentoso escritor y poeta; era un regalo para los futuros reyes: Gonzalo Serna de los Monteros Ladrón de Guevara y Gadea Mendoza de Covarrubias.

Esta y su familia se encontraban en el patio de butacas, y él estaba en un palco del piso donde se hallaban Julia y su familia. Instantes después, los reyes acompañados de doña Bárbara y el conde-duque, aparecieron en el palco del príncipe. Para mantener el buen nombre, el rey Carlos había pedido que todo volviera a la más estricta «normalidad» para evitar que el resto de las monarquías europeas hablasen. Por eso, desde aquel juicio a las nereidas, todos en palacio tuvieron que resignarse a vivir entre apariencias. Por su parte, el rostro del noble reflejaba su aversión hacia las nereidas, pues por su culpa ya no podría manipular ni maniobrar a su antojo en la corte de los Monteros, y a la vez se tornó pálido debido al miedo que anidaba en sus adentros, ya que su secreto podría ser revelado a los reyes en cualquier momento y su cabeza no estaba a salvo.

Al ver aquella estampa, la repulsión le invadió las entrañas a Julia, pues debía hacer como si nada, pero aquel acto era su forma de mantener a salvo a las nereidas. La cortesana miró de reojo al joven príncipe, como si se tratara de un desconocido, y admiró su belleza. La tez le brillaba, pero, contra todo pronóstico, su expresión no denotaba felicidad. No estaba pletórico, como cualquiera lo estaría la víspera de su boda. Julia imaginó que sería por los nervios; no solo iba a ganar una esposa, sino también un trono. A su lado se sentaba Nicolás Carranza, aquel que se había sorprendido de la futura boda de su íntimo amigo y al que en las cartas jamás le había mencionado a Gadea.

La ópera empezó majestuosamente. La historia fue deslumbrando a la joven cortesana. No se perdió nada del argumento. Le fascinaba cada segundo de esa historia de amor no correspondido que tanto la tocaba. De hecho, en el tercer acto, una frase la afectó de manera más profunda, al sentirse identificada con el argumento de la obra: «¡No puedes amar a una pastora! ¡Eres un príncipe!».

Esas palabras retumbaron en la cabeza de Julia. Eran ciertas: un príncipe no podía amar a una pastora, igual que tampoco podía amar a una simple cortesana. ¿Cómo había podido creer que Gonzalo se enamoraría de ella? ¿Por qué había mantenido un resquicio de esperanza a sabiendas de que le habían prometido su mano a Mateo Ítaca y de que Gonzalo estaba a punto de casarse con Gadea, una princesa? Se sentía estúpida.

Había demasiada gente en la ópera; otros cortesanos se apelotonaban y empujaban sin miramiento a Julia y a sus padres, que se encontraban en la primera fila; algunos intentaban abrirse paso para ver con claridad el escenario. La temperatura en aquel lugar era casi indecente. El sofocante calor comenzó a apabullarla; le faltaba el aire y necesitaba respirar. Así que se zafó como pudo de las personas que la rodeaban.

—Julia, ¿dónde vas? —preguntó Rafael.

—Tranquilo, padre, necesito tomar el aire —confesó la joven cortesana.

Esquivó a cuantos se ponían en su camino para intentar salir de allí. Aquella ópera era una puñalada en el costado, un jarro de agua fría. Era su realidad en boca de otros. Julia sabía que no podía seguir engañándose: Gonzalo iba a casarse y ella debía aceptarlo.

Salió como pudo de la sala en busca de un soplo de aire que le devolviera la facilidad para respirar. Vio entonces a su izquierda una pequeña puerta entornada que dejaba entrever un gran ventanal. No reparó en si había alguien dentro, porque supuso que todos estarían pendientes de la obra. En efecto, esa salita estaba vacía. Era una especie de almacén. En el suelo había un colchón viejo relleno de lana que se dejaba ver por varios agujeros. Una madeja de telas de colores enredadas hacía las veces de almohada. Julia imaginó que aquel sería el lugar de descanso de los ayudantes del Salón Madrid. Una gran ventana entreabierta dejaba correr el aire fresco de la noche. Pero algo más poderoso llamó su atención y consiguió pausar su acelerada respiración: una imponente luna llena brillaba en el oscuro cielo y alumbraba aquella pequeña habitación.

Julia la admiró desde aquel escondite improvisado. En aquel momento la joven cortesana entendió con toda claridad por qué su nombre provenía del latín y significaba «luminosa». Y es que aquella luna iluminaba toda la estancia. Le fascinaba que los griegos dotaran de tanta belleza a las explicaciones de los fenómenos naturales. Le encantaba cómo contaron, por ejemplo, el mito de Selene, la diosa de la luna. Su hermano Helios cada día hacía un viaje iluminando el cielo, y al llegar la oscuridad lo relevaba ella.

Cuenta la leyenda que Endimión, un pastor con una belleza insuperable que guiaba por las noches a su rebaño, se quedó dormido un día en una gruta por el cansancio. Entonces Selene se percató de su presencia y descendió del carruaje. La gruta se iluminó con su brillo y eso despertó al pastor, y ambos se quedaron prendados el uno del otro. Lo que Selene no sabía es que Endimión ya estaba enamorado de ella y que se dormía siempre pensándola. Pero él era un simple mortal y ella, una diosa, así que esta decidió pedirle a Zeus que los uniera para siempre. Este durmió eternamente a Endimión, que solo podría abrir los ojos en la oscura noche, cuando lo inundara el brillo de Selene, para poder mantener así su amor para siempre.

También había otra creencia popular que decía que las fases lunares afectaban al ser humano, alterando sus comportamientos. Julia, sin saber si era mito o realidad, tenía la certeza absoluta de que la luna llena influía en su cuerpo. Cada vez que aparecía experimentaba un fuego que avivaba sus sentidos. Su instinto animal se despertaba del letargo en el que estaba sumido y florecía por cada uno de los poros de su piel. Julia apretaba los puños y los dientes como si aquel gesto pudiera disuadir la combustión que se apoderaba de su ser. Se sentía como un lobo que aúlla a la luna llena y tiene la necesidad de descargar toda esa energía. Lo que no sabía es que estaba a punto de hacerlo, pero con la ira del despechado.

—Julia. —La voz de Gonzalo retumbó detrás de ella, que oyó que se cerraba la puerta.

—¿Qué haces aquí? Deberías estar viendo la ópera —le advirtió la joven.

—Quería hablar contigo —dijo el príncipe, acercándose a ella.

—No tenemos nada de que hablar —espetó con cierto resentimiento mientras se volvía de nuevo a admirar la luna.

—Hoy está preciosa —desvió el príncipe totalmente la conversación.

—Gonzalo, será mejor que te vayas. No creo que sea buena idea que alguien te pille conmigo aquí —lo avisó Julia realmente preocupada.

—Necesitaba verte antes de… —contestó él con cierta congoja, sin ser capaz de terminar la frase.

—No lo digas, por favor, no quiero oírlo de tu boca —confesó la cortesana mientras se giraba y le pedía clemencia con la mirada.

—Julia, yooo-yooo… lo siento —tartamudeó el joven.

—Se acabó, Gonzalo, tú así lo decidiste. Dejaste de hablarme, rompiste nuestra promesa de ser amigos para siempre, me has ignorado, me has invisibilizado y no fuiste capaz de darme explicación alguna —le manifestó la cortesana llena de cólera.

—Porque nosotros… —intentó decir, pero ella no lo dejó terminar.

—Borra esa palabra de tu boca, ya no hay un nosotros. Hace tiempo que ese pronombre se nos ha quedado grande —declaró cortante.

—¿Por qué me hablas así, Julia? No te reconozco —dijo Gonzalo con la voz rota.

—¿Que tú no me reconoces? ¿En serio osas decir eso? Yo sí que no te reconozco. Has acabado siendo esa persona que tanto odiabas, haciendo todo aquello que no querías. Te has convertido en eso de lo que renegabas. Abre los malditos ojos, Gonzalo, ¿acaso no te das cuenta de lo que está haciendo tu familia contigo? Hasta esa maldita ópera es un reflejo de tu vida. ¡Casándote por los intereses políticos de tu padre! —le recriminó enfurecida.

—¡Basta ya, Julia! ¿Crees acaso que no tengo voz en esto? No soy ninguna marioneta en manos de mi familia. Yo tomo mis propias decisiones —se encaró con vehemencia.

—¿Estás seguro? ¿Desde cuándo has querido reinar? —contestó ella, a sabiendas de que ese era su punto débil.

—Nuestras decisiones tienen consecuencias y debemos aceptarlas —se exculpó el príncipe.

—Y tú has decidido ser un infeliz toda tu vida, haciendo lo que los demás esperan de ti —le reprochó la cortesana.

—Deja de ser una cría, Julia, ¡y madura de una vez! —gritó furioso, sujetándola de los hombros y zarandeándola.

—¡Pues dime la verdad de una santa vez! —le suplicó la joven, sumida en un mar de lágrimas.

Un silencio asedió la salita; el único ruido que los acompañaba era el susurro del aire que entraba por la ventana.

—¿Estás segura de que quieres saber la verdad, Julia? —preguntó su amigo sollozando.

Ella solo consiguió asentir con la cabeza, porque se le había formado un nudo en la garganta.

—Te amo, Julia. Te amo desde el minuto en el que te conocí. A veces pienso que te amaba ya antes incluso de conocerte. Siempre te he amado. —Julia se puso a llorar al oír esa confesión de Gonzalo—. Recuerdo aquel día en el que nos escondimos en la sala de música para zafarnos del rapapolvo del ama de llaves después de esconder aquel diminuto ratón en su cama. Nunca he visto a nadie chillar tanto. —Los dos soltaron una carcajada—. Yo estaba tan nervioso que me temblaban las piernas, porque sus gritos se oían en todo palacio, diciendo que mis padres iban a desheredarme. Tú me abrazaste, me besaste la frente y me dijiste que estuviera tranquilo, que a tu lado nunca me pasaría nada. Aquella noche apenas pude dormir; no por la reprimenda de Eugenia, sino por el beso que me diste. Tenía ocho años, Julia, y ya supe que te amaría el resto de mi vida.

»Soy un cobarde, un maldito cobarde. Hice prometer a mis padres que me dejarían elegir por amor, para que jamás me impusieran un matrimonio. Lo hice por nosotros, con la esperanza de que tu condición de cortesana jamás fuera un obstáculo. Pero nunca tuve el valor de decírtelo. Y me limité a confesarle mi amor por una joven desconocida a mi amigo Nicolás Carranza. Él era mi única vía de escape, esas cartas eran el único lugar donde me sentía libre. Hasta que reuní el valor suficiente para confesarte mis sentimientos por ti, justo en nuestro pícnic en el pacto de primavera. Iba a declararte mi amor. Pero entonces llegaste tú con aquel condenado lazo con la castaña bordada... —suspiró Gonzalo, como si estuviera soltando todo el lastre que lo atormentaba.

Julia fue incapaz de verbalizar en aquel momento lo que ella sentía.

—O sea que ¿todo fue por el maldito lazo? —contestó la joven con una mezcla de angustia y alivio, porque al fin sabía la razón por la que se habían separado.

—Cuando te lo vi en la muñeca, supe que estabas con ellos, Julia —contestó Gonzalo mientras la joven exhalaba el poco aire que le quedaba a sabiendas de que no podía mentirle.

—Ese lazo no significaba nada para mí —confesó la joven con total franqueza.

—Ese lazo significaba que eras parte del Ateneo, que eras parte de ellos. Lo sé, Julia, porque yo también lo fui. Yo fui parte de esa absurda sociedad secreta del sexo. ¡Era tan solo un crío, Julia! ¡Un miserable crío! Tenía catorce años. Yo quería jugar a la pelota y tirar mendrugos de pan contigo a los lampiños. Esa era mi única preocupación. Hasta que el conde-duque de Pastrana convenció a mi padre de que la mejor manera de hacerme un hombre y cumplir con mis expectativas como futuro rey era introduciéndome en el Ateneo. ¡Era totalmente descabellado!

»Yo quería hacer las cosas que hacen los niños. Quería que la primera vez que derramara el semen fuera contigo. Quería hacer el amor por primera vez contigo. Pero ellos decidieron por mí y me hicieron un hombre a marchas forzadas. Tuve sexo con decenas de mujeres de todas las edades, y me sentía un despojo cada vez que derramaba mis fluidos sobre ellas. Jamás lo hice dentro de ellas, como si ese gesto fuera mi pequeña deferencia hacia ti. Como si fuera mi manera de guardarte lealtad. Odié con todas mis fuerzas a mi padre, al conde-duque y a mí mismo. Me sentía sucio, quería arrancarme la piel. Pero luego tú la rozabas tímidamente y guardabas todos mis demonios bajo la cama. Tú eras quien mantenía mi cordura a raya. Tenerte a mi lado era lo que me salvaba del abismo. Mi padre siempre pensó que lo hacía por mi bien, que eso me daría poder como futuro rey. Por eso lo perdoné. Pero nunca me perdoné a mí mismo —culminó absorto el príncipe.

—Gonzalo, no fue culpa tuya. Tú eras solo un niño —lo consoló, con las pocas fuerzas que le quedaban tras su confidencia.

Aquella confesión de algún modo le generó algo de alivio. Por fin sabía, siete años después, el motivo por el que a los catorce él se alejó de ella y la dejó invadida de tristeza. Por fin podía desterrar esa culpa que la atormentaba cuando pensaba en qué había hecho para que su amigo se alejara. En ese momento entendió que ella no era la culpable del pesar que tenía el joven príncipe por aquel entonces.

—Por eso, al cumplir los dieciocho años, conseguí las agallas suficientes para plantarle cara a mi padre. Le dije que aceptaría el trono con la única condición de que me dejaran elegir a mi futura esposa por amor, así como abandonar el Ateneo. Y aceptó. Por eso no pude soportar ver que tú habías entrado ahí —le explicó mientras se acercaba a Julia y le ponía la mano sobre la mejilla.

Sus rostros se encontraban a escasos centímetros; tan poca era la distancia que los separaba que ella notaba la respiración de Gonzalo sobre sus labios. Ambos jóvenes tenían la mirada clavada en el otro, como el que apunta en la diana con un tiro certero. El corazón de Julia latía tan veloz que ya no diferenciaba si se había parado o si el ritmo era tan intenso que no podía sentirlo. Era la primera vez que estaban tan cerca. Distancia negativa entre sus cuerpos. Julia quería detener el tiempo.

Sintió que habían sido bendecidos por Kairós, el dios griego de la oportunidad. Su nombre significa «momento oportuno» y representaba ese instante en el que sucedía algo realmente importante en una ocasión del todo imprevisible. Se decía que traía las cosas en el momento adecuado y de la manera más conveniente, incluso si era en el último segundo. Y a Julia no se le ocurría situación más imprevisible que aquella, horas antes de la boda de Gonzalo y Gadea. Cuando surgía la oportunidad perfecta, Kairós se volvía imparable y tan poderoso que ni los dioses más fuertes podían pararlo.

Así se sentía ella, con sus labios rozando los de Gonzalo, como si la fuerza de los imanes los atrajera de manera imparable. Los griegos usaban dos palabras para determinar el tiempo: *chronos* y *kairós*. Lo primero era el tiempo lineal, el que se podía medir con el reloj. Lo segundo se refiere no al tiempo cuantitativo de la ocasión, sino al tiempo cualitativo. Es decir, la experiencia de vivir el momento oportuno. Se decía que si este dios estaba de parte de alguien, dicha persona era capaz de sentir un instante como si fuera una eternidad o vivir un momento pleno con los cinco sentidos. Y precisamente Kairós estaba presente entre el cuerpo de Julia y el de Gonzalo.

Un impulso casi animal los llevó a fundirse en un ardiente beso entre jadeos incesantes. Era como si las bocas encajaran a la perfección, como si hubieran estado hechas la una para la otra. Julia cerró los ojos y su mente y su cuerpo se dejaron llevar. Se olvidó de los «deberías» y de los «y si» y se quedó clavada en el «aquí y ahora». Se besaban con desenfreno, pero con un cariño inusual que ella no había sentido en los besos con otros. Era él, lo había sabido siempre.

Gonzalo bajó la boca y la posó suavemente en el hueco que tenía entre las clavículas la cortesana, justo al inicio de su cuello. Lo selló con un casto beso, sacó la lengua y empezó a lamerla dibujando una línea recta hasta llegar de nuevo a la boca. Dejó un poco de saliva en su labio inferior; luego posó el pulgar de la diestra en su mejilla izquierda y el resto de los dedos en la derecha y le presionó ambos carrillos de tal forma que los labios de la joven se separaron de inmediato, dejando su boca entreabierta.

Los ojos de Gonzalo tenían ahora un aire lascivo; ya no era aquel niño indefenso que se ocultaba en la sala de música, sino un hombre con un exacerbado deseo. Escupió entonces la saliva en la boca abierta de Julia. Ella bajó la mano derecha y se sacó ese pecho del corpiño. Instintivamente, dejó caer la saliva de Gonzalo desde su boca hasta el seno y en un instante sus pezones se endurecieron como piedras calizas. El príncipe fijó su vista en el pecho húmedo de la joven y, sonriendo, puso la boca a la altura del pezón. Sacó la lengua y comenzó a dibujar círculos sobre él, extendiendo la saliva por toda la areola y estremeciendo a Julia por momentos. Ella ansiaba que le arrancara la ropa, pero parecía que él se estaba vengando, recreándose en unos movimientos lentos que, lejos de calmarla, provocaban que su cuerpo comenzase a segregar ese flujo que anunciaba que el deseo la estaba poseyendo.

—Si sigues así me vas a matar —dijo Julia azorada.

—¿Acaso tienes prisa? Llevo esperando este momento toda mi vida, Julia —confesó su amado con una voz que le quebrantó el raciocinio a la joven, la cual negó con la cabeza.

Él le desabrochó el corpiño, le quitó la sobrefalda y le bajó el vestido de tafetán de raso hasta los tobillos, dejándola completamente desnuda. La joven se descalzó y él hizo lo mismo. El cuerpo de Gonzalo estaba cincelado por los dioses. Julia recordó cada una de las veces que se había sentado en el banco del jardín de palacio para admirar su torso sudado tras las carreras deportivas. Ahora estaba sudando ante ella.

La joven cortesana se llevó la mano hasta la boca y la lamió desde la palma hasta la punta de los dedos, cubriéndola de saliva. Luego la bajó poco a poco hasta llegar al falo de Gonzalo, que para aquel entonces lo tenía duro como una piedra. Lo acarició lentamente imitando esa calma con la que él le había besado el pecho. El joven jadeó al ritmo de las caricias de Julia. Esta le hizo darse la vuelta y dirigió sus manos en alto hasta la pared, de forma que ella estaba detrás de él. Adelantó la diestra hasta el pene de su amor y comenzó a tocarlo de arriba abajo. Pero Gonzalo había aprendido muy bien y no era fácil de manejar. La cortesana pensaba que su experiencia con Jorge y Eva le facilitarían dirigir ese encuentro. Sin embargo, a él lo invadió un desasosiego cuando sintió ese juego. Lo que quería mostrarle a Julia era ese animal salvaje que siempre había ocultado.

La giró bruscamente y la puso contra la pared, aprisionando sus manos sobre su cabeza con la diestra. Comenzó entonces a morderle el lóbulo de la oreja y a besarle el cuello. Aquello encendió a Julia cada vez más. La cortesana consiguió zafarse de su mano, le sujetó la cabeza y la guio hasta sus pechos, que él lamió indistintamente de manera obscena. Un río de fluidos abandonó el sexo de Julia y le recorrió los muslos, señal inequívoca de que estaba rozando el cielo.

—Arrodíllate —le exigió Julia, a sabiendas de que a él no le gustaba que le dieran órdenes, pero esta vez el príncipe hizo caso.

Se arrodilló ante ella y esta le guio la cabeza hasta dejarla frente a su sexo. Cuántas noches sus manos se habían perdido bajo las sábanas imaginando esa escena. Sin embargo, el príncipe siguió martirizándola y se acercó a la vulva con la lentitud de un koala, sabedor de que su cuerpo estaba a punto de explotar. La joven le sujetó el rostro a su amado con ambas manos y clavó las pupilas en las suyas. En ese instante, Gonzalo sacó la lengua en dirección a su sexo y comenzó a lamerlo con sosiego, recorriendo cada uno de sus recovecos, dándole tiempo así a generar cantidades ingentes de saliva, que se mezclaba con los fluidos de la joven hasta empaparle el sexo por completo.

Julia separó un poco más las piernas y llevó las manos hasta su vulva; separó los labios y la dejó expuesta ante Gonzalo, que no dudó ni un segundo en tocarla. Aquel gesto encendió a la cortesana, cuya cara reflejaba lo mucho que estaba disfrutando. Entonces Gonzalo le palmeó el sexo con más fuerza y se llenó la mano totalmente del flujo de la joven. La miró a los ojos, e introdujo con sensualidad los dedos mojados en su propia boca y se tragó los restos de la cortesana.

—Qué bien sabes —le susurró Gonzalo de una manera obscena.

—¿Solo yo? —le replicó ella pícara.

—Y tu coño. Qué bien sabe tu coño, Julia —le reconoció el joven.

Ella le sonrió.

—Yo también merezco averiguar cómo sabes —alegó la amante juguetona.

Y entonces Gonzalo se puso en pie y Julia le tomó el relevo y se arrodilló frente a él. Llevó la boca al pene de su amor y dejó caer saliva para humedecerlo. Luego le enjauló la verga con la mano derecha, bajó la lengua y le lamió lentamente los testículos. Con cuidado se los introdujo en la boca.

Ambos se clavaron la mirada, como si así fueran a detener el tiempo. Las óperas eran interminables, por lo que ninguna prisa los apremiaba; aquel instante parecía que hubiera estado preparado para ellos desde siempre.

Julia se separó despacio y esta vez fue ella la que dibujó círculos en la punta del falo. Gonzalo gemía arrebatado por el placer. Ella supo que el joven no aguantaba más cuando le recogió el pelo con la diestra y tiró de él levemente para conducir su boca hasta el pene, metiéndolo y sacándolo a un ritmo acompasado. Cuando él aumentaba la fuerza con la que le tiraba del cabello, ella sincronizaba los lamidos. Su pene estaba completamente humedecido. En ese momento la cortesana sintió que había llegado la hora de que la penetraran por primera vez. Lo necesitaba, no aguantaba más. Su sexo pedía a gritos que lo invadieran. La joven notaba que le palpitaba como el corazón. Aquello era una llamada de auxilio, y estaba segura de que el príncipe podía conquistar aquella tierra inexplorada.

—¡Penétrame, Gonzalo, por favor! —le demandó Julia exhausta.

—¿Estás segura? —preguntó dubitativo el joven.

—Jamás he estado tan segura de algo —lo calmó ella.

Él la condujo hasta el colchón relleno de lana, la tumbó sobre él y le posó la cabeza sobre la madeja de telas. Separó las rodillas, dejándolas ligeramente dobladas, y juntó su pene con el sexo de ella. Entonces se recostó con el cuerpo entre las piernas de la joven. El príncipe puso las manos a ambos lados de la cabeza de su amada y se inclinó para besarla con ternura en la nariz. La joven cortesana aprovechó ese momento para lamerle la boca, gesto que él entendió como el pistoletazo de salida. Se fusionaron en un húmedo beso que albergaba todas las energías reprimidas durante años bajo la almohada.

—Estoy lista —se sinceró ella; su rostro de deseo manifestaba que no hacía falta respuesta alguna.

Gonzalo se escupió saliva en la mano y la restregó por todo el sexo de Julia, mezclándola con sus fluidos y dejándola más empapada todavía. Dirigió entonces la mano derecha hasta el pene erguido, con los restos de saliva que había recopilado del sexo de la joven, y se humedeció el falo en su totalidad. Luego sonrió para decirle que ya estaban listos, y Julia sintió que era el momento.

Él guio la verga hasta la entrada del sexo de ella y, con delicadeza, comenzó a introducirla. La cortesana notó cierta presión, pero el placer que la invadía era tan intenso que se olvidó por completo de aquella extraña sensación. El príncipe le sujetaba la cara a la cortesana entre las manos y la besaba mientras empezaba a embestirla. La fricción de su pene contra el sexo de la joven convertía los cuerpos en sendos imanes, como si hubieran estado destinados a estar juntos desde siempre. Una conexión casi mágica los unía haciendo que Julia sintiera cosas que jamás había experimentado. Sus sentidos estaban como absortos. Gonzalo aceleró cada vez más el ritmo de sus envites. Los dos amantes no podían dejar de gemir. Él decidió llevar el cuerpo de Julia al límite y sacó bruscamente el pene.

—¡No pares, cabrón! —soltó ella sin pensarlo, utilizando aquella palabra que tantas veces le había oído al ama de llaves cuando se perdía entre los brazos del camarero mayor en la Biblioteca Real.

—No pienso hacerlo —contestó él con una seguridad pasmosa.

Bajó entonces hasta el sexo de la joven, que tenía las rodillas semiflexionadas, y le metió los dedos índice y corazón en la boca para que los humedeciera. Cuando la joven cumplió su tarea, empezó a dibujar círculos alrededor del sexo. El goce de Julia era total y mostraba sus ganas de que le introdujera los dedos sin miramiento. Él no tardó en hacerlo. Comenzó a meterlos y a sacarlos mientras posaba la lengua sobre el sexo y comenzaba a comérselo. Ella le imploró a Kairós que les dejara vivir en ese instante para siempre. Los dedos de Gonzalo la perforaban cada vez con más ímpetu y su lengua trabajaba sin descanso para su placer. Símbolo de su triunfo, ella arqueó la espalda, a punto de abandonarse al pecado.

—Voy a derramarme en tu boca —le confesó la joven cortesana.

—¡Hazlo! —suplicó Gonzalo.

Y Julia, cuyo cuerpo ya había alcanzado el deleite máximo, no aguantó más y acabó derramándose en la boca de él.

Luego suspiró tan fuerte que dio las gracias de que no se hubiera oído en el Salón Madrid. Gonzalo la dejó respirar para que se recuperase de aquel incendio. Entonces la volteó y, estando ahora él tumbado, ella se quedó a horcajadas sobre él. Entrelazaron las manos sobre su cabeza y ella se situó en cuclillas sobre él. Luego este dirigió su falo hasta la vulva de su amada y la encajó con una puntería certera. Volvió a entrelazar la mano con la de ella y la cortesana comenzó a subir y bajar lentamente, y con cada movimiento el pene encajaba a la perfección dentro de su sexo.

La fricción de sus cuerpos generaba una especie de energía que invadía cada uno de los poros de su piel. Sus jadeos marcaban el ritmo de Julia, que cada vez aceleraba más. Los ojos de Gonzalo invocaban a Julia cual diosa, y ese dominio sobre él le hacía sentir a la joven cortesana que poseía un poder sobrehumano, como si tuviera las riendas de su goce. Por eso quería más y más. Pero el príncipe llegó a la máxima expresión del deleite y ya no aguantó.

—Voy a derramarme dentro de ti, Julia —le dijo Gonzalo.

—¡Hazlo! —repitió la misma palabra que él.

Y en ese instante un jadeo marcó el fin de aquel «momento oportuno» y él se derramó dentro de ella. La cortesana sintió un líquido cálido recorriendo sus adentros. Era su primera vez, pero no la de Gonzalo. Aun así, Julia notó que el cuerpo del príncipe jamás había sentido esa conexión con nadie.

—Te amo, Julia —repitió su amor.

Ella se quedó callada mientras la luna llena iluminaba los cuerpos desnudos sobre la cama.

30

Sempiterno

El día de la boda

Estoy nerviosa. No como alguien que está a punto de entregarse en santo matrimonio a un príncipe y convertirse en reina de España, sino como alguien que acaba de entregarse en santo pecado a un príncipe que está a escasos momentos de convertirse en rey de España.

Lo que inunda mi cabeza es el desconsuelo, ansío acallar los demonios que se desgañitan en mis adentros. No he sido capaz de conciliar el sueño. En mi mente resuenan los jadeos de Gonzalo, mi piel rezuma su olor y mis manos ya lo anhelan. Siento como si en aquella salita del Salón Madrid hubiera condensado todo en un frasquito para que perdure toda la vida en mi memoria. Como si le hubiera olido enérgicamente para quedarme para siempre con su olor. Como si hubiera recorrido su cuerpo para conservar eternamente el tacto de su piel. Grabé en mis pupilas aquel «momento oportuno» para que me acompañe el resto de mis días. Acudir a esta boda con todas esas imágenes horadándome la mente es un suicidio anunciado.

Necesito calmarme, la inquietud me puede. Todos los pensamientos que me han atormentado durante la noche siguen aquí paseándose por mi cabeza. Es mi castigo. Necesito por unos instantes parar este ruido que me inunda. Tengo que calmar mi cuerpo, aliviar las ansias de deseo que lo poseen. El destino me lanza sin remedio al abismo; me sé la perdedora de esta guerra. El hombre al que amo está a punto de contraer matrimonio. Y ante ese castigo tan solo puedo hacer una cosa para frenar el barullo de juicios que me asolan.

Julia abrió el cajón de su mesita de noche y removió los pañuelos entre los que había escondido el dildo de mármol que le había regalado doña Bárbara y el frasquito de aceite. La joven había dormido en cueros para intentar paliar el calor que la sofocaba, así que se puso en pie directamente y se encaminó hacia el espejo. Contempló su cuerpo desnudo y una extraña energía lo invadió. Su poder de fantasear la hacía encenderse con tan solo mirarse. Todas aquellas experiencias vividas gracias al Ateneo le habían llevado a conocer su cuerpo, a agradecerlo y a venerarlo. Le gustaba lo que el reflejo del espejo le devolvía. Por fin Julia sentía que se había convertido en la protagonista de su propia historia. Descubrir su cuerpo, descubrirse a ella misma y caminar de la mano de otras mujeres que la arropaban la habían dotado de una seguridad hasta ahora desconocida para ella. Se sentía valiente. Lejos quedaba aquella Julia dócil y sumisa. Lo que veía en el espejo era una mujer fuerte y decidida.

Se puso de rodillas frente al espejo y apoyó el dildo y el frasquito en uno de los cojines que había junto a ella en el suelo. La joven escupió saliva lentamente sobre su pecho derecho, conectándolo con su boca por un hilillo. Cuando este terminó de caer, se masajeó el seno en círculos y el pezón se irguió. Enjauló ambos con las manos y los magreó, apretujando uno contra el otro.

Entonces cogió el frasquito de aceite, lo abrió y echó un chorretón sobre el dildo. Quería sentir de nuevo lo mismo que la noche anterior en brazos de Gonzalo; deseaba que la penetrasen otra vez. A continuación se abalanzó un poco hacia delante y apoyó la mano izquierda en la pared del espejo. Colocó el dildo en el suelo en posición vertical y lo sujetó con la diestra por la base. La joven emprendió la marcha y simuló el movimiento que había enloquecido a Gonzalo la noche anterior cuando se sentó sobre su pene.

En el espejo observó la cara de placer que debió de regalarle a Gonzalo cuando se entregó a él. La fricción del dildo en su sexo hacía que estuviera cada vez más empapada. Lo sacó y se puso en pie para dirigirse a la cama. La joven cortesana se tumbó bocabajo con el artilugio cerca. Se puso un cojín entre las piernas y se frotó el sexo con él. Como las manos las tenía libres, las posó bajo los pechos aplastados sobre el colchón y comenzó a manosearlos con fervor.

Ya no sentía nervios; su mente estaba centrada en proporcionarse el máximo goce. Agarró de nuevo el dildo, se lo llevó a la boca y lo introdujo bruscamente, como había hecho con el falo de Gonzalo. Lo mojó para que fuera más fácil deslizarlo dentro de su sexo y, cuando estuvo lo bastante húmedo, dirigió la mano hacia las nalgas y se lo metió en la vulva desde atrás, cada vez con más brío. Con esa postura friccionaba todas las partes de su cuerpo contra las sábanas a la vez que se masturbaba con el dildo. Julia alcanzó su punto álgido y se derramó con un alarido que debió de despertar a todo el palacio.

La joven cortesana se levantó de la cama y se dio un baño rápido. Cogió del armario un vestido de muselina blanco muy vaporoso con cintura imperial y un escote alto drapeado que le permitía moverse con mayor facilidad. Ya le tocaría ponerse uno de esos trajes imposibles con los que el movimiento era un deporte de riesgo.

A pesar de la tranquilidad que aquel artilugio le había regalado, la joven todavía necesitaba la calma que solo un padre puede brindarte, así que fue al único lugar en el que sabía que podía encontrarlo: el jardín de palacio.

Bajó las escaleras que daban acceso allí y su corazón se murió un poco más. Todo estaba bellamente preparado para el enlace de Gonzalo y Gadea. Habían hecho honor a los orígenes franceses de los Monteros y el jardín estaba totalmente cubierto de iris, la flor nacional de Francia y representante de la realeza. Julia quiso tirar de simbolismo y aceptó aquello como una señal de Iris, la mensajera de los dioses. Esta fue la diosa del arcoíris y la anunciadora de la alianza entre el Olimpo y la tierra al final de la tormenta. La joven pensó que quizá aquel jardín plagado de iris era un mensaje de la diosa para recordarle que después de toda tormenta aparece en el cielo el arcoíris. Porque aquella boda era su tormenta… y su maldito tormento.

Un manto de velas cubría todo el jardín y un pequeño escenario presidía la entrada al laberinto, haciendo las veces de altar. Sobre él había una mesa de madera maciza de nogal con patas labradas. Sobre ella, un atril de madera estucada y dorada para las liturgias decorado con detalles vegetales. Y delante, cuatro taburetes de madera tallada con patas onduladas y arqueadas con elementos en relieve. El asiento era un cojín forrado en seda color hueso. Sobre esta especie de altar, un arco de madera con una preciosa guirnalda de flores enroscada. Julia se acercó a contemplarla con detenimiento, porque su amor por las plantas era superior al rechazo que le producía en el fondo aquel lugar. Estaba hecha con mimo y constaba de eucalipto, helechos, hojas de laurel, flores de manzanilla y la amarilla de coreopsis, que era una preciosa flor redonda que se abría durante el verano.

Frente al altar, hileras de sillas para los invitados y, cómo no, su padre, Rafael. Julia tenía claro que estaría ahí, preparando su pequeño espacio sagrado para realizar aquel cuadro que el propio rey Carlos le había encargado como recuerdo de un día tan especial. No solo porque su hijo iba a casarse, sino porque al fin iba a sucederlo en el trono, y así él descansaría de sus dolencias, algo que deseaba desde hacía mucho tiempo.

Rafael esbozó una sonrisa nada más verla y ella se arrojó a sus brazos. Lo necesitaba, la joven cortesana necesitaba un abrazo, uno de esos apretados, de los que paran el tiempo y te recomponen a nivel emocional. Porque en ese instante en el que dos cuerpos se funden en un abrazo las almas se hacen cómplices del silencio. Ese que se dio con su padre era el preludio del consuelo.

—Anoche te fuiste como alma que lleva el diablo, hija —le reprochó su padre.

—Lo siento, había sido un día largo y necesitaba descansar —le contestó la joven, intentando capear la respuesta.

—No te preocupes, aunque me alegro de que no vieras aquella reflexión sobre los matrimonios impuestos por las familias, porque nos habrías crucificado a tu madre y a mí para los restos —dijo su padre entre carcajadas, intentando bromear acerca del futuro casamiento de su hija.

—¡Padre! Sabes que no me gusta que te tomes a guasa ese tema. Odio hablar de Mateo Ítaca, aunque te confesaré que con todo lo acaecido últimamente he llegado a pensar que el abuelo y vosotros tenéis razón, y quizá ese matrimonio sea lo mejor para mí —admitió la joven cortesana afligida.

—Julia. Tú eres mi niña, mi única niña, y tan solo quiero que seas feliz. Tu abuelo me convenció de que eso sería lo mejor para ti. Únicamente queremos tu bienestar, hija —repuso Rafael.

—Gracias, padre, lo sé —dijo ella con los ojos vidriosos.

—¡Anda, corre a vestirte, que tu madre te estará esperando! Y ponte preciosa, que hoy es un día especial. —Sonrió convencido de que estar invitados a aquella boda era un regalo para su familia.

—¡Solo una cosa antes de irme! Cuéntame alguna de tus historias, que tengo nervios en la tripa —le suplicó Julia, pues, de siempre, la voz de su padre le daba calma.

—Ven aquí. —Rafael se sentó en una de las sillas de los invitados—. Olvida esos nervios en la tripa, Julia. Tú eres como una libélula.

—¿Una libélula? —preguntó su hija, sin entender el símil.

—Sí, una libélula. Estos insectos pertenecen a las tres esferas de este mundo: la tierra, el agua y el aire. Son criaturas que poseen una belleza innata y cuyo aleteo es casi hipnótico. Pero, más allá de su estética, lo increíblemente llamativo es su capacidad de transformación y de adaptación, Julia, igual que tú. Has sabido adaptarte a lo que te ofrecía este palacio y has sido capaz de convertirte en una mujer audaz y decidida.

»Así son las libélulas, que eclosionan de un huevo y mutan en ninfas bajo el agua, donde aprenden a respirar por unas branquias internas; pero luego, al crecer, salen a la superficie y se posan en una rama o una planta y mudan su piel varias veces hasta que emergen sus alas y acaban transformándose en majestuosas libélulas. Te siento libélula, mi Julia. Para sobrevivir en este palacio, hay que mudar la piel y dejar ir viejas formas. No reniegues nunca de aquello en lo que te has convertido y jamás te avergüences de sentir. Abraza el cambio, Julia, y no temas lo que vendrá —terminó su padre.

Era increíble que una persona poseyera no solo el don de la pintura, sino el conjunto del gusto por el arte y una mente brillante que conseguía dotar de belleza cada una de sus historias. Tenía el don de la palabra, y Julia sabía que, en el fondo, había un poso de él en sí misma.

—Te adoro, padre —se sinceró la joven cortesana con ternura.

—Y yo, hija. Pero ¡corre, anda! Que tu madre debe de estar contenta con que no hayas aparecido todavía... —la riñó su padre sonriente.

Julia lo dejó con sus quehaceres y se dirigió a la sala de costura, donde la esperaba Mercedes. Le había terminado a toda prisa un precioso vestido que llevaba meses cosiéndole.

—¡Ya era hora, hija! —exclamó mientras la sujetaba de la mano y la guiaba hasta su zona de costura.

—Lo siento, estaba en el jardín con papá —se excusó Julia, pues su madre odiaba la impuntualidad.

—Anda, siéntate ahí y deja que la niña te adecente ese pelo y esa cara —la apremió Mercedes.

Julia se sentó en uno taburete enfrente de la mesa de su madre y la costurera joven, aquella a la que siempre le cantaban el himno de Inglaterra, corrió hasta su sitio para acicalarla.

—No sé por qué tu madre dice que hay que adecentarte la cara, si hoy tienes la piel más tersa y brillante que nunca. Desconozco tu secreto, pero estás preciosa y radiante —alcanzó a decir la muchacha, y Julia tuvo que morderse la lengua para no confesarle que el secreto de su piel tenía nombre de príncipe: Gonzalo.

—Pues mira que he dormido poco... —añadió la cortesana.

—¿Y eso? ¿Tú tampoco has podido pegar ojo de la emoción? —dijo entusiasmada la pobre costurera ingenua.

A Julia ya le dolía la lengua de tener que mordérsela.

—Sí, supongo que habrá sido por eso —mintió sin reparo alguno.

La joven le puso rubor en las mejillas y le coloreó los labios. Como en la corte de los Monteros bebían de las costumbres francesas, aquí sí se aceptaban ambas cosas, a diferencia de en otros países donde se consideraba un uso propio de las mujeres indecentes. A pesar de que Julia sabía que las demás acudirían a la boda con imponentes peinados que tendían a elevarse, y que muchas llevarían armazones de alambre con postizos, ella le pidió a la joven que le peinara su pelo lacio con la raya en medio y un moño bajo.

—Estás preciosa, hija, pero ese recogido es un poco insulso. Toma. —Y le ofreció una dalia púrpura bellísima que tenía en la mesa.

—¡Ese color quiere decir amor duradero y leal, doña Mercedes! —añadió la joven costurera, y Mercedes asintió para darle la razón.

Una vez acicalada, la cortesana se desnudó para que la ayudaran con el vestido. Pero doña Bárbara irrumpió en la sala de costura y todas se cuadraron y guardaron silencio.

—Buenos días, señoras —saludó con aplomo a las presentes.

—¡Buenos días, doña Bárbara! —replicaron al unísono.

—Les ruego que vayan todas al jardín para ayudar a preparar las telas de las sillas y las mesas —las instó la dama de compañía.

—Ponte de nuevo tu ropa, Julia, y en un rato te vestimos —dijo Mercedes casi susurrando; la joven volvió a ponerse rápidamente el vestido blanco de muselina.

—No hace falta, Mercedes. Yo la ayudaré —se ofreció cortésmente doña Bárbara.

—¡Ni hablar! Tendrá usted muchas cosas que hacer más importantes que esta en un día tan especial como hoy —precisó Mercedes.

—Insisto —reiteró la dama, inclinando la cabeza hacia la costurera.

Todas abandonaron la sala y se encaminaron al jardín para ayudar en las tareas que doña Bárbara les había impuesto.

—¿Te gustó la ópera anoche, Julia? —preguntó intrigada la dama.

—Fue increíble, y aquel teatro es un lugar único —contestó la joven sincera.

—¿Y qué opinión tienes del final de la obra? —insistió doña Bárbara.

—Una interesante reflexión sobre los matrimonios impuestos —alcanzó a decir Julia, parafraseando las palabras que su padre le había dicho sobre el desenlace instantes antes.

—Muy interesante, aunque creo que tú dedicaste el tiempo a unos menesteres aún más interesantes que la ópera —afirmó sin dejar lugar a dudas de que sabía el secreto de la cortesana.

—No sé de qué me habla —intentó zafarse Julia.

—Yo creo que lo sabes perfectamente. Ayer te vi salir de la sala de descanso del Salón Madrid acompañada del príncipe Gonzalo —manifestó la dama, sin dejarle escapatoria alguna.

Julia no podía mentirle, a ella no. La había salvado, a todas las nereidas. Gracias a doña Bárbara era la mujer que era; ella le había descubierto los placeres de la vida y le había dejado formar parte de los secretos de los Monteros. No podía mentirle. Así que la joven cortesana se limitó a bajar la cabeza en señal de arrepentimiento.

—Anoche, tras veros salir juntos, acudí a la habitación de Gonzalo y me lo contó todo —le advirtió la dama de compañía de la reina; en realidad se estaba tirando un farol para comprobar si sus sospechas respecto a lo que Julia sentía por el príncipe eran ciertas.

—Pero ¡eso es imposible! ¿Cómo iba a contarle a usted eso? —exclamó dubitativa y enfadada, pues no entendía por qué Gonzalo le había hecho esa confidencia a doña Bárbara si fue él quien le advirtió que se alejara de los tejemanejes de dicha mujer.

—Lo «invité» a que me contara todo si no quería que les dijese a sus padres lo que había visto en la ópera —mintió, buscando la confesión de la joven.

—Pe-peeroo… —intentó comenzar ella, aunque la otra no le dejó terminar la frase.

—Tranquila, Julia, sé que no soy santo de la devoción del príncipe, pero llevo toda mi vida en esta corte guardando todos los secretos a los Monteros, y con Gonzalo no iba a ser menos. En el fondo nos profesamos un absoluto cariño y un gran respeto —dijo la dama de compañía para tranquilizarla—. Pero ¿de verdad creías que yo no me había dado cuenta de que estabas enamorada de Gonzalo? A él quizá conseguiste ocultárselo, pero no a mí.

—¡No estoy enamorada de Gonzalo! —acertó a decir la joven.

—Julia, si no tuviera el total convencimiento de que estás enamorada de él hasta las trancas, no estaría ahora aquí —repuso la que fuera su tutora.

—¿Y para qué ha venido? —contestó dubitativa.

—Para que no cometas el mismo error que yo —confesó.

—¿Qué error, doña Bárbara? —preguntó intrigada.

—Perder al hombre al que amaba. Lo dejé ir, Julia. Dejé que se fuera porque no tuve el valor suficiente para decirle lo que sentía. Yo contaba un par de años más que tú y me enamoré locamente de un joven: Guillermo de Sotillos. Tenía el cabello largo y rubio y siempre lo llevaba recogido en una coleta baja. El color de su pelo me recordaba al de los girasoles. Era intensamente brillante. Sus ojos eran como el azul del cielo en los días poco nublados. Venía a palacio cada día y al terminar su jornada nos sentábamos en el mismo banco donde tú leías mientras Gonzalo corría por el jardín. Allí pasábamos las tardes y las noches hablando. Un día dejó de aparecer por palacio. Me pasé días llorando. Hasta que finalmente me enteré de que le habían encomendado una misión militar urgente y había tenido que partir de la ciudad. Nunca pudimos despedirnos, y jamás le dije que lo amaba —admitió doña Bárbara con la voz quebrada.

Era la primera vez que veía a aquella mujer tan segura derrumbarse.

—¿Y por qué no lo buscó? ¿Por qué no averigua dónde está? —preguntó Julia angustiada, imaginando el desconsuelo que debía de haber sentido doña Bárbara durante todos esos años.

—Porque cuando quise hacerlo ya era tarde. Me enteré de que lo habían matado en una misión de guerra —se sinceró, afligida—. Por eso no quiero que cometas mi mismo error. Te tengo un cariño especial, Julia. Eres diferente a las demás, por eso te elegí para formar parte de las nereidas, para que conocieras el Ateneo. No quiero que sin saberlo sigas mis pasos, por eso tienes que contárselo.

—No puedo, doña Bárbara. ¡Lo odio! ¡Va a casarse! —gritó apenada.

—Lo sé, pero no lo odias. Las personas creen, equivocadamente, que lo contrario al amor es el odio. Y no es así, Julia. Si amas de verdad a alguien, el odio jamás podrá invadir tu corazón. Tan solo estás dolida e incluso ofendida. Piensas que lo que va a hacer es una ofensa hacia ti. Pero no es odio lo que sientes. Porque la verdad es que lo contrario al amor es el miedo. Eso es lo que te domina, Julia: miedo. Vivimos anestesiados, con miedo al rechazo, al qué dirán, a que nos hagan daño, a no cumplir las expectativas de los demás ni las propias; con miedo a no ser lo que los demás esperan, a que nos juzguen, a no ser suficiente y a no ser correspondidos. Por eso, a veces preferimos mirar hacia otro lado para no ver lo que tenemos delante.

»Eso es lo que lleváis haciendo vosotros toda la vida, mirar hacia otro lado por miedo, y el miedo nos paraliza y nos hace tomar decisiones idiotas, perdernos momentos increíbles y a gente irrepetible. Pero el universo nos da la oportunidad, nos planta delante a esa persona que cambiará el rumbo de nuestra vida, como tú experimentaste anoche. Y tú y solo tú tienes que decidir si prefieres pasar el resto de tu vida llena de amor o llena de miedos —finalizó doña Bárbara.

Julia rompió a llorar al oír aquellas palabras, un tiro certero en su corazón.

—No puedo, doña Bárbara, no puedo decirle lo que siento. Tengo un dolor tan fuerte en el alma… Lo he perdido para siempre y es como si alguien me hubiera arrancado el corazón y lo estuviera pisoteando con fuerza —le reconoció la joven.

—Julia, es el momento que llevas tanto tiempo esperando. Estás preparada —dijo doña Bárbara con plena confianza—. Gonzalo te espera en su habitación.

—¿Qué quiere decir? —contestó casi temblando.

—Me he tomado la libertad de decirle que irías a hablar con él —admitió la dama de compañía.

—Peeero… —balbuceó.

—La vida es efímera. Una vez leí que «todo aquello que no decimos se nos hace bola en el cuerpo, nos acribilla la mente, se convierte en insomnio y se transforma en un nudo en la garganta». Todo lo que callamos y todo lo que no decimos no se muere, Julia, nos mata —finalizó aquella maestra de la vida.

—Gracias —alcanzó a decir mientras la besaba en la mejilla.

La cortesana sabía que tenía que ser valiente y aquellas palabras de doña Bárbara le habían dado el impulso que le faltaba. Salió de la sala de costura y corrió hacia la habitación de Gonzalo. Siempre supo que Gadea no era del agrado de doña Bárbara. Ella estaba en contra de los matrimonios por intereses políticos, porque siempre había sido una defensora a ultranza del amor y el sexo. Por eso se opuso a que él heredara el trono, y por eso aplaudió con tanto ímpetu que el rey Carlos admitiera que la infanta Loreto habría accedido a la corona en caso de no casarse su hermano, como iba a suceder en unas horas. Gonzalo iba a casarse con Gadea Mendoza de Covarrubias e iban a convertirse en reyes de España. Pero Julia necesitaba decirle antes lo que anidaba en su corazón. Llegó exhausta a la habitación de él y tocó la puerta con tesón.

—¡Adelante! —contestó el príncipe desde el otro lado.

—Hola —lo saludó con cierta timidez mientras entraba y cerraba a su paso.

—Eres tú, Julia. Perdona que te reciba así —dijo él riendo, pues portaba tan solo unas calzas blancas—. Pero es que pensaba que serías uno de mis ayudantes, que venía a vestirme.

—¿No te había avisado doña Bárbara de que yo vendría? —preguntó confusa.

—¡Qué va, no me ha dicho nada! —explicó Gonzalo, sin entender muy bien a qué venía todo esto. «¡Maldita!», se dijo Julia para sus adentros, aunque una parte de ella se rio pensando en que había conseguido su propósito—. Y, bueno, ¿querías comentarme algo?

—Solo quería desearte suerte en un día tan importante para ti —mintió con poca maña.

—Gracias, Julia. Gracias por alegrarte por mí —comentó el príncipe con voz honesta.

—Te mereces lo mejor, Gonzalo. Serás un fantástico rey —esta vez sí fue sincera—. Bueno, yo ya me marcho...

—Espera, Julia —le pidió, sujetándole la mano—. Lo de ayer...

—No te preocupes, nadie lo sabrá jamás. Será otro de los muchos secretos de los que formo parte —contestó apenada.

—¿De verdad que solo has venido a decirme eso? —preguntó él, como si esperara sacarle una confesión.

—Sí, solo era eso —le mintió, porque no tenía el coraje de ser sincera, y abrió la puerta para abandonar la habitación.

—Aguarda un momento, por favor —dijo él, adelantándose y cerrando—. Necesito un último abrazo.

Los cuerpos se acercaron y se unieron en un impetuoso abrazo. En aquel momento estaban tan pegados que parecían un único ser. Ella notaba la respiración de él en el cuello y su corazón latiendo contra su pecho. La joven cortesana volvió a implorarle a Kairós que parara el tiempo para quedarse a vivir para siempre en aquel abrazo. Los jóvenes se separaron un poco, unidos por la frente. Julia quiso darle un beso de despedida en la mejilla, pero Gonzalo giró levemente la cabeza y se besaron tímidamente en la boca.

Cada vez respiraban de forma más enérgica, como si sus cuerpos se reconocieran y la cercanía fuera sinónimo de perdición. Quizá estaban condenados a no rozarse la piel jamás, porque el más mínimo roce hacía que sus instintos primarios dieran rienda suelta a su imaginación. Julia nunca había sentido eso con nadie, en la vida había experimentado algo tan mágicamente intenso. Gonzalo se giró de nuevo y sus bocas volvieron a encontrarse. Se fundieron en un sensual beso que disparó los sentidos de la cortesana. Se comían con los ojos y con la boca. ¿Cómo iba a renunciar a aquella conexión?

La joven notó el pene erecto bajo las calzas, así que las deslizó hasta el suelo y lo cogió de las nalgas para acercar su falo aún más a su sexo y rozarse. Se besaban y se frotaban a partes iguales, como si pretendieran fundirse en único ser, como si fueran solo uno. El príncipe se separó un poco y se escupió saliva en la diestra. Volvió a besar a Julia como si no quisiera separarse de ella jamás. Mientras, bajó la mano hasta el sexo de la joven y se lo impregnó con su saliva, frotándolo suavemente al mismo ritmo que sus lenguas se buscaban.

Cuando aumentaron los jadeos de Julia, Gonzalo entendió que ella ya no podía aguantar más, así que le introdujo los dedos a su amada. Los metió y los sacó a un ritmo marcado, como si estuviera tocando una melodía al piano. El líquido que brotaba de la cortesana chocaba con los dedos de Gonzalo y sonaba fuertemente dentro de su sexo. Ese sonido hueco, abrupto, descarado, que era el resultado de sentirlo dentro, le taladraba los oídos a la joven. Se había instaurado en su mente.

Aquello hizo que se prendiera del todo y acabara derramándose con un alarido que soltó dentro de la boca de Gonzalo, porque sus labios seguían sin separarse. Él tan solo se separó de ella para sacar los dedos de su sexo y metérselos en su boca para saborearlos con obscenidad. Entonces, en ese momento de vulnerabilidad y fragilidad entre dos cuerpos que se atraen, dos mentes que se entienden y dos corazones que se aman, en ese instante de debilidad, Julia sacó la poca fortaleza que le quedaba y escupió esas palabras que la atormentaban desde hacía años.

—Te amo, Gonzalo —reconoció por primera vez en su vida, y la joven sintió que toda la presión que le atenazaba el pecho desaparecía de un plumazo.

Ni siquiera esperaba una respuesta; únicamente necesitaba decírselo.

—Pues pídeme que no me case, Julia, por favor. Dime que no lo haga. Dímelo, dímelo, dímelo… —suplicó el príncipe, pero ella no podía hacer eso.

—Te amo, Gonzalo, te amo tanto que ni siquiera sé cómo describirlo con palabras. No me muero por ti, porque eso no es amor. Sin embargo, sí que vivo por ti. Te cuelas en mis pensamientos en las noches y en las madrugadas y cada vez que te veo ansío con todas mis fuerzas que se detenga el tiempo. Pero ten claro que no te quiero, porque querer es egoísta. Querer significa que te quiero para mí, como si de una posesión se tratase. No creo en ese amor romántico, tan tóxico que me asusta. Querer es desear algo que nos interesa con un fin. Por eso querer es un acto egoísta, y amar, un acto generoso. Y por eso yo voy a amarte el resto de mi vida sin pedir nada a cambio.

»Creo en ese amor sincero y desinteresado. Creo en ese amor que te quiere libre. Libre para vivir tu vida y lo que el destino te depare. No, Gonzalo, yo no puedo pedirte que no te cases. Eso sería un acto ruin. No puedes renunciar a la corona para casarte con una plebeya como yo. No puedes perderlo todo porque yo te lo pida. Eso significaría pedirte que antepusieras mi felicidad a la tuya —le reconoció con total franqueza.

—No, Julia. Yo soy feliz si estoy a tu lado —le explicó con lágrimas en los ojos.

—Pero ahí radica el error, tenemos que aprender a ser felices por nosotros mismos. Nuestra felicidad no puede depender de otra persona —intentó convencerse con sus palabras.

—Pues aprenderé a ser feliz por mí mismo, pero a tu lado —le suplicó Gonzalo.

—Amar también significa dejar ir —sollozó entre amargas lágrimas, y lo besó tímidamente en los labios en señal de despedida.

Julia recorrió el pasillo llorando hasta llegar de nuevo a la sala de costura. Tenía que ponerse el vestido ella sola como fuera, antes de que regresara su madre con las demás. Pero ya era demasiado tarde: Mercedes estaba en la sala esperándola. Al entrar, se secó como pudo las lágrimas con el bajo del vestido e intentó disimular cualquier muestra de haber llorado.

—Pero, Julia, hija mía, ¿todavía estás así? ¿No iba a ayudarte doña Bárbara a vestirte? —le reprochó Mercedes, que rápidamente cogió todo lo necesario para ayudarla—. Anda, desnúdate y date prisa, que el resto de las costureras ya se han ido.

Se quitó el vestido fluido blanco mientras observaba el que su madre le había preparado para aquel día. Era espléndido, a la francesa, uno de esos que llevan una pieza plisada que cae suelta desde los hombros hasta el suelo. La falda estaba preparada con un tontillo, uno de esos armazones de aros rígidos cubiertos de tela. El corsé, de cierre trasero, tenía unas mangas abullonadas hasta el codo. Para llevar bajo la falda, Mercedes le había preparado una enagua de seda fruncida.

Todo estaba hecho con una lustrosa y fina seda llamada joyante, en color aguamarina. Su nombre venía del latín *aqua marina,* que significa «agua del mar». Era conocida también como «la piedra del marinero», porque la llevaban a modo de talismán para evitar los mareos y estar protegidos contra las tempestades. Debido a la obsesión de Julia por las señales, quiso creer que su madre había escogido aquel color para que actuara de amuleto y la protegiera de todas las tormentas que pudieran originarse en aquella boda. Mercedes comenzó a vestir a su hija, que no era capaz de articular palabra alguna.

—Julia, estás muy seria de repente, ¿qué te sucede? —preguntó Mercedes preocupada.

—Nada, madre —contestó tímidamente, a sabiendas de que si hablaba acabaría gimoteando.

—Las madres lo sabemos todo. Tenemos un sexto sentido. Intuimos cuándo algo no va bien —insistió, y entonces su hija rompió a llorar—. Pero, Julia, ¿qué te pasa?

—¿Alguna vez te has enamorado, madre? Pero no de papá, que te obligaron a quererlo. Sino enamorada de alguien de verdad, de ese amor que no puedes controlar, más fuerte que la razón —explicó como pudo.

—Claro, hija, cuando apenas era una jovencita —contestó Mercedes sonriendo al recordarlo.

—¿De quién te enamoraste? —preguntó Julia, que no esperaba recibir esa respuesta.

—Me enamoré perdidamente de una compañera de las clases de costura —confesó Mercedes.

—¿De una compañera? —contestó Julia contrariada.

—Sí, de una compañera —afirmó su madre.

—¿De-de-de una mujer? —titubeó la joven cortesana sorprendida ante tal revelación.

—Sí, hija, de una mujer —volvió a confirmarle.

—¿Y qué pasó? —preguntó, curiosa.

—¡Imagínate ser hija de tu abuelo y enamorarse de una mujer! —Ambas soltaron una sonora carcajada.

—¿Por eso aceptaste casarte con papá? —la interrogó la joven, totalmente absorta por la revelación.

—Eso es, acepté que aquella decisión era la mejor para mí —señaló su madre.

—¿Para ti o para los demás? —hurgó Julia en la herida.

—Amar también es aceptar.

Aquella frase atravesó a Julia como una daga.

—Quizá eso es lo que yo deba hacer: aceptar —repuso la joven con honestidad.

—Julia, nada es tan nuestro como aquello que dejamos libre y vuelve a nosotros —le explicó con cariño su madre.

—¿Y si nunca vuelve? —preguntó decepcionada.

—En la vida también hay amores imposibles. Aquellos que, por más que nos empeñemos, jamás serán para nosotros, por mucho que nos duela. Como el mito de Apolo y Dafne —explicó Mercedes.

»Apolo era el hijo de Zeus y era considerado el dios de la música y la poesía. Un día se atrevió a burlarse de Eros, el dios del amor, al que más tarde se conocería como Cupido. Este se encontraba practicando con su arco y, ante la arrogancia de Apolo, que lo ridiculizó, decidió darle una lección. Lanzó dos flechas: una de oro y otra de hierro. La de oro con la punta de diamante servía para provocar el amor más puro, mientras que la de hierro con la punta de plomo provocaba un descarado rechazo hacia el amor.

»Como era de esperar, Eros le lanzó la flecha de oro, que le haría sentir un amor profundo por la primera persona que se le cruzara, que fue una preciosa ninfa llamada Dafne. Pero la flecha de hierro la había alcanzado a ella, por lo que sintió un rechazo profundo por Apolo. Este se obsesionó con ella y la persiguió por todo el bosque. Dafne, asustada, llegó hasta el río Peneo, su padre, y le pidió ayuda. Él, para protegerla, la convirtió en el primer árbol de laurel que habitó la tierra. Apolo, apenado al ver que su amor jamás sería correspondido, decidió adoptar aquel árbol como símbolo sagrado y con sus ramas se hizo una corona. La misma que se utiliza desde entonces como símbolo de la victoria —culminó Mercedes.

—Pero, a diferencia de Apolo y Dafne, mi amor sí es correspondido, madre —explicó Julia desolada.

—Ya, pero hay momentos en la vida en los que la flecha de hierro, en vez de alcanzarnos, se convierte en un obstáculo en el camino. Y ante eso no podemos hacer nada —dijo la mujer, acercándose hasta su hija para besarla en la raya que le dividía el pelo.

—¿Debo entonces rendirme, madre? —preguntó Julia con cierta congoja en la voz.

—Mi niña, se me parte el alma viéndote sufrir. Pero te aseguro que este dolor será más leve que el que deriva de luchar por el amor de un príncipe —dijo su madre, reconociendo así que sabía el secreto de Julia.

—Pero ¿có-có-cómo te has enterado? —Julia rompió a llorar al saberse descubierta, pero también por haberse liberado de ese lastre que llevaba tantos años atormentándola en silencio.

—Lo sé todo, Julia, como también sé que de vez en cuando has coqueteado con la sociedad esa secreta que poseen los reyes —afirmó Mercedes, dando a entender que conocía la existencia del Ateneo.

—Pero lo de Gonzalo nunca se lo he dicho a nadie —insistió la joven, sin explicarse por qué conocía su sentir.

—Julia, soy tu madre, y las madres lo saben todo. Yo tenía mis sospechas, pero el día que nos enseñaste aquel retrato del príncipe Gonzalo rodeado de acacias amarillas tu padre me contó el significado que esas flores tenían para los griegos: amor secreto… —confesó Mercedes.

—¿Y por qué nunca me dijisteis nada? —le pidió explicaciones Julia, sin entender por qué sus padres no le habían quitado esa losa de encima antes.

—Hija, supongo que en la vida a veces es más fácil hacer como si nada y mirar a otro lado. Como si aquello que no verbalizas fuera a dejar de existir —repuso desconsolada Mercedes.

—Pero existía, madre, y existe. ¿Por qué seguisteis adelante con mi matrimonio con Mateo si sabíais de mi amor por Gonzalo? —espetó contrariada la joven.

—Porque es lo mejor para ti, Julia —insistió—. Tu vida será más fácil si te conformas con lo que te ofrecemos: un buen matrimonio y una buena posición social, cosas que nunca podrás alcanzar con el príncipe Gonzalo, porque tu vida estará llena de sufrimiento, luchando contra viento y marea por su amor, y, parafraseando aquella ópera, «un príncipe no puede amar a una pastora».

Julia miró a su madre con el rostro empapado en lágrimas y se abrazó a ella en busca de consuelo. La joven sabía que, a pesar de que la pena inundaba sus adentros, quizá sus padres tenían razón y aceptar el destino que le imponían era el camino más fácil para dejar de sufrir por amor.

—Debemos darnos prisa, Julia, hoy se casa nuestro futuro rey —le dijo Mercedes mientras la besaba en la frente.

Madre e hija salieron de la sala de costura cogidas de la mano y se adentraron en el jardín de palacio. Todo estaba aún más bonito que como se lo había encontrado Julia aquella mañana: los imponentes iris coloreando todo el jardín, las velas prendidas y la preciosa voz de Bottineli, el músico de cámara de Sus Majestades, acompañado de su trío de cuerda, amenizaba con hermosas melodías el inicio de la ceremonia. Un cúmulo de nervios, tristeza y alivio inundaban a Julia. La joven debía asumir que en la vida no siempre se gana.

Casi todas las sillas estaban ya ocupadas por los invitados cuando madre e hija vieron a lo lejos que Rafael les hacía aspavientos desde la esquina lateral de la primera fila. Se había colocado ahí para poner su caballete frente a él y pintar a los futuros reyes mientras contraían matrimonio. A su lado había guardado dos sillas para que Julia y Mercedes lo acompañaran. La cortesana pensó que, ya que había cavado ella misma su propia tumba, mejor verlo en primera línea.

La marcha nupcial tocada por el trío de cuerda dio la señal de inicio de la ceremonia y anunció la llegada del príncipe. También servía para avisar al rey Carlos de que debía salir al encuentro de Gadea, que estaba en la saleta de Su Majestad la reina; desde allí tenía que llevarla del brazo y atravesar el salón del trono hasta llegar al jardín. Gonzalo iba del brazo de la reina Victoria, que se había puesto un majestuoso vestido brocado en color oro como símbolo de la grandeza de su dinastía y una ahuecada peluca adornada con plumas de ave. Ambos comenzaron a desfilar por el pasillo central que había entre ambas hileras de sillas. El príncipe estaba imponente, su pelo oscuro relucía y sus ojos arena deslumbraban a su paso. Llevaba un traje de tres piezas de seda con cordón azul pastel. Los botones y los bolsillos iban bordados en azul y ocre, y los puños tenían acabado en volante de encaje blanco. Los pantalones eran azulados con bandas bordadas en encaje a la altura de las rodillas. El chaleco, bordado completamente a mano con detalles florales, estaba hecho en seda de color ocre, a juego con los botones y los bolsillos, al igual que la chaqueta que lo cubría, que estaba revestida con seda dorada, el mismo color del vestido de su madre.

La reina Victoria se sentó en el taburete más cercano a los Ponce de León, y Gonzalo, que echó un vistazo disimuladamente para cerciorarse de que Julia estaba allí presente, se sentó en el taburete contiguo. Tras ellos, en la primera fila, se encontraba la infanta Loreto.

Las capitulaciones matrimoniales se habían llevado a cabo en la más estricta intimidad y tan solo Sus Majestades, los reyes de España, los padres de Gadea, los futuros esposos y un escribano habían estado presentes. Así que nadie sabía cuáles eran los pactos firmados previos a la boda. Lo que sí se cuchicheaba por palacio era que la acción del desposorio y la velación iban a hacerse en el mismo acto matrimonial.

El rey Carlos entró acompañando a Gadea Mendoza de Covarrubias, como era tradición. La joven estaba radiante en el día de su boda, en el que se uniría en santo matrimonio con el amor de la joven cortesana y subiría al trono como futura reina de España. Llevaba un bonito vestido de seda blanco, el color que hacía alusión a la pureza, ajustado a su silueta e inspirado en las túnicas romanas. Estaba completamente bordado con hilo de oro, demostrando así la opulencia de la familia de la novia, y en el bajo tenía un volante ribeteado con bonitas flores de lis también bordadas. Iba cubierta por un velo blanco con bordados de chantillí, como mandaba la tradición para proteger a la novia antes de casarse.

Gadea se colocó en un taburete entre Gonzalo y el rey Carlos. Cada uno de los contrayentes tenía a su lado a Sus Majestades, que ejercían de padrinos. Cuando ella se sentó, entrelazó rápidamente su mano con la de él y ambas descansaron sobre la pierna de Gonzalo. Al ver aquel gesto, Julia sintió un pequeño pellizco en la tripa.

El sacerdote estaba ya colocado en el altar, tras la mesa de madera y el atril, para desposar, según dispone la santa Iglesia católica, a los futuros reyes. No dio paso a la lectura de las capitulaciones, sino que invitó al rey Carlos a que dedicara unas palabras a los contrayentes. El hombre se levantó enérgicamente y comenzó su breve discurso.

—Hoy estamos aquí reunidos para unir en santo matrimonio a mi hijo Gonzalo y a su preciosa futura esposa, Gadea. Una unión que me hace especial ilusión, porque no solo supone el triunfo del amor —Julia se rio por lo bajo al oír esas palabras, con el consiguiente codazo de su madre—, sino porque supone el inicio de una nueva era para la dinastía de los Monteros. Con la consagración de este matrimonio, mi hijo Gonzalo será nombrado rey de España, dando paso a una etapa progresista que significará el avance de nuestro reino frente al resto de las monarquías europeas. Mi hijo posee mi total confianza y ha sido educado e instruido para llevar la corona, que, con agradecimiento y orgullo, hoy le otorgaré. Vienen nuevos tiempos para nuestra corte y sé que Gonzalo y Gadea, juntos, serán capaces de hacer frente a ellos y salir victoriosos —culminó el rey Carlos mientras todo el mundo se entusiasmaba entre vítores y aplausos, salvo dos personas: la infanta Loreto y Julia.

El monarca se bajó del altar para dar paso de nuevo al sacerdote, que, sin perder el tiempo, comenzó la ceremonia.

—Queridos hermanos: estamos aquí reunidos frente a este altar para que nuestro padre Dios garantice con su gracia vuestra voluntad de uniros en santo matrimonio. Él bendice esta unión y os da fuerzas para que os guardéis mutua y perpetua fidelidad. Por tanto, ante todos los aquí reunidos, os pregunto vuestra intención: Gonzalo, Gadea, ¿vais a contraer matrimonio de forma libre y voluntaria?

—Sí, vamos a contraer matrimonio libremente —contestaron ambos al unísono.

—¿Estáis decididos a amaros y respetaros mutuamente, durante el resto de vuestra vida? —preguntó el sacerdote.

—Sí, estamos decididos —volvieron a responder como si poseyeran una única voz.

—Poneos en pie —pidió el sacerdote, y todos los allí presentes se levantaron—. Así pues, ya que habéis venido libremente a uniros en santo matrimonio, podéis unir vuestras manos y manifestar vuestro consentimiento ante Dios, su Iglesia y Sus Majestades.

Gadea y Gonzalo se miraron de frente y unieron las manos. Mientras, Julia apretaba con fuerza los dientes, intentando disuadir la rabia que en aquel momento la asediaba.

—Gadea Mendoza de Covarrubias, ¿quieres recibir a Gonzalo Serna de los Monteros Ladrón de Guevara como esposo y prometes serle fiel en la prosperidad y en la adversidad, en la salud y en la enfermedad, y amarlo y respetarlo todos los días de tu vida? —preguntó el sacerdote a Gadea.

—Sí, quiero —contestó ella, consciente de que aquellas palabras eran su puente hacia el poder y el amor del mejor hombre que Julia jamás había conocido.

En aquel momento la cortesana se dio cuenta de que había perdido la guerra. Fue como si la despojaran de sus bienes y le arrebataran la vida. Así sabía la derrota. Gonzalo y Julia eran la viva muestra de que el amor no todo lo puede. De que no siempre ganan los buenos. Ella no había ganado. Lo había perdido a él. Una prueba más de que no todos los protagonistas de los cuentos acababan felices y comiendo perdices. Una parte del corazón de la joven había muerto en ese maldito instante. Sentía que le había expoliado la alegría de vivir. Pero en eso consistía el amor de verdad: en aceptar y dejar ir.

Rafael, disimuladamente, entrelazó la mano con la de su hija, como diciéndole que todo iba a salir a bien. Pero aquel gesto terminó por romper a la joven y una lágrima rodó por su mejilla. En ese mismo instante a su padre se le cayó el bote de los pinceles, que resonó con estrépito e hizo que todos los presentes se dieran la vuelta para mirar al reputado pintor, incluido Gonzalo, con el que, entre lágrimas, Julia cruzó una última mirada en señal de despedida.

—Gonzalo Serna de los Monteros Ladrón de Guevara, ¿quieres recibir a Gadea Mendoza de Covarrubias como esposa y prometes serle fiel en la prosperidad y en la adversidad, en la salud y en la enfermedad, y amarla y respetarla todos los días de tu vida? —preguntó el sacerdote.

Un silencio sepulcral ahogó aquel jardín en el que tantas veces él y Julia habían jugado, sin saberlo, a amarse.

—¡Gonzalo! ¿Prometes amar y respetar a Gadea todos los días de tu vida? —insistió el sacerdote, creyendo que el príncipe no había oído la pregunta.

Pero el joven siguió callado, sujetando las manos de su futura esposa, como si estuviera paralizado. Tal vez por el vértigo que suponía convertirse en el rey de España.

—¡Gonzalo! —exclamó de nuevo el sacerdote, chascando los dedos para devolverlo a la vida.

Pero el príncipe volvió a girarse para mirar a Julia, como si buscara su aprobación entre cada una de las lágrimas de la joven cortesana.

—Lo siento, no puedo hacerlo —confesó con voz de angustia, para asombro de todos los allí presentes, que comenzaron enseguida a murmurar.

Insólitamente, un precioso colibrí de color jade y azul ultramar se posó frente a Julia. La joven cortesana tragó saliva y vio de nuevo su cabeza en la horca. Y aquella frase volvió a taladrar sus adentros: «Me llamo Julia Ponce de León y soy la culpable del cambio de rumbo de la dinastía de los Monteros».

Epílogo

El epílogo de este libro ha sido escrito e interpretado en
forma de canción por
Luna Serrat y Natalia Gil.
Una canción dedicada a todas esas mujeres que alguna vez
no fueron libres por el miedo al qué dirán.

Busca «Las nereidas» en Spotify para escucharla.

Voy a revelarte
Toda mi verdad
Voy a confesarte
La historia real

Quema estas cartas
Que ardan sobre el mar
Hazlas pedazos
Míralos volar

Deja que hablen
No me frenarán
Sus prohibiciones
Serán mi libertad

Son cuatro paredes
Me pueden atrapar
La vida se me escapa
Me vuelvo de metal
Guardo las cadenas
En mi jaula de cristal

Rompo mi prisión
Me rindo al placer
No me callarán
Vivo en libertad
Vienen a ganar
Las nereidas mis batallas

Yo me rebelé
por todos los debo
Que siempre cumplí
Rumbo a mi destino
He querido huir
para construirme uno nuevo

Rompo mi prisión
Me rindo al placer
No me callarán
Vivo en libertad
Vienen a ganar
Las nereidas mis batallas

Y ahora que crecí
Que no tengo miedo
Puedo florecer
Despertar mi cuerpo
Dentro de mi piel
Solo queda fuego
Fuego
Fuego
Solo queda fuego.

ANEXO
Los capítulos de este libro están basados en historias reales

Capítulo 1: Sobre cómo Velázquez llegó a ser pintor de la corte de Felipe IV

La historia de Rafael y Mercedes se basa en la vida de Velázquez y su mujer, Juana Pacheco. Velázquez fue considerado por muchos el mejor pintor de la historia. Desde joven dio muestras de su talento con el pincel y con tan solo once años ingresó en el taller de Francisco Pacheco, un reconocido pintor. Tal fue la conexión entre ellos en sus años en el taller que el maestro accedió a ofrecerle al discípulo la mano de su hija Juana. Se casaron cuando él contaba diecinueve años y ella apenas dieciséis.

Juana también pintaba, pero, como era normal en aquella época, sus obras se cree que se atribuyeron a su padre o a su marido. No estaba bien visto que una mujer firmase su obra. Fue Pacheco el que, movido por el asombroso arte que poseía su yerno, decidió buscarle un hueco a Velázquez en la corte de Felipe IV.

El conde-duque de Olivares fue un mandamás en la época. Pertenecía a una familia noble sevillana y fue el que favoreció que la corte estuviera poblada de andaluces. Este propició que Pacheco intentara presentar a su yerno en ese ambiente. Felipe IV quedó prendado de sus dotes artísticas e hizo que el pintor fijara su residencia en la corte. Cuatro años más tarde fue nombrado pintor de cámara, el cargo más alto que podía alcanzar.

Velázquez y Juana estuvieron juntos cuarenta y dos años y murieron con tan solo una semana de diferencia. Ella fue una de las muchas mujeres que en aquella época no pudo decidir de quién enamorarse, ya que su padre eligió por ella. Además, tampoco se le reconoció su arte, y vivió relegada a la sombra de un genio.

Capítulo 2: Enseñanza del libro de Juan Luis Vives, *Instrucción de la mujer cristiana*

Juan Luis Vives fue un reconocido humanista, filósofo y pedagogo español que vivió en el siglo XV. Escribió libros como *Los deberes del marido* o *Instrucción de la mujer cristiana*. Este último fue muy popular en su época, ya que, a pesar de que defendía la necesidad de la educación en las mujeres, una de las grandes preocupaciones del humanismo, normalizaba situaciones que muestran que ellas siempre han estado sometidas. Juan Luis lo escribió para ser utilizado en la formación de la princesa María I de Inglaterra.

La obra se dividía de acuerdo con los tres estados que experimentaba una mujer a lo largo de su vida, virgen, casada y viuda, y establecía los pilares necesarios para ser una buena dama, castidad, obediencia y sumisión. Creía en la importancia de que fuesen vírgenes para que Dios las aceptara y en la necesidad de que vivieran para servir a sus maridos. De hecho, aplaudía la sumisión de las esposas y las instaba a no responder en caso de que sus maridos las riñesen o maltratasen.

En sus páginas, Vives apostaba por el amor verdadero, pero invalidaba esta teoría cuando reivindicaba el derecho de los padres a decidir sobre el matrimonio de su descendencia. Además, recordaba que en las mujeres solteras la principal virtud era la castidad y que Dios lo que más aceptaba era la virginidad. Para rechazar los instintos sexuales, que tanto horror le provocaban al humanista, recomendaba que las mujeres se quedasen encerradas en casa. De esa forma se evitaban seducciones y tentaciones, porque así es como nos querían, encerradas en jaulas de oro y haciéndonos creer que el sexo era pecado.

Capítulo 3: Sobre el rey Felipe V, sus costumbres sexuales y su salud mental

La historia del rey Carlos y Ana, su primera esposa, está basada en la historia de amor entre Felipe V y María Luisa Gabriela de Saboya. Él, nieto de Luis XIV, accedió al trono de España tras la designación de su tío abuelo Carlos II, el último rey de la dinastía de los Austrias. Si bien su ascenso no fue fácil, ya que a él se opusieron los partidarios del archiduque Carlos, de la dinastía de los Habsburgo, Felipe V consiguió hacerse con la corona española.

Cuando se instaló en España proveniente de Francia, empezó a echar de menos su idioma y su tierra. El rey padecía de vapores melancólicos, lo que en la actualidad conocemos como «trastorno mental». Fue el amor por su primera mujer, María Luisa Gabriela, el que le brindó momentos de enaltecido éxtasis, aunque eso no lo libró de los episodios depresivos que a menudo sufría.

Felipe V estaba obsesionado con el sexo. Tanto es así que todo el mundo decía que la lujuria era el mayor pecado del monarca. Se decía que hacía «demasiado uso de la reina», motivo por el cual se encontraba siempre agotado. Cuando no disponía de su esposa, solía masturbarse, aunque después de entregarse al onanismo llegaba el remordimiento, por lo que siempre solía acabar en el confesionario.

La salud de la reina era delicada, y, aunque al rey lo advirtieron de este detalle, él no concebía que el sexo fuera perjudicial para la mujer que amaba. Debía ser una práctica diaria; a veces incluso lo hacían un par de veces al día. Estaba obsesionado con los orgasmos múltiples y convencido de que el clímax era una de las razones fundamentales de la existencia.

Cuentan que su fe religiosa era tan inquebrantable que no concebía serle infiel a su esposa, y, aunque ella estaba enferma de tuberculosis, el apetito sexual del monarca era tan abismal que siguió manteniendo relaciones sexuales con su mujer cuando ya se encontraba en el lecho de muerte.

Capítulo 4: Sobre la famosa estatua ecuestre del rey Felipe IV, que encargó al artista Pietro Tacca

Durante la estancia de Velázquez en la corte de Felipe IV, el pintor recibió una carta de Pietro Tacca, uno de los más reputados escultores italianos. El monarca había pedido que le construyeran una estatua de bronce que fuera más espectacular que la que tenía su padre, con mayor calidad artística y más impactante al verla. Por ello le encargaron a Pietro Tacca que tallara al rey subido en un caballo en corveta.

Ante la dificultad de este encargo, el artista acudió a Velázquez para que le revelara los gustos y la apariencia del monarca; a Galileo Galilei, a quien le pidió que lo ayudara a hacer los cálculos matemáticos para que la escultura, que hoy sigue en pie frente al Palacio Real, se sostuviera sin caerse; y a Martínez Montañés, el escultor de cámara del rey, a quien le encargó que tallara en barro las facciones exactas del monarca.

Al llegar la estatua por partes a España y ver la cabeza, el rey montó en cólera por su excesivo tamaño y porque, según él, no se le parecía lo suficiente. Así que el hijo del artista, Fernandino Tacca, realizó la actual cabeza. Eso explica que sea de menor calidad que el resto de la estatua y su ridículo tamaño en comparación con el resto de la obra, ya que la testa inicial, la que el rey veía tan grande, estaba perfectamente estudiada para que al mirarla desde lejos y en perspectiva fuera totalmente proporcional.

Así fue como cuatro genios, incluido Velázquez, colaboraron en la creación de una de las estatuas más impresionantes que poseemos en España.

Capítulo 5: Sobre el comportamiento sexual de Felipe II

El rey Felipe II fue el fiel reflejo de la expresión «tener dos caras». Sus fuertes creencias religiosas hacían que se presentara en público como un estricto guardián de la compostura. Lo invadían un exagerado puritanismo y un sentimiento de culpa, ya que de puertas adentro tenía una gran afición por las féminas. Era tan estricto para los temas sexuales que prohibió que hombres y mujeres comieran juntos y que usaran máscara en carnaval. Además, obligaba a que, durante los bailes, ellas llevasen un pañuelo en las manos para que no hubiera ningún contacto físico con ellos.

Era tal su personalidad obsesiva con las mujeres que hizo todo lo posible para que este hecho se mantuviera en secreto. Para ello disponía de una «sala reservada» o camerino privado, tal y como se conocía en aquellos años, en el alcázar de Madrid. Estaba decorada con diferentes obras eróticas que encargaba a su pintor de cámara, Tiziano. Los desnudos que le pedía se llamaban «poesías», que era como se denominaban en esa época las fábulas mitológicas. Alguna de las obras que allí se encontraban eran la *Dánae* o *Venus y Adonis*.

El hijo de Felipe II, Felipe III, mantuvo ocultos todos esos cuadros, pero su nieto, Felipe IV, decidió crear el «cuarto bajo de verano» en el alcázar, que se encontraba en un lugar remoto e inaccesible. Trasladó a esa sala reservada toda aquella colección erótica de pinturas y la utilizó para retirarse después de comer; decían que se masturbaba con las recreaciones de aquellos óleos.

Pero los prejuicios religiosos y sociales seguían en contra de las obras que contenían desnudos. Por eso, con el paso del tiempo, se instauró una sala reservada en el Museo del Prado, en la galería sudoriental de la planta inferior del edificio Villanueva (en lo que en la actualidad son las salas 64-67), a la que solo podían acceder personas de la alta sociedad: desde reyes hasta nobles, no interesados tanto en la propia pintura como en la anatomía femenina, y siempre mediante un pase especial y, probablemente, con un gran apetito sexual.

Capítulo 6: Sobre cómo llegó a la Corona la reina Isabel

Isabel II, o, como todos la conocían, «la de los tristes destinos», fue reina de España entre 1833 y 1868. Siempre estuvo marcada por el hecho de ser mujer, y debido a las presiones sociales, asumió su responsabilidad de ser reina con tan solo tres años. A los dieciséis la obligaron a casarse y le buscaron una única candidatura viable debido a la presión ejercida en la monarquía por parte del resto de los países.

El candidato no era el más favorable, ya que se trataba de su primo hermano Francisco de Asís de Borbón. Sus cualidades para ser aceptado como rey de España eran varias: origen español, hijo de infante y tendencia hacia un liberalismo radical. Con una salvedad: le gustaban los hombres. Aunque nunca se confirmó, por todos era sabido que Francisco de Asís era homosexual, por lo que su matrimonio con su prima Isabel II fue una simple farsa. Le gustaban los perfumes, las joyas y dicen que tenía andares de mujer.

Desde el principio, la reina Isabel no quiso casarse con él, sabedora de la orientación sexual de su primo. Pero acabó teniendo once hijos, de los cuales solo cuatro llegaron a la edad adulta. Algunos historiadores defienden que solo uno era verdaderamente de Francisco de Asís, mientras que otros sostienen que el matrimonio entre ambos primos jamás se consumó.

Antaño existían numerosas coplas dedicadas a Francisco de Asís. Una de ellas decía: «Paco Natillas es de pasta flora y mea en cuclillas como una señora». Y, como dice el refrán, cuando el río suena, agua lleva: Francisco orinaba sentado porque sufría de hipospadias, una anomalía de nacimiento por la cual el pene no se desarrollaba de la manera usual, de forma que la abertura de la uretra no estaba ubicada en la punta, sino en la cara inferior.

Esta situación hizo que la reina Isabel, desde el inicio de su matrimonio, contara con numerosos amantes. Si bien esto era más que frecuente entre la aristocracia, ella fue víctima de un machismo descomunal fomentado por sus detractores, que la bautizaron como «la reina ninfómana». La intentaban ridiculizar y la degradaban por el simple hecho de disfrutar de su sexualidad, poniendo en duda su credibilidad como monarca. En *Los Borbones en pelota,* un álbum de láminas satíricas, la dibujaron manteniendo sexo con varios hombres y hasta con un asno. Fue una mujer más que, durante toda su vida, pagó su libertad siendo el blanco de mala fama e insultos.

Capítulo 7: Sobre el comportamiento sexual de Catalina II de Rusia

El cuarto rojo existió en la corte de Catalina II de Rusia, también conocida como Catalina la Grande o, en palabras del pueblo, «la catadora de amantes». Fue la zarina más poderosa, y bajo su gobierno el país extendió sus dominios y se convirtió en una gran potencia. Durante la guerra se presentaba ante su ejército vestida de militar y montando a caballo.

Sin embargo, lo que realmente trascendió con el tiempo fue su obsesión por el sexo. Cuando quería dejar a un amante para buscarse uno nuevo, los contentaba con títulos, cargos y dinero. Según detallan algunos estudios, durante la Segunda Guerra Mundial, un grupo de soldados soviéticos irrumpió en el palacio de Tsárskoye Selo y se encontró con la habitación erótica de la zarina: falos de madera de todos los tamaños y muebles con escenas sexuales talladas en las que aparecían *cunnilingus,* felaciones, penetraciones y mujeres abiertas de piernas con el sexo al descubierto. Tal fue la conmoción de los soldados por tan inusual hallazgo que, lejos de destrozar aquella habitación, tan solo tomaron fotografías.

Sobre ella circulaba una conocida leyenda que decía que tenía tal obsesión por el sexo que acabó aburriéndose de sus amantes y comenzó a tener relaciones sexuales con caballos. De hecho, muchas personas aseguraban que murió siendo penetrada por uno. La realidad es que esto último tan solo fue una campaña de desprestigio contra ella, ya que mucha gente se sentía amenazada por una mujer con poder. La zarina murió por una apoplejía cuando iba a darse un baño.

Capítulo 8: Sobre los derechos de las mujeres en el siglo XVIII

La mayoría de los derechos de las mujeres en el siglo XVIII quedaban relegados a un segundo plano. Casi todas pasaban de ser propiedad del padre a ser propiedad del marido. Pero ahí no radicaba el único problema al que se enfrentaban. No se ha tratado mucho el tema de la viudez en la Edad Moderna, pero es uno de los muchos males que sufrieron las mujeres de aquella época. No podían acceder a los gremios, con una salvedad: solo si el marido pertenecía a uno y fallecía. En ese caso, la tienda o taller pasaba a manos de la esposa, que, como era de esperar, no había sido educada para ello.

El poder de regentar el taller o la tienda era un privilegio que solo se le otorgaba a la viuda durante un año. Finalizado este plazo (lo que solía durar el luto), debía contraer matrimonio con otro hombre que perteneciese al mismo gremio que su difunto marido, ya que la ley prohibía que las viudas se casaran con alguien que desconociera el oficio. En el caso de no querer casarse, debían contratar a un maestro para que el taller o la tienda volviera a estar en manos de un hombre. Y si la mujer quería casarse en segundas nupcias con alguien ajeno al mismo gremio, la obligaban a traspasar la tienda o el taller a un hombre que sí perteneciera a él. Por supuesto, una vez más, el poder de decisión de las mujeres quedaba supeditado a los intereses de los hombres.

Capítulo 9: Sobre las tertulias literarias y la figura de las *salonnières* en los siglos XVII y XVIII

Los salones literarios nacieron con el propósito de dar espacio a las inquietudes de los intelectuales, que buscaban personas con intereses afines y con las que hablar de cualquier tema. En ellos se debatía de literatura, economía, ciencia, política, arte y de cualquier cuestión que les preocupara. Luego finalizaban con espectáculos y conciertos que los convertían en objeto de deseo para cualquiera.

Fue en esos salones donde nació la figura de las *salonnières,* mujeres francesas privilegiadas que vivieron en los siglos XVII y XVIII y fueron mecenas del arte y anfitrionas femeninas de la cultura. Crearon salones literarios donde sí tenían cabida ellas. Algunas poseían fortunas familiares, por lo que habían recibido una educación no formal, ya que el saber estaba reservado tan solo a los hombres. Otras fueron autodidactas y aprendieron a leer y escribir por su cuenta. Eran apasionadas del conocimiento y se negaban a estar relegadas al simple papel de cuidadoras de los hijos.

Estudiaron, se cultivaron y debatieron en aquellos salones, y llegaron a ser las protagonistas de la cultura de la conversación. Una habitual de estos lugares fue la marquesa de Rambouillet, que algunos consideran la primera mujer que creó un salón literario, conocido como «el salón azul». Por primera vez, las mujeres tenían un espacio donde su voz tenía el mismo peso que la de los hombres, donde había libertad de pensamiento y de encuentro y emancipación femenina, así como cierta atmósfera de diversión y erotismo.

En el salón azul de la marquesa de Rambouillet es donde surge la figura de las Preciosas, un grupo de jóvenes de la alta sociedad que acudían a los salones para cultivar su mente y su espíritu. Tenían la suerte de pertenecer a la clase privilegiada, por lo que contaban con educación y saber estar en una época en la que las mujeres estaban relegadas a ser esposas y madres. Acudían al salón para debatir y conversar con artistas e intelectuales de la época.

Las Preciosas tuvieron un papel importante, tanto cultural como social, en el movimiento feminista, aunque en aquella época no existiera como tal ni como lo conocemos en la actualidad. Buscaban la igualdad entre hombres y mujeres. Gracias a su saber estar y sus amplios conocimientos, consiguieron humanizar a una sociedad masculina totalmente brutalizada. Su poder fue creciendo y enseguida se introdujeron en el mundo masculino con un protagonismo evidente, y entonces empezaron las críticas y los desplantes hacia ellas. Surgió una vez más una doble moral masculina: los hombres seguían disfrutando de los salones literarios, pero de cara a la galería ridiculizaban a las mujeres.

Al final ellos acabaron con su impecable reputación. Los salones cerraron y ellas perdieron el poder y la influencia que habían ganado a lo largo de ese tiempo. Sin embargo, no debemos olvidar que durante dos siglos aquellas mujeres fueron una pieza fundamental de nuestra historia, aunque, una vez más, los hombres consiguieran apagar su voz.

Capítulo 10: Sobre Luisa Isabel de Orleans, la Reina Loca, esposa de Luis I, el hijo de Felipe V

Cuando Luisa Isabel de Orleans nació, sus padres se llevaron un disgusto enorme, porque esperaban un varón. Así que no se preocuparon ni en ponerle nombre. Durante mucho tiempo fue conocida como mademoiselle de Montpensier. La criaron las monjas y con trece años consiguieron que se casara con Luis I. Fue en aquel momento cuando se dieron cuenta de que no estaba bautizada y no tenía nombre, y la llamaron Luisa Isabel.

Con la abdicación de Felipe V, su hijo Luis I accedió al trono de España junto con su mujer Luisa Isabel, a la que todo el mundo acabó conociendo como la Reina Loca. Siempre iba sucia, olía mal y una de las cosas que más le gustaba hacer era levantarse la falda para enseñar los genitales. Le encantaba beber alcohol y solía eructar y ventosearse en las recepciones reales, para asombro de todos. Dicen que un embajador acudió a despedirse de ella para presentarle su renuncia y que la encontró de pie bajo un dosel con sus damas a un lado. Tras una reverencia y ninguna respuesta por su parte, solo obtuvo de ella un sonoro eructo. Y un segundo y un tercero.

Odiaba comer en público, pero se atiborraba en privado. No le gustaba llevar zapatos y le encantaba pasearse con vestidos transparentes y casi desnuda por palacio para que los criados la vieran. Pero lo que peor llevaba la rígida moral española eran sus juegos lésbicos. Gustaba de encerrarse en su habitación con sus damas de compañía, completamente desnudas, y azotarlas. Se entregaban a los más mundanos placeres.

Su reinado fue increíblemente corto; su marido, Luis I, le confesó a su padre que prefería estar en galeras antes que cerca de ella. Aunque la encerraron durante unas semanas en una torre, no pudieron deshacerse de esta mujer hasta que su marido murió, cuando la mandaron de vuelta a Francia.

Capítulo 11: Sobre las sociedades secretas en el siglo XVIII, en concreto el Club Fuego Infernal o Hellfire Club

En el siglo XVIII se vivió un auge de las sociedades secretas y de imaginarios que hasta aquel momento estaban totalmente prohibidos. Algunas tenían que ver con la identidad sexual y con todo aquello que era ilegal. Existió una de gran renombre llamada Club Fuego Infernal o Hellfire Club. Este era un grupo elitista formado en Inglaterra por personas de la alta sociedad y reputadas figuras, como Benjamin Franklin, uno de los padres fundadores de Estados Unidos. Esta sociedad secreta la fundó el duque de Wharton, declarado jacobita, es decir, partidario de los Estuardo, por lo que tuvo que exiliarse en España.

Fundó en Madrid una logia masónica que llamó French Arms, luego Las Tres Flores de Lis y con posterioridad La Matritense. Con su huida, el Hellfire Club pasó a manos de sir Francis Dashwood, un libertino, filántropo, noble y político (fue miembro de la Cámara de los Lores en el Parlamento Británico) acusado de realizar ritos satánicos y orgías. Sin embargo, muchos historiadores creen que solo era una sociedad intelectual que se reía de la religión cristiana y donde reinaban el alcohol, el sexo y las mujeres; simplemente un club de libertinos dedicado al culto al sexo y donde se daba cabida a todos los placeres hedonistas, al margen de la férrea moral de la época.

En la entrada al lugar donde se reunían había un cartel que rezaba: HAZ LO QUE QUIERAS. El Hellfire Club aparece en series como *Stranger Things* o en los cómics de Marvel. En España, el rey Fernando VII prohibió a través de una real cédula las asociaciones secretas, cualquiera que fuera su clase o denominación, ya que creía que poseían un grado maligno y que no respetaban las leyes. Por eso pertenecer a una podía conllevar la confiscación de bienes e incluso la pena de muerte.

Capítulo 12: Sobre las cortesanas honestas o *cortigiane oneste*, mujeres que vivieron durante el Renacimiento, en Roma y en Venecia, y que protagonizaron un fenómeno social y cultural

Existió durante el Renacimiento, en Roma y en Venecia, un fenómeno social y cultural conocido como *cortigiane oneste* o «cortesanas honestas». Lejos de lo que hoy conocemos como prostitución, estas eran mujeres bien instruidas y cultivadas en todos los aspectos: cultas, con buena educación, con modales y muy sofisticadas. Esto les concedía un gran poder, ya que eran libres, autosuficientes y tenían acceso al mundo del arte y la cultura.

Mientras que en aquella época las mujeres apenas podían entrar a todos esos «sitios de hombres», estas cortesanas honestas satisfacían a los varones de los más altos rangos y a los más poderosos. A diferencia de las prostitutas, aparte de satisfacer sus deseos, a la vez podían mantener conversaciones sobre cualquier tema interesante.

En Venecia, en el siglo XV, hubo una cortesana honesta de gran renombre llamada Verónica Franco. Se separó de su marido porque le propinaba palizas y acabó convirtiéndose en una reputada poetisa, benefactora y defensora de los derechos de las mujeres. Al morir su padre, su madre volvió a su antiguo oficio de cortesana y la introdujo en ese mundo, donde ambas desempeñaron el oficio.

Pero Verónica, gracias a su belleza y a su gran cultura, acabó siendo la cortesana más reputada de toda Venecia; un beso suyo llegaba a costar quince escudos y pasar una noche con ella, cincuenta. Se instaló en un precioso palacio que se convirtió en una especie de ateneo en el que se reunían músicos, artistas, poetas, nobles y donde no solo se daba rienda suelta a los deseos carnales, sino que se podía disfrutar de conciertos, debates filosóficos y lecturas de poesía.

Sin embargo, un amante despechado quiso hacerle pagar por su corazón roto y la denunció ante la Santa Inquisición por no seguir las leyes de la Iglesia y por brujería. Se decía que Verónica realizaba hechizos para conseguir que los hombres se enamorasen de ella, aunque era mentira y fue absuelta gracias a su amplia red de contactos. Aun así, a partir de aquel momento su fama fue enterrada y todo el mundo le dio la espalda. Dejó atrás aquel oficio y se retiró a su mansión, no sin antes mediar con la ciudad para que se construyera una residencia donde acoger a las prostitutas enfermas o ancianas, e incluso enseñar un oficio a todas aquellas que quisieran dejar la profesión.

Verónica demostró una vez más que la cultura y la educación podían hacer de aquellas mujeres personas libres. En una de sus cartas decía: «Cuando nosotras también estemos armadas y entrenadas, podremos convencer a los hombres de que tenemos manos, pies y un corazón como los suyos». Y es que Verónica Franco se negó a que nadie decidiera por ella y no permitió que su condición de mujer le cerrara puertas.

Capítulo 13: Sobre los matrimonios reales que eran concertados por intereses económicos o políticos

Antiguamente los matrimonios reales se concertaban por intereses económicos o políticos. Los jóvenes contrayentes no solían conocerse previamente y lo único que poseían era un retrato que por lo general hacían los pintores de cámara, que intentaban ensalzar falsamente la belleza del novio o la novia. Pero había algo incluso peor que este hecho: la ceremonia de la alcoba. Esta práctica tenía lugar la noche de bodas para dar fe de que se había consumado el matrimonio.

Para ello, un cortejo que incluía a los reyes, a las autoridades religiosas y a los funcionarios de alto rango, acompañaba a la joven pareja hasta el lecho matrimonial, es decir, la cama. Esta se bendecía antes de mantener la primera relación sexual y, acto seguido, se cerraban las cortinas del dosel. Así, de alguna manera, se salvaguardaba un poco la intimidad, aunque en realidad todos se encontraban alrededor de la cama escuchando para dar fe de que se había consumado correctamente. De esta forma se daba validez al matrimonio y se certificaba que la recién casada era virgen. Era un acto algo intimidatorio, salvo si a uno le gustaba que lo mirasen mientras mantenía relaciones sexuales; en ese caso, sería un disfrute vivir en aquella época…

Capítulo 14: Sobre el banquete de las castañas, una leyenda sobre costumbres sexuales en la corte de los Borgia

El banquete de las castañas fue una leyenda sobre los Borgia. Se decía que la víspera del Día de Todos los Santos, el papa Alejandro VI y su hijo César Borgia organizaron en el Vaticano una increíble fiesta que acabó derivando en una gran orgía. Según cuenta esta leyenda, de la que se supo a través de una carta anónima, la comida y el vino rodaron durante toda la noche hasta que, en un determinado momento, César Borgia mandó recoger todas las mesas y repartir candelabros por la estancia. Acto seguido entraron multitud de cortesanas que al compás de la música se fueron desnudando. Ordenó que les ataran las manos a la espalda y, tras arrojar un gran número de castañas al suelo, les pidieron que las recogieran con la boca, de forma que, al encontrarse desnudas y en posturas lascivas, la temperatura se fue caldeando y acabaron manteniendo relaciones sexuales con ellas.

Se desconoce la veracidad de esta leyenda, pero sí es cierto que el rey Fernando VII sufrió una macrosomía genital, es decir, que las dimensiones de su pene eran muy superiores a la media. Lejos de ser un regalo para sus esposas, fue el mayor de sus sufrimientos. El escritor e historiador Mérimée describió su falo como «fino como una barra de lacre en su base y tan gordo como el puño en su extremidad».

El rey se casó tres veces sin poder tener descendencia. Fue su cuarta esposa, María Cristina de Borbón Dos Sicilias, la que, gracias a un artilugio creado en exclusiva para el rey, consiguió darle descendencia. Consistía en una especie de almohadilla perforada en el centro. A través de ese agujero, el monarca introducía el pene y posaba la almohadilla sobre su base. De este modo, la parte gruesa de su verga quedaba por debajo del cojincito y hacía de tope al introducirla en la vagina de la reina. Gracias a este artilugio, la monarca consiguió quedarse embarazada, pero no tuvo descendientes varones, ya que dio a luz a dos hijas.

Capítulo 15: Sobre Luis XVI y sus problemas matrimoniales con María Antonieta

Carlos III fue rey de Nápoles y Sicilia y posteriormente rey de España. En aquella época los matrimonios se concertaban por intereses políticos, así que, para conocer a su futura esposa, recibió un retrato de ella. Su nombre era María Amalia Walburga y era hija del duque de Sajonia. Aunque era algo muy común que los pintores de cámara realzaran (incluso a veces inventaran) la belleza de las futuras reinas, no fue el caso de María Amalia. Ella era bastante bella, pero no así Carlos, que había heredado sus más que famosas mandíbula y nariz prominentes de los Borbones.

La boda de Carlos y María Amalia se celebró en el Palacio de Dresde por poderes; es decir, que no se encontraban físicamente allí los novios. Se conocieron un mes más tarde en Portello. Por aquel entonces la consumación matrimonial era un asunto de Estado, y fue la comidilla en toda Europa que Luis XVI y María Antonieta, que habían hecho posible la unión de dos grandes familias, los Borbones y los Habsburgo, habían tardado siete años en consumar el matrimonio. Este hecho estuvo al borde de crear una crisis entre los países de origen de cada uno. Lo que pasaba es que Luis XVI padecía de fimosis y, por miedo, se negó a que lo operasen. Fue la familia de su mujer la que, siete años después, lo convenció de que lo hiciera tras convertirse en el hazmerreír de las cortes europeas.

Este hecho despertó en Isabel de Farnesio y Felipe V, padres de Carlos III, la necesidad de pedirle que les contara en una carta cuando su matrimonio fuera consumado. El hijo les escribió una más que explícita misiva en la que relató, con pelos y señales, la noche de bodas con María Amalia. Véase una muestra:

Mi muy querido padre y mi muy querida madre, me alegraré de que Vuestras Majestades sigan bien. Yo y mi mujer estamos perfectamente, gracias a Dios. He recibido una carta de Vuestras Majestades del 15 del mes pasado, por la que he visto cómo gracias a Dios Vuestras Majestades habían recibido dos de mis cartas. Suponían que cuando recibiera esta carta ya estaría alegre mi corazón y habría consumado el matrimonio; que no me extrañara de que Vuestras Majestades me hablaran así, que a veces las jovencitas no son tan fáciles y que yo tendría que ahorrar mis fuerzas con estos calores, que no lo hiciera tanto como me apeteciera porque podría arruinar mi salud y me contentara con una vez o dos entre la noche y el día, que si no acabaría derrengado y no valdría para nada, ni para mí ni para ella. Que más vale servir a las señoras poco y de continuo, que hacer mucho una vez y dejarlas por un tiempo.

Vuestras Majestades me escribían como padres y como personas mayores y como se habla entre casados cuando hay confianza y que les contara si todo transcurrió bien, si estoy contento y si la encuentro a mi gusto tanto en el cuerpo como en el espíritu y el carácter. Para obedecer a las órdenes de Vuestras Majestades contaré aquí cómo transcurrió todo: el día en que me reuní con ella en Portello, hablamos amorosamente, hasta que llegamos a Fondi. Allí cenamos y luego proseguimos nuestro viaje sosteniendo la misma conversación hasta que llegamos a Gaeta algo tarde.

Entre el tiempo que necesitó para desnudarse y despeinarse llegó la hora de la cena y no pude hacer nada, a pesar de que tenía muchas ganas. Nos acostamos a las nueve y temblábamos los dos, pero empezamos a besarnos y enseguida estuve listo y empecé, y al cabo de un cuarto de hora la rompí, y en esta ocasión no pudimos derramar ninguno de los dos; solo diré que acerca de lo que me decían que como ella era joven y delicada no dudaban de que me haría sudar, diré que la primera vez me corría el sudor como una fuente, pero que desde entonces ya no he sudado. Más tarde, a las tres de la mañana, volví a empezar y derramamos los dos al mismo tiempo y desde entonces hemos seguido así, dos veces por noche, excepto aquella noche en que debíamos venir aquí, que como tuvimos que levantarnos a las cuatro de la mañana solo pude hacerlo una vez y les aseguro que hubiese podido hacerlo muchas más veces, pero que me aguanto por las razones que Vuestras Majestades me dieron.

Diré también que siempre derramamos al mismo tiempo porque el uno espera al otro y también que es la chica más guapa del mundo y que tiene el espíritu de un ángel y el mejor talante y que soy el hombre más feliz del mundo teniendo a esta mujer que tiene que ser mi compañera el resto de mi vida. Mi mujer me ruega que la ponga con la mayor sumisión a los pies de Vuestras Majestades. Señora, ruego a Vuestra Majestad, que abrace de mi parte a todos mis hermanos y hermanas.

El más humilde y más obediente de los hijos,

CARLOS

Y así Carlos III narró por carta a sus padres cómo había despojado a María Amalia de su virginidad. Es curioso ver que el paso del tiempo nos ha llevado a convertir en tabú entre padres e hijos lo que en otras épocas era una muestra más de que el sexo era tan natural como la vida misma.

Capítulo 16: Sobre las obsesiones sexuales de Dalí

Dalí fue uno de los pintores más importantes de nuestra historia. Una mente inquieta y llena de ideas surrealistas. Vivió en Cadaqués, donde pasaba los días entre óleos y lienzos y sumido en la inspiración que aquel bonito pueblo pesquero le brindaba. Estaba obsesionado con la masturbación, ya que de pequeño su padre le había provocado un trauma con lo referente al sexo, alertándolo una y otra vez de los peligros de las enfermedades venéreas. Llegó a aterrarlo. Además, desde niño tenía complejo de miembro viril pequeño, puesto que sus compañeros del colegio se burlaban de él por ello. Esto hizo que la masturbación fuera la solución a todos sus traumas. Aunque no la única.

En agosto de 1929 su vida cambió para siempre. Junto con un grupo de amigos y su marido, llegó a Cadaqués Gala, una mujer diez años mayor que Dalí, especial, rara, distinta y sexualmente liberada, que acabaría siendo su musa y la que lo llevó a revolucionar sus pinturas. La atracción que hubo entre ambos fue la primera muestra inequívoca de que pasarían el resto de su vida juntos.

El surrealismo del arte de Dalí no solo se reflejó en sus obras, sino también en las conductas sexuales que practicaba. Era un reconocido voyerista que disfrutaba observando el cuerpo desnudo de otras personas o cómo mantenían relaciones sexuales mientras él se proporcionaba placer. Aunque su mayor disfrute era ver a Gala en pleno acto con otros hombres o mujeres. Lejos de sentir celos, Dalí la animaba a acostarse con otras personas, y esto hizo que ella acabara encaprichándose de hombres más jóvenes que le proporcionaban placer.

Ella fue una mujer sexualmente muy despierta, lanzada, liberal y activa, en contraposición al voyerismo extravagante de Dalí, que consintió las aventuras de su mujer y que prefería ver a tocar. A veces comemos más por los ojos que por la boca, y él lo demostró en su ajetreada vida sexual.

Capítulo 17: Sobre Ninon de Lenclos, reconocida escritora, cortesana, *salonnière* y mecenas del arte francés

Ninon de Lenclos fue conocida como «la reina del amor». Fue una reconocida escritora, cortesana, *salonnière* y mecenas del arte francés. Creció en una familia con una madre harto religiosa que quería que su hija siguiera el camino del matrimonio. Sin embargo, su padre quiso educarla en todo aquello que no se le permitía por ser mujer. Hizo de ella una mujer culta, instruida en la música, con buena conversación, rebelde y, sobre todo, libre. Él era seguidor de Epicúreo, y le dejó esta carta antes de morir:

> Hija mía, ya ves que en este último momento solo me acompaña un triste recuerdo de los placeres que he disfrutado, su posesión ha sido demasiado breve, y de esto es de lo único que pudiera quejarme a la naturaleza; pero ¡cuán inútiles, ay, son mis lamentos! Tú, hija mía, que vas a sobrevivirme un considerable número de años, cuida de aprovechar un tiempo tan precioso, y sé más escrupulosa en la elección que en el número de tus placeres.

Con dieciséis años se compró una casa y organizó un salón donde acudían personas de la alta sociedad, artistas y aristócratas. Todos los invitados quedaban obnubilados por su belleza y por su interesante conversación. Huía del matrimonio, como le enseñó su padre, y se negaba a ser madre, porque ella decía que quería ser una mujer libre y disfrutar así de los placeres carnales de la vida. Tuvo una interminable lista de amantes, y, por más que muchos de ellos quisieran casarse con ella, consiguió vivir como siempre había soñado. Solo le importaban el placer y el conocimiento, pero también cómo se percibía o trataba a la mujer en aquella época, hecho del que dan fe las cartas a madame de Maintenon.

En esas misivas expresa sus ideas sobre el papel de la mujer en la sociedad y sobre la necesidad de alcanzar la igualdad entre ellos y ellas. Dicen que tenía un don para hacer que, con el paso de los años, todos sus amantes quedaran prendados de su mente y sus dotes amatorias, de forma que ninguno le guardaba rencor por abandonarlos; más bien nunca dejaban de sentir atracción por ella. Pensaba que el matrimonio era la tumba del amor y que este era el dios de las sensaciones más que de los sentimientos; por eso la gente vivía engañada. Fue una mujer adelantada a su época que decidió ser libre y rendirse tan solo ante el placer.

Capítulo 18: Sobre el rey Eduardo VII de Inglaterra y sus perversiones sexuales

El rey Eduardo VII de Inglaterra fue reconocido a lo largo de la historia no por su labor como monarca, sino por sus gustos sexuales. Era hijo de Alberto de Sajonia y de la reina Victoria. Esta no fue nunca capaz de quererlo, lo que acabó haciendo que el joven se convirtiera en un muchacho lujurioso, sediento de mujeres y placer. Pero antes de ascender al trono fue príncipe de Gales. En aquel momento eran *vox populi* las perversiones sexuales del futuro monarca, que ya era conocido como el *playboy* de la época. Cuando su padre se enteró de su afición por los burdeles, le dijo: «Sabía que eras irreflexivo y un hombre débil, pero lo que jamás me imaginé es que fueras un depravado».

El caso es que Bertie, como se hacía llamar, era un asiduo de los burdeles de lujo, en particular de Le Chabanais, donde iban los más reputados hombres de la sociedad parisina. Tenía veinte habitaciones temáticas que trasladaban a sus clientes a cualquier lugar del mundo; los dueños no escatimaban en gastos y encargaron su decoración a reputados artistas locales.

La habitación preferida del rey era la hindú. Allí daba rienda suelta a sus más feroces instintos, pero la cosa fue a más: inventó el sillón del amor, que, dicen, fue la idea que dio pie a los conocidos actualmente como sillones tántricos. Estaba tan obsesionado con el sexo que mandó que le construyeran un sillón con el que tener múltiples relaciones con mujeres a la vez. El singular mueble se lo encargó a Soubrier, un reconocido fabricante francés. Le pidió que tuviera en cuenta que era un hombre corpulento, de tal manera que, por la disposición del sillón, con los reposapiés y los reposabrazos, pudiera tener relaciones sexuales a la vez que sus caderas descansaban cuando fuese necesario. Y todo esto sin aplastar a sus diversas amantes. Además, estaba concebido para tener relaciones con varias mujeres al mismo tiempo, ya que podía penetrar a la que estuviera tumbada en la parte superior y a la vez recibir sexo oral por parte de la que estuviera abajo.

Queda claro que su máxima era dedicar sus esfuerzos a tener relaciones sexuales, pero sin cansarse demasiado. Aunque actualmente sigue habiendo dudas sobre cuál era el uso correcto del sillón del amor, mucha gente cree que dio cabida a invitar a más participantes a aquel menester. El rey fue un hombre que dejó el poder en segundo plano para regalarse por completo a los placeres de la vida.

Capítulo 19: Sobre las desventuras de Teresa Hernández Cañedo, una monja que vivió en el siglo XVIII en el convento de Santa Isabel de Salamanca

Teresa Hernández Cañedo fue una monja que vivió en el siglo XVIII en el convento de Santa Isabel de Salamanca. De pequeña estudió música, y cuando las niñas tenían dones musicales solían estar abocadas al convento. Así no tenían que pagar la dote exigida, al ser muy apreciadas sus habilidades musicales, e incluso algunas recibían una renta anual.

Sin embargo, Teresa Hernández se enamoró locamente de un joven con el que se carteaba y se negaba a ser monja, aunque acabó imponiéndose su padre. La llevaron al convento totalmente en contra de su voluntad porque había cometido el pecado de enamorarse de alguien a quien su padre no aceptaba. Por eso se rebeló con pequeños actos, para mostrar su descontento por el ingreso en dicho convento: amenazaba con hacer cosas para perder la voz, se vestía de seglar cuando llegaba a su celda, se ponía pendientes y se dejaba el pelo largo. Lloraba sin cesar e intentó escaparse en varias ocasiones, por lo que recibió castigos graves: debido a su actitud rebelde, la encerraron varias veces en una celda, la sometieron a ayunos impuestos y la privaron del contacto con otras personas.

Utilizó un sistema especial para escribir sus cartas, al igual que hacia la diplomacia: con zumo de limón; así evitaba que el contenido fuera descubierto si alguien las interceptaba. Este jugo invisibilizaba lo escrito, pero al poner una vela encendida debajo se veía.

Su voz fue silenciada como la de otras muchas mujeres que fueron obligadas a formar parte de la vida conventual. Una muestra más de que los deseos y el futuro de las jóvenes estaban supeditados a los intereses de su familia y de que no tenían derecho a elegir cómo vivir su vida.

Capítulo 20: Sobre los castratos, cantantes sometidos de niños a la castración para conservar su voz aguda

Los castratos eran niños que provenían, en su mayoría, de entornos con pocos recursos económicos. Las familias los sometían a una operación para castrarlos: cortaban los conductos espermáticos de los testículos para que no produjeran hormonas masculinas y así conseguir que, a pesar de crecer, mantuvieran su tono agudo. Por eso tenían la apariencia física de un hombre, pero la voz delicada de una mujer.

En el siglo XVI, como el papa había prohibido la presencia de mujeres cantantes en iglesias y escenarios, resurgió esta figura. Se calcula que se castraban unos cuatro mil niños por año, de los cuales tan solo uno lograba alcanzar el estrellato. La tarea la llevaba a cabo un barbero que los drogaba con opio y los metía en un barreño con leche o agua caliente para que no sintieran tanto dolor.

En su mayoría tenían el pene pequeño y eran barbilampiños, pero, si tenían suerte y los castraban después de los diez años, algunos conseguían desarrollar un pene de adulto, lo cual los convertía en los «elegidos» entre las mujeres de la nobleza. Por varios motivos, se los consideraba codiciados amantes: en una época donde no existían los métodos anticonceptivos, ellos no podían dejar embarazadas a sus amantes, y como adolecían de sensibilidad en los encuentros sexuales, sus erecciones se prolongaban más en el tiempo y los coitos eran mucho más largos.

Por último, eran personas conocidas y cultas y no estaba mal visto que las mujeres se quedaran a solas con ellos o que buscaran su compañía, por lo que no solo hacían delirar a mujeres solteras, sino que también contaban con un gran número de conquistas entre las casadas.

Uno de los más famosos fue Carlo Broschi, un reputado castrato italiano más conocido como Farinelli. Hay tres versiones sobre su castración: se debió al golpe que le produjo la caída de un caballo; fue su padre, que anhelaba convertirlo en un reputado músico; o fue su hermano Ricardo, que lo propuso, a la muerte de su progenitor, para paliar los problemas económicos.

Farinelli fue de los pocos castratos que pertenecían a la clase media. La mitad de Europa suspiraba por él; tanto era así que le ofrecían infinidad de dinero y regalos para que cantara para ellos. Un día recibió una carta de Isabel de Farnesio, esposa de Felipe V, donde lo invitaba a visitar España y cantar durante unos días en su corte. La mayoría de los autores sostienen que Isabel contrató a Farinelli para que el rey superara la depresión en la que estaba inmerso (vapores melancólicos) y se levantara de la cama para hacer sus quehaceres. No obstante, hay una corriente de pensamiento actual que defiende que esto son habladurías y que el hecho de que Farinelli fuera contratado para acabar con la depresión de Felipe V fue solo una invención de Inglaterra para ensuciar la imagen del monarca.

Sea cual sea la razón por la que llegó a España, se acabó convirtiendo en uno de los cantantes más reputados de la corte española, y obtuvo tanto poder dentro de ella que incluso le otorgaron varios títulos. Lo que está claro es que, si a la luz los admiraban por su buena voz, a la sombra los admiraban por sus dotes amatorias.

Capítulo 21: Sobre el gusto del rey Alfonso XIII por el erotismo y el cine sicalíptico

El rey Alfonso XIII, bisabuelo de nuestro rey Felipe VI, no dejó un gran legado, pero la industria pornográfica nació en España gracias a él: fue el primer productor de cine porno en el país.

Tenía una personalidad inestable, una infinidad de amantes y además era conocido por tener gustos cuestionables y demasiadas fantasías sexuales. Sin embargo, a diferencia del resto de los mortales, él quiso verlas materializadas. Por eso, a través del conde de Romanones, estableció un acuerdo con la productora Royal Films, dirigida por Ramón y Ricardo de Baños, para que suministraran a la Casa Real de cine porno, un placer elitista y más que prohibido por aquel entonces en España.

Se llegaron a rodar numerosas películas porno en las que el rey Alfonso XIII ayudaba con las escenas, los guiones y, sobre todo, los castings para elegir a las actrices que protagonizarían las películas (algunos historiadores señalan que pudieron ser prostitutas). Hoy en día solo se han rescatado tres: *El ministro, Consultorio de señoras* y *El confesor.* Estos tres títulos se encontraron en un convento valenciano y los restauró la Filmoteca de Valencia, lugar donde podemos visionarlas hoy día.

Los filmes son en blanco y negro y sin sonido, pero completamente explícitos. En *Consultorio de señoras* se suceden diferentes tramas sexuales entre un doctor, su esposa, la criada, el mayordomo y la posterior visita de una madre con su hija, que acuden para un reconocimiento médico. Las películas se exhibían de madrugada en algunas salas del barrio chino de Barcelona.

Pero la afición del rey por el cine sicalíptico iba más allá y mandó construir una sala de cine en el Palacio Real (en la sala contigua al actual Comedor de Gala). Allí se proyectaban las películas porno para el rey y su círculo cortesano. Una muestra más de que los Borbones no solo heredaban su prominente nariz, sino que también el apetito sexual fue saltando de una generación a otra.

Capítulo 22: Sobre Olympe de Gouges, una de las primeras feministas y una de las grandes olvidadas de la Revolución francesa

A finales del siglo XVIII vivió Olympe de Gouges, una de las primeras feministas. Sin embargo, a pesar de la relevancia de su figura, es una de las grandes olvidadas de la Revolución francesa. Era escritora, dramaturga, panfletista y también filósofa política, además de una cara conocida entre los salones literarios de la época. Pero muchas personas la cuestionan.

La casaron en contra de su voluntad y cuando su marido se murió ella se quitó su apellido y se negó a volver a casarse. Fue una de las primeras mujeres que se posicionó a favor de la abolición de la esclavitud. Pero su mayor lucha fue la de conseguir que hombres y mujeres fueran iguales en derechos. Olympe de Gouges pasó a la historia por una de sus más aclamadas frases: «Si la mujer puede subir al cadalso, también debería tener el derecho de subir a la tribuna». Defendió el derecho de las mujeres a tener acceso a una educación, a poder ser competentes en política, a tener propiedades o a hablar en público de temas políticos. Incluso defendió el divorcio.

La Revolución francesa la vivió como una traición a las mujeres, ya que en el texto de la declaración estas eran las grandes olvidadas, a pesar de que ellas lucharon igual que los hombres en favor de la revolución. El texto *Los derechos del hombre y los ciudadanos* tan solo hacía referencia a ellos. Olympe de Gouges denunció su incoherencia y escribió uno de sus textos más famosos, *Declaración de los derechos de la mujer y de la ciudadana;* parte de él ha sido transcrito en este capítulo. Gracias a eso, la figura de la mujer apareció en todos esos derechos que la Revolución francesa reconocía solo a los hombres. Una muestra inequívoca de su preocupación por conseguir la igualdad y la libertad de las mujeres. Fue decidida y atrevida, y por eso acabó guillotinada, ya que siempre dijo lo que pensaba. A veces sale demasiado caro ser valiente.

Capítulo 23: Sobre los rumores y leyendas que corrían con respecto a los primeros dildos en la corte de Felipe V

Mucha de la esencia del rey Carlos Serna de los Monteros se basa en la figura del rey Felipe V, el primer rey Borbón de la monarquía española. Es posible que sufriera de algún trastorno bipolar, ya que tenía épocas de gran animosidad y una vida sexual frenética, y otras donde los vapores melancólicos hacían mella en él hasta el punto de provocarle brotes depresivos, pesadillas violentas y fuertes alucinaciones, como creer que era una rana.

También estaba obsesionado con que pudieran envenenarlo a través de la ropa, así que dejó de asearse y vistió durante un largo periodo la misma camisa. Abdicó a favor de su hijo, pero este murió a los pocos meses de acceder al trono. Eso sí, a él le debemos uno de los mayores placeres de nuestra vida: los dildos.

Desde tiempos inmemorables, los seres humanos han buscado cualquier artefacto que los ayudara a gozar, aún más, de su sexualidad. De hecho, en 2005, en Alemania se encontró el falo de piedra más antiguo del mundo, en el yacimiento de Hohle Fels: tiene más de veintiocho mil años de antigüedad. Los investigadores creen que, por su tamaño (muy parecido a las medidas de un pene erecto) y por el alto grado de pulido, su fin era proporcionar placer.

Volviendo a Felipe V, no es de extrañar que su obsesión sexual lo alentara a exportar numerosas prácticas de Versalles, como el uso de los dildos. Por aquella época, el siglo XVIII, eran de madera o marfil, tenían forma fálica, un extraordinario pulido y estaban pensados para el uso y disfrute de las damas parisinas de la nobleza. Algunos tenían en la punta un camafeo, una especie de pequeño portarretrato donde se ponía una imagen del amante en cuestión.

Cuentan las leyendas que, en uno de sus juegos sexuales, Felipe V le separó las piernas a su esposa Isabel de Farnesio y esta empezó a arquear el cuerpo al sentir que la penetraba con un objeto fálico y frío. El rey lo movía hacia dentro y hacia fuera para deleite de la reina. Así, según dicen, introdujo (y nunca mejor dicho) el rey los dildos en España. Esto demuestra que, aunque en la actualidad nos creemos sexualmente avanzados, somos especímenes muy remilgados en comparación con la corte de cualquier rey de la dinastía de los Borbones.

Capítulo 24: Argumento de *Lisístrata*, una obra del dramaturgo griego Aristófanes que escenifica una huelga sexual de mujeres

Las luchas feministas han existido siempre, si bien antes no se conocían por ese nombre. Son muchas las mujeres que, a lo largo de nuestra historia, han velado por los derechos de las demás. De hecho, aunque creamos que mecanismos como la huelga sexual son un acontecimiento moderno, esta ya la ideó hace miles de años Aristófanes, un reconocido comediógrafo griego.

En el año 411 a. C., mientras se sucedía la guerra del Peloponeso, un conflicto militar que enfrentaba a Atenas y Esparta, él escribió y presentó una de sus obras: *Lisístrata.* Lo que cuenta se ha convertido en un referente que ha llegado hasta nuestros días. Su obra da voz a todas las mujeres, tanto de Grecia como de Esparta, que vivían sumidas en el lamento por tener a su marido fuera de casa, luchando en la guerra; a todas aquellas que veían a sus hijos morir en combate; a las que no encontraban el amor porque los hombres estaban en las batallas… Pero no solo eso: en ese contexto social, esas mismas mujeres eran marginadas de muchas de las actividades importantes que se llevaban a cabo en la sociedad.

Esta desigualdad entre hombres y mujeres, ampliada por el lamento de la marcha de maridos, padres e hijos a la guerra, animó a Aristófanes a escribir *Lisístrata,* que se considera uno de los primeros actos de protesta feminista de la historia (aunque mucha gente dice que en el texto hay ciertos tintes misóginos). «Lisístrata» viene del griego y significa «la que disuelve los ejércitos». Ella es quien alienta a las mujeres de Atenas y Esparta a hacer la primera huelga sexual, una drástica decisión que cambia el curso de la guerra. Todas pactan no tener relaciones sexuales con hombres ni ningún contacto con ellos que les propicie placer (además de eso, muchas abandonan las obligaciones domésticas), para conseguir así la rendición de ambos bandos y el cese de la guerra, siempre desde una posición pacífica.

Al final, Conciliación, una de las compañeras de Lisístrata, consigue la firma de la paz entre las dos ciudades, ya que los hombres no soportan la privación y vuelven a su hogar para mantener relaciones sexuales con su mujer. Este argumento da más sentido que nunca a la frase «haz el amor y no la guerra». Aquí vemos que la preocupación por la desigualdad entre hombres y mujeres ya existía hace miles de años. En definitiva, la obra de *Lisístrata* nos enseña una fórmula perfecta para aplicarla también en nuestros días: paz y liberación sexual.

Capítulo 25: Sobre la lucha incansable de las mujeres por acabar con la desigualdad

La desigualdad entre hombres y mujeres ha sido palpable desde el inicio de los tiempos. Siempre se ha considerado que ellas tenían una inteligencia y unas capacidades menores que las de ellos. Desde pequeñas se las animaba a aprender lo relativo a su sexo, y eran los hombres quienes determinaban que ese aprendizaje debía basarse en coser, cocinar y tener buenos modales para conseguir un «buen marido» o mantener el suyo.

Nadie se preocupó por la educación de las niñas hasta que, en la Real Cédula de su Magestad *[sic]* de 11 de mayo de 1783, Carlos III estableció el mandato de crear escuelas gratuitas en los barrios para proporcionar una educación digna a las niñas. Pero no fue hasta 1857 cuando en España se aprobó la ley reguladora de la enseñanza, también conocida como Ley Moyano. Su objetivo era mejorar la situación de la educación española, que contaba con un elevado número de analfabetismo.

En España siempre ha habido diferencia de clases por razón de sexo. Las mujeres eran consideradas menos capaces que los hombres; solo se las educaba en el ámbito privado y los conocimientos estaban basados en cómo ser una buena hija, esposa y madre, y solo podían trabajar en las tareas domésticas.

Pero con la apertura de pensamiento que trajo la Ilustración, las mujeres comenzaron una lucha por participar en el ámbito público. Nació así en el siglo XVIII la primera asociación de mujeres pertenecientes a la nobleza, la Junta de Damas de la Real Sociedad Matritense de Amigos del País. En dicha asociación estaban en igualdad de condiciones con respecto a los socios masculinos, y se basaban en dos pilares fundamentales: la educación y la beneficencia. Reivindicaron desde sus inicios la igualdad y los derechos de las mujeres y se abrieron camino en una sociedad, cuando menos, arcaica. Su unión constituyó una de las primeras manifestaciones feministas en favor de los derechos de la mujer. Nunca miraron hacia otro lado y siempre intentaron proteger a las más desfavorecidas, contribuyendo así a la mejora de la sociedad.

Capítulo 26: Sobre los juegos sexuales en las cortes europeas

Felipe V llegó a España cuando contaba diecisiete años. No quería venir y echaba de menos en exceso su país de origen, Francia, por eso muchas de las costumbres que instauró en la monarquía española venían directamente de la corte versallesca, incluidas las sexuales.

Versalles era un lugar en el que los placeres mundanos tenían mucha presencia. Allí, el sexo se convirtió en un oasis de placer sin leyes ni límites. Felipe V podría haberse empapado de las costumbres más bien puritanas de la corona de los Austrias, pero como primer Borbón puso los cimientos para todos los que lo sucederían después.

El impávido se dice que era un juego exportado desde Versalles y que se puso de moda entre reyes y nobles. Consistía en poner una amplia mesa de madera en mitad de un salón y cubrirla con un gran mantel que llegaba hasta el suelo para que no se viera nada de lo que sucedía allí abajo. Antes de entrar a esa sala, había un perchero donde los hombres dejaban sus calzas y quedaban desnudos completamente de cintura para abajo. Los concursantes debían ubicarse en su respectivo asiento y cubrirse con el mantel, de modo que sus genitales quedaban a la vista solo debajo de la mesa.

Una vez que estaban colocados, una dama entraba en la habitación con un vestido suelto y amplio y sin nada debajo. Esta debía introducirse bajo la mesa realizar felaciones a los hombres, que debían disimular lo máximo posible el placer que estaban recibiendo para ser proclamados «impávidos»; es decir, ganaba el que conseguía disimular mientras la mujer le practicaba sexo oral.

Capítulo 27: Sobre la caza de brujas, un fenómeno histórico que sucedió en Europa y América, en el cual decenas de miles de personas fueron ejecutadas por practicar brujería, en su mayoría mujeres

La caza de brujas es un fenómeno histórico que sucedió en Europa y América, en el cual se calcula que decenas de miles de personas fueron ejecutadas por practicar brujería, en su mayoría mujeres. Dicho término englobaba la medicina, la adivinación y hasta conductas sexuales y sociales rechazadas por la Iglesia. La lucha contra dicha herejía sirvió de excusa para realizar auténticas cazas de brujas.

En España se produjeron persecuciones masivas (aunque en menor número que en Europa), como fue el caso de las brujas de Zugarramurdi, localidad navarra en la que en el siglo XVII fueron detenidas decenas de personas por acusaciones realizadas por niños. A algunas las condenaron en un auto de fe y otras fueron castigadas con la muerte, aunque solo quemaron a seis, porque el resto falleció en prisión.

A las mujeres acusadas de brujería se les infligían numerosas torturas: las desnudaban y las afeitaban, pues se creía que el diablo se escondía entre sus cabellos; las pinchaban con agujas por todo el cuerpo, incluida la vagina, para buscar marcas del demonio, y las violaban para investigar su virginidad.

El crimen de brujería consistía en la supuesta práctica de magia, poder otorgado por el demonio para hacer daño a otras personas, provocar infertilidad a los hombres o dañar las tierras. También se creía que las brujas se reunían en asambleas o aquelarres, donde bailaban desnudas y tenían relaciones sexuales con otras brujas o demonios.

Pero la realidad era bien distinta. Estas cazas eran una herramienta misógina que utilizó el Estado para llevar a las mujeres por el camino que a ellos les interesaba. Europa vivía una crisis demográfica y había mucha preocupación por la sexualidad de la mujer y por la necesidad de encaminarla hacia la reproducción, que, según ellos, era su único fin. Así que este método se utilizó para perseguir, adoctrinar y disciplinar a todas esas que no seguían las normas sociales establecidas. En definitiva, la caza de brujas fue una forma más de controlar a las mujeres por miedo a que fueran libres.

Capítulo 28: Sobre la ley sálica, que impedía, entre otras cosas, que las mujeres reinasen

Hay un hecho muy importante que cambió el rumbo de la monarquía: la ley sálica, que regulaba la sucesión monárquica en favor de los hombres, aunque también se ocupaba de otros asuntos, como herencias, lesiones o robos. Esta ley la recuperó el rey Felipe IV durante la guerra de los Cien Años entre Francia e Inglaterra. Como no poseía descendencia, quiso evitar que la reina inglesa heredase el trono. Así se regularizó esta ley que prohibía totalmente a las mujeres reinar y transmitir derechos sucesorios a sus hijos varones.

Al llegar a España desde Francia, Felipe V, el primer rey de la dinastía de los Borbones, quiso imponer la ley sálica que regía en Francia por aquel entonces. Las Cortes se opusieron y en 1713 se instauró la Ley de Sucesión Fundamental, basada en la ley sálica, que permitía a las mujeres subir al trono solo en caso de que no hubiera varones en la línea principal ni lateral; es decir, que no tuviera hijos, hermanos ni sobrinos.

Pero para asegurar la subida al trono de su hija Isabel, el rey Fernando VII decidió promulgar en 1830 una pragmática sanción que anulaba la ley sálica y restauraba el derecho de las mujeres a acceder al trono de España, en vez de tener que estar supeditadas a la línea masculina. De este modo impedía que su hermano Carlos María Isidro de Borbón lo sucediera en el trono. Este hecho permitió que Isabel II pudiese reinar a su muerte.

En la actualidad, en nuestra constitución encontramos el artículo 57, en el que se establece que en la sucesión al trono se sigue el orden de primogenitura y que, en el mismo grado, el hijo varón tendrá preferencia sobre las hijas. Otra muestra de que la lucha de las mujeres, que comenzó hace siglos, sigue siendo igual de necesaria en nuestros días, por mucho que algunas voces se nieguen a reconocerlo.

Capítulo 29: Argumento sobre la ópera *Nitteti*, un encargo que hizo el castrato Farinelli a su amigo Metastasio

La ópera *Nitteti* se creó en exclusiva para la corte española. Fue un encargo que hizo Farinelli, el castrato más famoso del siglo XVIII y músico de cámara de Felipe V, y posteriormente de su hijo Fernando VI, a su amigo Metastasio. Este fue uno de los dramaturgos con mayor éxito de la historia de la ópera, porque era capaz de unificar el gusto por el teatro y por la música. Su triunfo se debía a la belleza que poseían sus poesías y a unas observaciones sobre las pasiones que hacían reflexionar al público.

Nitteti era una obra muy especial, ya que contaba la historia del príncipe Sammete, hijo de Amasi, el faraón de Egipto, que sucede a Aprio tras su muerte. Amasi quería obligar a su hijo a casarse con la princesa Nitteti para mantener el poder unificado de Egipto. Pero Sammete desobedece el mandato paterno al enloquecer y perder la razón porque estaba perdidamente enamorado de Beroe, una pastora, sin saber este que ella era la verdadera princesa, ya que la cambiaron de niña en mitad de una revuelta. Un lío dramático que hacía reflexionar acerca del dilema entre el deber político y las pasiones individuales.

El Salón Madrid también existió. Alfonso XIII, aquel rey que produjo películas porno, se enamoró locamente de la actriz Carmen Ruiz Moragas. Tuvieron un amor frenéticamente sexual y romántico del que nació Leandro de Borbón, que pudo probar antes de su muerte que era el hijo bastardo del rey. Este estaba tan loco por la mujer que le regaló el Salón Madrid, un precioso teatro que actualmente se encuentra abierto en la ciudad homónima, en la calle Cedaceros, bajo el nombre de Teatro Magno, y que todavía conserva el apartamento en la parte superior donde el rey Alfonso XIII y Carmen Ruiz Moragas mantenían sus encuentros sexuales.

En España, Carlos III prohibió los matrimonios morganáticos, es decir, entre personas de rango social desigual, como un noble y un plebeyo.

Por último, es digna de contarse la historia del rey Eduardo VIII. La Casa Real británica siempre se ha distinguido por su poca intransigencia a la hora de saltarse los tradicionales protocolos. Por eso fue un escándalo cuando dicho monarca se enamoró de una plebeya casada que posteriormente se divorció para estar con él: Wallis Simpson.

Eduardo VIII era rey del Reino Unido, pero su amor por Wallis era mucho más fuerte que el peso de su corona, así que decidió abdicar para contraer matrimonio con la mujer que amaba. Aunque algunos de sus actos dejan en entredicho su personalidad, no hay duda de que fue capaz de renunciar a todo por amor. Este gesto muestra una vez más que el corazón es más fuerte que la lógica, la razón y, sobre todo, las imposiciones sociales. Por eso hay momentos en la vida en los que, cuando el corazón habla, nos toca callar.

Capítulo 30

Sempiterno: basado en todas esas historias que tienen principio pero no fin.

Agradecimientos

GRACIAS

A mis padres, Enrique y Mercedes, por haberme educado libre y llena de amor.

A mi hermano Quique, por sostenerme siempre y por ese «Tú puedes» desde que tiene uso de razón.

Gracias a los tres por cuidarme, quererme y arroparme en cada una de mis decisiones.

A Cristina Torres, la madrina de este libro, por haber confiado en él antes que yo misma. Y por «verme» especial. GRACIAS.

A Gonzalo Albert por creer en mí y hacer que yo misma crea. Y por sus palabras de ánimo siempre.

A mi editora, Ana Lozano, por caminar conmigo de la mano en esta aventura y hacer su magia. Y por tranquilizarme y resolver con una sonrisa todas mis dudas de novata.

A Alberto Marcos, por dar el primer paso para hacer mi sueño realidad.

A David Martínez Álvarez, mi primer lector, por ayudarme y alentarme. Y por vivir conmigo de principio a fin este viaje al siglo XVIII.

A Natalia Gil y Luna Serrat, por ponerle voz y corazón a esta historia. Y por no soltarme nunca la mano.

A mi familia bonita, a mis amigas y amigos del alma (sabéis quiénes sois) y a mi Merceditas, por estar siempre todos a mi lado, por apoyarme y por hacerme sentir especial.

A Pilar Capel, Marta Martínez y, en definitiva, a todo el equipo de Penguin Random House, por su trabajo y esfuerzo para hacer que este libro sea una realidad.

A Cristina Pedroche, por decirme sí a todo y ponerle piel a mi Julia; a mi Lucía Rivera (para siempre); a Joan Alvares y Jorge Sandua de PutosModernos (comprad su libro; no os pondrá cachondos, pero igual os reís...); a Xuso Jones (la persona más divertida de Instagram), y a Cecilia Múzquiz (por ser un referente). Gracias a los seis por ponerle cariño y sumaros a esta locura.

A todos los que de alguna manera habéis aportado un trocito de vosotros a este libro: Erika (Madrid fashion) por hacer mi página web bonita; Margot (Demipulsoyletra), por diseñar la portada más maravillosa; mi prima Rocío (Srta_chaotic), por ayudarme con el vestuario del siglo XVIII; mi primo Fran (Francodecora), por ponerle forma a mi nombre; Pedro Ricote, Toni Mostazo, Kevin Prieto, Clara Aguirre, Joaquín Vela, Sabrina Torres y Sergio Barreda por conseguir que E. R. sea posible; Vado y Juan Mas Villaseñor, por ayudarme con los temas legales; Paula Aurioles y Marta Urdiales, por ayudarme con mis dudas técnicas musicales; Ángela González, por revisarme los primeros capítulos; mi tío Paco González, por ayudarme a estudiar la historia; Silvia Lorente, por remangarse con las «frases»; Amanda Prado y Priscila Hernández, por hacer lo mismo con el «lugar»; María Roberts y el equipo de Studio25, Inés Planelles, Danphto y todo el personal del hotel Gran Meliá Palacio de los Duques, por hacer posible «la foto»; Sergio Méndez, de Warner Music Spain; Raúl Anselmo, de Cero Studios Madrid; Tony Fernández, Óscar Pertusa y Ángel Reyero, por contribuir a que este libro tenga banda sonora; Mayte Ariza y Manuel Márquez, mis mentores, por hacer que me atreva a soñar; Patricia Carreño; el equipo de Nota Bene (Catalina de Obieta, Paloma Lubillo, Silvana Linares y Guillemette Sanz), y el equipo de Hunkemöller, por aportar más «sensualidad» a la lectura de este libro; a Juanjo Rengel, Lucía Gil, Inma Ferragud y Marta Valderrama, por ponerle sus voces preciosas a los *teasers* de este libro. Y, sobre todo, a mi familia, mis amigas y amigos, y la gente bonita de Agua Amarga, que, cuando me adelantaron la fecha de publicación del libro, vivieron conmigo los nervios de la recta final y me animaron cada día de verano para que acabara la última entrega.

A mis abuelos, Mercedes, Rafael, Pepita y Enrique, y a mi tía Mari, mi tía Carmen y mi tío Tomás, que sé que estarían orgullosos de mí. Os echo de menos.

Y a vosotras y vosotros, que me seguís y me disteis el empujón para que escribiera este libro.

A todas y todos, GRACIAS.

Ahora y siempre.

¡Viva Almería!

ESTEFANÍA RUIZ

Este libro
se terminó de imprimir en España
en el mes de noviembre de 2022

«Para viajar lejos no hay mejor nave que un libro».

EMILY DICKINSON

Gracias por tu lectura de este libro.

En **penguinlibros.club** encontrarás las mejores recomendaciones de lectura.

Únete a nuestra comunidad y viaja con nosotros.

penguinlibros.club

Penguin
Random House
Grupo Editorial

 penguinlibros